KRÜGER

Fredrik Backman

Britt-Marie war hier

Roman

Aus dem Schwedischen von
Stefanie Werner

KRÜGER

MIX
Papier aus verantwortungsvollen Quellen
FSC® C083411

Erschienen bei FISCHER Krüger

Die Originalausgabe erschien 2014 unter dem Titel
›Britt-Marie var här‹ bei Partners in Stories, Stockholm

Published by arrangement with Partners in Stories Stockholm AB, Sweden

Satz: Pinkuin Satz und Datentechnik, Berlin
Druck und Bindung: CPI books GmbH, Leck
Printed in Germany
ISBN 978-3-8105-2411-9

Für meine Mutter, die immer dafür gesorgt hat,
dass ich Essen im Bauch und Bücher im Regal hatte.

»Man liebt Fußball, weil er so etwas Instinktives hat. Wenn einem auf der Straße ein Ball vor die Füße rollt, dann schießt man. Denn man liebt Fußball genauso, wie man sich verliebt. Man weiß einfach nicht, wie man sich dagegen wehren soll.«

1

Messer. Gabeln. Löffel.

Genau in dieser Reihenfolge.

Britt-Marie gehört sicher nicht zu denen, die andere verurteilen, bestimmt nicht, doch welcher zivilisierte Mensch käme auf die Idee, das Besteck in der Küchenschublade in einer anderen Reihenfolge zu sortieren? Britt-Marie verurteilt niemanden, bestimmt nicht, aber wir sind doch schließlich keine Tiere!

Es ist ein Montag im Januar. Britt-Marie sitzt vor einem kleinen Schreibtisch in einem kleinen Büro im Arbeitsamt. Das hat natürlich nichts mit Besteck zu tun, doch es ist ein Zeichen dafür, dass alles schiefgelaufen ist. Das Besteck soll einfach ganz normal in der Schublade liegen, denn das Leben soll auch einfach nur normal sein. Normale Leben sind vorzeigbar, da putzt man die Küche, man hat seinen Balkon und kümmert sich um die Kinder. Und das macht viel mehr Arbeit, als man denkt. Also, der Balkon.

In normalen Leben sitzt man wirklich nicht im Arbeitsamt.

Die junge Frau, die hier arbeitet, trägt eine Kurzhaarfrisur wie ein Mann. Nicht dass dagegen etwas einzuwenden wäre, selbstverständlich nicht. Britt-Marie hat keine Vorurteile. Vermutlich ist das gerade modern, ja sicherlich. Die junge Frau zeigt auf ein Formular und lächelt, als habe sie es eilig.

»Tragen Sie hier bitte Ihren Namen, Ihre Personalausweisnummer und Ihren Wohnort ein!«

Britt-Marie muss registriert werden. Als wäre sie kriminell. Als wäre sie gekommen, um der Jobvermittlung die Arbeit zu stehlen.

»Milch und Zucker?«, fragt die junge Frau im nächsten Moment und reicht ihr einen Kaffee in einem Plastikbecher.

Britt-Marie verurteilt niemanden, das tut sie wirklich nicht, aber wer macht denn so etwas? Kaffee in Plastikbechern! Befinden wir uns im Krieg? Britt-Marie würde die junge Frau gern fragen, doch da sie von Kent immer ermahnt wird, sich etwas »sozialer« zu verhalten, lächelt sie stattdessen diplomatisch und wartet darauf, einen Untersetzer angeboten zu bekommen.

Kent ist Britt-Maries Mann. Er ist Unternehmer. Unglaublich, wirklich unglaublich erfolgreich. Macht Geschäfte mit Deutschland und ist sehr, sehr sozialkompetent. Die junge Frau hält ihr zwei Einwegverpackungen mit Milch hin, solche, die man nicht im Kühlschrank aufbewahren muss. Dann schiebt sie ihr einen Plastikbecher voller Plastiklöffel herüber. Britt-Marie könnte nicht entsetzter dreinschauen, wenn sie ihr eine Giftschlange hingelegt hätte.

»Weder Milch noch Zucker?«, fragt die junge Frau verständnislos.

Britt-Marie schüttelt den Kopf und streicht mit ihrer Hand über den Schreibtisch, als sei er voller unsichtbarer Krümel. Überall liegen Unterlagen, kreuz und quer. Zum Aufräumen hat die junge Frau natürlich keine Zeit, sie ist wahrscheinlich zu sehr mit ihrer Karriere beschäftigt, denkt Britt-Marie.

»Okay, tragen Sie hier einfach Ihre Anschrift ein!«, lächelt die junge Frau und zeigt auf das Formular.

Britt-Marie heftet ihren Blick auf ihren Schoß und streicht unsichtbare Krümel von ihrem Rock. Sie sehnt sich nach Hause zu ihrem Besteckkasten. Nach ihrem ganz normalen Leben. Sie sehnt sich nach Kent, denn Kent füllt bei ihnen immer die Formulare aus.

Als die junge Frau so aussieht, als wolle sie gleich wieder den Mund öffnen, kommt Britt-Marie ihr deshalb zuvor:

»Darf ich Sie bitten, mir etwas zu reichen, worauf ich die Kaffeetasse abstellen kann?«

Das sagt sie mit diesem bestimmten Tonfall, den Britt-Marie immer dann benutzt, wenn sie all ihre innere Güte aufbringen muss, um so ein Ding »Tasse« zu nennen, obwohl es sich um einen Plastikbecher handelt.

»Was?«, entfährt es der jungen Frau auf der anderen Seite des Schreibtisches, als könne man Tassen einfach überall abstellen.

Britt-Marie lächelt so sozial wie möglich.

»Sie haben vergessen, mir einen Untersetzer zu geben. Wissen Sie, ich will doch auf Ihrem Tisch keinen Abdruck hinterlassen.«

Die junge Frau auf der anderen Seite des Schreibtisches sieht nicht so aus, als würde sie begreifen, was für einen Untersetzer spräche. Oder für Porzellan. Oder, stellt Britt-Marie anhand der Frisur der jungen Dame fest, für Spiegel.

»Ach was, das macht nichts, stellen Sie ihn einfach ab«, sagt die junge Frau unbekümmert und zeigt auf eine freie Stelle auf ihrem Schreibtisch.

Als ob das Leben so einfach wäre. Als ob es egal wäre, ob man einen Untersetzer benutzt oder ob man seinen Besteckkasten richtig sortiert. Die junge Frau klopft mit ihrem Stift auf das Formular, auf die Zeile, wo »Wohnort« steht. Britt-Marie atmet äußerst geduldig aus, wirklich, ein Seufzen ist das nicht.

»Man stellt doch wohl keine heißen Kaffeetassen direkt auf den Tisch? Das hinterlässt Abdrücke, wissen Sie.«

Die junge Frau betrachtet die Schreibtischoberfläche, die so aussieht, als hätten Kleinkinder versucht, Kartoffeln davon zu essen. Mit Heugabeln. Im Dunkeln.

»Ach was, das ist völlig egal, der Tisch ist sowieso schon so abgenutzt und zerkratzt!«, antwortet sie lächelnd.

Britt-Marie schreit innerlich.

»Sie haben sicher nicht in Erwägung gezogen, dass es daran

liegen könnte, dass Sie keine Untersetzer benutzen«, stellt sie fest.

Das sagt sie selbstverständlich sehr fürsorglich. Kein bisschen »passiv-aggressiv«, wie sie es von Kents Kindern einmal gehört hat, als die dachten, sie bekomme es nicht mit. Britt-Marie ist wirklich nicht passiv-aggressiv. Sie ist fürsorglich. Als sie von Kents Kindern hörte, sie sei passiv-aggressiv, war sie in den Wochen danach besonders fürsorglich.

Die junge Frau vom Arbeitsamt sieht etwas angestrengt aus. Sie massiert ihre Augenbrauen.

»Ja … also, Sie heißen Britt Wieslander, nicht wahr?«

»Britt-Marie. Nur meine Schwester nennt mich Britt«, korrigiert Britt-Marie sie.

»Wenn Sie jetzt einfach … das Formular ausfüllen würden. Bitte«, drängt die junge Frau sie.

Britt-Marie schielt auf das Formular, das von ihr verlangt preiszugeben, wo sie wohnt und wer sie ist. Heutzutage verlangt man eine übertriebene Menge Papierkram, damit man ein Mensch sein darf, davon ist Britt-Marie überzeugt. Eine unsinnige Menge an Verwaltung, damit die Gesellschaft einen mitspielen lässt.

Am Ende trägt sie widerwillig ihren Namen, ihre Personalausweisnummer und die Telefonnummer ihres Handys ein. Die Zeile für den Wohnort lässt sie leer.

»Was haben Sie für eine Ausbildung, Frau Wieslander?«, fragt die junge Frau sie ab.

Britt-Marie hält ihre Handtasche ganz fest.

»Darf ich Sie darüber aufklären, dass meine Bildung hervorragend ist«, informiert sie sie.

»Aber haben Sie keine richtige Ausbildung?«, fragt die junge Frau nach.

Britt-Marie atmet stoßartig durch die Nase aus. Ein Schnauben ist das selbstverständlich nicht. So etwas tut Britt-Marie nicht.

»Darf ich Sie darüber aufklären, dass ich Unmengen von

Kreuzworträtseln löse. Das kann man gewiss nicht ohne Bildung«, klärt Britt-Marie sie auf, weil sie sich angegriffen fühlt.

Britt-Marie nimmt einen ganz kleinen Schluck Kaffee. Er schmeckt nicht im Entferntesten wie Kents Kaffee. Kent kocht richtig guten Kaffee, das sagt jeder. Britt-Marie kümmert sich um die Untersetzer und Kent um den Kaffee. Genau so haben sie ihr Leben arrangiert.

»Oh«, sagt die junge Frau, lächelt aufmunternd und versucht es stattdessen andersherum:

»Und welche Berufserfahrung haben Sie?«

»Zuletzt war ich als Kellnerin angestellt. Ich habe ein außergewöhnlich gutes Zeugnis erhalten«, informiert Britt-Marie sie.

Die junge Frau sieht einen Moment lang ganz hoffnungsvoll aus. Doch das ist schnell vorbei.

»Und wann war das?«, fragt sie.

»1978«, antwortet Britt-Marie.

»Oh«, sagt die junge Frau und versucht, ihre spontane Reaktion hinter einem Lächeln zu verbergen, was ihr nicht besonders gut gelingt. Dann probiert sie es wieder:

»Seitdem haben Sie nicht gearbeitet?«

»Seitdem habe ich jeden Tag gearbeitet, ich habe meinem Mann geholfen, er hat eine Firma«, antwortet Britt-Marie beleidigt.

Die junge Frau schaut wieder hoffnungsvoller drein. Eigentlich könnte man meinen, sie müsste es jetzt besser wissen.

»Und was waren Ihre Aufgaben in seinem Unternehmen?«

»Ich habe mich um die Kinder gekümmert und dafür gesorgt, dass unser Zuhause vorzeigbar ist«, antwortet Britt-Marie.

Die junge Frau lächelt, um ihre Enttäuschung zu überspielen, so wie Menschen das tun, die den Unterschied zwischen »Wohnung« und »Zuhause« nicht kennen. Der Unterschied liegt nämlich in der Tatsache, dass man sich darum kümmert. Dass man dafür sorgt, dass es Untersetzer gibt und richtige Kaffeetassen und Betten, die am Morgen so ordentlich gemacht werden, dass

Kent bei seinen Bekannten immer Witze darüber reißt und erzählt, dass man sich, wenn man auf dem Weg ins Schlafzimmer stolpert, »eher einen Beinbruch holt, wenn man auf dem Bettüberwurf landet statt auf dem Boden«. Britt-Marie hasst es, wenn er das sagt. Zivilisierte Menschen heben doch wohl sowieso die Füße, wenn sie das Schlafzimmer betreten. Ist das zu viel verlangt? Dass man sich wie ein Mensch benimmt?

Wenn Britt-Marie und Kent verreisen, lässt Britt-Marie zwanzig Minuten lang Backpulver auf der Matratze einwirken, bevor sie die Betten macht. Das Natron im Backpulver nimmt Schmutz und Feuchtigkeit auf und macht die Matratze wieder frisch. Natron ist für fast alles gut, das ist zumindest Britt-Maries Erfahrung. Kent jammert immer, dass sie spät dran seien, aber dann faltet sie die Hände auf Hüfthöhe und sagt: »Aber es ist doch klar, Kent, dass ich die Betten machen muss, bevor wir das Haus verlassen. Stell dir vor, uns passiert etwas!«

Genau das ist der Grund, warum Britt-Marie so ungern verreist. Der Tod. Gegen den kann nicht einmal Natron etwas ausrichten. Kent meint, sie übertreibe, und dann schreit Britt-Marie innerlich. Die Menschen sterben schließlich in einem fort, wenn sie auf Reisen sind, und was sollen dann die Leute denken, wenn der Vermieter die Wohnungstür aufbrechen muss und eine schmuddelige Matratze vorfindet? Dass Kent und Britt-Marie in ihrem eigenen Dreck gelebt haben?

Die junge Frau sieht auf ihre Uhr.

»Ooo...kay«, sagt sie.

Britt-Marie empfindet ihren Ton als etwas kritisierend.

»Die Kinder sind Zwillinge, und wir haben einen Balkon. Ein Balkon macht mehr Arbeit, als man denkt«, verteidigt sie sich deshalb.

Die junge Frau nickt vorsichtig.

»Wie alt sind Ihre Kinder?«

»Es sind Kents Kinder. Sie sind dreißig.«

Die junge Frau nickt langsamer.

»Dann wohnen sie nicht mehr zu Hause?«

»Selbstverständlich nicht.«

Die junge Frau kratzt sich in ihren Haaren, als würde sie dort etwas suchen.

»Und Sie sind 63?«

»Ja«, antwortet Britt-Marie, als sei das völlig unwesentlich.

Die junge Frau räuspert sich, als sei das doch ein wenig wesentlich.

»Tja, Frau Wieslander, ganz ehrlich. Mit der Finanzkrise und so, also, es gibt nicht gerade viele Jobs für Menschen in Ihrem … in Ihrer Situation.«

Die junge Frau klingt so, als sei das Wort »Situation« am Ende des Satzes nicht direkt ihre erste Wahl gewesen. Britt-Marie holt geduldig einmal tief Luft und lächelt, als hätte sie es nicht bemerkt.

»Kent sagt, dass die Finanzkrise überstanden ist. Er ist Unternehmer, müssen Sie wissen. Das heißt, er versteht etwas von den Dingen, die eventuell etwas außerhalb Ihres Fachgebiets liegen.«

Die junge Frau blinzelt unnötig oft. Sieht auf die Uhr.

»Gut, also ich … ich habe Sie ja nun registriert, und …«

Die junge Frau macht einen gestressten Eindruck. Das stresst Britt-Marie. Deshalb entscheidet sie sich ganz schnell, der jungen Frau ein Kompliment zu machen, um ihr Wohlwollen auszudrücken. Sie sieht sich im Zimmer nach etwas um, was sie positiv erwähnen könnte, und schließlich fällt ihr ein:

»Sie haben eine sehr moderne Frisur.«

Sie lächelt dabei so sozial wie möglich. Die Fingerkuppen der jungen Frau bewegen sich verlegen zum Haaransatz.

»Was? Oh, danke schön.«

»Es war sehr mutig von Ihnen, sich mit einer so hohen Stirn für einen so kurzen Haarschnitt zu entscheiden«, sagt Britt-Marie fürsorglich und nickt.

Daraufhin sieht die junge Frau ehrlich gesagt ein bisschen beleidigt aus, obwohl es ein Kompliment sein sollte. So ist es heute, wenn man versucht, den jungen Leuten etwas Nettes zu sagen. Die junge Frau erhebt sich.

»Danke für Ihren Besuch. Jetzt sind Sie bei uns registriert. Wir melden uns!«

Sie streckt die Hand aus, um sich zu verabschieden. Britt-Marie steht auf und drückt ihr den Plastikbecher mit dem Kaffee in die Hand.

»Und wann?«, will sie wissen.

»Na ja, das ist schwer zu sagen …«, erklärt die junge Frau.

Britt-Marie lächelt diplomatisch. Und wirklich kein bisschen vorwurfsvoll.

»Ich soll also einfach dasitzen und abwarten. Als hätte ich nichts Besseres zu tun. So haben Sie das doch gemeint, oder?«

Die junge Frau schluckt.

»Also, meine Kollegin wird mit Ihnen Kontakt aufnehmen wegen eines Bewerbungskurses, und …«

»Ich will keinen Kurs. Ich will eine Arbeit«, erklärt Britt-Marie.

»Ja, schon, aber es ist doch schwer vorauszusagen, wann etwas reinkommt«, setzt die junge Frau zu erklären an.

Britt-Marie zieht ein Notizbuch aus ihrer Handtasche.

»Können wir uns dann auf morgen einigen?«

»Was?«, erwidert die junge Frau.

»Kann morgen etwas reinkommen?«, fragt Britt-Marie.

Die junge Frau räuspert sich.

»Na ja, KÖNNEN kann es schon, oder vielmehr …«

Britt-Marie holt einen Bleistift aus ihrer Tasche, schaut grimmig erst auf den Stift, dann auf die junge Frau.

»Dürfte ich Sie um Ihren Bleistiftanspitzer bitten?«, fragt sie höflich.

»Bleistiftanspitzer?«, wiederholt die junge Frau, als ob sich die Frage auf ein tausend Jahre altes, magisches Artefakt bezöge.

»Ich muss unseren Termin in meine Liste eintragen«, informiert Britt-Marie sie.

Manche Menschen verstehen den Sinn von Listen nicht, aber

zu denen gehört Britt-Marie weiß Gott nicht. Sie hat so viele Listen, dass sie eine Extraliste führen muss, die alle Listen verzeichnet. Sonst könnte ja alles Mögliche passieren. Sie könnte sterben. Oder vergessen, Natron zu kaufen.

Die junge Frau hält ihr einen Kuli hin und murmelt etwas von »Ich habe morgen aber keine Zeit«, doch Britt-Marie ist viel zu sehr damit beschäftigt, den Kuli anzustarren, als dass sie zuhören könnte.

»Wir tragen doch nichts mit Tinte in eine Liste ein!«, ruft sie aus. Es gibt offenbar Menschen, die nicht verstehen, dass man in einer Liste doch um alles in der Welt radieren können muss.

Die junge Frau sieht aus, als ob sie sich wünschte, dass Britt-Marie ihr Büro verlässt.

»Ich habe nichts anderes. Aber wie auch immer, ich habe morgen keine Zeit, meine Kollegin meldet si...«

»So«, fällt Britt-Marie ihr ins Wort.

Britt-Marie sagt das oft. »So.« Nicht wie bei »So, so«, wenn man staunt, sondern eher wie bei »Aha« oder »Ach«, wenn man ziemlich enttäuscht von etwas ist. Wenn man zum Beispiel ein nasses Handtuch findet, das jemand im Badezimmer einfach auf den Boden geworfen hat. »So.« Sobald sie das gesagt hat, presst Britt-Marie die Lippen aufeinander, um klarzustellen, dass dieses »So« ihr letztes Wort in dieser Sache ist. Was es nur selten wirklich ist.

Die junge Frau zögert. Britt-Marie hält den Kuli, als würde er schmieren. Schlägt in ihrem Notizbuch die Seite auf, die die Überschrift *Dienstag* trägt, und ganz oben, noch über *Putzen* und *Einkaufen,* schreibt sie *Rückmeldung vom Arbeitsamt.*

Sie gibt den Kuli zurück. Die junge Frau lächelt hoffnungsvoll.

»Es war nett, Sie kennenzulernen! Wir lassen von uns hören«, sagt sie so, als ob keins von beidem wirklich zutreffe.

»So«, antwortet Britt-Marie und nickt.

Dann verlässt Britt-Marie das Arbeitsamt. Die junge Frau denkt sich natürlich, dass sie sich zum ersten und letzten Mal gesehen haben, weil sie nicht die geringste Ahnung hat, wie ernst Britt-Marie ihre Listen nimmt. Die junge Frau hat offenbar noch nie Britt-Maries Balkon gesehen. Das ist ein unglaublich, wirklich unglaublich repräsentativer Balkon.

Draußen ist Januar, Winterkälte in der Luft, aber kein Schnee auf der Erde, Temperaturen unter null, aber ohne Beweis dafür. Die schlimmste Jahreszeit für Balkonpflanzen. Nachdem sie das Arbeitsamt verlassen hat, geht Britt-Marie in einen Supermarkt, der nicht ihr normaler Supermarkt ist, und kauft alles, was auf ihrer Liste steht. Es macht ihr keinen Spaß, allein einzukaufen, denn sie schiebt nicht gern Einkaufswagen. Kent schiebt immer den Einkaufswagen, Britt-Marie geht nebenher und hält den Griff am Rand fest. Nicht weil sie versucht, Kent zu steuern, sondern weil sie es mag, Dinge festzuhalten, die er auch festhält. Das Gefühl, dass sie in dieselbe Richtung unterwegs sind.

Punkt sechs isst Britt-Marie ihr warmes Abendessen, kalt. Sie ist es gewohnt, die ganze Nacht wach zu sein und auf Kent zu warten, deshalb versucht sie, seine Portion in den Kühlschrank zu stellen. Aber der einzige Kühlschrank, den es hier gibt, ist voller kleiner Flaschen mit alkoholischen Getränken. Sie sinkt auf ein Bett, das nicht ihres ist, und knetet ihren Ringfinger, eine dumme Angewohnheit, wenn sie nervös ist. Vor ein paar Tagen hat sie noch auf ihrem eigenen Bett gesessen und an ihrem Ehering gedreht, nachdem sie die Matratze besonders gründlich mit Backpulver gereinigt hatte. Jetzt knetet sie den weißen Fleck an ihrem Finger, da, wo der Ehering gesessen hat.

Das Gebäude hat eine Adresse, doch es ist weder eine Wohnung noch ein Zuhause. Auf dem Boden stehen zwei große Blumenkästen aus Plastik, aber dieses Hotelzimmer hat gar keinen Balkon. Britt-Marie hat niemanden, auf den sie die ganze Nacht lang warten kann.

Doch sie tut es trotzdem.

2

Das Arbeitsamt öffnet um 9 Uhr. Britt-Marie wartet, bis es 9.02 Uhr ist, dann geht sie hinein, weil sie wirklich nicht den Eindruck erwecken will, sie sei kleinkariert.

»Sie wollten sich heute melden«, informiert sie die junge Frau, kein bisschen pedantisch, als diese die Bürotür öffnet.

Der Herrenhaarschnitt der jungen Frau sieht heute anders aus. Ihre Haare sind eher schräg als abstehend. Und nicht so, als sei das beabsichtigt, sondern eher eine Frage der Seite, auf der sie am Vorabend eingeschlafen ist. Eine praktische Frisur; die junge Frau hat sicher keine Zeit, sich darüber Gedanken zu machen, dass ihre Frisur ihre Karriere behindern könnte. Nicht dass daran etwas auszusetzen wäre, selbstverständlich nicht. Britt-Marie verurteilt doch niemanden. Aber sie selbst hat ihre Haare so frisiert, wie man es tut, wenn es nicht egal ist.

»Was?«, ruft die junge Frau mit einem Gesichtsausdruck, der völlig frei von positiven Signalen ist.

Im Büro sitzen wildfremde Menschen. Mit Plastikbechern.

»Wer sind die denn?«, will Britt-Marie wissen.

»Ich habe einen Termin«, antwortet die junge Frau.

»So, das ist natürlich wichtig«, stellt Britt-Marie fest und streicht eine Falte in ihrem Rock glatt, die nur sie selbst sehen kann.

»Ja … also …«, beginnt die junge Frau zu erklären.

Britt-Marie nickt und behauptet wirklich unglaublich verständnisvoll und kein bisschen verurteilend:

»Und ich bin natürlich nicht wichtig.«

Die junge Frau richtet sich auf, als hätte ihre Kleidung soeben die Größe gewechselt.

»Also, ich habe Ihnen gestern doch gesagt, dass ich mich melde, wenn etwas reinkommt – ich habe nicht gesagt, dass das heute …«

Britt-Marie zieht ihr Notizbuch aus der Handtasche und zeigt belehrend auf ihren Eintrag.

»Ich habe es in die Liste eingetragen.«

Die Fingerkuppen der jungen Frau bewegen sich in Richtung Stirn, als versuchten sie, dort kleine unsichtbare Nägel herauszuziehen.

»Ich habe gesagt, es … *könnte* … heute sein.«

Britt-Marie lächelt in jeder Hinsicht wohlwollend.

»Ich hätte es wohl kaum auf meine Liste geschrieben, wenn Sie es nicht gesagt hätten, wissen Sie.«

Die junge Frau holt tief Luft.

»Ich habe eine Besprechung, ich muss …«

»Sie hätten vielleicht mehr Zeit, Arbeitsplätze zu finden, wenn Sie nicht den ganzen Tag in Sitzungen verbringen würden«, schlägt Britt-Marie fürsorglich vor.

Die junge Frau sieht auf die Uhr.

»Es tut mir leid, aber ich kann Ihnen wirklich nicht helfen …«

Britt-Marie holt ganz außergewöhnlich geduldig tief Luft.

»Das müssen Sie aber. Es steht auf der Liste. Das ist Ihre Schuld, wissen Sie.«

Die Augen der jungen Frau werden ein wenig größer.

»Was?«

Britt-Marie hält ihre Handtasche mit beiden Händen vor sich, als wäre sie der Lenker eines Rollers.

»Sie haben mich gezwungen, den Termin mit Tinte einzutragen. Jetzt kann ich ihn nicht ausradieren.«

Die junge Frau räuspert sich.

»Es tut mir sehr leid, das war ein Missverständnis, aber ich muss jetzt zurück in meine Besprechung.«

Britt-Marie hält ihre Handtasche noch fester.

»So. Dann soll ich hier also sitzen und auf Sie warten, als hätte ich nichts Besseres zu tun, so stellen Sie sich das also vor.«

»Nein … ich meine, Sie …«, versucht die junge Frau zu erklären, doch Britt-Marie hat sich bereits auf einen der Stühle im Flur gesetzt.

Nachdem sie den Stuhl mit einem Taschentuch abgewischt hat, natürlich. Schließlich ist sie ein Mensch.

Die junge Frau schließt seufzend und mit geschlossenen Augen die Tür, nicht ganz unähnlich der Art und Weise, wie man die Kerzen auf einer Torte auspustet und sich dabei etwas ganz stark wünscht. Britt-Marie bleibt allein im Flur zurück. Sie nimmt Notiz davon, dass an der Tür zum Büro der jungen Frau zwei Aufkleber direkt unter dem Türgriff kleben. Auf einer Höhe, dass Kinder sie dorthin geklebt haben könnten. Auf ihnen sind Fußbälle abgebildet. Das erinnert sie an Kent, denn Kent liebt Fußball. Er liebt Fußball so, wie er nichts anderes im Leben liebt. Er liebt Fußball mehr, als er es liebt, den Leuten zu erzählen, wie viel die Dinge, die er besitzt, gekostet haben, und das liebt Kent weiß Gott wirklich sehr.

Wenn es Meisterschaften im Fußball gibt, dann wird die Kreuzworträtselbeilage in Kents und Britt-Maries Tageszeitung durch eine Extrabeilage über die Meisterschaften ersetzt, und dann kriegt man aus Kent kein vernünftiges Wort mehr heraus. Wenn Britt-Marie ihn dann fragt, was er gern zum Mittagessen hätte, dann murmelt er nur, ohne den Blick vom Ball abzuwenden: »Ist mir egal.«

Das hat Britt-Marie dem Fußball nie verziehen. Weder dass er ihr Kent noch dass er ihr die Kreuzworträtselbeilage stiehlt.

Sie knetet die weiße Stelle an ihrem Ringfinger. Sie denkt an das letzte Mal, als sie in der Morgenzeitung statt des Kreuzworträtsels die Weltmeisterschaftsbeilage fand, denn sie las den Rest der Zeitung viermal, in der Hoffnung, irgendwo doch noch ein kleines verstecktes Kreuzworträtsel übersehen zu haben. Es gab keins, doch sie fand eine Nachricht über den Tod einer Frau in ihrem Alter. Die konnte Britt-Marie nicht vergessen. Darin stand, die Frau habe mehrere Wochen lang tot in ihrer Wohnung gelegen, bis die Nachbarn sich über den Gestank beschwerten. Britt-Marie geht diese Nachricht nicht aus dem Sinn, denn sie muss ständig daran denken, wie ärgerlich es wäre, wenn sich die Nachbarn über Gestank aus ihrer Wohnung beklagen müssten. Es hieß, es sei ein »natürlicher« Tod gewesen. Ein Nachbar berichtete, dass sogar »das Abendessen der Frau noch auf dem Tisch stand, als der Vermieter die Wohnung öffnete«. Britt-Marie fragte Kent, was er glaube, was die Frau gegessen habe. Sie fand die Vorstellung, mitten beim Abendessen zu sterben, besonders grässlich, als hätte es am Essen gelegen. Kent murmelte, das spiele doch wohl keine Rolle, und stellte den Ton des Fernsehers, auf dem sein Fußballspiel lief, lauter. Britt-Marie schrie innerlich.

Natürlich spielt das eine Rolle. Das Abendessen muss doch schließlich einen Sinn haben.

Es dauert eine halbe Stunde, dann geht die Tür zum Büro der jungen Frau wieder auf. Menschen kommen heraus. Die junge Frau verabschiedet sich enthusiastisch und lächelt, sie bleibt stehen, sieht Britt-Marie und wirkt ein bisschen weniger enthusiastisch.

»Ach, Sie sind ja noch da. Ja, wissen Sie, Frau Wieslander, es tut mir schrecklich leid, aber ich habe keine Zeit, um …«

Britt-Marie erhebt sich und streicht ein paar unsichtbare Fusseln von ihrem Rock.

»Das kann ich verstehen. Sie sind natürlich viel zu sehr mit Ihrer Karriere beschäftigt, um für jemanden wie mich Zeit zu haben.«

Britt-Marie spricht das Wort »Karriere« sehr rücksichtsvoll aus. Keine Spur kritisch. Die junge Frau scheint es natürlich trotzdem als Kritik aufzufassen, denn sie macht ein Gesicht wie einer von Britt-Maries Nachbarn, wenn sie versucht hat, rücksichtsvoll zu sein. Einmal hat dieser Nachbar sie »Meckerziege« genannt, nachdem Britt-Marie ganz rücksichtsvoll bei ihm geklingelt und ihn aus gegebenem Anlass über die Regeln in der Gemeinschaftswaschküche im Haus informiert hatte. Zum vierten Mal. Britt-Marie hat ihm das sehr übelgenommen. Nicht so sehr wegen der »Ziege«, das kann sie verknusen, doch Britt-Marie »meckert« schließlich nicht. Sie ist fürsorglich, das ist der feine Unterschied. Das hat sie dem Nachbarn dann auch jedes Mal, wenn sie sich wieder über den Weg liefen, gesagt, bis sie der Nachbar ein paar Monate später anschrie: »Jetzt kannst du verdammt nochmal endlich aufhören, darauf herumzureiten!« Das hat Britt-Marie sehr gekränkt, denn sie ist doch weiß Gott niemand, der auf Dingen herumreitet. »Bin ich so? Findest du, dass ich jemand bin, der auf den Dingen herumreitet, Kent? Findest du das? Reite ich auf Dingen herum, Kent?«, fragte sie Kent an diesem Abend. »Nee, nee, gar nicht«, murmelte Kent. »Das sage ich ja, genau das sage ich! Ich reite wirklich nicht auf Dingen herum!«, antwortete Britt-Marie und nickte. Und dann lag sie die ganze Nacht wach und regte sich darüber auf, dass Menschen durchs Haus liefen und völlig grundlos behaupteten, Britt-Marie sei so eine Person, die auf Dingen herumreitet.

»Es tut mir leid, aber …«, sagt die junge Frau ungeduldig, offenbar in der Absicht, Britt-Marie abzuschütteln.

»Und Sie amüsieren sich beim Fußball, das muss Ihnen ja viel Spaß machen«, unterbricht Britt-Marie sie deshalb und nickt zu den Aufklebern an der Tür.

Die junge Frau strahlt mit einem Mal.

»Ja! Sie auch?«

»Nein, wirklich nicht«, stellt Britt-Marie klar.

»Ach so …«, sagt die junge Frau.

»So«, sagt Britt-Marie.

Die junge Frau schielt auf ihre Armbanduhr und dann auf eine Uhr, die an der Wand hängt. Die Frau hat ganz offensichtlich vor, Britt-Marie loszuwerden, deshalb überlegt sich Britt-Marie, etwas Soziales zu sagen.

»Ihre Frisur sieht heute ganz anders aus«, merkt sie deshalb an.

»Was?«, fragt die junge Frau.

Britt-Marie lächelt fürsorglich.

»Sie ist anders als gestern. Immer noch modern. Ganz flexibel.« Dann schiebt sie schnell hinterher: »Nicht dass daran etwas auszusetzen wäre, selbstverständlich nicht.«

Britt-Marie verurteilt doch niemanden. Die junge Frau räuspert sich.

»Danke. Aber jetzt muss ich …«

»Sie sieht praktisch aus, Ihre Frisur«, nickt Britt-Marie anerkennend.

Eigentlich sieht sie vor allem kurz und struppig aus, so als ob jemand Orangensaft auf einen Knüpfteppich gekleckert hätte. Kent hat dauernd mit seinem Getränk gekleckert, wenn er Fußballspiele angeschaut und dabei Wodka mit Orangensaft getrunken hat, bis Britt-Marie irgendwann genug hatte und den Teppich ins Gästezimmer legte. Das ist jetzt dreizehn Jahre her, doch Britt-Marie muss immer noch oft daran denken. Britt-Maries Gedächtnis und Britt-Maries Teppiche haben einiges gemeinsam, sie lassen sich nicht leicht auswaschen.

Aber die Frisur darf natürlich so aussehen, wie sie will. Heute sieht sie ein bisschen danach aus, als würde man in einem Topf auf dem Balkon Dill ziehen. Daran ist selbstverständlich nichts auszusetzen. Britt-Marie hat wirklich überhaupt nichts gegen Dill.

Die junge Frau räuspert sich. Ihre Frisur verhält sich passiv.

»Ich habe leider keine Zeit.«

»Und wann haben Sie dann Zeit?«, möchte Britt-Marie wissen.

Die junge Frau atmet, als wäre sie ein schwergewichtiger Mann und nicht ein Leichtgewicht von Frau.

»Wie meinen Sie das?«

Britt-Marie hält ihr Notizbuch hoch und geht ihre Liste der Reihe nach durch.

»Ich habe um drei Uhr Zeit.«

»Ich bin heute den ganzen Tag ausgebucht, es geht ni...«, versucht die junge Frau wieder.

»Ich könnte auch um vier oder um fünf Uhr«, bietet Britt-Marie diplomatisch an.

»Wir schließen heute um fünf«, erklärt die junge Frau.

»Dann sagen wir eben fünf Uhr«, einigt sich Britt-Marie mit sich selbst und setzt schon an, mit ihrem frisch gespitzten Bleistift, der nun zwischen ihrem Zeigefinger und ihrem Daumen aufgetaucht ist, einen Eintrag in ihrer Liste vorzunehmen.

»Nein, ich sage doch, es geht nicht!«, protestiert die junge Frau.

»Haben Sie um fünf schon etwas vor?«, fragt Britt-Marie bemüht.

»Na ja ... also wir ... wir schließen da ...«, fängt die junge Frau an zu erklären.

»Wir können wirklich nicht später als fünf Uhr sagen«, fährt Britt-Marie fort.

»Was?«, sagt die junge Frau.

Britt-Marie lächelt unglaublich, wirklich unglaublich geduldig.

»Ich will ja keinen Ärger machen. Überhaupt nicht. Aber wir befinden uns doch nicht im Krieg, nicht wahr, meine Liebe? Zivilisierte Menschen essen um sechs Uhr zu Abend, daher kann man einen Termin doch wohl allerspätestens auf fünf Uhr legen, finden Sie nicht auch?«

»Ja?«

»Wollten Sie sagen, wir sollten uns zum Essen treffen?«

»Nein … also … wie … was?«

Britt-Marie nickt, als ob das eine riesengroße Anstrengung wäre.

»Gut. Dann sollten Sie bitte daran denken, dass Sie nicht zu spät kommen. Sonst werden die Kartoffeln kalt.«

Dann schreibt Britt-Marie *18 Uhr Abendessen* in ihre Liste.

Die junge Frau ruft Britt-Marie etwas hinterher, aber Britt-Marie ist bereits gegangen, denn sie hat wirklich keine Zeit, hier den ganzen Tag herumzustehen und diese Dinge rauf und runter zu diskutieren.

Es ist 9.35 Uhr.

Um Punkt elf klopft es wieder an der Tür.

Britt-Marie steht draußen und sieht besorgt aus.

»Haben Sie irgendwelche Allergien?«, fragt sie.

»Was?«, antwortet die junge Frau.

»Gibt es etwas, was Sie nicht vertragen?«, erläutert Britt-Marie mit dieser stoischen Ruhe, die man sich zulegen muss, wenn man mit jemandem Konversation betreiben will, der auf jede ganz plausible Frage nur mit »Was?« antwortet.

»Ich bin … Vegetarierin«, bringt die junge Frau hervor.

Britt-Marie zieht ihren Notizblock heraus.

»So.«

Die junge Frau atmet durch die Nase.

»Aber … ich habe doch versucht, Ihnen zu erklären, dass ich mich heute Abend nicht mit Ihnen treffen KANN …«

»Essen Sie denn Fisch?«, unterbricht Britt-Marie sie.

»Ja … schon, Fisch esse ich, aber wie ich schon sa…«

»Fisch ist nicht vegetarisch, Fisch ist Fleisch. Fischfleisch«, belehrt Britt-Marie sie.

Die junge Frau hält ihre Fingerspitzen über ihre Augenlider, wie man es tut, wenn man sich daran gewöhnt hat, auf komplexe Fragen einfache Antworten zu geben, weil komplexe Antworten nur bewirken, dass die Leute meinen, man solle sich einfacher ausdrücken.

»Ich esse kein rotes Fleisch. Aber in der Regel verstehen die Leute das besser, wenn ich einfach sage, ich sei Vegetarier.«

Britt-Marie scheint über diesen Sachverhalt nachzudenken.

»Essen Sie Lachs?«, fragt sie als Nächstes und fügt fürsorglich hinzu: »Das ist ein Fisch. Müssen Sie wissen.«

»Ja. Ich esse Lachs«, gibt die junge Frau zu.

Britt-Marie bürstet unsichtbare Krümel von ihrem Rock. Zieht eine Falte grade, die es gar nicht gibt.

»Lachs hat rotes Fleisch.«

Möglicherweise hat die junge Frau vor, etwas darauf zu erwidern, doch da ist Britt-Marie schon auf und davon.

Britt-Maries Lachs ist hervorragend, denn Lachs ist der einzige Fisch, den Kent mag. Jeden Nachmittag um fünf Uhr ruft sie ihn an, um zu fragen, ob er rechtzeitig zum Essen um sechs Uhr zu Hause sein wird. Er antwortet fast immer, nein, da er ein Meeting mit Deutschland habe, aber er kann auch noch so spät heimkommen, sein Essen steht warm auf dem Tisch.

»So. Dir schmeckt es also nicht?«, fragt Britt-Marie immer, nachdem Kent ein paar Bissen gegessen hat, ohne dabei irgendwie anklagend zu klingen.

»Dochdochdoch! Sehr lecker, wirklich sehr!«, brummt Kent dann immer, ohne von den Sportseiten der Tageszeitung aufzuschauen. Er liest sie erst abends. Britt-Marie schreit deswegen innerlich.

»Wenn es dir schmeckt, wäre es sehr nett, wenn du das sagen würdest«, erwidert sie dann immer und bürstet unsichtbare Krümel vom Tischtuch in ihre hohle Hand. »Mein Gott, Britt-Marie, ich habe doch gesagt, dass es lecker ist!«, entgegnet Kent daraufhin immer völlig verständnislos, während er schon wieder an seinem Handy herumdrückt. Britt-Marie steht dann immer auf und kippt die unsichtbaren Krümel in die Spüle.

Dann räumt sie die Geschirrspülmaschine aus und sortiert das Besteck.

Kent stellt seinen Teller immer auf der Arbeitsplatte ab, dann schaut er sich im Bildschirmtext die Fußballergebnisse an und geht schlafen. Britt-Marie hebt sein Oberhemd vom Schlafzimmerboden auf und steckt es in die Waschmaschine. Dann stellt sie die Maschine an und putzt und verstaut seinen Rasierapparat im Badezimmer in einer anderen Schublade. Kent behauptet morgens immer, dass sie seinen Rasierapparat »versteckt« habe, er steht da und schreit »Briiitt-Mariiie!«, weil er ihn nicht finden kann, aber sie versteckt ihn gar nicht. Sie räumt um. Das ist ein Unterschied. Manchmal räumt sie Dinge um, weil es nötig ist, und manchmal, weil sie hören will, wie er am Morgen danach ihren Namen brüllt. Denn sie liebt es, wenn er ihren Namen brüllt.

Dann geht der Tag vorbei, und Kent kommt spät nach Hause, isst und liest die Fußballergebnisse im Bildschirmtext nach und geht schlafen. Britt-Marie wäscht sein Hemd. Sie wünschte, er würde es nur ein einziges Mal selbst in den Wäschekorb legen. Sie wünschte, er würde nur ein einziges Mal sagen, dass das Essen lecker sei, ohne dass sie nachfragen muss. Abendessen muss doch einen Sinn haben.

»Das war aber lecker.« Dann hat es Sinn.

3

Es ist 16.55 Uhr. Britt-Marie steht allein auf der Straße vor dem Arbeitsamt, weil es unhöflich wäre, zu einer Verabredung zu früh zu kommen. Der Wind fährt ihr leicht durchs Haar. Da vermisst sie ihren Balkon so sehr, dass sie die Augen zukneifen muss, bis ihr die Schläfen weh tun. Sie arbeitet immer nachts auf ihrem Balkon, wenn sie wach ist und auf Kent wartet. Er sagt immer, dass sie nicht aufbleiben und warten soll. Sie tut es trotzdem jedes Mal. Dann sieht sie sein Auto vom Balkon aus, wenn er in die Straße biegt, und sobald er die Tür öffnet, steht sein Essen aufgewärmt auf dem Tisch. Wenn er in ihrem Ehebett eingeschlafen ist, hebt sie sein Oberhemd vom Schlafzimmerboden auf und steckt es in die Waschmaschine. Wenn der Kragen schmutzig ist, behandelt sie ihn vorher mit Natron und Essig. Am nächsten Morgen steht sie früh auf, macht ihre Haare und putzt die Küche, dann streut sie Natron in die Blumenkästen auf dem Balkon und putzt alle Fenster mit Faxin. Das ist Britt-Maries Fensterputzmittel. Es ist sogar noch besser als Natron.

Es gibt Menschen, die behaupten, man müsse die Fenster nicht jeden Tag putzen, aber wenn Britt-Marie die Fenster geputzt hat, wacht Kent auf, und wenn Kent aufwacht, beginnt der Tag. Britt-Marie kann sich wirklich überhaupt nicht vorstellen, den Tag mit schmutzigen Fenstern zu beginnen.

Die Fenster im Hotelzimmer, in dem Britt-Marie jetzt wohnt, sind so sauber, dass sie die Gardinen zuziehen musste, bevor sie einkaufen gegangen ist, um nicht zu riskieren, dass Vögel direkt in die Scheibe fliegen. Das wäre furchtbar, denkt Britt-Marie, denn dann wären die Fenster ja wieder dreckig, und sie hat ihre letzte Flasche Faxin gerade leer gemacht. Sie fühlt sich nur wie ein halber Mensch, wenn sie nicht mindestens eine volle Flasche Faxin als Reserve im Schrank stehen hat. Da kann ja sonst was passieren.

Sie hatte *Faxin kaufen* gleich auf ihre Liste geschrieben. Und sogar überlegt, ob sie ein Ausrufezeichen dahintersetzen sollte, um den Ernst der Lage zu markieren. Doch sie konnte sich beherrschen. Dann ging sie in einen Supermarkt, in dem sie sonst nie einkauft, in dem sie sich überhaupt nicht auskennt. Also fragte sie einen jungen Verkäufer nach Faxin. Er kannte es gar nicht. Als Britt-Marie innerlich schrie und äußerlich erklärte, das sei ihr Fensterputzmittel, zuckte er nur mit den Schultern und schlug ihr vor, ein anderes Fensterputzmittel zu kaufen. Da wurde Britt-Marie so böse, dass sie ihre Liste herausholte und das Ausrufezeichen doch noch hinsetzte.

Der Einkaufswagen geriet so ins Trudeln, dass sie sich damit selbst über den Fuß fuhr. Sie schloss kurz die Augen, biss sich auf die Wange und vermisste Kent. Dann entdeckte sie Lachs im Sonderangebot und packte außerdem Kartoffeln und Gemüse in den Wagen. Aus einem kleinen Regal, über dem *Büromaterial* stand, nahm sie einen Bleistift und zwei Anspitzer und legte sie dazu.

»Haben Sie eine Kundenkarte?«, fragte der junge Mann, als Britt-Marie an die Kasse kam.

»Eine was?«, fragte Britt-Marie misstrauisch.

»Das Sonderangebot beim Lachs gilt nur, wenn man eine Kundenkarte hat«, erklärte er.

Britt-Marie lächelte geduldig.

»Das hier ist nicht mein üblicher Supermarkt, wissen Sie. In meinem üblichen Supermarkt hat mein Mann eine Kundenkarte.«

Der junge Mann hielt ihr einen Prospekt hin.

»Sie können die Kundenkarte ganz schnell beantragen. Sie müssen nur Ihren Namen und Ihre Adresse eintragen und …«

»Ganz bestimmt nicht!«, antwortete Britt-Marie.

Fürsorglich natürlich. Keine Spur wütend. Aber irgendwo muss doch eine Grenze sein. Soll man sich wie ein Terrorist mit Namen und Adresse registrieren lassen, nur weil man Lachs kaufen will? Britt-Marie hat wirklich nicht vor, jemanden mit Lachs in die Luft zu sprengen. Sie will den Fisch im Ofen zubereiten und mit Kartoffeln und grünen Bohnen auf den Tisch bringen. Eben wie ein Mensch.

»Aber wissen Sie, sorry, dann müssen Sie den vollen Preis für den Lachs bezahlen«, sagte der junge Mann.

»So«, sagte Britt-Marie.

»Wenn Sie nicht genug Geld dabeihaben, dann kann ich Ihnen …«

Britt-Marie riss die Augen auf. Sie wollte vor Verzweiflung die Stimme heben, doch sie brach.

»Mein lieber Freund, ich habe reichlich Geld dabei. Wirklich reichlich«, versuchte sie zu schreien und danach ihre Geldbörse auf das Band zu knallen, doch es wurde mehr ein Flüstern und eine eher stille Geste.

Der junge Mann zuckte mit den Schultern und kassierte. Britt-Marie hätte ihm gern erzählt, dass ihr Mann Unternehmer ist, dass sie sich wirklich bis ans Ende ihres Lebens Lachs zum Normalpreis leisten können. Doch der junge Mann bediente bereits den nächsten Kunden.

Als ob sie überhaupt keine Rolle spiele.

Punkt 17 Uhr klopft Britt-Marie an die Tür des Büros der jungen Frau. Die junge Frau hat beim Öffnen bereits ihren Mantel an.

»So. Sie sind jetzt natürlich auf dem Weg hinaus«, stellt Britt-Marie fest.

Die junge Frau macht ein Gesicht, als fühle sie sich angeklagt.

»Na ja … wir schließen jetzt … wie ich Ihnen gesagt habe, müssen wi…«

»Und wann kommen Sie zurück?«, fragt Britt-Marie.

»Was?«, sagt die junge Frau.

»Ich muss schließlich wissen, wann ich die Kartoffeln aufsetzen soll«, antwortet Britt-Marie.

»Die Kartoffeln?«, fragt die junge Frau.

»Kartoffeln sind vegetarisch«, ruft Britt-Marie aus, als müsste nun sie sich angeklagt fühlen.

Die junge Frau reibt sich die Augenlider mit den Handrücken.

»Ja, ja, okay. Es tut mir leid, Frau Wieslander. Aber wie ich schon versucht habe zu erklären, habe ich also kein …«

»Das ist für Sie«, sagt Britt-Marie und hält ihr zuerst den Bleistift vor die Nase.

Als die junge Frau ihn erstaunt nimmt, reicht Britt-Marie ihr auch die Anspitzer, einen blauen und einen rosafarbenen. Der Reihe nach nickt sie in ihre Richtung, und dann nickt sie in jeder Hinsicht völlig vorurteilsfrei zur Herrenfrisur der jungen Frau.

»Ja, heutzutage weiß man ja nicht genau, welche Sorte Sie bevorzugen. Da habe ich von beiden Farben einen gekauft.«

Die junge Frau sieht etwas verunsichert darüber aus, was Britt-Marie damit wohl meint.

»D…anke. Danke schön.«

»Und jetzt zeigen Sie mir bitte die Küche, wenn es nicht zu viele Umstände macht, denn sonst wird es knapp mit der Zeit für die Kartoffeln«, erklärt Britt-Marie fürsorglich.

Die junge Frau sieht einen Moment lang so aus, als wolle sie ausrufen, »die Küche?«, doch im letzten Moment schluckt sie den Impuls herunter und scheint schließlich zu dem Schluss zu kommen, dass Protest den ganzen Prozess nur unnötig in die Länge ziehen und nicht angenehmer machen wird, so wie kleine Kinder irgendwann einsehen, dass kein Weg an der Badewanne vorbeiführt. Also holt sie einmal so tief Luft, dass die Knöpfe an ihrem Mantel klappern, und gibt auf.

»Aber ich … also, na gut … okay, Mist. Die Personalküche befindet sich hier!«, seufzt sie und nimmt Britt-Marie die Einkaufstüte ab.

Britt-Marie geht hinterher und will offenbar die Freundlichkeit der jungen Frau mit einer Art Kompliment vergelten.

»Sie haben einen schicken Mantel an«, sagt sie schließlich.

Überrascht fährt die junge Frau mit der Hand über den Stoff.

»Danke«, entgegnet sie und lächelt aufrichtig.

Britt-Marie nickt.

»Sie sind ganz schön mutig, dass Sie um diese Jahreszeit Rot tragen.«

Die junge Frau atmet durch die Nase. Britt-Marie bürstet unsichtbare Krümel von ihrem Rock.

»Wo sind die Töpfe?«, fragt sie, als sie die Küche betreten.

Die junge Frau zieht mit einer nun sehr begrenzten Menge an Geduld eine Schublade auf. In der einen Hälfte befinden sich die Küchengeräte, wild durcheinander. In der anderen befindet sich ein Plastikfach für Besteck. Ein einziges Fach. Messer, Gabeln, Löffel. Alles durcheinander.

Der Gesichtsausdruck der jungen Frau wechselt von Verärgerung zu einer Miene, die ernsthafte Besorgnis verrät.

»Sie … hallo! Geht es Ihnen nicht gut?«, fragt sie Britt-Marie.

Britt-Marie hat sich unterdessen auf einen Stuhl gesetzt und sieht aus, als würde sie im nächsten Moment ohnmächtig werden.

»Barbaren«, flüstert sie und beißt sich auf die Lippe.

Die junge Frau lässt sich langsam auf dem Platz gegenüber nieder. Sieht unschlüssig aus. Ihr Blick heftet sich an Britt-Maries linke Hand. Britt-Maries Fingerspitzen kneten hart an dem weißen Fleck auf ihrer Haut, der wie eine Wunde nach der Amputation eines Körperteils aussieht. Als sie bemerkt, dass die junge Frau es sieht, versteckt sie ihre Hand unter ihrer Handtasche, als wäre sie unter der Dusche ausspioniert worden.

Die junge Frau hebt vorsichtig die Augenbrauen.

»Darf ich fragen … entschuldigen Sie, aber … also, was machen Sie eigentlich hier, Frau Wieslander?«

»Ich suche eine Arbeitsstelle«, antwortet Britt-Marie und sucht in ihrer Handtasche nach einem Taschentuch, mit dem sie den Tisch abwischen kann.

Die junge Frau beugt sich etwas unbeholfen vor und zurück über den Tisch und versucht eher erfolglos, ganz entspannt auszusehen.

»Bei allem Respekt, Frau Wieslander, Sie haben seit vierzig Jahren keine Arbeitsstelle gehabt. Warum ist es dann jetzt so wichtig?«

»Ich habe vierzig Jahre lang eine Arbeitsstelle gehabt. Ich habe mich um unser Zuhause gekümmert. Deshalb ist es jetzt wichtig«, antwortet Britt-Marie und bürstet Krümel vom Tisch, die gar nicht da sind.

Als die junge Frau nicht sofort darauf antwortet, fügt sie hinzu:

»Ich habe in der Zeitung gelesen, dass eine Frau wochenlang tot in ihrer Wohnung gelegen hat, wissen Sie. Da stand, sie sei eines ›natürlichen‹ Todes gestorben. Ihr Abendessen hat noch auf dem Tisch gestanden. Das ist nicht natürlich. Keiner hat gewusst, dass sie gestorben ist, bis die Nachbarn sich an dem Geruch gestört haben.«

Die junge Frau kratzt sich irritiert in den Haaren.

»Okay … Sie wollen … also Sie wollen einen Job haben, um …«, setzt sie an.

Britt-Marie atmet mit Engelsgeduld aus. Ein ungeduldiges Seufzen ist das absolut nicht.

»Sie hatte keine Kinder und keinen Mann und keine Arbeit. Niemand wusste, dass es sie gab. Wenn man eine Arbeitsstelle hat, fällt jemandem auf, wenn man nicht da ist.«

Die junge Frau, die noch an ihrem Arbeitsplatz ist, obwohl ihr Arbeitstag längst vorbei ist, sieht die Frau, die der Grund dafür ist, sehr lange an. Britt-Marie sitzt aufrecht vor ihr, so wie sie immer auf dem Stuhl auf ihrem Balkon gesessen hat, wenn sie auf Kent gewartet hat. Sie wollte nie schlafen gehen, wenn Kent nicht zu Hause war, denn sie wollte nicht einschlafen, wenn niemand wusste, dass sie da war.

Britt-Marie beißt sich auf die Lippe. Knetet den weißen Fleck.

»So. Sie finden das sicher absurd. Ich bin mir natürlich darüber bewusst, dass Konversation nicht direkt zu meinen Stärken gehört. Mein Mann sagt, ich sei sozial inkompetent.«

Die letzten Worte sind nur ein Flüstern. Die junge Frau schluckt und sieht auf Britt-Maries Finger, wo der Ring fehlt.

»Was ist mit Ihrem Mann passiert?«

»Er hat einen Herzinfarkt erlitten.«

Die Augenlider der jungen Frau sinken verschämt nach unten und öffnen sich dann wieder voller Mitgefühl.

»Das tut mir leid. Ich wusste nicht, dass er tot ist.«

»Ist er auch nicht«, flüstert Britt-Marie.

»Ach so, ich dach…«, setzt die junge Frau an.

Britt-Marie unterbricht sie, indem sie vom Tisch aufsteht und anfängt, das Besteck zu sortieren, als hätte es ein Verbrechen begangen.

»Ich benutze kein Parfüm, deshalb habe ich ihn immer gebeten, sein Oberhemd in die Waschmaschine zu legen. Und zwar gleich, wenn er nach Hause kommt. Das hat er nie getan. Aber er hat geschimpft, weil die Waschmaschine so laut war.«

Sie hält inne, um den Herd darauf hinzuweisen, dass seine Knöpfe in der falschen Reihenfolge angebracht sind. Er sieht aus, als würde er sich schämen. Britt-Marie fährt fort:

»Als er den Herzinfarkt hatte, hat *sie* mich aus dem Krankenhaus angerufen.«

Die junge Frau steht auf, um ihr zu helfen. Setzt sich aber wieder hin und beobachtet Britt-Marie sehr konzentriert, als sie ein Filetiermesser aus der Schublade zieht.

»Als Kents Kinder klein waren und jede zweite Woche bei uns wohnten, habe ich ihnen immer Märchen vorgelesen. Ich mochte ›Meister Schneiderlein‹ besonders gern. Kennen Sie das, mit dem Schneider und dem kleinen Mann? Die Kinder wollten immer, dass ich mir selbst Geschichten ausdenke, aber ich verstehe wirklich nicht, wozu das gut sein soll, wenn es schon fertige Geschichten gibt, die ein Fachmann geschrieben hat. Kent hat immer gesagt, es läge daran, dass ich keine Phantasie hätte, aber in Wirklichkeit habe ich eine blühende Phantasie!«

Die junge Frau gibt keine Antwort. Britt-Marie stellt den Ofen an. Legt den Lachs in eine Form. Bleibt stehen.

»Es verlangt schon eine außergewöhnlich lebendige Phantasie, so zu tun, als würde man es jahrelang nicht durchschauen, wenn man all seine Hemden wäscht und selbst nie Parfüm benutzt«, flüstert sie.

Die junge Frau steht wieder auf. Legt Britt-Marie unbeholfen die Hand auf die Schulter.

»Ich … Entschuldigung, ich …«, beginnt sie.

Sie verstummt, ohne dass sie unterbrochen wird. Britt-Marie faltet die Hände auf Hüfthöhe und wirft einen Blick in den Ofen.

»Ich möchte eine Arbeitsstelle haben, weil ich nämlich der Meinung bin, dass es sich nicht gehört, die Nachbarn mit schlechtem Geruch zu belästigen. Ich will, dass jemand weiß, dass ich hier bin.«

Dem gibt es nichts hinzuzufügen.

Als der Lachs fertig ist, sitzen sie am Tisch und essen, ohne sich anzusehen.

»Sie ist sehr hübsch. Jung. Ich verurteile ihn deswegen nicht, das tue ich wirklich nicht«, sagt Britt-Marie schließlich.

»Das ist bestimmt 'ne richtige Bitch!«, platzt die junge Frau in einem Anfall von spontanem Unterstützungswillen heraus.

»Was bedeutet das?«, fragt Britt-Marie und macht ein gekränktes Gesicht.

Die junge Frau räuspert sich.

»Das … ich meine … also. Das ist etwas Negatives.«

Britt-Marie sieht herunter auf ihren Teller.

»So. Nett von Ihnen.«

Es sieht aus, als wolle sie auch zu ihr etwas Nettes sagen, also bringt sie etwas mühevoll hervor:

»Sie … ja, ich finde: Sie haben heute schöne Haare.«

Die junge Frau lächelt.

»Danke!«

Britt-Marie nickt.

»Man sieht heute von Ihrer Stirn nicht ganz so viel wie gestern.«

Die junge Frau kratzt sich direkt unter dem Pony. Britt-Marie starrt auf ihren Teller und versucht, ihrem Wunsch zu widerstehen, zum Herd zu gehen und eine Portion für Kent zu holen. Die junge Frau sagt etwas. Britt-Marie sieht auf und murmelt: »Wie bitte?«

»Das Essen war sehr lecker«, wiederholt die junge Frau.

Ganz ohne dass Britt-Marie gefragt hätte.

4

Und so kommt es also, dass Britt-Marie eine Arbeitsstelle findet. Diese Arbeitsstelle liegt zufällig in Borg, also setzt sich Britt-Marie, zwei Tage nachdem sie die junge Frau vom Arbeitsamt zum Lachsessen eingeladen hat, in ihr Auto und fährt dorthin. Und deshalb müssen wir jetzt mal über Borg reden.

Borg ist eine kleine Gemeinde an einer Durchgangsstraße. Das ist eigentlich das Netteste, was einem zu Borg einfällt. Es ist kein Ort, von dem man sagen könnte, er sei einer unter Millionen, eher einer von Millionen. Es gibt dort einen Fußballplatz, der nicht mehr in Betrieb ist, und eine Schule, die nicht mehr in Betrieb ist, und eine Apotheke, einen Spirituosenladen, eine Krankenstation, ein Lebensmittelgeschäft und ein Einkaufszentrum, die alle nicht mehr in Betrieb sind, und eben eine Straße, die von Borg aus in zwei Richtungen führt.

Es gibt zwar ein Jugendzentrum, das nicht außer Betrieb ist, aber das liegt nur daran, dass man dazu noch nicht gekommen ist. Es dauert seine Zeit, eine ganze Gemeinde stillzulegen, das muss man sich klarmachen, und das heißt, das Jugendzentrum muss warten, bis es an der Reihe ist. Die einzigen Dinge, die in Borg ganz offensichtlich noch betrieben werden, sind Fußball und eine Pizzeria, weil das offenbar das Letzte ist, was sich die Menschen nehmen lassen.

Britt-Marie hat ihren ersten Kontakt mit der Pizzeria und dem Jugendzentrum, als sie an einem Tag im Januar mit ihrem weißen

Auto auf dem Schotterparkplatz zwischen den beiden Gebäuden anhält. Ihr erster Kontakt mit dem Fußball besteht darin, dass sie ihn an den Kopf geknallt bekommt.

Das passiert, direkt nachdem ihr Wagen explodiert ist. Man könnte das vielleicht so zusammenfassen, dass Borgs und Britt-Maries erste Eindrücke voneinander nicht durchweg positiv sind.

Die Explosion selbst geschieht, wenn wir es jetzt mal ganz genau nehmen wollen, schon, als Britt-Marie auf den Parkplatz einbiegt. Es passiert auf der Beifahrerseite, das hört Britt-Marie ganz genau. »Kabumm« macht es, so würde Britt-Marie das Geräusch beschreiben. In angemessener Panik lässt sie sowohl Kupplung als auch Bremse los, woraufhin das Auto anfängt zu husten, als hätte man es beim Popcorn-Essen erschreckt, und nach einigen dramatischen Irrfahrten über die januargefrorenen Pfützen hält das Auto abrupt vor dem Gebäude, über dem in sporadisch funktionierenden, roten Neonbuchstaben der Schriftzug *PIZZ R A* leuchtet. Britt-Marie springt panisch aus dem Auto, völlig zu Recht in der Erwartung, dass es nach der Explosion nun zu brennen anfangen wird. Das tut es aber nicht. Britt-Marie steht nun ganz allein auf dem Parkplatz in so einer Stille, wie es sie nur in Dörfern, aber nie in Städten gibt. Das ist ein klein wenig ärgerlich. Sie zupft ihren Rock zurecht und hält ihre Handtasche ganz fest.

Ein Fußball rollt ganz gemächlich über den Schotter von Britt-Maries Auto weg und verschwindet hinter einem Gebäude, an dem *JUGEN ZENTRUM* steht. Kurz nachdem der Fußball um die Ecke gerollt ist, beginnt etwas zu donnern. Es klingt, als ob jemand Bettdecken im Trockner trocknet und statt Tennisbällen Steine dazugelegt hat. Das klingt im ersten Moment natürlich völlig abwegig, aber Britt-Marie hat in dem Haus, in dem Kent und sie wohnen, in der Gemeinschaftswaschküche schon allerhand erlebt. Heutzutage kommen die Leute auf die abwegigsten Ideen.

Britt-Marie holt ihre Liste aus der Handtasche. Ganz oben steht *Nach Borg fahren*. Den Punkt hakt sie ab. Der nächste Punkt lautet *Schlüssel in der Post holen*.

Sie holt das Handy heraus, das Kent ihr vor fünf Jahren besorgt hat, und benutzt es zum ersten Mal.

»Hallo?«, antwortet die junge Frau vom Arbeitsamt.

»Ist es heute üblich, dass man sich so am Telefon meldet?«, fragt Britt-Marie.

Fürsorglich. Nicht kritisierend.

»Was?«, sagt die junge Frau, noch ein paar Augenblicke lang in seligem Unwissen darüber, dass Britt-Marie mit dem Verlassen der Gefilde des Arbeitsamtes nicht notwendigerweise auch aus ihrem Leben verschwunden ist.

»Ich bin jetzt in diesem ›Borg‹. Hier donnert irgendetwas ganz furchtbar, und mein Auto ist explodiert. Wie weit ist es denn bis zur Post?«, fragt Britt-Marie.

»Frau Wieslander?«, fragt die junge Frau nach einer Bedenkzeit, in der die Hoffnung mitschwingt, dass die Antwort vielleicht auch »nein« heißen könnte.

»Sie sind ganz schlecht zu verstehen!«, informiert Britt-Marie sie.

»Explodiert?«, fragt die junge Frau.

»Irgendetwas stimmt mit dem Auto nicht. Es gab eine Explosion, ich habe es ganz deutlich gehört«, erklärt Britt-Marie.

»Sind Sie in Ordnung?«, fragt die junge Frau besorgt.

»Natürlich bin ich das! Aber was mache ich jetzt mit dem Wagen?«, antwortet und fragt Britt-Marie gleichzeitig.

»Aber … also … es ist ja Ihr Auto«, entgegnet die junge Frau.

»So«, stellt Britt-Marie fest.

Es ist eine Weile ganz still.

»Hallo?«, fragt Britt-Marie.

»Ja?«, antwortet die junge Frau.

»Ja!«, betont Britt-Marie.

»Ich verstehe nichts von Autos«, setzt die junge Frau an.

Britt-Marie atmet in jeder Hinsicht mit Engelsgeduld aus.

»Sie haben gesagt, ich kann Sie anrufen, wenn ich noch Fragen hätte«, erinnert sie sie.

Britt-Marie ist nicht der Meinung, man könne von ihr erwarten, dass sie sich selbst mit jedem Problem an Autos auskennt. Seit Kent und sie geheiratet haben, ist sie nur ein paarmal selbst gefahren, denn sie fährt nie ohne Kent, und Kent ist ein außerordentlich guter Fahrer.

»Ich meinte Fragen, die die … Arbeit selbst betreffen«, seufzt die junge Frau am anderen Ende.

»So. Das ist wohl das Einzige, was zählt. Die Karriere. Wenn ich bei einer Explosion sterbe, ist das natürlich völlig egal«, hält Britt-Marie fest.

»So habe ich das doch nicht gemeint«, murmelt die junge Frau.

»Natürlich ist es nur von Vorteil, wenn ich sterbe. Dann wird wieder eine Stelle frei. Ist gut für die Statistik«, sagt Britt-Marie in jeder Hinsicht sehr freundlich und ohne so zu klingen, als versinke sie in Selbstmitleid.

Natürlich weiß sie, wie das mit der Statistik ist. Heutzutage steht in der Zeitung so viel über Statistiken, dass kaum noch Platz für Kreuzworträtsel ist.

»Liebe Frau Wieslan…«, versucht die junge Frau auf sie einzureden.

»Sie sind sehr schlecht zu verstehen!«, sagt Britt-Marie fürsorglich, und dann legt sie auf.

Nun steht sie ganz allein da und beißt sich in die Wange. Ganz fest.

Etwas donnert auch auf der anderen Seite des Jugendzentrums. Es ist wie gesagt noch nicht außer Betrieb, aber es steht auf der Liste der Dinge, die geschlossen werden sollen, hat Britt-Marie gestern von der jungen Frau im Arbeitsamt erfahren. Bei der Sitzung des Gemeinderats im Dezember ist man dazu einfach nicht mehr gekommen, weil es so viele andere Dinge gab, die vorher stillgelegt werden mussten, dass die Gemeinderäte mit dem Punkt »Jugendzentrumsschließung« riskiert hätten, ihre jährliche Weihnachtsfeier verschieben zu müssen. Und da man die Weihnachtsfeier für unaufschiebbar hielt, verschob man stattdessen die Jugendzentrumsschließung auf die nächste Sitzung, die wiederum auf Ende Januar verschoben wurde, da einige der Mitglieder vorher noch Urlaub machten. Selbstverständlich hätte der in der Gemeinde für die Kommunikation Zuständige dies an die Personalabteilung weitergeben müssen, doch leider ging auch er in Urlaub und vergaß es, woraufhin dem Arbeitsamt Anfang Januar die Stelle des Jugendzentrum-Hausmeisters als frei gemeldet wurde, weil die Personalabteilung feststellte, dass es hier ein Gebäude ohne Hausmeister gab. So einfach war das und so kompliziert.

Wie auch immer ist die Stelle daher nicht nur ungewöhnlich schlecht bezahlt, sondern auch noch befristet, nämlich bis zum Beschluss der Schließung, der bei der Gemeinderatssitzung in drei Wochen erfolgen wird. Außerdem liegt das Jugendzentrum in Borg, einer Gemeinde, über die das Beste, was man sagen kann, ist, dass sie an einer Straße liegt. Die Anzahl der Bewerber auf diese Stelle war verständlicherweise übersichtlich.

Der Zufall wollte es nun, dass die junge Frau vom Arbeitsamt, die höchst unfreiwillig mit Britt-Marie vorgestern Lachs zu Abend gegessen hat, Britt-Marie versprach, ernsthaft zu versuchen, eine Arbeit für sie zu finden. Am nächsten Morgen um 9.02 Uhr klopfte Britt-Marie deshalb an die Bürotür der jungen Frau, um sich darüber zu informieren, wie weit sie damit gediehen sei. Die junge Frau tippte eine Weile auf ihrem Computer herum, seufzte laut und deutlich, wie man es vielleicht täte, wenn einem etwas Pyramidenförmiges in einem Nasenloch stecken geblieben wäre, und sagte: »Eine Stelle habe ich. Aber sie ist in einer Gemeinde mitten im Niemandsland und so schlecht bezahlt, dass Sie vermutlich weniger Geld hätten, als wenn Sie Entgeltersatzleistungen beantragen würden.«

»Ich beantrage keine Entgeltersatzleistung«, antwortete Britt-Marie, und dabei sprach sie »Entgeltersatzleistung« so aus, wie man normalerweise das Wort »Krankheit« aussprechen würde. Die junge Frau seufzte noch einmal und versuchte, ihr etwas von »Umschulungskursen« und »Maßnahmen« zu erzählen, die sie Britt-Marie stattdessen anbieten könne, aber Britt-Marie stellte klar, dass bei ihr wirklich keine Maßnahmen nötig seien.

»Aber liebe Frau Wieslander, das hier ist nur ein Job für drei Wochen, und Sie müssen dorthin umziehen in dieses … *Borg*«, versuchte die junge Frau ihr zu erklären, während sie auf der Landkarte in ihrem Computer nach Borg suchte.

»So«, antwortete Britt-Marie und rückte ihre Handtasche, die sie auf dem Schoß hielt, zurecht.

Die junge Frau fuhr sich nachdenklich mit den Fingerkuppen über die Stirn und fügte in sehr ernstem Ton hinzu: »Frau Wieslander, ich will jetzt nicht gemein sein, aber in Ihrem Alter würde ich Ihnen so einen Job ganz ehrlich nicht empfehlen.« Daraufhin nickte Britt-Marie, stand auf, strich eine Falte in ihrem Rock glatt und antwortete: »Ich will auch nicht gemein sein, aber mit Ihrer Stirn würde ich Ihnen ehrlich gesagt so eine Frisur nicht empfehlen.«

Da machte die junge Frau ein Gesicht, als würde sie meinen, dass Britt-Marie nun wirklich selbst schuld sei. Also drückte sie auf den »Print«-Knopf, und so kam es, wie es eben kam.

Jetzt ist Britt-Marie in Borg, und ihr Auto ist explodiert. Das ist in der Tat kein optimaler erster Tag in einem neuen Job, nein, wirklich nicht.

Nicht dass Britt-Marie viel kritisiert. Kein bisschen. Britt-Marie ist ja nicht der Mensch, der kritisiert.

Aber sie hat das Gefühl, dass es gut wäre, wenn Kent da wäre, das hat sie schon.

Drei Minuten nach ihrem Gespräch über die Explosion im Auto klingelt das Telefon bei der jungen Frau im Arbeitsamt erneut.

»Wo finde ich hier denn das Putzzeug?«, erkundigt sich Britt-Marie.

»Was?«, fragt die junge Frau.

»Sie haben gesagt, ich solle anrufen, wenn ich Fragen zur Arbeit hätte«, informiert sie Britt-Marie.

Die Stimme der jungen Frau klingt nun, als befände sie sich in einer Dose.

»Sie sind sehr schlecht zu verstehen, Frau Wieslander, haben Sie schlechten Empfang??«

Britt-Marie seufzt äußerst geduldig und wiederholt, so langsam sie kann:

»Sie haben gesagt, ich solle a-n-r-u-f-e-n, wenn ich Fragen zu der A-r-b-e-i-t hätte. Das *ist* eine Frage, die die Arbeit betrifft: Wo ist das Putzzeug?«

»Was? Keine Ahnung!«, antwortet die Stimme aus der Dose.

Britt-Marie wird jetzt nicht laut. Kein bisschen. Sie artikuliert nur überaus deutlich.

»Jetzt hören Sie mir mal zu, meine Liebe. Ich habe vor, dieses Postamt aufzusuchen, wo ich, wie Sie sagten, den Schlüssel für das Jugendzentrum erhalte, aber ich setze meinen Fuß nicht in das Jugendzentrum, bevor Sie mich darüber aufgeklärt haben, wo ich das Putzzeug finde!«

»Aber das weiß ich doch nicht!«, antwortet die Dosenstimme.

Britt-Marie macht eine verzweifelte Handbewegung, bei der sie beinahe das Handy fallen lässt.

»Ich stehe vor dem besagten Jugendzentrum in dieser Gemeinde, und die Fenster sind schrecklich dreckig. Wirklich ganz schrecklich. Leben die Leute in dieser Gemeinde etwa in ihrem eigenen Dreck?«

»Ich weiß es nicht!«, ruft die junge Frau aus.

»Und wer weiß es dann?«, ruft Britt-Marie.

»Das … also … weiß ich nicht. LIEBE FRAU WIESLANDER, SIE SIND KAUM ZU VERSTEH…«

Britt-Marie will das Gespräch schon beenden, indem sie die Glaubwürdigkeit des Arbeitsamtes in Frage stellt, da dort offenbar keiner etwas über die Stellen weiß, die man vermittelt, aber sie wird durch einen Fußball abgelenkt, der wieder auf den Parkplatz gekullert kommt. Britt-Marie mag ihn nicht. Das ist nicht persönlich gemeint, sie hat nicht beschlossen, genau diesen Fußball nicht zu mögen, vielmehr mag sie gar keinen Fußball. Völlig vorurteilsfrei.

Hinter dem Fußball sind zwei Kinder her. Sie sind äußerst schmutzig, alle drei. Die Kinder haben Jeans an, die am Oberschenkel zerrissen sind. Sie bekommen den Ball, schießen ihn in die entgegengesetzte Richtung und verschwinden wieder hinter dem Jugendzentrum. Eins der Kinder verliert das Gleichgewicht und stützt sich am Haus ab, dabei hinterlässt es einen schwarzen Handabdruck am Fensterrahmen.

»Guter Gott«, ruft Britt-Marie entsetzt aus.

Das ist ein Ausdruck, den Britt-Marie häufiger benutzt. »Guter Gott.« Er kann viele Bedeutungen haben, zumindest so, wie Britt-Marie ihn verwendet, aber zumeist bedeutet er, dass etwas, was gerade geschehen ist, unter die Rubrik »kriminell« fällt.

»Was ist da los?«, fragt die junge Frau am anderen Ende der Leitung, als Britt-Marie verstummt.

»Sollten diese Kinder nicht in der Schule sein?«, ist Britt-Maries Gegenfrage, und da erinnert sie sich daran, dass sie ein zusätzliches Ausrufezeichen hinter ihre Notiz *Faxin kaufen!* schreiben sollte. Wenn es in diesem Kaff überhaupt einen Supermarkt gibt.

»Was?«, fragt die junge Frau.

»Aber meine Liebe, jetzt hören Sie doch auf, die ganze Zeit ›was?‹ zu sagen, das klingt, als wären Sie auf den Kopf gefallen«, weist Britt-Marie sie zurecht.

»Aber … also … Sie sind sehr schlecht zu verstehen, Frau

Wieslander, benutzen Sie die Freisprecheinrichtung?«, fragt die junge Frau.

»Was ist das?«, fragt Britt-Marie.

»Das ist … also … ach, egal …«, seufzt die junge Frau und ergänzt: »Vergessen Sie es einfach!«

»Was soll ich vergessen?«, fragt Britt-Marie empört.

»Von welchen Kindern sprechen Sie?«, ruft die junge Frau und versucht, das beste Thema für die Fortführung des Gesprächs zu finden.

»Hier sind Kinder!«, informiert Britt-Marie sie kurz angebunden.

»Okay, liebe Frau Wieslander, ich weiß gar nichts über Borg! Ich bin doch nie da gewesen!«

»Nein, nein, nein, das kann man ja verstehen. Sie haben ja auch so viel mit Ihrer Karriere zu tun«, sagt Britt-Marie fürsorglich.

Die junge Frau am anderen Ende der Leitung atmet tief durch die Nase.

»Liebe Frau Wieslander, Sie sind sehr schlecht zu verstehen, ich glaube fast … also, sind Sie sicher, dass Sie das Handy richtig herum halten?«

Britt-Marie betrachtet das Handy kritisch. Dann dreht sie es um.

»So«, spricht sie ins Mikrophon, fast so, wie man vielleicht »so« sagen würde, wenn man entdeckt, dass der andere am anderen Ende der Leitung allein die Schuld daran trägt.

»Jetzt höre ich Sie hervorragend!«, sagt die junge Frau aufmunternd.

»Ich habe dieses Handy noch nie benutzt. Es gibt schließlich Menschen, die andere Dinge zu tun haben, als den ganzen Tag am Telefon zu hängen, wissen Sie«, informiert Britt-Marie sie.

»Kein Problem. So geht es mir auch immer, wenn ich ein neues Handy habe!«, sagt die junge Frau aus einem plötzlichen Impuls heraus, Britt-Marie verständnisvoll und freundschaftlich begegnen zu wollen.

»Ich mache mir keine Sorgen! Und es handelt sich wirklich nicht um ein neues Handy, es ist fünf Jahre alt«, korrigiert Britt-Marie sie.

»Oh«, sagt die junge Frau.

»Ich habe es früher nie gebraucht. Ich hatte genug zu tun, wissen Sie. Ich rufe nie jemand anderen als Kent an, und ihn rufe ich von unserem Festnetztelefon aus an, wie jede zivilisierte Person.«

»Aber wenn Sie unterwegs sind?«, fragt die junge Frau, so wie man es instinktiv tut, wenn man sich nicht mehr richtig daran erinnern kann, wie die Welt aussah, bevor jeder jeden rund um die Uhr erreichen konnte.

Britt-Marie holt ganz geduldig tief Luft.

»Aber meine Liebe. Wenn ich unterwegs bin, dann bin ich das mit Kent.«

Möglicherweise will Britt-Marie noch etwas hinzufügen, doch genau in dem Moment entdeckt sie die Ratte. Die rennt über die Eisplacken auf dem Schotterparkplatz und ist groß wie eine durchschnittliche Topfpflanze. Britt-Marie erinnert sich im Nachhinein ganz genau, dass sie ganz sicher ganz laut schreien wollte. Aber das schafft sie leider nicht mehr, weil stattdessen plötzlich alles schwarz wird und Britt-Marie bewusstlos zu Boden geht.

Britt-Maries erster Kontakt mit dem Fußball in Borg ist, dass sie ihn an den Kopf geknallt bekommt.

5

Britt-Marie erwacht auf einem Fußboden. Jemand beugt sich über sie und sagt etwas, aber Britt-Maries erster Gedanke gilt dem Fußboden. Sie fürchtet, dass er schmutzig sein könnte, und sie glaubt, dass sie tot ist. Das passiert ja rund um die Uhr, die Leute kippen um und sterben. Es wäre schrecklich, denkt Britt-Marie. Auf einem schmutzigen Boden zu sterben. Was sollen die Leute denken.

»Hallo? Sind Sie, wie sagt man? Verstorben?«, fragt jemand, aber Britt-Marie starrt noch immer den Boden an.

Bei Britt-Marie zu Hause ist der Boden, für den Fall, dass man stirbt, immer frisch gewischt, doch das heißt nicht, dass ihr das Wischen Spaß machte. Kent und die Kinder haben den Unterschied nie begriffen.

Britt-Marie hat einmal versucht, es Kent zu erklären. Als Beispiel führte sie an, dass sie Theater sehr mag, denn das ist etwas, was einem gefallen kann, aber frischgewischte Böden hätten mit »Mögen« nichts zu tun.

Kent antwortete darauf nur »Jajaja« und schenkte ihr in dem Jahr zu Weihnachten eine Maschine, die Böden mit Wasserdampf reinigt. »Das wird dir das Putzen enorm erleichtern«, erklärte er selbstzufrieden, als ob es das gewesen wäre, was Britt-Marie sich gewünscht hätte. Nie wieder hat sie versucht, ihm zu erklären, was sie mag. Es ging doch nicht darum, dass etwas leicht war, sie wollte einfach nur, dass es nicht egal war.

Er hätte ihr doch Theaterkarten schenken können.

»Hallo, Sie da? Sind Sie, äh, Sie wissen schon, tot?«, wiederholt jemand und pfeift leise.

Britt-Marie findet dieses Pfeifen fürchterlich. Außerdem hat sie Kopfschmerzen. Der Boden riecht nach Pizza. Es wäre furchtbar, mit Kopfschmerzen und nach Pizza stinkend zu sterben. Kent liebt Pizza, er kleckert damit immer auf den Boden. Vor etwa fünfzehn Jahren hatte sich Britt-Marie einmal eine echte Terroristenmethode ausgedacht und beschlossen, den Boden eine Woche lang nicht zu wischen, damit Kent und die Kinder mal sahen, wie dreckig er dann wird, aber sie bemerkten es gar nicht. Für Britt-Marie hingegen war es so schlimm, dass sie es nur eineinhalb Tage lang aushielt. Derjenige, der sich in dieser Welt am wenigsten um alles kümmert, gewinnt immer, hat Britt-Marie dabei gelernt. Genau wie in dem Märchen »Meister Schneiderlein«, das sie den Kindern früher vorlas, als sie ihr noch gern zuhörten. Ein Mann bringt einem Schneider ein Stück Stoff, damit der ihm einen Mantel näht, und als er ihn abholen will, sagt der Schneider: »Aus dem Mantel wurde nichts, aber es wird ein Paar Hosen.« Als der Mann das nächste Mal kommt, sagt der Schneider: »Aus den Hosen wurde nichts, aber es wird eine Weste.« Dann sollen es »ein Paar Fäustlinge« werden. Als der Mann die Fäustlinge abholen will, zuckt der Schneider mit den Schultern und sagt: »Es werden keine Fäustlinge.« »Und was wird es dann?«, fragt der Mann, worauf der Schneider antwortet: »Es wird gar nichts.« Britt-Marie kann das auf vieles übertragen.

»Hören Sie! Sind Sie bei, wie sagt man? Bewusstsein?«, fragt jemand da oben nun etwas schroffer, und Britt-Marie fährt der Pizzageruch schärfer in die Nase.

Sie kann Pizza deshalb nicht leiden, weil Kent so oft nach Pizza stank, wenn er spätabends von seinen Meetings mit Deutschland nach Hause kam. Britt-Marie kann sich an jeden Geruch erinnern, der an ihm haftete. Am meisten an den aus dem Krankenhauszimmer. Das Zimmer war voller Blumen, es ist üblich, dass man Blumensträuße bekommt, wenn man einen Herzinfarkt hatte, aber Britt-Marie nahm den Duft von Parfüm und Pizza an seinem Oberhemd, das auf der Bettkante lag, trotzdem wahr.

Er schlief, schnarchte leise. Sie hielt seine Hand zum letzten Mal, ohne dass er erwachte. Dann legte sie sein Hemd zusammen und steckte es in ihre Handtasche. Als sie nach Hause kam, behandelte sie den Kragen mit Natron und Essig und wusch es zweimal, bevor sie es auf einen Bügel hängte. Dann putzte sie die Fenster mit Faxin und frischte die Matratze mit Backpulver auf und holte die Blumenkästen herein und packte ihren Koffer und stellte zum ersten Mal in ihrem ganzen Leben ihr Handy an. Zum ersten Mal in ihrem gemeinsamen Leben. Sie dachte, dass die Kinder vielleicht anrufen würden, um nachzufragen, wie es Kent gehe. Doch das taten sie nicht. Beide schickten nur eine SMS. Es gab eine Phase, als sie gerade volljährig geworden waren, in der sie noch versprachen, zu Weihnachten zu Besuch zu kommen. Dann schoben sie einen Grund vor, um es nicht tun zu müssen. Ein paar Jahre später hörten sie ganz damit auf. Schließlich gaben sie nicht einmal mehr vor, dass sie überhaupt vorhatten zu kommen. So kam es. Es wurde am Ende nichts.

Britt-Marie hat Theater immer gemocht, denn es gefällt ihr, dass die Schauspieler nach der Vorstellung einen Applaus für das bekommen, was sie vorgetragen haben. Kents Herzinfarkt und die Stimme der schönen jungen Frau, die anrief und es ihr erzählte, nahmen Britt-Marie die Möglichkeit, sich weiterhin etwas vorzumachen. Man kann die Existenz einer Person nicht ignorieren, wenn man ihre Stimme im Telefon hört. Also verließ Britt-Marie das Krankenhaus mit einem Oberhemd, das nach Parfüm roch, und mit einem Herzen, das gebrochen war.

Blumensträuße kriegt man dafür nicht.

»Scheiße, SIND Sie jetzt tot?«, fragt Jemand ungeduldig.

Britt-Marie findet es sehr unhöflich, mitten im Tod unterbrochen zu werden. Noch dazu mit dieser schrecklichen Wortwahl. Es gibt nun wirklich eine Reihe besserer Alternativen als »Scheiße«, wenn man dieses Gefühl unbedingt ausdrücken muss. Sie schaut auf zu diesem Jemand, der sich über sie beugt.

»Würden Sie mir sagen, wo ich bin?«, fragt Britt-Marie benommen.

»Hallo! In der Krankenstation«, antwortet Jemand fröhlich.

»Es riecht nach Pizza«, entgegnet Britt-Marie.

»Ja, wissen Sie, Krankenstation ist auch Pizzeria«, erklärt Jemand und nickt.

»Das erscheint mir nicht gerade hygienisch«, entgegnet Britt-Marie.

Jemand zuckt mit den Schultern.

»Zuerst war Pizzeria. Dann, wissen Sie, Krankenstation wurde geschlossen. Finanzkrise. Scheiße. Und jetzt, wissen Sie, wir tun, was wir können. Aber keine Sorge. Kann Erste Hilfe!«

Jemand, der wie eine Frau aussieht, zeigt freundschaftlich auf eine offene Kunststoffkiste, auf der ein rotes Kreuz abgebildet ist, neben dem *Erste Hilfe* steht. Dann wedelt sie mit einer stinkenden Flasche.

»Und hier, wissen Sie, ist zweite Hilfe! Wollen Sie mal?«

»Wie bitte?«, wimmert Britt-Marie, die Hand auf der schmerzenden Beule an der Stirn.

Jemand, die bei genauerer visueller Kontrolle nicht dasteht und sich über Britt-Marie beugt, sondern dies in Wirklichkeit aus einer sitzenden Position heraus tut, versucht ihr ein Glas zu reichen.

»Spirituosengeschäft ist auch zu. Deshalb, wissen Sie, wir tun, was wir können. Bitte schön! Wodka aus Estland oder so. Buchstaben total merkwürdig, wissen Sie. Vielleicht auch kein Wodka. Aber egal, ätzt bisschen an Zunge, na, da gewöhnt man sich dran. Gut gegen so, wie sagt man? Beläge bei Erkältungen.«

Britt-Marie schüttelt gequält den Kopf und entdeckt die roten Flecken auf ihrem Blazer.

»Blute ich?«, ruft sie aus und setzt sich völlig erschrocken auf. Es wäre ja wirklich furchtbar ärgerlich, wenn sie auf dem Fußboden von Jemand Blutflecken hinterlassen würde, ob der nun gewischt ist oder nicht.

»Nein! Nein! Isses nicht. Na, Sie kriegen vielleicht Riesenbeule vom Schuss, aber das da ist nur Tomatensoße, wissen Sie«, ruft Jemand und versucht, Britt-Maries Blazer mit einer Serviette abzuwischen.

Britt-Marie bemerkt, dass Jemand im Rollstuhl sitzt. Das ist kaum zu übersehen. Jemand macht auch einen etwas angetrunkenen Eindruck. Britt-Marie führt dies darauf zurück, dass Jemand nach Wodka riecht und Schwierigkeiten hat, mit der Serviette zu treffen, auf nichts anderes. Britt-Marie hat keine Vorurteile.

»Hab hier gewartet, dass Sie aufhören, so tot zu tun. Hab Hunger gekriegt, wissen Sie, hab dann Mittag gegessen«, grinst Jemand und zeigt mit dem Finger auf eine halb aufgegessene Pizza, die auf einer Fußbank steht.

»Mittagessen? Jetzt schon?«, murmelt Britt-Marie, denn es ist noch nicht einmal elf Uhr.

»Hunger? Ist noch Pizza da!«, bietet Jemand ihr an.

Erst in diesem Moment kapiert Britt-Marie, was sie eben gehört hat. »Was meinten Sie mit einer Beule vom ›Schuss‹? Bin ich ANGESCHOSSEN worden?«, brüllt sie los und tastet ihren Kopf ab, als suche sie nach Löchern.

»Ja, ja, ja. Mit Fußball an den Kopf, wissen Sie«, nickt Jemand und kleckert Wodka auf die Pizza.

Britt-Marie sieht aus, als hätte sie eine Pistole dem Fußball eventuell vorgezogen. Sie stellt sich vor, dass Pistolen nicht so dreckig sind.

Jemand – die aussieht, als sei sie Mitte vierzig – und ein Mädchen, das gerade aufgetaucht ist und aussieht, als sei es vielleicht dreizehn oder vierzehn, helfen ihr auf. Jemand hat die schlimmste Frisur, die Britt-Marie je gesehen hat, als würde sie sich mit einem völlig verängstigten Tier die Haare kämmen. Die Frisur des Kindes ist anständiger, aber seine Jeans sind über die gesamte Länge des Oberschenkels zerrissen. Das ist vermutlich gerade modern.

Jemand grinst unbekümmert.

»Diese Rotzbengel, wissen Sie. Verdammter Fußball. Aber nicht böse werden, haben nicht auf Sie gezielt!«

Britt-Marie tastet die Beule auf ihrer Stirn ab.

»Bin ich dreckig im Gesicht?«, fragt sie halb ängstlich, halb vorwurfsvoll.

Jemand schüttelt den Kopf und rollt zu ihrer Pizza zurück. Britt-Maries Blick fällt beschämt auf zwei Männer mit Bart und Kappe, die in einer Ecke an einem Tisch mit Kaffeetassen und Abendzeitung sitzen. Sie findet die Vorstellung grässlich, dass sie hier mitten in deren Kaffeepause ohnmächtig auf dem Boden gelegen hat, aber keiner der Männer würdigt sie eines Blickes.

»Sie waren nur bisschen ohnmächtig«, sagt Jemand sorglos, mit der Betonung auf »bisschen« und nicht auf »ohnmächtig«, und rollt an ihr vorbei, Teile der Pizza gerade auf dem Weg zwischen Pullover und Mund.

Britt-Marie holt einen kleinen Spiegel aus ihrer Handtasche und reibt sich über die Stirn. Sie findet es ganz schrecklich, dass sie ohnmächtig geworden ist, aber noch viel schrecklicher fände sie es, wenn sie dabei auch noch dreckig gewesen wäre. Und wenn sie jetzt tot wäre? Was würden die Leute denken? Mitten im Kaffeetrinken.

»Woher wollen Sie wissen, dass die nicht auf mich gezielt haben?«, fragt sie nur ein ganz kleines bisschen kritisch.

Jemand wedelt mit den Händen.

»Haben getroffen. Wenn sie zielen, kein Treffer. Kids sind echt schlecht im Fußball.«

»So«, sagt Britt-Marie.

»So schlecht sind wir gar nicht …«, murmelt die Teenagerin neben ihr gekränkt.

Britt-Marie bemerkt, dass die Kleine den Fußball in der Hand hält. So wie man einen Fußball festhält, wenn man sich nur auf diese Art und Weise davon abhalten kann, nicht immer und immer wieder zu schießen.

Jemand nickt dem Mädchen ermunternd zu.

»Heißt Vega. Arbeitet hier!«

»Solltest du nicht in der Schule sein?«, fragt Britt-Marie, ohne ihren Blick von dem Ball abzuwenden.

»Solltest du nicht bei der Arbeit sein?«, antwortet Vega und hält den Fußball so, wie man die Hand einer Person hält, in die man verliebt ist.

Britt-Marie drückt ihre Handtasche ganz fest an sich.

»Darf ich dich darüber aufklären, dass ich mich gerade auf dem Weg zur Arbeit befand, als man mir an den Kopf geschossen hat. Ich bin Hausmeisterin im Jugendzentrum, jawohl. Heute ist mein erster Tag.«

Vegas Mund öffnet sich vor Staunen. Als ob das mit einem Mal alles verändert. Aber sie bleibt still.

»Hausmeister? Sagen Sie das doch, gute Frau! Ich hab so ein, wie sagt man? Einschreiben! Mit Schlüssel drin!«, ruft Jemand stattdessen.

»Mir wurde gesagt, ich solle den Schlüssel auf der Post abholen«, korrigiert Britt-Marie sie fürsorglich.

»Ist hier! Haben Post geschlossen, wissen Sie doch!«, schreit Jemand und rollt hinter den Tresen, noch immer die Wodkaflasche in der Hand.

Darauf folgt ein kurzes Schweigen, das von einem »Pling« von der Tür und ein paar dreckigen Turnschuhen auf dem nicht gewischten Boden gebrochen wird. Jemand taucht hinter dem Tresen auf und ruft:

»Hallo, Karl! Ich hab Paket, Moment!«

Britt-Marie dreht sich um und wird von einem heftigen Stoß gegen die Schulter fast umgehauen. Sie sieht auf und bemerkt, dass ein dicker Bart nur wenig unterhalb einer unglaublich dreckigen Kappe auf sie herunterschaut.

»Passen Sie doch auf«, brummt etwas zwischen Kappe und Bart.

Britt-Marie, die nur still dagestanden hat, versteht das überhaupt nicht. Also umklammert sie ihre Handtasche noch fester und antwortet.

»So.«

»Aber *du* hast *sie* doch angerempelt!«, zischt Vega plötzlich hinter ihr.

Britt-Marie gefällt das gar nicht. Es verwirrt sie, wenn jemand sie verteidigt. Weil sie das nicht gewohnt ist.

Jemand taucht mit Karls Paket auf, Karl schaut ärgerlich zu Vega hinüber und feindselig zu Britt-Marie. Dann nickt er den beiden Männern, die in der Ecke sitzen, griesgrämig zu. Sie nicken noch griesgrämiger zurück. Die Tür plingt fröhlich, als Karl sie hinter sich zuknallt. Sie weiß es ja nicht besser.

Jemand klopft Britt-Marie aufmunternd auf die Schulter.

»Ärgern Sie sich nicht über den. Karl ist, wie sagt man? Hat Zitrone im Arsch, wissen Sie?«

Britt-Marie sieht nicht ganz so aus, als wisse sie das. Für Jemand scheint es keine Rolle zu spielen.

»Er ist sauer, wissen Sie, auf Leben und Universum und so irgendwie alles. Die hier mögen Leute aus Großstadt nicht, wissen Sie«, sagt sie zu Britt-Marie und nickt zu den Männern hinüber, die am Tisch sitzen. Sie lesen die Zeitung und trinken ihren Kaffee, als ob die Frauen gar nicht anwesend wären.

»Woher wusste er denn, dass ich aus der Stadt komme?«, fragt Britt-Marie.

Jemand verdreht die Augen. Britt-Marie weiß nicht, wie sie das deuten soll, also beschäftigt sie sich damit, die Pizzasoßenflecken auf ihrem Blazer genauer zu untersuchen. Blut wäre ihr lieber, denn Blut kriegt sie mit Natron raus. Sie hat keine Ahnung, was gegen Pizzasoße hilft.

»Kommen Sie! Ich zeige Ihnen Jugendzentrum!«, ruft Jemand und rollt in Richtung Tür.

Britt-Marie schaut auf die andere Seite der Pizzeria/Krankenstation/Poststelle. Da stehen lauter Regale mit Lebensmitteln. Als wäre es ein Lebensmittelgeschäft.

»Darf ich fragen, ob das ein Lebensmittelgeschäft ist?«, fragt sie.

»Sie haben Supermarkt geschlossen, wissen Sie, wir tun, was wir können!«, ruft Jemand.

Britt-Marie findet das alles wirklich nicht sehr hygienisch. Da fallen ihr die schmutzigen Fenster im Jugendzentrum wieder ein.

»Darf ich fragen, führen Sie Faxin?«, fragt sie.

»Nein«, sagt Jemand, als wisse sie gar nicht, was Faxin überhaupt ist.

Britt-Marie lächelt geduldig.

»Das ist ein Fensterputzmittel, wissen Sie.«

Britt-Marie hat noch nie etwas anderes als Faxin benutzt. Als sie klein war, fand sie in der Zeitung ihres Vaters eine Werbeanzeige für Faxin. Eine Frau stand vor einem sauberen Fenster, sah hinaus, und darunter stand: *Mit Faxin siehst du die Welt.* Britt-Marie liebte dieses Bild. Als sie älter wurde, putzte sie ihre Fenster jeden Tag mit Faxin. Das hat sie ihr ganzes Leben lang getan, und nie hat sie ein Problem gehabt, die Welt zu sehen. Nur hat die Welt leider sie nie gesehen.

»Ich weiß, wissen Sie, aber Faxin gibt's nicht mehr, wissen Sie!«, sagt Jemand.

»Was wollen Sie damit sagen?«, fragt Britt-Marie nur geringfügig vorwurfsvoll.

Jemand zuckt mit den Schultern.

»Wissen Sie, Faxin ist bei Hersteller, wie sagt man? Aus Sortiment genommen! Lohnt sich nicht mehr, wissen Sie.«

Britt-Marie reißt die Augen auf und keucht:

»Was wollen Sie damit sagen?«

»Sortiment, wissen Sie«, wiederholt Jemand.

Britt-Marie steht schweigend da. Völlig unter Schock.

»Kann man das so einfach tun?«, bringt sie schließlich hervor.

»Rechnet sich nicht mehr«, antwortet Jemand.

Als ob das eine Antwort wäre.

»Aber das kann man doch trotzdem nicht einfach so machen!«, ruft Britt-Marie voller Empörung aus.

Jemand zuckt mit den Schultern.

»Egal. Hab was anderes. Wollen Sie das?«

»Nein, es muss Faxin sein«, antwortet Britt-Marie, als ob allein der Vorschlag, darüber nachzudenken, die Marke zu wechseln, eine schwere Beleidigung wäre.

»Hab so eine russische Marke, gutes Zeug, dahinten …«, schlägt Jemand vor und weist Vega an, hinüberzulaufen und es zu holen.

»Nein!«, fährt Britt-Marie dazwischen, geht zur Tür und schimpft: »Dann nehme ich lieber Natron!«

Man kann doch schließlich nicht einfach ändern, wie Britt-Marie die Welt sieht.

6

Britt-Marie stolpert über die Türschwelle. Als würden nicht nur die Menschen in Borg sie nicht haben wollen, sondern auch der Ort selbst. Sie steht an der Rollstuhlrampe am Eingang der Pizzeria. Krallt die Zehen so fest zusammen, dass ihr Fuß zu einer Art Faust im Schuh wird, um den Schmerz zu ersticken. Auf der Straße verlässt ein Traktor den Ort in die eine Richtung, ein Lastwagen rollt in die andere. Dann liegt die Straße wieder verlassen da. Britt-Marie ist noch nie in solch einem winzigen Dorf ausgestiegen, sie ist nur mit dem Auto durchgefahren, wenn sie auf dem Beifahrersitz saß. Kent hat diese kleinen Käffer immer verachtet. »Diese verfluchten Sozialhilfenester, genau deshalb zahlen wir die höchsten Steuern der Welt, die sollten diese Dörfer nicht Wohnorte nennen, sondern Aufenthaltsorte!«, regte er sich immer auf, und dann gluckste er selbst über seinen Wortwitz, als ob er ihn zum allerersten Mal gemacht hätte. Wenn Britt-Marie nicht sofort lachte, gab Kent ihr einen Stoß mit dem Ellenbogen und rief: »Kapierst du? *Aufenthalts*orte!« Als hätte es daran gelegen.

Britt-Marie fängt sich wieder und hält ihre Handtasche noch fester, als sie von der Rollstuhlrampe auf den großen Schotterparkplatz hinabsteigt. Sie geht schnell, als wäre jemand hinter ihr her. Jemand rollt ihr nach, als sei sie das. Vega nimmt den Fußball und rennt auf eine Horde anderer Kinder zu, die alle Jeans tragen, die an den Oberschenkeln zerrissen sind. Nachdem sie ein paar Schritte gemacht hat, bleibt sie stehen, schielt zu Britt-Marie hinüber und murmelt:

»Sorry, dass du den Ball an den Kopf gekriegt hast. Wir haben nicht auf dich gezielt.«

Und dann meckert sie säuerlich zu Jemand hinüber:

»Aber wir HÄTTEN treffen können, wenn wir gezielt hätten!«

Sie dreht sich um und schießt den Ball an den Jungs vorbei gegen einen Bretterzaun zwischen Jugendzentrum und Pizzeria. Einer der Jungs holt sich den Ball und schießt ihn noch mal gegen den gleichen Zaun. Erst da begreift Britt-Marie, was für ein Donnern das in Borg ist. Einer der Jungs zielt offenbar auf den Bretterzaun, doch stattdessen schießt er den Ball wieder zurück und direkt auf Britt-Marie, was, wenn man den Winkel bedenkt, eine herausragend miserable Leistung dokumentiert.

Der Ball rollt langsam auf Britt-Marie zu. Die Kinder sehen aus, als würden sie darauf warten, dass Britt-Marie ihn zurückschießt. Britt-Marie macht einen Satz zur Seite, als ob der Ball versuchte, sie anzuspucken. Der Ball kullert vorbei. Vega kommt angerannt.

»Warum schießt du nicht?«, fragt sie völlig verständnislos.

»Warum in aller Welt sollte ich schießen?«, fragt Britt-Marie.

Sie starren einander wütend an, jede offenbar völlig überzeugt davon, dass die andere komplett verrückt sein muss. Vega schießt den Ball zurück zu den Jungs und rennt davon. Britt-Marie streicht Staub von ihrem Rock. Jemand nimmt einen Schluck Wodka.

»Ach, diese Rotzbengel. Scheiß Fußball. Die würden nicht mal Wasser vom, wie sagt man? Vom Boot aus treffen! Wissen Sie? Aber können nirgendwo spielen. So ein Scheiß. Gemeinde hat Fußballplatz geschlossen. Grundstück verkauft, wollten so Wohnungen bauen. Dann Finanzkrise und so und verdammt, Sie wissen schon: jetzt keine Wohnungen und kein Fußballplatz.«

»Kent sagt, die Finanzkrise sei überstanden«, informiert Britt-Marie sie freundlich.

Jemand schnaubt.

»Dieser Kent hat vielleicht, wie sagt man? Kopf im Sand? Ja?«

Britt-Marie weiß nicht, was sie mehr kränkt: die Tatsache, dass sie nicht genau weiß, was das bedeuten soll, oder was sie glaubt, dass es bedeuten soll.

»Kent versteht davon sicherlich mehr als Sie. Er ist Unternehmer, wissen Sie. Unglaublich erfolgreich. Macht Geschäfte mit Deutschland«, fügt sie hinzu.

Jemand sieht teilnahmslos aus. Zeigt mit der Wodkaflasche zu den Kindern hinüber:

»Als sie den Fußballplatz stillgelegt haben, gab es auch keine Fußballmannschaft mehr. Gute Spieler haben gewechselt in Stadt, zu verdammter Mannschaft da.«

Sie nickt in Richtung Straße, und Britt-Marie vermutet, dass dort die »Stadt« liegt. Dann schaut Jemand wieder zu den Kindern hinüber.

»Stadt. Zwanzig Kilometer in diese Richtung, ja. Und sind jetzt, wissen Sie, nur Kleine übrig. Wie Ihr, wie heißt das Zeug? Faxin! Einfach aus dem Sortiment genommen. Alles muss sich rechnen. Und dieser Kent, ja, der hat wohl ganzen Kopf im Sand. Finanzkrise ist vielleicht in Großstädten überstanden, wissen Sie, aber Borg liebt sie sehr. Wohnt jetzt hier bei uns!«

Ihr Lachen lässt sich kaum von der darauffolgenden Hustenattacke unterscheiden. Britt-Marie nimmt wahr, wie sie deutlich zwischen der »Stadt«, die zwanzig Kilometer entfernt liegt, und der »Großstadt«, aus der Britt-Marie kommt, unterscheidet. In zwei Abstufungen von Verachtung. Jemand nimmt einen so großen Schluck, dass ihr die Tränen in die Augen schießen, und fährt fort:

»Wissen Sie, in Borg fahren alle Lastwagen. Hier gab es, wie sagt man? Spedition! Dann, Sie wissen ja, diese Finanzkrise. Jetzt in Borg mehr Menschen als Lastwagen und mehr Lastwagen als Jobs.«

Britt-Marie hält ihre Handtasche immer krampfhafter fest. Sie verspürt, und das nicht völlig grundlos, das Verlangen, sich zu verteidigen.

»Hier gibt es Ratten«, informiert sie Jemand deshalb, und dies gar nicht unfreundlich.

Jemand nimmt zerstreut noch einen Schluck Wodka.

»Ratten müssen auch irgendwo wohnen, oder?«

Britt-Marie nickt, wirklich nicht kritisierend.

»Ratten sind schmutzig. Sie leben in ihrem eigenen Dreck. Und das macht Ihnen also nichts aus. Wie angenehm für Sie.«

Jemand kratzt sich hinterm Ohr. Schaut interessiert auf ihre Fingerspitze. Trinkt wieder Wodka. Britt-Marie nickt und fügt in jeder Hinsicht fürsorglich hinzu:

»Wenn Sie sich hier in Borg ein bisschen mehr Mühe machen würden, alles sauber und rein zu halten, dann hätten Sie hier vielleicht auch nicht ganz so viel Finanzkrise.«

Jemand sieht nicht direkt so aus, als hätte sie zugehört.

»Das ist so ein, wie sagt man? Mythos! Dreckige Ratten. Das ist ein Mythos. Die sind, wie sagt man? Reinlich! Waschen sich wie Katzen, wissen Sie, mit Zunge. Mäuse sind dreckig, kacken überall, aber Ratten haben Toilette. Machen immer auf gleichen Fleck.«

Sie zeigt auf ihren Hintern und dann auf die Erde, als sie »machen« sagt. Britt-Marie versucht, das zu ignorieren. Jemand zeigt mit der Flasche auf Britt-Maries Auto.

»Sie sollten Wagen hier wegfahren. Kinder werden mit dem Fußball draufschießen.«

Britt-Marie schüttelt geduldig den Kopf.

»Der kann nicht weggefahren werden, es gab eine Explosion, als ich ihn geparkt habe.«

Jemand lacht. Rollt um den Wagen herum und schaut auf die fußballförmige Delle in der Beifahrertür.

»Aha. Steinschlag«, sagt sie und grinst.

»Wie bitte?«, fragt Britt-Marie, geht ihr widerwillig hinterher und stiert auf die fußballförmige Delle.

»›Steinschlag‹. Ist es jedenfalls, wenn Werkstatt Versicherung anruft. Da sagt Werkstatt: ›Steinschlag‹«, erklärt Jemand und grinst immer noch.

Britt-Marie tastet nach der Liste in ihrer Handtasche.

»So. Darf ich fragen, wo sich die nächste Werkstatt befindet?«

»Hier«, antwortet Jemand.

Britt-Marie schaut skeptisch. Auf Jemand, nicht auf den Rollstuhl, natürlich. Britt-Marie gehört nicht zu den Leuten, die Vorurteile haben.

»Reparieren Sie Autos?«

Jemand zuckt mit den Schultern.

»Die haben Werkstatt zugemacht. Wir tun, was wir können. Aber egal jetzt! Ich zeige Jugendzentrum, ja?«

Jemand hält ihr den Umschlag mit dem Schlüssel hin. Britt-Marie nimmt ihn, blickt auf Jemands Wodkaflasche und hält ihre Handtasche ganz, ganz fest. Schüttelt dann den Kopf.

»Danke, nicht nötig. Nur keine Umstände.«

»Keine Umstände für mich«, sagt Jemand und macht mit dem Rollstuhl lässig einen Schwung vor und einen zurück.

Britt-Marie lächelt verständnisvoll.

»Ich meinte nicht die Umstände für *Sie*.«

Dann dreht sie sich ganz schnell um, damit Jemand nicht auf die Idee kommt, ihr zu folgen, und marschiert über den Schotterparkplatz. Sie holt ihre Koffer und die Blumenkästen aus dem Wagen und trägt sie ins Jugendzentrum. Schließt die Tür auf, geht hinein und schließt sie hinter sich, schließt auch gleich ab. Nicht dass sie diese Frau Jemand nicht mag, ganz und gar nicht. Britt-Marie gehört nicht zu denen, die Menschen nicht mögen.

Aber der Wodkageruch erinnert sie so an Kent.

Sie holt noch einmal ihr Handy heraus. Die junge Frau vom Arbeitsamt meldet sich nicht direkt überschwänglich.

»Ich möchte Sie bitten, einen Kammerjäger zu kontaktieren,

es gibt hier mindestens eine Ratte!«, teilt Britt-Marie ihr ohne Umschweife mit.

»Aber liebe Frau Wieslander, ich habe doch versucht, Ihnen zu erklä…«, setzt die junge Frau an und klingt dabei so, als hätte sie die Stirn auf den Schreibtisch sinken lassen.

»Sie haben mir gesagt, ich solle anrufen, wenn ich Fragen zu dem Job hätte. Das ist eine Frage zum Job. Es ist unhygienisch, wenn Ratten am Arbeitsplatz sind«, konstatiert Britt-Marie.

»Okay, okay, okay, ich schaue, was ich tun kann«, murmelt die junge Frau mit dem vagen Tonfall einer Person, die nun langsam mit dem Hörer auf ihren Kopf einschlägt.

Britt-Marie legt auf. Sieht sich um. Es donnert an der Außenwand, und im Staub auf dem Fußboden findet sie Rattenspuren. Also tut Britt-Marie das, was sie immer tut, wenn das Leben am schlimmsten ist: Sie putzt. Sie reinigt die Fenster mit einem Tuch, das sie in Natron getunkt hat, und wischt sie mit in Essig getränktem Zeitungspapier trocken. Das Ergebnis ist fast so gut wie mit Faxin, aber sie hat nicht so ein gutes Gefühl. Sie reinigt die Spüle mit Natron und Wasser und wischt alle Böden, dann vermischt sie Natron mit Zitronensaft, um die Fliesen und die Wasserhähne im Badezimmer sauberzukriegen, und schließlich mischt sie Natron und Zahncreme, um das Waschbecken zu polieren. Dann streut sie Natron in ihre Blumenkästen, denn sonst kommen die Schnecken.

Die Blumenkästen sehen aus, als wäre nur Erde darin, aber darunter schlummern die Blumen und warten auf den Frühling. Im Winter muss man mit der Zuversicht gießen, dass das, was nach nichts aussieht, das ganze Potential in sich trägt. Britt-Marie weiß nicht mehr, ob sie wirklich zuversichtlich ist oder einfach nur hofft. Vielleicht auch keins von beidem.

Die Tapeten des Jugendzentrums beäugen sowohl sie als auch die Blumenkästen mit Gleichgültigkeit. Die Wände sind übersät von Fotos, auf denen Menschen und Fußbälle abgebildet sind. Überall Fußbälle. Jedes Mal, wenn Britt-Marie aus dem Augenwinkel einen wahrnimmt, drückt sie ihren Putzschwamm etwas fester auf, aber natürlich nicht passiv-aggressiv. Nur sorgfältig und fürsorglich. Sie putzt, bis das Donnern gegen die Wand draußen aufhört und die Kinder mit den Fußbällen nach Hause gehen. Erst als die Sonne untergeht, bemerkt Britt-Marie, dass abgesehen von der in der Küche keine einzige Lampe im Haus funktioniert. Hier strandet sie also, auf einer kleinen Insel aus künstlichem Leuchtstoffröhrenlicht in einem demnächst geschlossenen Jugendzentrum.

Die Küche ist mit einer Spüle, einem Kühlschrank und zwei Holzschemeln so gut wie ausgefüllt. Britt-Marie öffnet den Kühlschrank, in dem nur eine Packung Kaffee steht. Sie flucht über sich selbst, dass sie nicht daran gedacht hat, etwas Vanilleextrakt einzupacken. Wenn man Vanilleextrakt mit Natron vermischt, riecht es im Kühlschrank immer frisch.

Skeptisch bleibt sie vor der Kaffeemaschine stehen. Die sieht sehr modern aus. Britt-Marie hat seit Jahren keinen Kaffee mehr gekocht, weil Kent sehr guten Kaffee macht und Britt-Marie immer die Ansicht vertritt, es sei am besten, auf ihn zu warten. Aber diese Kaffeemaschine hat einen Knopf, der leuchtet, und das ist das Netteste, was Britt-Marie in letzter Zeit begegnet ist, also versucht sie den Deckel des Fachs zu öffnen, in das vermutlich der Kaffee gefüllt wird. Er klemmt. Der Knopf fängt an, böse zu blinken. Britt-Marie fühlt sich davon tief gekränkt. Frustriert zerrt sie an der Klappe, woraufhin das Blinken noch heftiger wird, was bewirkt, dass Britt-Marie noch frustrierter am Deckel reißt, bis die ganze Maschine schließlich umkippt. Dabei geht der Deckel auf, und ein Brei aus Kaffeesatz und Wasser ergießt sich über Britt-Maries Blazer.

Man sagt, Menschen verändern sich, wenn sie verreisen. Das ist der Grund, warum Britt-Marie nie Lust verspürt hat wegzufahren. Sie mag keine Veränderungen. Es muss daher wohl am Reisen liegen, vermutet Britt-Marie im Nachhinein, dass sie so komplett die Fassung verliert. Das ist ihr nicht mehr passiert, seit Kent zu Beginn ihrer Ehe mit Golfschuhen übers Parkett gelaufen ist.

Sie greift nach dem Wischmopp und schlägt den Stiel wutbrausend mit aller Kraft auf die Kaffeemaschine. Das Gerät blinkt. Etwas bricht. Das Blinken hört auf. Britt-Marie schlägt mit dem Stiel des Wischmopps immer und immer wieder darauf, bis ihre Arme zittern und ihre Augen die Konturen der Spüle nicht mehr erkennen. Völlig erschöpft holt sie dann ein Handtuch aus ihrem Koffer. Macht die Lampe an der Decke aus. Setzt sich im Dunkeln auf einen der zwei Holzschemel und weint ins Handtuch.

Bloß nicht auf den Boden weinen. Das gibt Flecken.

7

Britt-Marie ist die ganze Nacht wach. Das ist sie gewohnt. So ist das, wenn man immer für jemand anderen gelebt hat.

Sie sitzt im Dunkeln, natürlich im Dunkeln, denn was sollen die Leute denken, wenn sie vorbeigehen und sehen, dass bei ihr mitten in der Nacht Licht brennt wie bei einer Kriminellen? Aber sie schläft nicht, denn ihr geht die dicke Staubschicht, die im Jugendzentrum lag, bevor sie geputzt hat, nicht aus dem Sinn. Wenn sie nun im Schlaf stirbt, hat sie wirklich nicht vor, dort so lange liegen zu bleiben, bis sie anfängt zu riechen und von Staub bedeckt ist. Ebenso wenig ist daran zu denken, auf einem der Sofas zu schlafen, die im Jugendzentrum in einer Ecke stehen, denn die sind so verdreckt, dass Britt-Marie zwei Paar Haushaltshandschuhe übergestreift hat, um sie mit Backpulver zu bearbeiten. Vielleicht hätte sie im Auto schlafen sollen. Aber sie ist schließlich kein Tier.

Die junge Frau im Arbeitsamt hat betont, dass es in der Stadt, die zwanzig Kilometer entfernt liegt, ein Hotel gibt, aber Britt-Marie kann sich nicht vorstellen, noch einmal eine Nacht in einem Hotel wach zu liegen, wo andere Leute für einen das Bett gemacht haben. Sie weiß schon, dass es Menschen gibt, die nichts anderes tun, als davon zu träumen, zu verreisen und etwas Neues zu erleben, aber Britt-Marie träumt davon, zu Hause zu sein und dass alles wie immer ist. Sie will, dass Kent da ist und dass im Putzschrank mindestens eine fast volle Flasche Faxin steht. Sie will ihr eigenes Bett machen.

Nicht dass Britt-Marie dem Reinigungspersonal, das die Betten macht, misstraut, selbstverständlich nicht, aber wenn Kent und sie im Hotel übernachten, dann hängt sie immer das *Bitte nicht stören!*-Schild an die Tür und macht selbst die Betten und putzt. Nicht dass sie Menschen verurteilt, keineswegs, Britt-Marie hat völlig rationale Gründe. Sie weiß nur zu gut, dass Putzfrauen sehr wohl Menschen sein können, die andere verurteilen, und für den Fall will Britt-Marie nicht riskieren, dass das Reinigungspersonal am Abend in der Besprechung sitzt und darüber redet, wie furchtbar dreckig es in Zimmer 423 war. Das ist ein rationaler Grund. Die Leute haben doch schließlich rund um die Uhr Besprechungen, und zu meinen, bei Reinigungspersonal sei das anders, wäre wirklich ein Vorurteil.

Einmal passierte es, dass Kent sich bei einem Hotelaufenthalt mit der Check-in-Zeit für den Heimflug irrte, auch wenn Kent noch heute behauptet, dass »diese Idioten einem nicht mal die richtige Zeit auf dieses Mistticket drucken können!«, und so mussten sie zwangsläufig mitten in der Nacht aufbrechen und hatten keine Zeit mehr zu duschen. Als Britt-Marie fast schon zur Tür hinaus war, hielt sie inne und lief noch einmal zurück ins Badezimmer, um den Hahn in der Dusche für ein paar Sekunden aufzudrehen, damit Wasser auf dem Boden stand und das Reinigungspersonal nicht auf die Idee kommen konnte, diese Gäste seien in ihrem eigenen Dreck abgereist.

Kent fauchte und sagte, dass sie sich immer viel zu viele Gedanken darüber mache, was die Leute von ihr dächten. Britt-Marie schrie den ganzen Weg bis zum Flughafen innerlich. Es war ihr doch völlig egal, was die Leute über sie dachten.

Aber es war ihr nicht egal, was die Leute über Kent dachten.

Sie weiß nicht, wann es ihm egal geworden ist, was die Leute von ihr halten. Sie weiß, dass es ihm früher nicht egal war. Als er sie noch so ansah, als sei sie da. Es ist schwer zu sagen, wann genau die

Liebe aufblüht: Eines Tages erwacht man ganz plötzlich, und sie hat ausgeschlagen. Genauso passiert es, wenn sie wieder verblüht: Eines Tages ist es plötzlich zu spät. So gesehen hat Liebe viel Ähnlichkeit mit Balkonpflanzen. Manchmal hilft nicht einmal Natron.

Britt-Marie weiß nicht, wann ihr ihre Ehe entglitten ist. Wann sie abgewetzt und voller Kratzer war, egal, wie oft sie einen Untersetzer benutzte. Früher hielt Kent beim Einschlafen immer ihre Hand, und sie träumte seine Träume. Es war nicht so, dass Britt-Marie keine eigenen Träume hatte, doch seine waren größer, und der, der die größten Träume hat, gewinnt doch immer in dieser Welt. Das hat sie gelernt. Also blieb sie für ein paar Jahre zu Hause, um sich um seine Kinder zu kümmern, statt von eigenen zu träumen. Und blieb noch ein paar Jahre zu Hause, um ein vorzeigbares Heim für seine Karriere einzurichten, statt von ihrer eigenen zu träumen. Sie hatte Nachbarn, die sie »Meckerziege« nannten, wenn sie sich Gedanken darüber machte, was die Deutschen wohl denken würden, wenn im Eingangsbereich Müll herumstand oder es im Treppenhaus nach Pizza roch. Sie hatte keine Freunde, sie hatte Bekannte, die meist mit Kents Geschäftsfreunden verheiratet waren. Eine von ihnen bot bei einer Einladung zum Abendessen an, beim Abwasch zu helfen, und dann sortierte sie in Britt-Maries Besteckschublade Messer – Löffel – Gabeln. Als Britt-Marie sie völlig verstört fragte, was sie sich da um alles in der Welt erlaube, musste die Bekannte lachen, als handele es sich um einen Scherz, und sagte: »Das ist doch völlig egal!« Heute sind sie keine Bekannten mehr. Kent sagte, dass Britt-Marie sozial inkompetent sei, deshalb blieb sie noch ein paar Jahre zu Hause, damit er für sie beide sozial aktiv sein konnte. So wurden aus einigen Jahren viele Jahre und aus vielen Jahren alle Jahre. Das ist einfach so mit den Jahren. Nicht dass Britt-Marie sich dazu entschieden hätte, keine Erwartungen zu haben, sie erwachte bloß eines Morgens und stellte fest, dass es nun zu spät war, welche zu entwickeln. Dass auch daraus nichts geworden war.

Kents Kinder mochten sie, glaubt sie, aber Kinder werden erwachsen, und Erwachsene nennen Frauen wie Britt-Marie Meckerziegen. Zeitweise gab es im Haus noch andere Kinder, ab und zu durfte Britt-Marie für sie Mittagessen kochen, wenn sie allein zu Hause waren. Aber diese Kinder hatten ihre eigenen Mütter und Großmütter, die früher oder später nach Hause kamen, und dann wurden sie erwachsen. Und Britt-Marie wurde zur Meckerziege. Kent sagte, sie sei sozial inkompetent, und sie nahm an, dass er recht hatte.

Deshalb war am Ende alles, was sie sich wünschte, ein Balkon und ein Mann, der nicht mit Golfschuhen übers Parkett lief und der sein Oberhemd hin und wieder in den Wäschekorb warf, ohne dass sie etwas sagen musste, und der wenigstens einmal erwähnte, dass das Essen lecker sei, ohne dass sie nachfragte. Ein Zuhause. Kinder, die nicht ihre eigenen sind, aber die wenigstens zu Weihnachten nach Hause kommen. Oder zumindest so tun, als hätten sie einen guten Grund, wenn sie nicht kommen. Ein ordentlich sortierter Besteckkasten. Fenster, durch die man die Welt sehen kann. Jemand, dem es auffällt, wenn Britt-Marie sich mit ihren Haaren besonders viel Mühe macht. Oder der wenigstens so tut. Oder Britt-Marie wenigstens so tun lässt, als tue er es.

Jemand, der nur ein einziges Mal, wenn der Boden frisch gewischt ist und ein warmes Essen auf dem Tisch steht, nach Hause kommt und sieht, dass sie sich wirklich bemüht hat. Denn Menschen sind wie Abendessen. Sie brauchen einen Sinn. »Wie schön du alles hergerichtet hast.« Das ist ein Sinn.

Ein Herz bricht vielleicht erst dann, wenn man ein Krankenzimmer mit Oberhemden verlässt, die nach Pizza und Parfüm riechen, aber alles zerbricht leichter, wenn es vorher schon Risse bekommen hat.

Am nächsten Morgen knipst Britt Marie um sechs Uhr die Lampe an. Nicht weil sie sich nach Licht sehnt, sondern weil sie sich denkt, dass vielleicht einige Leute gestern Abend das Licht gesehen haben, und falls die Leute daraus den Schluss gezogen haben, dass Britt-Marie die Nacht im Jugendzentrum verbracht hat, sollen sie bitte nicht glauben, dass sie um diese Zeit am Morgen noch daliegt und schläft.

Neben den Sofas steht ein alter Fernseher, den sie einschalten könnte, um sich nicht so allein zu fühlen, aber sie lässt es, weil es da sicher wieder nur Fußball gibt. Heutzutage gibt es im Fernsehen immerzu Fußball, und da zieht es Britt-Marie wirklich vor, allein zu sein. Das Jugendzentrum umgibt sie mit abwartender Stille. Die Kaffeemaschine liegt umgekippt auf der Seite und hat aufgehört zu blinken. Britt-Marie sitzt auf dem Hocker davor und muss daran denken, wie Kents Kinder zu Kent gesagt haben, Britt-Marie sei »passiv-aggressiv«. Kent musste darüber so lachen, wie wenn er bei einem Fußballspiel Wodka mit Orangensaft trinkt, so dass sein Bauch bebte und das Lachen in kleinen, prustenden Stößen durch die Nasenlöcher kam, und er antwortete: »Sie ist verdammt nochmal nicht passiv-aggressiv, sie ist aggressiv passiv!« Dann lachte er so sehr, dass er auf den Knüpfteppich kleckerte. Es war genau an diesem Abend, dass es Britt-Marie endgültig reichte und sie, ohne ein Wort zu verlieren, den Teppich ins Gästezimmer rollte. Nicht weil sie passiv-aggressiv war, selbstverständlich nicht. Aber es gab schließlich Grenzen.

Was Kent da sagte, kränkte sie weniger als die Tatsache, dass er sich nicht bewusst war, dass sie ganz dicht neben ihm stand und es hören musste. Sie wusste ganz genau, dass Kent keine Ahnung hatte, was »aggressiv passiv« bedeutete. Aber er hatte eine Vermutung, was es bedeutete, und das tat ihr weh.

Sie betrachtet die Kaffeemaschine. In einem flüchtigen und unbekümmerten Moment kommt ihr der Gedanke, sie vielleicht reparieren zu können, aber als sie wieder bei Sinnen ist, lässt sie die Maschine schnell wieder los.

Seit sie verheiratet ist, hat sie nichts mehr repariert. Sie fand es immer am besten zu warten, bis Kent nach Hause kam. Kent sagte immer, »Weibsbilder können ja nicht mal ein Ikea-Möbelstück zusammenschrauben«, wenn sie im Fernsehen in Sendungen über Hausbau oder Renovierung Frauen sahen. »Das sind reine Quotenfrauen«, war Kents Meinung. Britt-Marie saß immer neben ihm auf dem Sofa und löste Kreuzworträtsel. Immer so dicht an der Fernbedienung, dass sie seine Fingerspitzen an ihrem Knie spürte, wenn er danach tastete, um auf einen anderen Sender umzuschalten, wo ein Fußballspiel übertragen wurde.

Sie betrachtet die Kaffeemaschine und faltet ihre Hände entschlossen auf Hüfthöhe. Dann holt sie mehr Natron und putzt das ganze Jugendzentrum noch einmal. Gerade ist sie dabei, noch mehr Backpulver auf die Sofas zu streuen, da klopft es an der Tür. Es dauert eine ganze Weile, bis Britt-Marie öffnet, weil es so viel Zeit kostet, zur Toilette zu laufen und bei kaputter Beleuchtung vor dem Spiegel die Haare zu richten.

Kent hat es nie begriffen, warum sie ihre Haare richtete, bevor sie das Haus verließen. Auch wenn sie nur zum Einkaufen gingen.

Als ob es um sie ginge, als ob sie sich Sorgen machte, dass die Leute schlecht von ihr denken könnten.

Draußen vor der Tür hockt Jemand mit einem Pappkarton Wein in den Händen.

»So«, sagt Britt-Marie zum Pappkarton.

»Guter Wein, wissen Sie. Billig. Ist vom Laster gefallen, echt!«, sagt Jemand zufrieden.

Britt-Marie weiß nicht, was das bedeuten soll.

»Aber Sie wissen ja, muss ihn aus Flasche mit Etikett ausschenken, und ist blöd, wenn Finanzamt nachfragt. Heißt in meiner Pizzeria ›Hauswein‹, falls Finanzamt nachfragt, okay?«, fährt Jemand fort und wirft Britt-Marie den Kistenwein halbwegs zu, bevor sie sich mit dem Rollstuhl durch den Eingang quetscht, krachend über die Schwelle fährt und sich umsieht.

Britt-Marie betrachtet die Mischung aus geschmolzenem Schnee und Kies, die die Räder auf dem Boden hinterlassen, mit nur marginal weniger Entsetzen, als wären es Exkremente.

»Darf ich mir erlauben nachzufragen, wie die Reparatur meines Wagens voranschreitet?«, fragt Britt-Marie.

Jemand nickt begeistert.

»Verdammt gut! Wirklich verdammt gut! Ach wissen Sie, Britt-Marie, erlauben Sie mir Frage: Ist Ihnen Farbe sehr wichtig?«

»Warum?«, fragt Britt-Marie erstaunt.

Jemand macht eine hilflose Geste.

»Wissen Sie, ich habe Tür, ja. Superschöne Tür, wissen Sie. Aber vielleicht nicht genau dieselbe Farbe wie Auto. Vielleicht mehr … gelb.«

»Was ist mit meiner Tür passiert?«, fragt Britt-Marie erschrocken.

»Nichts! Nichts! Nur so Frage, echt! Gelbe Tür? Nicht gut? Die ist, wie sagt man? Oxidiert! Alte Tür. Fast nicht mehr gelb. Fast weiß jetzt.«

»Bitte nehmen Sie freundlicherweise zur Kenntnis, dass ich an meinem weißen Auto natürlich keine gelbe Tür akzeptieren kann!«, stößt Britt-Marie aus.

Jemand fuchtelt abwiegelnd mit den Händen.

»Okay, okay, okay, Sie wissen schon. Alles gut, alles gut. Besorge weiße Tür. Kein Problem. Kein Grund für Zitrone im Arsch. Aber weiße Tür ist mit, wie sagt man? Lieferzeit!«

Sie nickt unbekümmert zum Wein hinüber.

»Mögen Sie Wein, Britt-Marie?«

»Nein«, antwortet Britt-Marie, nicht weil sie keinen Wein mag, sondern weil die Leute schließen könnten, man sei Alkoholiker, wenn man zugibt, dass man Wein mag.

Britt-Marie will vermeiden, dass die Leute Schlussfolgerungen ziehen.

»Alle mögen Wein, Britt!«, sagt Jemand und grinst.

»Ich heiße Britt-Marie. Nur meine Schwester nennt mich Britt«, protestiert Britt-Marie.

Jemand strahlt.

»Schwester? Das heißt, wie sagt man? Es gibt noch eine von Ihnen? Wie schön für Welt!«

Jemand grinst, als sei das ein Witz. Auf Britt-Maries Kosten natürlich, davon geht Britt-Marie aus.

»Meine Schwester ist gestorben, als wir klein waren«, teilt sie mit, ohne den Blick vom Karton abzuwenden.

»Oh … verdammt … mein … wie sagt man? Beileid«, sagt Jemand betrübt.

Britt-Marie krallt ihre Zehen in den Schuhen fest zusammen.

»So. Nett von Ihnen«, antwortet sie leise.

Jemand grinst.

»Der Wein ist gut, aber bisschen, wie sagt man? Trübe! Man muss paarmal durch Kaffeefilter laufen lassen, dann okay!«, erklärt sie fachmännisch, bevor sie Britt-Maries Koffer und Britt-Maries Blumenkästen betrachtet, die auf dem Boden stehen. Dann grinst sie noch breiter: »Wissen Sie, sollte Glückwunsch-zum-neuen-Job-Geschenk sein. Aber jetzt sehe ich, ist eher, wie sagt man? Einzugsgeschenk!«

Britt-Marie hält den Karton skeptisch von ihrem Körper weg, als würde er ticken.

»Darf ich Sie darüber aufklären, dass ich hier nicht wohne.«

Jemand grinst.

»Wo dann geschlafen heute Nacht?«

»Ich habe nicht geschlafen«, antwortet Britt-Marie und sieht aus, als wolle sie den Pappkarton am liebsten zur Tür hinauswerfen und sich die Ohren zuhalten.

»Es gibt so Hotel, wissen Sie«, sagt Jemand.

Britt-Marie nickt wohlwollend.

»So. Das ist bestimmt auch bei Ihnen im Laden, könnte das sein? Pizzeria und Autowerkstatt und Post und Lebensmittelgeschäft und Hotel? Das ist sicher angenehm für Sie. Dass Sie sich nie entscheiden müssen.«

Jemands Miene fällt in ehrlicher Verblüffung zusammen.

»Hotel? Wieso sollte ich so Hotel haben? Nein, nein, nein, Britt-Marie. Ich bleibe bei meinem, wie sagt man? Kerngeschäft!«

Britt-Marie tritt unentschlossen vom rechten auf den linken Fuß und stellt den Pappkarton am Ende in den Kühlschrank.

»Ich mag Hotels nicht«, teilt sie mit und knallt die Tür mit einem Schlag zu.

»Verflucht, nein, tun Sie das nicht! Nicht in Kühlschrank, gibt Klumpen!«, schreit Jemand postwendend.

Britt-Marie starrt sie an.

»Wirklich, ist es nötig, hier derart zu fluchen, als wären wir eine Horde Barbaren?«

Jemand rollt näher und öffnet die Küchenschubladen, bis sie die Kaffeefilter gefunden hat.

»Meeensch, Britt-Marie! Ich zeig's. Man kippt ihn durch Filter. Wird gut. Oder, wissen Sie, Sie können auch mit Fanta mischen. Ich habe billige Fanta, wissen Sie, falls Sie wollen. Aus China!«

Sie hält inne, als ihr Blick auf die Kaffeemaschine fällt. Zumindest auf die Reste davon. Britt-Marie ist es unangenehm, sie legt auf Hüfthöhe die eine Hand in die andere und sieht aus, als wolle sie unsichtbaren Staub von der Öffnung eines schwarzen Lochs abwischen und dann darin verschwinden.

»Was … ist passiert?«, fragt Jemand und sieht erst zum Wischmopp hinüber und dann auf die wischmoppstielförmigen Spuren an den Resten der Kaffeemaschine.

Britt-Marie steht eine ganze Weile mit hochroten Wangen da. Es kann sein, dass sie an Kent denkt. Schließlich räuspert sie sich, richtet sich auf und sieht Jemand direkt in die Augen, als sie antwortet:

»Steinschlag.«

Jemand starrt sie an. Starrt auf die Kaffeemaschine. Starrt auf den Wischmopp. Dann fängt sie an zu lachen. Laut. Dann zu husten. Dann lacht sie noch lauter. Britt-Marie beleidigt das sehr. Das war schließlich ernst gemeint. Zumindest denkt Britt-Marie, dass es ernst gemeint war, sie hat seit vielen Jahren nichts mehr gesagt, was nicht ernst gemeint war, soweit sie sich erinnern kann. Deshalb verletzt sie dieses Lachen, weil sie davon ausgeht, dass es sich auf sie bezieht, nicht auf das, was witzig war. Davon geht man einfach aus, wenn man lange genug immer einen Mann an seiner Seite hatte, der ständig versucht, witzig zu sein. In ihrer Beziehung war kein Platz für noch mehr Witz. Kent war witzig, und Britt-Marie ging in die Küche und kümmerte sich um den Abwasch. So hatten sie ihr Leben aufgeteilt.

Aber trotz alledem sitzt Jemand jetzt hier und prustet und hustet, dass der Rollstuhl schon umzukippen droht. Das verunsichert Britt-Marie, und ihre natürliche Reaktion auf Unsicherheit ist Verärgerung. Natürlich keine Aggressivität, denn Britt-Marie ist ja kein aggressiver Mensch, aber sie geht jedenfalls sehr demonstrativ los und holt den Staubsauger, um sich um die mit Backpulver bedeckten Sofas zu kümmern.

Jemands Lachen geht in Gekicher über, und dann in ein Gebrabbel. »Steinschlag, Steinschlag, Mann, ist das komisch.« Sie scheint sich eine kurze Pause zu nehmen, um sich zu fassen. Dann ruft sie aus:

»In Ihrem Auto liegt echt riesiges Paket!«

Als ob dies in irgendeiner Hinsicht eine Überraschung für Britt-Marie wäre. Britt-Marie hört an ihrem Tonfall, dass sie immer noch grinst.

»Dessen bin ich mir bewusst«, antwortet Britt-Marie, ohne sich umzudrehen.

Sie hört Jemand zur Haustür rollen.

»Brauchen Sie, Sie wissen schon, Hilfe beim Tragen?«

Britt-Marie schaltet als Antwort den Staubsauger an.

Jemand ruft durch den Lärm hindurch:

»Das macht keine Umstände, Britt-Marie!«

Britt-Marie fährt mit der Düse so fest sie kann über den Sofabezug. Immer und immer wieder, bis Jemand aufgibt und ruft:

»Ja, Sie wissen ja, gibt Fanta bei mir, wenn Sie zum Wein haben wollen! Und Pizza!«

Dann geht die Tür wieder zu. Britt-Marie schaltet den Staubsauger ab. Sie will nicht unfreundlich sein, denn sie ist wirklich kein unfreundlicher Mensch, aber sie will bei dem Paket keine Hilfe haben. Im Moment ist Britt-Marie nichts wichtiger, als dass sie bei diesem Paket keine Hilfe haben will.

Denn da ist ein Ikea-Möbelstück drin.

Und Britt-Marie wird es ganz alleine aufbauen.

8

Hin und wieder fährt ein Lastwagen an Borg vorbei. Dann vibriert das ganze Jugendzentrum, als stände es genau auf der Grenze zwischen zwei Kontinentalplatten. In Kreuzworträtseln kommen die oft vor, die Kontinentalplatten, daher weiß Britt-Marie das. Sie weiß auch, dass Borg genau die Art von Dorf ist, über das Britt-Maries Mutter gesagt hätte, »da sagen sich Fuchs und Hase gute Nacht«, denn genau so beschrieb Britt-Maries Mutter immer das flache Land.

Wieder donnert ein Lastwagen vorbei. Ein grüner. Die Straßen zittern. Britt-Marie hat natürlich begriffen, dass die Lastwagen früher nach Borg nach Hause kamen, aber heutzutage fahren sie nur noch vorbei. Nichts ist mehr auf dem Weg hierher. Und niemand hier ist auf dem Weg irgendwohin.

Bei dem Lastwagen muss sie an Ingrid denken. Sie erinnert sich daran, dass sie den Lkw von der Rücksitzbank aus gerade noch auf sie zukommen sah, damals, am letzten Tag ihrer Kindheit, zumindest empfand sie es so. Dieser Lastwagen war auch grün. All die Jahre hat sie sich gefragt, ob sie überhaupt noch hatte schreien können. Und ob es etwas geändert hätte. Ihre Mutter hatte Ingrid zwar zuvor aufgefordert, sich anzuschnallen, weil Ingrid das nie tat, und gerade deshalb hatte Ingrid es absichtlich nicht gemacht. Die beiden stritten. Und deshalb sahen sie den Laster nicht kommen. Britt-Marie sah ihn. Sie war immer angeschnallt, weil sie wollte, dass ihre Mutter das bemerkte. Was diese natürlich nie tat, da man

Britt-Marie nie im Blick haben musste, denn sie tat von allein, was sie sollte.

Er kam von rechts. War grün. Das ist eins der wenigen Dinge, an die Britt-Marie sich erinnern kann. Er kam von rechts, und auf dem Rücksitz des Wagens ihrer Eltern war überall Glas und Blut. Das Letzte, an das sich Britt-Marie erinnern kann, bevor sie das Bewusstsein verlor, war, dass sie es wegputzen wollte. Saubermachen. Als sie dann im Krankenhaus wieder aufwachte, war es genau das, was sie aufrichtete und was sie ab da tat. Putzen. Bis alles schön war. Als sie ihre Schwester beerdigten und fremde, in Schwarz gekleidete Menschen in der Wohnung ihrer Eltern standen und Kaffee tranken, schob Britt-Marie Untersetzer unter alle Tassen und wusch alle Schüsseln ab und putzte alle Fenster. Als ihr Vater anfing, immer länger zu arbeiten, und ihre Mutter aufhörte zu sprechen, putzte Britt-Marie. Putzte, putzte, putzte. Bis alles schön war.

Sie hoffte darauf, dass ihre Mutter früher oder später eines Tages aus dem Bett aufstehen, es sehen und sagen würde, »wie schön du alles geputzt hast«, aber das geschah nie. Sie sprachen nie über den Unfall, und weil sie es nie taten, konnten sie auch über nichts anderes sprechen. Da waren Menschen vor Ort gewesen, die Britt-Marie aus dem Auto zogen, sie weiß nicht, wer es war, aber sie weiß, dass ihre Mutter ihnen in einem stillen Zorn niemals verzeihen konnte, dass sie die falsche Tochter gerettet hatten. Vielleicht verzieh Britt-Marie ihnen auch nie. Dass sie ein Leben retteten, das irgendwann hauptsächlich aus der Angst bestand, sie könnte sterben und anfangen zu riechen. Eines Tages las sie morgens die Zeitung ihres Vaters und sah eine Werbeanzeige für ein Fensterputzmittel. So verstrich ein Leben.

Jetzt ist sie 63 und steht da, wo sich Fuchs und Hase gute Nacht sagen, und beobachtet Borg durch die Fenster des Jugendzentrums, vermisst ihr Faxin und ihren Blick auf die Welt.

Selbstverständlich steht sie vom Fenster weit genug entfernt, so dass niemand hineinschauen und sehen kann, dass sie hinausschaut. Wie würde das aussehen. Als ob sie einfach nur dastehen und den lieben langen Tag zum Fenster hinaussehen würde wie ein Krimineller. Aber ihr Wagen steht noch auf dem Schotterparkplatz. Sie hat die Schlüssel im Auto liegen lassen, und das Paket von Ikea liegt immer noch auf dem Rücksitz. Sie weiß nicht recht, wie sie es ins Jugendzentrum bugsieren soll, da es sehr schwer ist. Sie weiß nicht recht, warum es so schwer ist, weil sie nicht recht weiß, was darin ist. Es sollte eigentlich ein Hocker sein, nicht ganz unähnlich den zwei Hockern, die in der Küche im Jugendzentrum stehen, aber als sie in die SB-Halle bei Ikea kam und das richtige Regal suchte, da war das Regal mit den Paketen, in denen die Hocker sein sollten, leer. Britt-Marie hatte den ganzen Vormittag für die Entscheidung gebraucht, was sie kaufen und allein aufbauen würde, und sich am Ende für einen Hocker entschieden. So dass diese Antiklimax sie völlig handlungsunfähig zurückließ. Sie stand so lange dort, bis sie sich Gedanken machte, ob jemand sie beobachtete, wie sie mysteriös da im Lager herumstand. Was sollten die Leute denken? Dass sie etwas stehlen wollte, wahrscheinlich. Als dieser Gedanke in Britt-Marie Form annahm, geriet sie in Panik, und mit nur für den Augenblick unwahrscheinlichen Kräften gelang es ihr, das erstbeste Paket aus dem nächsten Regal in ihren Wagen zu hieven und fast in jeder Hinsicht den Eindruck zu erwecken, sie habe genau dieses Paket die ganze Zeit gesucht. Wie sie es ins Auto bugsiert hat, weiß sie nicht mehr. Sie vermutet, dass ihr genau das widerfahren ist, wovon im Fernsehen berichtet wird, wenn Mütter plötzlich über übermenschliche Kräfte verfügen und Steinblöcke hochheben, unter denen ihre Kinder eingeklemmt liegen. Britt-Marie setzt solche Kräfte frei, wenn sie Angst bekommt, dass Menschen, die sie nicht kennt, eventuell glauben könnten, sie sei kriminell.

Sie bewegt sich noch ein Stück vom Fenster weg, sicherheitshalber. Um Punkt zwölf deckt sie den Couchtisch für ihr Mittagessen. Nicht dass es da viel zu decken gäbe, es handelt sich um eine Dose Erdnüsse aus der Minibar des Hotels und ein Glas Wasser, aber zivilisierte Menschen essen nun mal um zwölf, und wenn Britt-Marie etwas ist, dann zivilisiert. Sie legt ein Handtuch über das Sofa, bevor sie sich setzt, schüttet die Erdnüsse auf einen Teller, bevor sie sie mit Messer und Gabel verspeist, was in der Tat so schwierig ist, wie es klingt. Dann wäscht sie ab und putzt das ganze Jugendzentrum noch einmal so gründlich, dass sie fast ihr gesamtes mitgebrachtes Natron verbraucht.

Es gibt dort auch eine kleine Waschküche mit einer Waschmaschine und einem Trockner. Mit ihrem allerletzten Natron putzt Britt-Marie auch dort, wie ein Hungernder auf einer einsamen Insel sein letztes Stück Angelschnur festbindet. Nicht dass sie vorhätte, Wäsche zu waschen, aber sie hält es nicht aus zu wissen, dass da verdreckte Geräte herumstehen. In einer Ecke hinter dem Trockner findet sie einen Sack mit weißen Trikots, auf denen Nummern stehen. Fußballtrikots, wie sie feststellt. Alle Wände im Jugendzentrum sind voller Fotos, auf denen verschiedene Menschen in solchen Trikots abgebildet sind. Natürlich sind die Trikots übersät von Grasflecken. Britt-Marie kann sich im Leben nicht vorstellen, wie man darauf kommt, einen Sport im Freien auszuüben, wenn man weiße Hemden anhat. Barbarisch.

Sie holt ihr Handy und ruft die junge Frau im Arbeitsamt an, um sie zu fragen, ob sie sich vorstellen kann, dass das Lebensmittelgeschäft/ die Pizzeria/ die Autowerkstatt/ die Post möglicherweise Natron führt. Natron wirkt bei Grasflecken hervorragend. Die junge Frau geht nicht dran. Ist wahrscheinlich mit ihrer Statistik beschäftigt, das kennt man ja. Dass Britt-Marie da draußen in der Wildnis untergeht, interessiert natürlich niemanden.

Sie holt sich ihren Mantel. Direkt neben der Eingangstür, wo zahlreiche Fotos von Fußbällen und Menschen, die nicht anders können, als zu schießen, angebracht sind, hängt ein gelbes Trikot, auf dem über der Nummer 10 das Wort *Bank* aufgedruckt ist. Direkt darunter hängt ein Foto, auf dem ein alter Mann dieses Trikot stolz lächelnd in die Kamera hält.

Britt-Marie zieht ihren Mantel an und öffnet die Haustür. Vor ihr steht ein Gesicht, das offenbar im selben Moment vorhatte, an die Tür zu klopfen. Das Gesicht hat sich gerade eine Portion Snus verabreicht. Das ist ein in jeder Hinsicht schlechter Beginn für die kurze Beziehung zwischen Britt-Marie und dem Gesicht, weil Britt-Marie Snus in jeder Hinsicht verabscheut. Die Beziehung ist nach zwanzig Minuten beendet, indem sich das snuskauende Gesicht verabschiedet und etwas murmelt, was sehr energisch wie »Meckerziege« klingt.

Britt-Marie holt danach wieder ihr Handy heraus und wählt die einzige Nummer, die sie damit je gewählt hat. Die junge Frau vom Arbeitsamt geht auch diesmal nicht dran. Britt-Marie ruft noch einmal an, weil Telefonanrufe nicht zu den Dingen gehören, bei denen man sich aussucht, ob man sie annimmt oder nicht. Nicht einmal, wenn es nachts um zwölf oder abends um sechs ist. Dann erst recht nicht, denn das ist mitten in der Essenszeit, und wenn es mitten beim Essen klingelt, weiß man doch, dass etwas Ernstes passiert sein muss. Kein zivilisierter Mensch würde doch mitten im Essen anrufen.

»Ja?«, meldet sich die junge Frau schließlich, den Mund voller Essen.

»So«, sagt Britt-Marie am anderen Ende der Leitung.

»Frau Wieslander?«, schmatzt die junge Frau.

»Sie reden mit vollem Mund, das wird Ihrem Arbeitgeber ja gefallen, dass Sie so entspannt sind«, sagt Britt-Marie fürsorglich.

»Entschuldigung. Ich esse gerade zu Mittag!«, sagt die junge Frau, ohne ein Fünkchen weiter zu denken.

»Jetzt! Es ist halb zwei!«, ruft Britt-Marie aus, als ob die junge Frau in der Stimmung für einen Witz gewesen wäre.

Britt-Marie vertritt die Meinung, dass man nicht über alles und jedes Witze machen darf.

»Mmh, ich hatte etwas viel zu tun, deshalb musste ich heute recht spät Mittag machen«, sagt die junge Frau ein bisschen so, wie wenn man mit »etwas viel« meint, dass man zum Beispiel zahlreiche Telefonate führen musste, um einen Kammerjäger in der Nähe von Borg zu finden.

Britt-Marie seufzt wohlwollend. Überhaupt nicht kritisierend.

»Meine Liebe, wir leben doch wohl nicht im Krieg. Deswegen essen wir doch auch nicht erst um halb zwei zu Mittag.«

Die junge Frau gibt keine Antwort, da sie sich nicht sicher ist, ob es sich um Fragen oder Feststellungen handelt.

Britt-Marie fährt in jeder Hinsicht wohlwollend fort:

»Wenn Sie Ihr Leben etwas besser organisieren würden, ständen Sie vielleicht nicht derart unter Stress, dass Sie nicht zum Mittagessen kommen, meinen Sie nicht?«

Die junge Frau beißt sehr fest auf ihr Essen. Versucht tapfer das Thema zu wechseln:

»Ist denn der Kammerjäger gekommen? Ich habe mehrere Stunden am Telefon gehangen, aber schließlich habe ich einen ausfindig gemacht, der versprochen hat, sofort zu kommen, und …«

»Eine Kammerjägerin«, korrigiert Britt-Marie.

»Was?«, antwortet die junge Frau.

»Es war eine Kammerjäger*in*. Sehr modern!«, informiert sie Britt-Marie.

»Ach so«, sagt die junge Frau.

»Sie hatte Snus in der Wange«, erzählt Britt-Marie, als würde das bereits alles sagen.

»Ach so«, wiederholt die junge Frau.

»So«, sagt Britt-Marie.

»Hat sie sich denn um die Ratte gekümmert?«, fragt die junge Frau.

»Nein, das hat sie definitiv nicht«, beanstandet Britt-Marie.

»Was?«, ruft die junge Frau aus.

»Sie kam hier doch tatsächlich mit dreckigen Schuhen hereinspaziert, und ich hatte gerade die Böden gewischt. Und sie hatte Snus im Mund. Hat gesagt, sie wolle Gift auslegen, das hat sie gesagt, und das kann man doch nicht einfach so tun, finden Sie, dass man das einfach so tun kann? Einfach so Gift auslegen?«

»N…ein?«, entgegnet die junge Frau.

»Nein! Das kann man nicht einfach tun. Das kann man nicht. Da kann doch jemand sterben. Und das habe ich ihr gesagt. Sie stand nur da und verdrehte die Augen mit dreckigen Schuhen und Snus und sagte, dass sie dann eben stattdessen eine Falle mit Snickers aufstellen würde! Mit Snickers!«

Britt-Marie ist laut geworden. Die junge Frau leise.

»Snickers … dieser Schokoriegel?«

»Auf meinem frisch gewischten Boden!«, sagt Britt-Marie mit dem Tonfall einer Person, die innerlich schreit.

»Okay«, sagt die junge Frau und bereut es sofort wieder, weil sie begreift, dass es überhaupt nicht okay ist.

Es ist still am anderen Ende der Leitung, so wie es das ist, wenn Britt-Marie ihr Haar zurechtzupft, bevor sie sich sammelt und fortfährt:

»Daraufhin habe ich gesagt, dann muss es wohl doch mit Gift sein, und wissen Sie, was sie darauf geantwortet hat? Wissen Sie, was? Da hat sie gesagt, wenn die Ratte das Gift frisst, weiß man nicht, wo sie dann liegt, wenn sie stirbt. Sie kann sich in eine Wand zurückziehen und da sterben und da liegen und stinken! Wussten Sie das? Wussten Sie, dass Sie eine Frau herbestellt haben, die Snus im Mund hat und es völlig in Ordnung findet, tote, stinkende Tiere in einer Wand liegen und verrotten zu lassen?«

»Nein, nein, liebe Frau Wieslander, ich habe nur versucht, Ihnen zu helfen«, antwortet die junge Frau wieder mit so einem

Tonfall, der vermuten lässt, dass sie ihre Stirn auf den Schreibtisch hat sinken lassen.

»So. Das war ja eine große Hilfe. Wirklich. Ich weiß, dass Sie das nicht verstehen werden, aber mancher von uns hat wirklich andere Dinge zu tun, als sich den ganzen Tag mit Kammerjägern auseinanderzusetzen«, sagt Britt-Marie wohlmeinend.

»Wirklich«, sagt die junge Frau bekräftigend.

»Entschuldigung?«, fragt Britt-Marie.

»Nichts, gar nichts«, antwortet die junge Frau.

Britt-Marie ist daraufhin sehr lange still. Bis sie schließlich sagt:

»So.«

9

Im Lebensmittelgeschäft ist eine Schlange. Oder in der Pizzeria. Oder in der Post. Oder der Autowerkstatt. Oder was es nun immer sein mag. Eine Schlange steht dort, wo auch immer. Mitten am Nachmittag. Als ob die Menschen hier um diese Zeit nichts Besseres zu tun hätten.

An einem der Tische trinken die Männer mit Bart und Kappe Kaffee und lesen die Abendzeitung. Dieser Karl steht ganz hinten in der Schlange. Er will ein Paket abholen. Das scheint ihm zu gefallen, so viel Freizeit, denkt Britt-Marie. Eine würfelförmige Frau in den Dreißigern steht vor Britt-Marie in der Schlange und trägt eine Sonnenbrille. Drinnen. Ganz modern. Sie hat einen weißen Hund dabei. Britt-Marie hält das nicht für hygienisch. Die Frau kauft ein Päckchen Butter, sechs Flaschen Bier mit ausländischen Buchstaben darauf, die Jemand hinter der Theke hervorholt, einen großen Karton Eier, vier Packungen Frühstücksspeck und mehr Schokoladenkekse, als ein zivilisierter Mensch nach Britt-Maries Auffassung braucht, um sich für einen zu entscheiden. Jemand fragt sie, ob sie anschreiben lassen will. Die Frau nickt säuerlich. Rafft alles zusammen in eine Tüte. Britt-Marie würde über die Frau selbstverständlich niemals sagen, dass sie dick sei, denn Britt-Marie ist wirklich kein Mensch, der so etwas über Leute sagt, also denkt sie sich, die Frau muss sich in ihrer Haut wohl fühlen, wenn sie so durchs Lebens spaziert, ohne sich Gedanken über ihre Cholesterinwerte zu machen.

»Sind Sie blind?«, motzt die Frau, dreht sich um und rennt direkt in Britt-Marie.

Britt-Marie reißt erstaunt die Augen auf. Zupft ihre Haare zurecht.

»Das bin ich definitiv nicht. Ich sehe ganz hervorragend. Darüber habe ich mit meinem Augenoptiker gesprochen. ›Sie sehen ganz ausgezeichnet, Frau Wieslander‹, hat er gesagt, wenn ich Sie darüber in Kenntnis setzen darf!«, teilt sie der Frau mit.

»Dann könnten Sie mir vielleicht aus dem Weg gehen?«, brummt die Frau und wedelt mit ihrem Stock.

Britt-Marie starrt auf den Stock. Dann auf den Hund und die Sonnenbrille. Sie murmelt »ach so« und nickt zu ihrer Entschuldigung, bevor sie merkt, dass das Nicken völlig überflüssig ist. Die blinde Frau und der Hund laufen mehr über sie drüber als an ihr vorbei. Die Tür plingt fröhlich hinter ihnen. Sie weiß es ja nicht besser.

Jemand rollt an Britt-Marie vorbei und winkt aufmunternd.

»Machen Sie sich wegen ihr keine Gedanken. Sie ist wie Karl. Zitrone im Arsch, Sie wissen ja.«

Sie macht mit dem Arm eine Geste, von der Britt-Marie meint, dass sie illustrieren soll, wie tief die Erstgenannte im Letztgenannten sitzt, und platziert einen Stapel leere Pizzakartons auf der Theke. Britt-Marie zupft ihr Haar zurecht und zupft ihren Rock zurecht und zupft den obersten Pizzakarton, der etwas schief liegt, zurecht und versucht, ihre Würde irgendwo dazwischen zurechtzuzupfen, und sagt dann in jeder Hinsicht wohlwollend:

»Ich hätte gern eine Information, wie die Reparatur meines Wagens voranschreitet.«

Jemand kratzt sich in den Haaren.

»Sicher, sicher, ja klar, das Auto. Wissen Sie, ich muss eine Sache fragen, Britt-Marie: Ist Tür für Sie wichtig?«

»Was in aller Welt wollen Sie damit sagen?«, fragt Britt-Marie entsetzt.

Jemand schlägt mit den Armen aus.

»Wissen Sie, ich frage nur. Farbe: Wenn wichtig für Britt-Marie, ich verstehe. Gelbe Tür: nicht okay. Deshalb frage ich Britt-Marie: Ist Tür wichtig für Britt-Marie? Wenn nicht wichtig, dann ist Britt-Maries Auto, wie sagt man: fertig repariert! Wenn Tür wichtig ... Sie wissen ja. Vielleicht, wie sagt man? Längere Lieferzeit!«

Sie macht ein zufriedenes Gesicht. Britt-Marie nicht.

»Ich brauche doch um Himmels willen eine Tür am Auto!«, ruft sie aus.

Jemand wedelt abwiegelnd mit den Händen.

»Sicher, sicher, sicher, nicht böse werden, Britt-Marie. Nur Frage. Tür: bisschen mehr Zeit!«

Jemand misst zwischen Daumen und Zeigefinger ein paar Zentimeter Luft, um zu illustrieren, wie wenig Zeit »bisschen mehr Zeit« ungefähr bedeuten soll.

Britt-Marie versteht, dass die Frau in der Verhandlung die Oberhand behält. Jetzt müsste Kent da sein, er liebt es zu verhandeln. Er sagt immer, dass man dem, mit dem man verhandelt, Komplimente machen muss. Also sammelt sich Britt-Marie und sagt:

»Hier in Borg haben wohl alle Leute Zeit, mitten am Nachmittag einkaufen zu gehen. Das muss für sie schön sein, so viel Freizeit zu haben.«

Jemand hebt die Augenbrauen.

»Und selbst? Sie sind sehr, wie sagt man? Beschäftigt?«

Britt-Marie legt mit Engelsgeduld die eine Hand in die andere.

»Darf ich Sie darüber aufklären, dass ich sehr beschäftigt bin. Wirklich sehr beschäftigt. Aber zufälligerweise ist mir das Natron ausgegangen. Führen Sie Natron in diesem ... Laden?«

Sie spricht »Laden« mit gütiger Nachsicht aus.

»Vega!«, brüllt Jemand prompt, so dass Britt-Marie zur Seite springt und dabei beinahe den Pizzakartonstapel mitreißt.

Das Mädchen von gestern taucht hinter der Theke auf. Sie

hat noch immer den Fußball unter dem Arm. Neben ihr steht ein Junge, der fast genauso aussieht wie sie, nur mit längeren Haaren. Ist wahrscheinlich modern so.

»Einmal Natron für diese Dame hier, wenn ich, wie sagt man? Wenn ich bitten dürfte!«, sagt Jemand mit einer übertrieben theatralischen Verbeugung vor Britt-Marie, die Britt-Marie in keinster Weise gefällt.

»Das ist sie«, flüstert Vega dem Jungen zu.

Der Junge macht daraufhin sofort ein Gesicht, als sei Britt-Marie ein verlorener Schlüssel. Er rennt hinüber ins Lager und kommt mit zwei Flaschen unter dem Arm zurück in den Laden gestolpert. Darin ist Faxin. Britt-Marie stockt der Atem.

Sie vermutet, dass das, was anschließend mit ihr geschieht, das ist, was in Kreuzworträtseln gern mit »außerkörperliche Wahrnehmung« abgefragt wird. Ein paar Augenblicke lang vergisst sie, dass der Lebensmittelladen und die Pizzeria und die Männer mit Bart und Kaffeetassen und Abendzeitungen um sie herum existieren. Ihr Herz klopft, als wäre es eingeschlossen. Britt-Marie ärgert das maßlos, als sie sich langsam wieder fasst. Herzklopfen mitten beim Kaffee zu bekommen.

Der Junge stellt die Flaschen auf die Theke wie eine Katze, die ein Eichhörnchen gefangen hat. Britt-Maries Fingerspitzen fahren über die Flaschen, bevor ihre Würde ihr befiehlt, es sein zu lassen. Es ist ein Gefühl wie Nachhausekommen.

»Ich … ich hatte Sie so verstanden, dass dieses Putzmittel aus dem Sortiment genommen worden ist«, flüstert sie Jemand zu.

Da antwortet der Junge:

»Ach, gechillt! Omar besorgt alles!« Er zeigt wild auf sich selbst: »Ich bin das, Omar!« Er zeigt noch wilder auf die Faxinflaschen.

»Alle ausländischen Lkw halten an der Tankstelle in der Stadt! Ich kenne alle! Ich besorge, was du willst!«

Jemand nickt pädagogisch.

»Die Tankstelle in Borg ist geschlossen. Lohnt sich nicht, wissen Sie.«

»Aber ich besorge Benzin im Kanister, wenn du willst, Lieferung kostenlos! Und ich kann noch mehr Faxin besorgen, alles was du willst!«, ruft der Junge aus.

Vega verdreht die Augen.

»*Ich* hab dir gesagt, dass sie Faxin braucht«, zischt sie ihn an und stellt die Dose mit dem Natron auf die Theke.

»Aber *ich* hab's besorgt!«, betont der Junge, ohne den Blick von Britt-Marie abzuwenden.

»Das ist mein kleiner Bruder Omar«, seufzt Vega zu Britt-Marie hinüber.

»Wir sind im selben Jahr geboren!«, protestiert Omar.

»Ja, im Januar und im Dezember!«, schnaubt Vega.

»Ich bin der Beste von allen, ich kann alles besorgen. Der King sozusagen. Was du auch brauchst, komm zu mir!«, sagt Omar zu Britt-Marie und zwinkert ihr selbstbewusst zu, ohne sich davon stören zu lassen, dass seine Schwester ihn vors Schienbein tritt.

»Streber!«, seufzt Vega.

»Bitch!«, antwortet Omar.

Britt-Marie weiß nicht, ob sie schockiert oder stolz sein soll, weil sie weiß, dass das etwas Abfälliges ist, aber sie hat nicht viel Zeit, darüber nachzudenken, bevor Omar auf dem Boden liegt und sich die Lippe hält. Vega geht zur Tür hinaus, den Fußball in der einen Hand, die andere immer noch zur Faust geballt.

Jemand grinst Omar an.

»Du hast, wie sagt man? Marshmallows statt Hirn! Lernst es nie, oder?«

»So eine feige Nuss, ich war noch gar nicht bereit«, schimpft Omar und kommt wieder auf die Füße, das Gesicht blutverschmiert.

Jemand holt noch mehr Wodka.

Omar sagt noch einmal zu Britt-Marie:

»Ich war noch gar nicht bereit, es ist megafeige, jemanden zu schlagen, der noch nicht bereit ist!«

Britt-Marie sieht aus, als wüsste sie nicht genau, was er darauf für eine Antwort von ihr erwarte. Omar wischt sich die Lippe ab und sieht dann aus, als würde er alles sofort abhaken. So wie ein Kleinkind, das vergisst, über das Eis zu weinen, das ihm gerade runtergefallen ist, weil es einen glitzernden Flummi entdeckt hat.

»Wenn du für dein Auto neue Felgen haben willst, kann ich die besorgen. Was auch immer. Shampoo oder Handtaschen oder irgendwas. Ich besorg's!«

»Wie wär's mit Pflaster?«, ruft Jemand schadenfroh und zeigt auf Omars Lippe.

Britt-Marie hält ihre Handtasche ganz fest und zupft ihre Haare zurecht, als ob der Junge beides beleidigt hätte.

»Ich benötige wirklich weder Shampoo noch Handtaschen.«

Omar zeigt auf die Faxinflaschen.

»Sie kosten dreißig Kröten, aber du kannst auf Kredit kaufen.«

»Kredit!«, entfährt es Britt-Marie mit keineswegs weniger Entsetzen, als hätte er ihr vorgeschlagen, in Naturalien zu bezahlen.

»Alle in Borg kaufen auf Kredit. Dafür muss man sich nicht schämen«, sagt der Junge.

»Ich kaufe sicher nicht auf Kredit ein! Mir leuchtet ja ein, dass Sie das hier in Borg vielleicht nicht verstehen können, aber mancher von uns kann schließlich seine Sachen bezahlen!«, zischt Britt-Marie.

Die letzten Worte rutschen ihr einfach so heraus. Was nicht ganz beabsichtigt war.

Jemand grinst nun nicht mehr. Sowohl der Junge als auch Britt-Marie sind hochrot im Gesicht, schämen sich aus verschiedenen Gründen. Britt-Marie legt eilig das Geld auf die Theke, der Junge greift danach und rennt zur Tür hinaus. Kurz darauf hört man wieder das Gedonner. Britt-Marie steht noch immer da und versucht, Jemands Blick auszuweichen.

»Ich habe noch keinen Bon bekommen«, teilt Britt-Marie leise und keinesfalls anklagend mit.

Jemand schüttelt den Kopf und schnalzt mit der Zunge.

»Sieht er etwa aus wie Ikea? Er ist keine, wie sagt man? GmbH, wissen Sie. Nur Junge mit Fahrrad.«

»So«, sagt Britt-Marie.

»War das alles?«, fragt Jemand, nun in ihrem Tonfall merkbar weniger gastfreundlich als zuvor, und packt die Natrondose und die Faxinflaschen in eine Tüte.

Britt-Marie lächelt, so fürsorglich es geht. »Würden Sie bitte einsehen, dass man einen Bon braucht. Sonst kann man nicht nachweisen, dass man nicht kriminell ist«, erklärt sie.

Jemand verdreht die Augen. Britt-Marie betrachtet das als überflüssig. Jemand drückt ein paar Knöpfe auf ihrer Kasse. Die Geldkassette, in der sich nicht gerade viel Geld befindet, springt auf, und die Maschine spuckt einen gelblichen Papierzettel aus.

»Das macht sechshundertdreiundsiebzig Kronen und fünfzig Öre«, sagt Jemand.

Britt-Marie starrt sie an, als hätte sie sich verschluckt.

»Für Natron?«

Jemand zeigt zur Tür hinaus.

»Für die Beule am Auto. Ich habe so eine, wie sagt man? Inspektion von Karosserie gemacht! Ich will Sie nicht, wie sagt man? Beleidigen, Britt-Marie! Also bekommen Sie keinen Kredit. Sechshundertdreiundsiebzig Kronen und fünfzig Öre.«

Britt-Marie lässt beinahe ihre Handtasche fallen. So ernst ist die Lage.

»Ich habe ... wer ... du liebe Güte. Mit so viel Bargeld in der Handtasche läuft doch kein zivilisierter Mensch herum!«

Das sagt sie extra laut. So dass es alle hören können, falls einer von denen kriminell ist. Natürlich sitzen da nur die Männer mit Bart und Kaffee, und keiner von ihnen würdigt sie eines Blickes, aber trotzdem. Kriminelle können einen Bart haben. Britt-Marie hat wirklich keine Vorurteile.

»Nehmen Sie Karten?«, fragt sie, während ihr die Hitze über die Jochbeine steigt.

Jemand schüttelt energisch den Kopf.

»Nur zum Spielen, Britt-Marie. Hier nehmen wir Bargeld.«

»So. In dem Fall muss ich Sie um eine kurze Wegbeschreibung zum nächsten Geldautomaten bitten«, sagt Britt-Marie.

»Stadt«, antwortet Jemand unterkühlt und verschränkt die Arme.

»So«, sagt Britt-Marie.

»Geldautomat in Borg haben sie zugemacht. Lohnt sich nicht«, sagt Jemand mit hochgezogenen Augenbrauen und nickt zum Bon hinüber.

Britt-Maries Blick flackert verzweifelt an den Wänden entlang, ein Versuch, die Aufmerksamkeit von ihren blutroten Wangen abzulenken. An der Wand hängt ein gelbes Trikot, das gleiche wie im Jugendzentrum. Mit dem Aufdruck *Bank* über der Nummer 10 auf dem Rücken.

Jemand sieht, dass sie es betrachtet, dann schließt sie die Kassenschublade, knotet die Tüte mit dem Faxin und dem Natron zu und schiebt sie ihr über die Theke.

»Wissen Sie, hier keine Schande mit Kredit, Britt-Marie. Vielleicht Schande von da, wo Sie herkommen, aber keine Schande hier in Borg«, sagt sie.

Britt-Marie greift nach der Tüte, ohne zu wissen, wo sie ihre Augen lassen soll. Jemand nimmt einen Schluck Wodka und nickt zu dem gelben Trikot hinüber, das an der Wand hängt.

»Beste Spielerin in Borg. Wurde ›Bank‹ genannt, wissen Sie, denn wenn Bank für Borg spielte, war das, wie sagt man? ›Wie Geld auf der Bank‹! Ist lange her. Vor Finanzkrise. Dann, wissen Sie: Bank wurde krank, ja. War andere Krise. Bank weggezogen. Bis jetzt, ne.«

Sie nickt zur Tür hinaus. Ein Ball donnert gegen den Bretterzaun.

»Banks Vater hat Rotznasen trainiert, ne. Hat sie am Leben

gehalten. Hat ganz Borg am Leben gehalten, wissen Sie! Mit allen Freund! Aber Gott, wissen Sie, Gott hat Überblick verloren. Der schickt Guten und Schlechten Herzinfarkt. Banks Vater gestorben vor einem Monat.«

Die Holzwände knarren und knirschen um sie herum. So wie alte Häuser und alte Menschen es tun. Einer der Männer mit der Abendzeitung und den Kaffeetassen holt Nachschub an der Theke. Das ist hier bestimmt kostenlos, denkt sich Britt-Marie.

»Sie fanden den auf, wie sagt man? Küchenboden!«, fügt Jemand hinzu.

»Wie bitte?«, fragt Britt-Marie.

Jemand zeigt auf das gelbe Trikot. Zuckt mit den Schultern.

»Banks Vater. Auf dem Küchenboden. Einen Morgen. Einfach tot.«

Sie schnipst mit den Fingern. Britt-Marie zuckt zusammen. Der Gedanke, dass man auf einem Küchenboden gefunden werden könnte, lässt sie erschaudern. Sie muss an Kents Herzinfarkt denken. Hält die Tüte mit Faxin und Natron noch fester. Steht so lange schweigend da, dass Jemand langsam besorgt aussieht.

»Hallo, möchten Sie noch was anderes? Ich habe so, wie sagt man? Baileys! Schoko-Alk! Oder wissen Sie, das ist so nachgemachter, aber man kann ihn in Kakao und Wodka reinkippen, und dann, wissen Sie, ist er ganz okay! Wenn man, Sie wissen schon … ihn ganz schnell runterschluckt!«

Britt-Marie schüttelt ganz schnell den Kopf. Sie geht zur Tür, aber hält dann inne, möglicherweise wegen der Sache mit dem Küchenboden. Vorsichtig dreht sie sich um, bevor sie es sich wieder anders überlegt und sich wieder der Tür zuwendet.

Britt-Marie ist kein spontaner Mensch, das sollte man wirklich wissen. »Spontan« ist ein Synonym für »irrational«, davon ist Britt-Marie fest überzeugt, und irrational ist Britt-Marie ganz bestimmt nicht. Das ist jetzt also nicht ganz leicht für sie. Aber am Ende dreht sie sich doch noch einmal um, überlegt es sich dann wieder anders, dreht sich zurück und steht am Ende der

Tür zugewandt, als sie mit gesenkter Stimme und annähernd so spontan fragt, wie Britt-Marie überhaupt etwas fragen könnte:

»Führen Sie möglicherweise Snickers?«

In Borg wird es im Januar sehr früh dunkel. Britt-Marie geht zurück ins Jugendzentrum, sitzt allein auf einem der Küchenhocker und hat die Haustür offen stehen. Die Kälte tut ihr nicht gut. Das Warten auch nicht. Doch sie ist es gewohnt. Das kommt eben mit der Zeit so. Sie hat jede Menge Zeit, darüber nachzudenken, ob das, was sie gerade durchmacht, eine Art Lebenskrise ist. Sie hat davon gelesen. Die Leute bekommen so was rund um die Uhr.

Es ist zwanzig nach sechs, als die Ratte durch die offene Tür hereinkommt. Sie bleibt auf der Schwelle sitzen und begutachtet wachsam das Snickers, das auf einem kleinen Handtuch auf einem Teller liegt. Britt-Marie schaut die Ratte streng an und legt entschlossen die eine Hand in die andere.

»In Zukunft essen wir um sechs zu Abend. Wie zivilisierte Menschen.«

Nach einer gewissen Bedenkzeit fügt sie hinzu:

»Oder Ratten.«

Die Ratte betrachtet die Schokolade. Britt-Marie hat das Papier entfernt und den Riegel in die Mitte eines Tellers gelegt und daneben eine ordentlich zusammengefaltete Papierserviette. Sie schaut die Ratte an. Räuspert sich.

»So. Ich bin nicht so gut darin, solche Unterhaltungen anzufangen. Ich bin sozial inkompetent, sagt mein Mann. Er ist sehr sozial veranlagt, das können alle bestätigen. Unternehmer, wenn du verstehst.«

Als die Ratte keine Antwort gibt, fügt sie hinzu:

»Sehr erfolgreich. Sehr, sehr, sehr erfolgreich.«

Sie überlegt kurz, ob sie der Ratte von ihrer Lebenskrise erzählen soll. Sie würde ihr eigentlich gern erklären, dass es schwierig ist zu wissen, wer man selbst ist, wenn man immer für jemand anderen da gewesen ist. Aber sie will die Ratte damit nicht belästigen. Also streicht sie eine Falte in ihrem Rock glatt und sagt sehr förmlich:

»Ich möchte ein Arrangement vorschlagen. Für dich bedeutet das, dass hier jeden Abend um sechs Uhr das Essen bereitsteht.«

Sie macht eine erklärende Geste in Richtung Schokoladenriegel. »Das Arrangement, wenn du darin auch deine Vorteile siehst, würde beinhalten, dass ich dich nicht hier in der Wand liegen und stinken lasse, für den Fall, dass du stirbst. Und dass du dasselbe für mich tust. So dass jemand weiß, dass wir hier sind.«

Die Ratte macht einen vorsichtigen Schritt auf die Schokolade zu. Reckt den Hals und hält die Nase daran. Britt-Marie bürstet unsichtbare Krümel von ihrem Knie.

»Wenn man stirbt, verschwindet das Natron, weißt du. Deshalb fängt man an zu stinken. Ich habe es irgendwo gelesen, nachdem Ingrid gestorben war.«

Die Barthaare der Ratte vibrieren vor Skepsis. Britt-Marie räuspert sich entschuldigend.

»Ingrid war meine Schwester, weißt du. Sie ist gestorben. Ich habe mir Sorgen gemacht, dass sie anfangen könnte zu stinken. Und dann habe ich das mit dem Natron erfahren. Der Körper produziert Natron, um die aggressiven Magensäuren zu neutralisieren. Wenn man stirbt, hört der Körper damit auf, woraufhin sich diese Säuren durch die Haut fressen und auf den Boden gelangen. Und das ist das, was stinkt, weißt du.«

Sie überlegt, ob sie noch erklären soll, dass sie es sich immer so vorgestellt hat, dass die menschliche Seele im Natron sitzt. Wenn die den Körper verlässt, ist nichts mehr übrig. Nur Nachbarn, die sich beschweren. Aber sie sagt nichts. Will die Ratte ja nicht belästigen.

Die Ratte isst ihr Abendessen, sagt aber kein Wort, dass es geschmeckt hat.

Britt-Marie fragt nicht nach.

10

Eigentlich fängt alles an diesem Abend an.

Der Winter ist mild, der Schnee wird zwischen Himmel und Erde zu Regen. Die Kinder spielen Fußball im Dunkeln, aber weder das noch das Wetter scheint sie zu stören. Der Parkplatz ist nur stellenweise mit Licht gesegnet, da, wo eben zufällig ein Strahl von der Neonbeleuchtung der Pizzeria hinfällt oder vom Küchenfenster, hinter dem Britt-Marie steht. Sie beobachtet die Kinder. Um ehrlich zu sein, scheinen die meisten von ihnen so miserabel Fußball zu spielen, dass Tageslicht ihr Vermögen, den Ball zu treffen, vermutlich nur sehr marginal beeinflussen würde.

Die Ratte ist nach Hause gegangen. Britt-Marie hat die Tür abgeschlossen und abgewaschen und das ganze Jugendzentrum noch einmal geputzt, jetzt steht sie am Fenster und sieht sich die Welt an. Ab und zu springt der Ball durch die Pfützen weit vor auf die Straße, und dann spielen die Kinder Schnick-Schnack-Schnuck, um zu bestimmen, wer ihn holen muss. Britt-Marie kommt das nicht sehr hygienisch vor. Das liegt nicht daran, dass sie etwas gegen Kinder hätte, das hat Britt-Marie nicht, aber sie findet trotzdem, dass man die Grundregeln der Hygiene doch beachten könne, auch beim Spielen. Kent hat zu David und Pernilla, als sie klein waren, immer gesagt, dass man mit Britt-Marie nicht spielen könne, weil sie »nicht weiß, wie das geht«. Aber das stimmt nicht. Britt-Marie weiß sehr wohl, wie man Schnick-

Schnack-Schnuck spielt. Sie findet nur nicht, dass es hygienisch ist, Steine in Papier einzuwickeln. Von der Schere ganz zu schweigen. Wer weiß, wo die vorher gelegen hat.

Kent sagt natürlich immer, dass Britt-Marie »so schrecklich negativ« sei. Dass dies ein Teil ihrer sozialen Inkompetenz sei. »Verdammt nochmal! Sei doch auch mal ein bisschen fröhlich!«, hat er immer grinsend gesagt, wenn er in die Küche kam, um sich noch ein paar Zigarren zu holen, während sie sich um den Abwasch kümmerte. Kent unterhält die Gäste, und Britt-Marie unterhält ihr Heim, so haben sie ihr Leben aufgeteilt. Kent ist ein bisschen sehr fröhlich, und Britt-Marie ist ein bisschen sehr negativ. Man wird vielleicht einfach so. Es ist ja auch einfacher, Optimist zu sein, wenn man die Unordnung hinterher nie selbst aufräumen muss.

Die beiden Geschwister, Vega und Omar, spielen in verschiedenen Mannschaften. Vega ist ruhig und berechenbar, spielt den Ball mit dem Innenrist, so wie man vorsichtig mit den Zehen wackelt, wenn man jemanden, den man liebt, im Schlaf berührt. Ihr Bruder hingegen ist wütend und frustriert, er jagt den Ball, als schulde der ihm Geld. Britt-Marie hat wirklich keine Ahnung von Fußball, aber das muss sie auch nicht, um festzustellen, dass Vega die beste Spielerin auf dem Parkplatz ist. Oder zumindest die, die nicht ganz so schlecht spielt. Omar steht ständig im Schatten seiner Schwester. Alle stehen in ihrem Schatten. Sie erinnert Britt-Marie an Ingrid.

Ingrid war niemals negativ. Wie immer bei solchen Menschen ist es schwer zu sagen, ob alle Ingrid liebten, weil sie so positiv war, oder ob sie so positiv war, weil alle sie liebten. Britt-Maries Schwester war ein Jahr älter und fünf Zentimeter größer. Es braucht nicht viel, um jemanden in den Schatten zu stellen, fünf Zentimeter sind genug. Britt-Marie hat es nie etwas ausgemacht, dass sie immer einen Schritt hinter Ingrid ging, sie wünschte sich nie, es wäre anders, denn sie hatte sowieso nicht so viele

Wünsche. Manchmal wünschte sie sich allerdings, einmal einen wirklich innigen Wunsch zu haben, einen, nach dem man sich so sehnt, dass man es kaum aushält. Das kam ihr so lebendig vor. Aber meist ging dieser Drang vorüber.

Ingrid sehnte sich unaufhörlich nach etwas, nach einer Karriere als Sängerin und der Prominenz, für die sie bestimmt war, und nach den Jungen draußen in der Welt, die so viel besser waren als die ganz normalen Jungs bei ihnen im Treppenhaus. Die normalen Jungs, die Britt-Marie für zu besonders hielt, um sie selbst eines Blickes zu würdigen, aber die selbstverständlich nicht außergewöhnlich genug für ihre Schwester waren.

Sie waren Brüder, die beiden Jungs im Treppenhaus. Alf und Kent. Hatten sich ständig in der Wolle. Britt-Marie konnte das nicht verstehen. Sie selbst folgte ihrer Schwester auf Schritt und Tritt. Das machte Ingrid nie etwas aus. Im Gegenteil. »Wir beide, Britt«, sagte sie immer, wenn sie nachts im Flüsterton Geschichten von Paris erzählte, wo sie eines Tages in einem Palast voller Dienstboten zusammen wohnen würden. Deshalb nannte sie ihre kleine Schwester auch »Britt«, denn das klang amerikanisch. Es war nicht ganz nachvollziehbar, warum man in Paris einen amerikanischen Namen brauchte, aber Britt-Marie ist nun wirklich nie ein Mensch gewesen, der ohne Not Dinge in Frage stellt.

Vega ist verkniffener, aber als sie lacht, weil ihre Mannschaft zwischen zwei Limonadendosen bei Regen und Dunkelheit auf dem Parkplatz ein Tor geschossen hat, da hat sie Ingrids Lachen. Ingrid liebte es zu spielen. Es ist wie immer bei solchen Menschen schwer zu sagen, ob sie bei allen Spielen die Beste war, weil sie sie liebte, oder ob sie sie liebte, weil sie bei allen die Beste war.

Ein kleinerer Junge mit roten Haaren bekommt den Ball voll ins Gesicht geschossen. Er fällt der Länge nach in eine Pfütze mitten im Dreck. Britt-Marie fährt ein Schauer über den Rücken. Es ist derselbe Fußball, den sie Britt-Marie an den Kopf geschossen haben, und als sie den Dreck daran kleben sieht, will sie sich am liebsten selbst eine Tetanus-Spritze verpassen. Aber sie kann nicht aufhören, den Kindern weiter zuzusehen. Denn Ingrid hätte das gefallen.

Wenn Kent da wäre, würde er natürlich sagen, dass die Kinder wie alte Weiber spielen. Kent kann fast alles schlechtmachen, indem er davor oder danach »wie alte Weiber« sagt. Britt-Marie hält von Ironie ja nicht übermäßig viel, aber sie stellt fest, dass ein kleines bisschen Ironie darin steckt, dass die Einzige auf dem Platz, die nicht wie ein altes Weib zu spielen scheint, ein junges Mädchen ist.

Schließlich besinnt sie sich wieder und geht vom Fenster weg, bevor einer von denen da draußen noch auf komische Gedanken kommt. Es ist jetzt nach zwanzig Uhr, so dass es im Jugendzentrum wegen der kaputten Lampen wieder rabenschwarz ist. Britt-Marie gießt ihre Blumen im Dunkeln. Streut Natron in die Erde. Ihren Balkon vermisst sie am allermeisten. Wenn man auf einem Balkon steht, ist man nie wirklich allein, man hat die Autos und die Häuser und die Menschen unten auf der Straße um sich herum. Man ist unter ihnen, aber auch wieder nicht. Das ist das Beste an einem Balkon. Das Zweitbeste ist, dass man schon frühmorgens dort stehen kann, noch bevor Kent aufwacht, und die Augen schließen und den Wind in den Haaren spüren. Britt-Marie hatte diese Angewohnheit, denn es fühlte sich nach Paris an. Natürlich ist sie nie in Paris gewesen, denn Kent macht dort keine Geschäfte, aber sie hat schon sehr, sehr viele Fragen zu Paris in ihren Kreuzworträtseln gelöst. Die Stadt ist in Kreuzworträtseln sehr beliebt, und Ingrid sagte immer, dass sie dort wohnen würden, wenn sie einmal groß seien, Britt-Marie und sie. Wenn Ingrid berühmt sei. Prominente wohnen in Paris und haben Bedienstete, das wusste Ingrid, und für Britt-Marie war das allemal gut, wenn es Ingrid glücklich machte. Britt-Marie hatte auch nichts dagegen, amerikanisch »Britt« zu heißen, aber über die Angestellten machte sie sich Gedanken. Sie wollte wirklich nicht, dass die glaubten, ihre Schwester putze so schlecht, dass sie dafür jemanden anstellen musste. Britt-Marie hatte ihre Mutter über solche Frauen verächtlich reden hören, und Britt-Marie wollte unter gar keinen Umständen, dass jemand so über Ingrid sprach.

Während also Ingrid lernte, draußen in der Welt in allem gut zu sein, arbeitete Britt-Marie daran, drinnen in der Welt in allem gut zu sein. Im Putzen. Es schön zu machen. Ihre Schwester bemerkte es. Bemerkte sie. Britt-Marie machte ihr jeden Morgen die Haare, und ihre Schwester vergaß nie, danke zu sagen – »wie schön es geworden ist, Britt!« –, während sie den Kopf vor dem Spiegel im Takt zu den Liedern auf ihren LPs hin- und herdrehte. Britt-Marie besaß keine Schallplatten. Braucht man auch nicht, wenn man eine große Schwester hat, die einen wahrnimmt.

Britt-Marie vermisst sie. Sogar mehr als den Balkon.

Als es an der Tür klopft, zuckt Britt-Marie vor Schreck zusammen, so als hätte jemand eine Axt hineingeschlagen. Vega steht draußen. Ohne Axt. Von ihr tropfen allerdings Regen und Dreck auf den Boden. Britt-Marie schreit innerlich.

»Warum machst du das Licht nicht an?«, fragt Vega und blinzelt in die Dunkelheit.

Britt-Marie legt die eine Hand in die andere.

»Es geht nicht, meine Kleine.«

»Hast du mal versucht, die Glühbirnen auszutauschen?«, fragt Vega und runzelt die Stirn, als müsse sie sich wirklich sehr beherrschen, nicht direkt »MEINE KLEINE!« hinterherzuschreien.

An ihrer Seite taucht Omar auf. Er hat Dreck an den Nasenlöchern. Innendrin auch. Britt-Marie kann sich nicht vorstellen, wie einem das passiert. Du meine Güte, es gibt doch so etwas wie Schwerkraft.

»Brauchst du Glühbirnen? Ich hab die coolsten Energiesparlampen! Sonderpreis!«, sagt er voller Eifer und greift nach seinem Rucksack.

Vega tritt ihn gegen das Schienbein. Schaut Britt-Marie an mit der angestrengten Diplomatie einer Halbwüchsigen.

»Dürfen wir das Spiel hier sehen?«, fragt sie.

»Welches … Spiel?«, fragt Britt-Marie.

»Das Spiel!«, antwortet Vega etwa so, wie man vielleicht »der Papst!« antworten würde, wenn einen jemand fragt: »Welcher Papst?«

Britt-Marie wechselt die auf Hüfthöhe zusammengefalteten Hände und legt die andere in die eine.

»In welcher Disziplin?«

»Fußball!«, rufen Vega und Omar wie aus einem Munde und glotzen Britt-Marie an, wie es Kents Kinder an dem Tag taten, als sie noch klein waren und Kent aus Versehen Anführungszeichen in der Luft machte, als er »Weihnachtsmann« sagte.

»So«, brummt Britt-Marie und betrachtet voller Ekel ihre lehmverschmierten Kleider.

Natürlich nicht die Kinder selbst. Sondern die Kleider. Britt-Marie ekelt sich selbstverständlich nicht vor Kindern.

»Bei ihm durften wir die Spiele immer hier sehen«, erklärt Vega und zeigt auf das Foto, das an der Wand neben der Tür hängt, auf dem der ältere Mann mit dem »Bank«-Trikot in den Händen abgebildet ist.

Auf einem anderen Foto direkt daneben steht derselbe Mann vor einem Lastwagen und trägt eine weiße Jacke, die auf einer Brusttasche den Schriftzug »FC Borg« und auf der anderen das Wort »Coach« trägt. Sie könnte eine Wäsche vertragen, stellt Britt-Marie fest. Es scheint, als hätte dieses Dorf noch nie etwas von Natron gehört.

»Darüber bin ich nicht informiert. Dann müsst ihr mit diesem Mann Kontakt aufnehmen«, antwortet Britt-Marie.

Das Schweigen zwischen ihnen saugt aus der Luft allen Sauerstoff.

»Er ist tot«, sagt Vega schließlich hinunter auf ihre Schuhe.

Britt-Marie sieht auf den Mann auf dem Foto. Dann hinunter auf ihre Hände.

»Das … so. Das tut mir leid. Aber dafür kann doch ich nicht verantwortlich gemacht werden«, sagt sie.

Vega blinzelt sie hasserfüllt an. Dann knufft sie Omar in die Seite und zischt:

»Komm, Omar, wir gehen. Vergiss sie.«

Sie hat sich schon umgedreht und will zur Tür hinaus, als Britt-Marie bemerkt, dass ein paar Meter weiter die anderen Kinder – drei sind es – stehen und warten. Alle so 13, 14 Jahre alt. Ein Rothaariger, ein Schwarzhaariger und einer mit hohen Cholesterinwerten. Nicht dass Britt-Marie Vorurteile hätte, keineswegs, aber in ihren Blicken liest sie nichts als Vorwürfe. Dieses Gefühl schätzt Britt-Marie überhaupt nicht. In der Pizzeria ist Licht. Die Fenster verraten, dass drinnen mindestens ein Fernseher läuft.

»Darf ich fragen, warum ihr euch dieses Fußballspiel nicht da drüben in der Pizzeria oder der Autowerkstatt oder was das nun ist anschaut, wenn es so wichtig ist?«, fragt Britt-Marie in jeder Hinsicht höflich und keineswegs konfrontativ.

Omar schießt den Fußball hinaus auf den Parkplatz und sagt leise:

»Die trinken. Wenn sie verlieren.«

»So. Und wenn sie gewinnen?«, fragt Britt-Marie.

»Dann trinken sie richtig. Deswegen hat er uns immer hier schauen lassen«, antwortet Omar. Er zeigt wieder auf den Mann auf dem Foto.

Britt-Marie drückt die Hände fester ineinander.

»So. So.«

Dann sammelt sie sich und schiebt schnell hinterher:

»Und ein eigenes Zuhause, wo ihr hingehen könntet und wo ein Fernseher steht, habt ihr in diesem Dorf natürlich nicht?«

Darauf antwortet Vega aus zehn Metern Entfernung, jede Silbe umzäunt von Stacheldraht:

»Bei keinem von uns zu Hause hat die ganze Mannschaft Platz, und wir schauen uns die Spiele zusammen an! Wie eine Mannschaft!«

Britt-Marie bürstet Staub von ihrem Rock.

»Ich dachte, ihr habt keine Mannschaft mehr.«

»WIR HABEN EINE MANNSCHAFT!«, schreit Vega geradeheraus und stapft zurück zu Britt-Marie. Als sie nur ein paar Schritte von ihr entfernt ist, hebt sie den Zeigefinger und brüllt: »Wir sind doch hier, oder? Wir sind hier! Also haben wir eine Mannschaft! Auch wenn sie uns unseren verdammten Platz und unseren verdammten Club wegnehmen und unser Trainer an einem verdammten Herzinfarkt verdammt nochmal stirbt, haben wir trotzdem eine Mannschaft!«

Britt-Marie zittert ein wenig nervös, als der wutbrausende Blick des Mädchens sie trifft. Ihre Wortwahl ist wahrlich nicht angemessen für einen Menschen. Aber jetzt breiten sich auf den Wangen des Mädchens sorgfältig die Tränen aus, und Britt-Marie wirkt, als könne sie nicht recht erkennen, ob das Mädchen sie umarmen oder schlagen will. Und als fände sie beide Alternativen gleichermaßen bedrohlich.

»Darf ich euch bitten, hier kurz zu warten«, ruft sie panisch und zieht die Tür wieder zu.

Das ist sozusagen das, was passiert, kurz bevor alles beginnt.

Britt-Marie steht hinter der Tür im Dunkeln. Atmet den Duft nasser Blumenerde mit Natron ein. Erinnert sich an den Geruch von Alkohol und die Geräusche, wenn Kent Fußball geschaut hat. Er ist nie auf den Balkon gegangen. Er hat Höhenangst. Also gehörte der Balkon Britt-Marie ganz allein, er war das Einzige, was nur ihr gehörte. Sie hat immer gelogen und gesagt, sie hätte die Pflanzen gekauft, weil sie wusste, dass er etwas Gemeines sagen würde, wenn sie ihm erzählte, dass sie sie im Müll oder manchmal auch auf der Straße gefunden hatte. Zurückgelassen von einem Nachbarn, der gerade umgezogen war. Dabei musste sie an Ingrid denken, denn Ingrid liebte alles, was lebendig war. Also rettete Britt-Marie immer wieder heimatlose Pflanzen, um es auszuhalten, sich an eine Schwester zu erinnern, der sie nicht ein einziges Mal das Leben retten konnte. So etwas konnte man Kent nicht erzählen.

Kent glaubt nicht an den Tod, er glaubt an die Evolution. »Die Evolution«, nickte er anerkennend, als er einen Dokumentarfilm sah, in dem ein Löwe ein verletztes Zebra auffraß: »Die räumt die Schwachen auf. Es geht ums Überleben der Art, das muss man sich klarmachen. Wenn man nicht von Anfang an der Beste ist, sollte man den Wink vielleicht verstehen und dem Stärkeren den Platz überlassen, nicht wahr?«

Mit so einem Menschen kann man nicht über Balkonpflanzen reden.

Oder übers Vermissen.

Britt-Maries Fingerspitzen zittern ein wenig, als sie das Handy in die Hand nimmt. Die junge Frau vom Arbeitsamt geht beim dritten Klingeln dran.

»Hallo?«, keucht die junge Frau.

Britt-Marie holt einmal durch und durch rücksichtsvoll tief Luft.

»Geht man so ans Telefon? Völlig aus der Puste?«, fragt sie.

»Frau Wieslander? Ich bin im Fitnessstudio!«, ruft die junge Frau.

»Das ist ja schön für Sie«, stellt Britt-Marie fest.

»Ist was passiert?«, fragt die junge Frau seufzend.

»Hier stehen Kinder. Sie sagen, dass sie hier irgendein Spiel sehen wollen.«

»Ja, klar, das Spiel! Das will ich mir auch ansehen«, antwortet die junge Frau aufgekratzt.

»Ich bin nicht darüber informiert worden, dass Kinder zu

meinem Arbeitsbereich gehören«, sagt Britt-Marie in keiner Weise aufgekratzt.

Die junge Frau stöhnt am anderen Ende der Leitung wirklich unnötig ungeduldig.

»Frau Wieslander, es tut mir leid, aber hier im Studio ist das Benutzen von Handys verboten.« Dann ruft sie hinterher: »Aber … wissen Sie … das ist doch nicht schlecht! Wenn Kinder bei Ihnen das Fußballspiel anschauen, dann merken sie es gleich, falls Sie sterben!« Sie lacht kurz auf. Dann ist es sehr, sehr, sehr lange still. Die junge Frau atmet verbissen durch, hinter ihr das Geräusch eines Laufbandes, das angehalten wird. »Okay, entschuldigen Sie, Frau Wieslander, das war nur Spaß. Das hätte ich nicht sagen sollen. Ich hab es nicht so gemei… hallo?«

Britt-Marie hat bereits aufgelegt. Eine halbe Minute später öffnet sie die Tür, den Stapel mit den frisch gewaschenen Fußballtrikots säuberlich zusammengelegt im Arm.

»Ihr kommt natürlich nicht mit diesen dreckigen Kleidern hier herein, ich habe gerade frisch gewischt!«, sagt sie zu den Kindern, bevor sie innehält.

Neben ihnen steht ein Polizist. Er ist klein und pummelig und hat einen Haaransatz, der aussieht wie eine Wiese, auf der am Vortag mit lauter Einweggrills gegrillt worden ist.

»Was habt ihr angestellt?«, zischt Britt-Marie zu Vega hinüber, nur ein ganz kleines bisschen vorwurfsvoll.

»Wie, was haben wir angestellt?«, zischt Vega, dreht sich zu dem Polizisten um und zeigt auf Britt-Marie: »Sie will uns das Spiel nicht anschauen lassen!«

Britt-Marie zeigt auf Vega und starrt den Polizisten defensiv an:

»Diese Kinder haben mir gestern an den Kopf geschossen!«

»NICHT MIT ABSICHT!«, schreit Vega.

Der Polizist sieht ambivalent aus, aber am Ende entscheidet

er sich offenbar, dass das Offiziellste, was er hier tun kann, ist, Britt-Marie ein großes Glas hinzuhalten.

»Ich heiße Sven. Ich wollte Sie nur hier in Borg willkommen heißen. Das ist Marmelade.«

Britt-Marie betrachtet das Marmeladenglas. Vega sieht Sven an. Sven kratzt sich unbeholfen an verschiedenen Stellen seiner Polizeiuniform.

»Heidelbeermarmelade. Ich hab sie selbst gemacht. Hab extra einen Kurs belegt. In der Stadt.«

Britt-Marie mustert ihn eingehend von oben bis unten. Macht bei jeder Richtung in der Mitte eine kurze Pause, wenn ihr Blick das Hemd seiner Uniform streift, das über dem Bauch spannt.

»In Ihrer Größe habe ich kein Trikot«, informiert sie ihn.

Sven wird rot.

»Nein, neinneinnein, so hab ich das doch nicht gemeint. Ich wollte Sie nur … in Borg willkommen heißen! Das wollte ich nur sagen, mehr nicht!«

Er drückt Vega das Marmeladenglas in die Hand und stolpert mit seinem sporadischen Haaransatz über die Türschwelle und begibt sich hinaus auf den Parkplatz in Richtung Pizzeria. Vega betrachtet das Marmeladenglas. Omar schaut auf Britt-Maries leeren Ringfinger und grinst.

»Bist du verheiratet?«, fragt er.

Britt-Marie ist über sich selbst schockiert, als sie sich antworten hört:

»Ich bin getrennt.«

Es ist das erste Mal, dass sie es ausspricht. Omar grinst noch mehr und nickt zu Sven hinüber.

»Sven ist frei, nur dass du es weißt!«

Britt-Marie hört, wie die anderen Kinder zu kichern anfangen. Sie drückt Omar die Trikots in den Arm und nimmt Vega das Marmeladenglas aus der Hand.

»Warum trägt er dann die Polizistenuniform?«

Die Kinder verstehen die Frage nicht und schweigen.

»Hä?«, sagt Omar.

»Warum trägt er dann die Polizistenuniform, wenn er frei hat? Es ist doch ganz bestimmt nicht so gedacht, dass er sie in seiner Freizeit trägt!«, erklärt Britt-Marie aufgebracht.

Sie verschwindet im Dunkel des Jugendzentrums. Ein gutes halbes Dutzend Kinder steht in der Tür und verdreht die Augen.

Und so fängt alles an.

11

Fußball ist ein ganz besonderes Spiel, denn es bittet nicht darum, geliebt zu werden. Es verlangt es einfach.

Britt-Marie irrt durch das Jugendzentrum wie ein unglückseliger Geist, dessen Grab jemand geöffnet hat, um darin eine Disco aufzumachen. Die Kinder sitzen in ihren weißen Trikots auf dem Sofa und trinken Limonade. Britt-Marie hat selbstverständlich dafür gesorgt, dass sie auf Handtüchern Platz nehmen, denn sie besitzt nicht genügend Natron, um die Kinder komplett zu reinigen, und selbstverständlich hat sie darauf geachtet, dass sie für ihre Limonadendosen Untersetzer benutzen. Es gibt zwar keine richtigen Untersetzer, aber Britt-Marie hat einfach Toilettenpapier geholt, für jeden zwei Blatt, und es doppelt gefaltet. Die Not kennt kein Gesetz, aber sogar die Not darf zur Kenntnis nehmen, dass man eine Dose mit Limonade nicht einfach direkt auf den Tisch stellt, so sieht es jedenfalls Britt-Marie.

Sie stellt den Kindern auch Gläser hin. Einer der Jungs, den Britt-Marie selbstverständlich niemals als »übergewichtig« bezeichnen würde, der aber dennoch so aussieht, als hätte er schon oft die Limonade anderer Kinder zusätzlich getrunken, antwortet ihr fröhlich, dass er »am liebsten aus der Dose trinkt«.

»Das tust du aber hier nicht, wir trinken aus Gläsern«, ermahnt ihn Britt-Marie mit einer unüberhörbar überdeutlichen Aussprache.

»Warum nicht?«, fragt der Junge nach.

»Weil wir keine Tiere sind«, informiert ihn Britt-Marie.

Der Junge schaut auf seine Limonadendose, denkt eine ganze Weile nach und fragt sie dann:

»Welches Tier außer dem Menschen kann aus einer Dose trinken?«

Britt-Marie gibt darauf keine Antwort. Stattdessen hebt sie die Fernbedienung vom Boden auf und legt sie auf den Tisch. Woraufhin sie völlig erschrocken einen großen Satz zurück macht, als die bislang in jeder Hinsicht sehr rücksichtsvollen Jungs auf dem Sofa alle auf einmal losschreien »NEEEIN!«, als hätte sie ihnen die Fernbedienung ins Gesicht geschleudert.

»Nicht die Fernbedienung auf den Tisch!«, ruft der Limonadenjunge voller Entsetzen aus.

»Bringt voll Unglück! Dann verlieren wir!«, schreit Omar, springt vor zum Tisch und schubst die Fernbedienung wieder auf den Boden.

»Wer wir?«, fragt Britt-Marie, als hätte er den Verstand verloren.

Omar zeigt auf die erwachsenen Männer auf dem Fernsehbildschirm, die offenbar keine Ahnung davon haben, dass es ihn gibt.

»Wir!«, wiederholt er selbstsicher, als ob das etwas zu bedeuten hätte.

Britt-Marie bemerkt, dass er sein Fußballtrikot verkehrt herum trägt. Sie zupft ihre Haare zurecht und fühlt sich langsam etwas gestresst.

»Ich mag es nicht, wenn im Haus geschrien wird. Ich mag es auch nicht, wenn man die Kleider verkehrt herum anzieht wie irgendwelche Gangster«, teilt sie mit und hebt die Fernbedienung vom Boden auf.

»Wir verlieren, wenn ich es richtig rum trage«, erklärt Omar und zeigt auf das Fußballspiel im Fernsehen.

Als ob es einleuchtend wäre, dass das Leben so funktioniert.

Britt-Marie weiß nicht, wie sie mit dieser Art von Dummheiten umgehen soll, also bringt sie die Fernbedienung und die dreckigen Kleider der Kinder in die Waschküche. Als sie eine Maschine angestellt hat und sich umdreht, steht der rothaarige Junge vor ihr. Er sieht ganz verlegen aus. Britt-Marie legt die eine Hand in die andere und sieht nicht so aus, als sei sie zu weiterer Konversation bereit.

»Sie sind abergläubisch, alles muss genauso sein wie beim letzten Mal, als wir gewonnen haben«, sagt der Junge gleichzeitig erklärend und entschuldigend und deutet in Richtung Fernseher.

»Wer ›wir‹?«, wiederholt Britt-Marie und starrt auf den Fernseher, wo erwachsene Männer mit Trikots mit Werbeaufdrucken in fremder Sprache umherrennen.

Der Junge macht ein Gesicht, als sei diese Frage komplett bedeutungslos.

»Wir«, sagt er.

»So«, sagt Britt-Marie.

Er nickt langsam.

»Ich war es, ich hab dir gestern den Fußball an den Kopf geschossen. Es war keine Absicht. Ich treffe ziemlich schlecht. Ich hoffe, es hat deine Frisur nicht kaputt gemacht«, sagt er.

Britt-Marie bürstet ihren Rock und zupft ihre Haare zurecht, sie kann es sich nicht verkneifen.

»Als diese Mannschaft in der Stadt euch nicht hat mitspielen lassen, hättet ihr das vielleicht als Ansporn sehen sollen«, sagt sie.

»Du hast unheimlich schöne Haare«, sagt der rothaarige Junge mit einem flüchtigen Lächeln in Richtung Boden, bevor er kehrtmacht und wieder zum Sofa geht.

Es ist schwer zu sagen, ob er nicht verstanden hat, was sie meinte, oder ob er es nicht verstehen wollte. Britt-Marie sieht ihm hinterher und kann ihn nicht komplett nicht mögen. Er setzt sich ganz nach hinten an die Wand, hinter den Jungen mit den schwarzen Haaren und den Jungen, der am meisten Limo getrunken hat. Damit man ihn nicht sieht.

»Das ist der Pirat«, sagt Vega.

Sie ist neben Britt-Marie aufgetaucht. Offenbar ist es so, dass sie ständig irgendwo auftaucht. Ihr Fußballtrikot ist ein bisschen groß. Oder ihr Körper ein bisschen klein.

»Der Pirat«, wiederholt Britt-Marie für sich selbst, um nun ihr allergrößtes Verständnis aufzubringen, nicht darauf hinzuweisen, dass »der Pirat« wirklich kein Name ist, außer für Piraten.

Vega zeigt auf die beiden anderen Kinder auf dem Sofa.

»Das da ist Kröte. Und das Dino.«

Aber da erreicht Britt-Maries Wohlwollen wirklich eine Grenze.

»Das sind doch um alles in der Welt keine Namen!«, entgegnet sie.

Vega sieht nicht so aus, als würde sie verstehen, was das heißen soll.

»Es liegt daran, dass er aus Somalia kommt«, sagt sie und zeigt auf einen der Jungs, als ob das eine Erklärung wäre.

Als Britt-Marie nicht so aussieht, als wäre es das, seufzt Vega entnervt und erklärt:

»Als Dino nach Borg gezogen ist und Omar gehört hat, dass er ›Somalier‹ ist, da dachte er, dass er ›Sommelier‹ heißt, das kennen Sie doch, die, die im Fernsehen immer Wein trinken. Da haben wir ihn dann ›Vino‹ genannt. Und das reimt sich auf ›Dino‹. Jetzt nennen wir ihn deshalb ›Dino‹.«

Britt-Marie starrt Vega an, als wäre sie betrunken in Britt-Maries Bett eingeschlafen.

»Und eure richtigen Namen waren nicht gut genug, das waren sie wohl nicht.«

Vega macht ein Gesicht, als würde sie den Unterschied nicht begreifen.

»Er kann doch nicht dieselben Namen haben wie wir! Dann wüssten wir doch gar nicht, zu wem wir passen sollen, wenn wir spielen.«

Britt-Marie schnaubt kurz durch die Nase, denn genau da macht sich Britt-Maries Ärger Luft, wenn er im Kopf zu viel wird.

»Er hat doch um alles auf der Welt einen richtigen Namen!«, zischt sie.

Vega zuckt mit den Schultern.

»Er hat nicht viel gesprochen, als er hierherkam, deshalb wussten wir nicht, wie er heißt, aber er hat gelacht, wenn wir ihn Dino genannt haben, und es gefiel uns, wenn er lachte. Und deshalb hat er den Namen behalten.«

Als ob die Welt so funktionieren würde. Als ob man einfach einen Namen aussucht. Britt-Marie bürstet so viel unsichtbaren Staub von ihrem Rock, dass ihr Handgelenk anfängt zu schmerzen. Vega zeigt auf den Limonadenjungen:

»Kröte nennen wir Kröte, weil er Krister heißt. Und weil er voll laut rülpsen kann. Und den Piraten nennen wir Piraten, weil weiß ich jetzt auch nicht. Ist einfach so.«

Sie nickt zu dem rothaarigen Jungen hinüber, der nicht zu sehen ist. Britt-Marie lächelt nachsichtig und sagt:

»Aber Mannschaften für Mädchen, die gibt es für dich wohl nicht, oder?«

Vega schüttelt den Kopf.

»Alle Mädchen spielen in der Mannschaft in der Stadt.«

Britt-Marie nickt äußerst, äußerst, äußerst wohlwollend.

»Aber die Mannschaft war dir wohl nicht gut genug, das war sie wohl nicht.«

Vega macht ein böses Gesicht.

»Hier ist meine Mannschaft!«, antwortet sie.

Als ob das eine Antwort wäre.

Auf dem Fernsehbildschirm liegt ein Spieler auf dem Rasen und windet sich. Omar nutzt die Spielpause, um auf einen Küchenhocker zu steigen und auf Kredit Glühbirnen auszuwechseln. Britt-Marie läuft unruhig um ihn herum und merkt an:

»Du machst dir natürlich keinerlei Gedanken darüber, dass

du herunterfallen, zu Tode stürzen oder den Hocker kaputt machen könntest, nein, das macht dir wohl Spaß.«

Omar sieht aus, als sei es so. Vega schaut sich plötzlich um, als würde ein Mensch fehlen.

»Wo ist der Ball?«, fragt sie geradewegs in den Raum hinein.

»Shit! Der ist draußen!«, ruft Omar und schaut dabei auf den Regen, der gegen das Fenster prasselt.

»Ihr habt doch wohl im Leben nicht vor, den Ball hier hereinzuholen!«, keucht Britt-Marie entsetzt.

»Dass er nicht im REGEN liegen bleiben kann, verstehst du doch wohl!«, ruft Vega ebenso entsetzt, als ob sie von einer Person sprächen.

Bevor Britt-Marie verstehen kann, was passiert, geht eine Kette von Scheren und Steinen kreuz und quer durchs Zimmer los, die mit Papier bedeckt werden, bis der rothaarige Pirat irgendwie immer verloren hat und gleichzeitig vom Sofa aufgestanden und schon auf dem Weg zur Tür ist.

»Guter Gott! Doch nicht im frisch gewaschenen Trikot! Nein!«, bringt Britt-Marie hervor, so wütend, dass ihre Hände zittern.

Sie packt ihn am Schlafittchen, aber er hat schon die Schuhe an und steht in der Tür. Britt-Marie schlüpft aufgebracht in ihre eigenen Schuhe und rennt hinterher.

»NICHT im frisch gewaschenen Trikot!«, schreit sie, bevor der Regen ihre Frisur angreift.

Der Junge steht zwei Meter entfernt und hält den lehmigen Fußball in der Hand.

»Entschuldigung«, murmelt er runter aufs Leder.

Britt-Marie weiß nicht, ob er sich beim Fußball oder bei ihr entschuldigt. Sie hält sich die Hände über die Haare, damit der Regen ihre Frisur nicht komplett zerstört. Der Junge schielt zu ihr herüber, lächelt aufrichtig, doch im nächsten Moment beschämt und dann wieder in Richtung Boden.

»Darf ich dich etwas fragen?«, fragt er.

»Wie bitte?«, antwortet Britt-Marie mit Regen im Gesicht.

»Könntest du mir helfen, meine Haare zu frisieren?«, murmelt er und vermeidet jeden Blickkontakt.

»Wie bitte?«, wiederholt Britt-Marie mit Betonung auf »wie« und dem Blick auf den lehmigen Fleck geheftet, den der Fußball auf dem frisch gewaschenen Trikot des Jungen hinterlassen hat.

»Ich hab morgen ein Date. Ich wollte, ich hab mir gedacht, also, ich wollte dich fragen, ob du mir mit meinen Haaren helfen könntest«, bringt er stotternd hervor.

Britt-Marie nickt, als ob das typisch sei.

»Friseure gibt es hier in Borg natürlich nicht, klar. Das ist jetzt natürlich auch wieder meine Arbeit, so meinst du das, oder? Ist es so?«

Der Junge schüttelt den Kopf, hinunter Richtung Ball.

»Du hast immer so schöne Haare. Ich dachte, du kannst das gut, weil du so schöne Haare hast. In Borg gibt es keinen Friseur mehr, der hat zugemacht.«

Der Regen wird etwas schwächer. Britt-Marie hält ihre Handflächen noch immer wie ein schräges Dach über ihre Frisur, so dass ihr der Regen in die Jackenärmel läuft.

»Sagt man heute so? ›Date‹?«, fragt sie ein wenig nachdenklich.

»Was hat man früher dazu gesagt?«, fragt der Junge und schielt hinter dem Ball hervor.

»Zu meiner Zeit hieß das ›Verabredung‹«, antwortet Britt-Marie resolut.

Möglicherweise ist sie auf diesem Gebiet kein Fachmann, muss sie zugeben. Sie hat sich in ihrem Leben nur mit zwei Jungen verabredet. Einen davon hat sie geheiratet. Während sie da stehen, sie, der Junge mit den roten Haaren und der lehmverschmierte Fußball, hört der Regen auf.

»Wir sagen ›Date‹, oder zumindest sage ich das«, murmelt der Junge.

Britt-Marie holt einmal tief Luft und ignoriert seinen ausweichenden Blick.

»Darf ich dich bitten, zur Kenntnis zu nehmen, dass ich auf deine Frage nicht direkt antworten kann, denn ich habe meine Liste in der Handtasche«, erklärt sie leise.

Der Junge beginnt sofort, mit einem in jeder Hinsicht beunruhigenden Enthusiasmus zu nicken.

»Kein Problem! Ich hab morgen den ganzen Tag Zeit!«

»So. In die Schule geht ihr hier in Borg natürlich nicht, das kann man sich vorstellen«, stellt Britt-Marie fest.

»Wir haben noch Weihnachtsferien«, antwortet der Junge.

Dann wird die Stille von euphorischem Gejubel aus dem Jugendzentrum unterbrochen, so plötzlich, dass Britt-Marie sich derart erschreckt, dass sie sich am Trikot des Jungen vor ihr festhält, und der Junge davon so überrascht wird, dass er ihr den Ball in den Arm wirft. Dabei wird ihr Blazer dreckig. Eine halbe Sekunde später brüllen die Männer in der Pizzeria so laut, dass das Neonschild über der Tür klappert.

»Was ist da los?«, will Britt-Marie wissen, die blanke Panik im Blick, und wirft den Ball zur Seite.

»Wir haben ein Tor geschossen!«, ruft der Piratenjunge überglücklich.

»Wer wir?«, fragt Britt-Marie.

Der Piratenjunge hebt den Fußball auf und sieht sie an, als sei das eine philosophische Fragestellung.

»Unsere Mannschaft«, sagt er verständnislos.

»Ich dachte, ihr habt keine Mannschaft!«, schnaubt Britt-Marie.

»Also: unsere Mannschaft, die, für die wir sind! Im Fernsehen!«, versucht der Junge ihr zu erklären.

»Was meinst du damit?«, will Britt-Marie wissen.

Der Junge steht da mit offenem Mund.

»Also die … die wir … anfeuern.«

Britt-Marie faltet verärgert die Hände auf Hüfthöhe.

»Aber mein Freund, das ist doch nicht eure Mannschaft, wenn ihr nicht darin spielt«, erklärt Britt-Marie.

Der Junge denkt einen Augenblick darüber nach. Dann scheint er den Ball noch fester zu halten.

»Wir sind schon viel länger für diese Mannschaft, als die meisten Spieler dazugehören. Also ist es viel mehr unsere Mannschaft als ihre.«

»Unsinn«, schnaubt Britt-Marie.

In der Sekunde darauf schneidet der Lärm einer zuknallenden Tür durch den Januarabend. Britt-Marie dreht sich erschreckt um und rennt zur Tür des Jugendzentrums hinüber. Der Junge rennt hinterher. Die Tür ist von innen verschlossen.

»Jetzt haben sie abgeschlossen, damit wir nicht mehr reinkommen! Weil wir hier draußen waren, als das Tor gefallen ist«, stöhnt der Pirat atemlos und glücklich.

»Was in aller Welt soll das heißen?«, will Britt-Marie wissen und rüttelt verzweifelt am Türgriff.

»Also, es ist wichtig, dass wir hier draußen sind, denn als wir hier draußen waren, ist das Tor gefallen! Wir bringen Glück, wenn wir draußen sind!«, ruft der Junge.

Als ob das logisch wäre. Britt-Marie glotzt ihn an, als ob es das wirklich nicht sei. Aber dann bleiben sie auf dem Parkplatz stehen, obwohl es wieder zu regnen beginnt, und Britt-Marie sagt kein Wort mehr.

Denn zum ersten Mal nach sehr langer Zeit hat ihr jemand gesagt, es sei wichtig, dass sie an einem Ort ist.

Und auf diese Art ist Fußball ein ganz besonderes Spiel. Denn es bittet nicht darum, geliebt zu werden.

12

In der Halbzeit öffnen die Kinder die Tür und lassen Britt-Marie und den Piraten wieder herein. Britt-Marie verbringt die komplette zweite Halbzeit auf der Toilette vor dem Spiegel. Zum einen, weil sie nicht herauskommen und dabei riskieren will, mit den Kindern noch ein Wort wechseln zu müssen, zum anderen, weil die Mannschaft der Kinder noch ein Tor schießt und die Kinder ihr dann sofort verbieten herauszukommen, bevor das Spiel zu Ende ist. Also bleibt Britt-Marie drinnen und föhnt sich die Haare und bringt Glück und hat eine Lebenskrise. Es ist kein Problem, dies alles gleichzeitig zu tun.

Ihr Spiegelbild gehört jemand anderem, jemandem, in dessen Gesicht die Winter ihre Fußabdrücke hinterlassen haben. Die Winter waren immer die schlimmste Zeit, für die Pflanzen auf dem Balkon wie auch für Britt-Marie. Es ist die Stille, mit der Britt-Marie kämpft, die sie aushalten muss, denn in der Stille weiß man nicht, ob jemand weiß, dass es einen gibt, und der Winter ist die stille Jahreszeit, denn die Kälte isoliert die Menschen. Macht die Welt geräuschlos.

Es war die Stille, die Britt-Marie lähmte, als Ingrid starb. Ihr Vater kam von der Arbeit Tag für Tag später nach Hause, bald so spät, dass Britt-Marie schon schlief, wenn er kam. Schließlich wachte sie eines Morgens davon auf, dass er nun erst die Haustür öffnete. Am Ende wachte sie eines Morgens davon auf, dass er gar nicht mehr kam.

Ihre Mutter verlor immer seltener ein Wort darüber. Blieb

morgens immer länger im Bett liegen. Britt-Marie irrte durch die Wohnung, wie Kinder in stillen Welten es tun. Einmal warf sie absichtlich eine Vase um, um ihre Mutter aus dem Schlafzimmer schreien zu hören. Doch sie schrie nicht. Britt-Marie sammelte die Scherben auf. Und stieß nie wieder eine Vase um. Am darauffolgenden Tag blieb die Mutter im Bett liegen, bis Britt-Marie das Mittagessen gekocht hatte. Am Tag danach wurde es noch später. Am Ende stand sie gar nicht mehr auf.

Britt-Marie war auf der Beerdigung ihrer Mutter fast allein. Natürlich schickten viele von Mutters Freunden sehr schöne Blumen und kondolierten, doch sie waren offensichtlich zu sehr mit dem Leben beschäftigt, als jemanden besuchen zu kommen, der bereits tot war. Britt-Marie schnitt die Blumenstiele an und stellte sie in frisch gespülte Vasen. Sie putzte die Wohnung und alle Fenster, und am Tag darauf brachte sie den Müll hinaus, und da lief ihr Kent über den Weg. Sie starrten sich an; zwei Kinder, die erwachsen geworden waren. Er hatte vor Jahren schon geheiratet und hatte eigene Kinder, war aber gerade frisch geschieden. Jetzt kam er wieder nach Hause, um seine Mutter zu besuchen. Er lächelte, als er Britt-Marie sah. Denn zu der Zeit sah er sie noch.

Britt-Marie knetet vor dem Spiegel ihren Ringfinger. Der weiße Rand sitzt fest wie ein Tattoo. Lacht sie aus. Da klopft es an der Tür. Draußen steht der Pirat.

»So. Habt ihr gewonnen?«, fragt Britt-Marie, als hätte er sie in eine sehr unangenehme Lage gebracht, obwohl sie in Wirklichkeit erleichtert darüber war, dass sie da drinnen sein durfte.

In dieser Hinsicht können Badezimmer wie Balkone sein. Du kommst ums Alleinsein herum, ohne dass du mit Leuten zusammen sein musst.

»2:0!«, nickt der Pirat glücklich.

»Ich habe mich nämlich nur die ganze Zeit hier drin aufgehalten, weil ihr mir das gesagt habt. Ich habe keine Darmprobleme«, sagt Britt-Marie in sehr ernstem Ton.

Der Pirat nickt verwirrt, murmelt »Oookay« und zeigt auf die Haustür. Sie steht offen.

»Sven ist wieder da.«

Der Polizist steht in der Tür und hebt die Hand zu einem unbeholfenen Gruß. Britt-Marie macht einen Schritt zurück und zieht verlegen die Tür zur Toilette von innen zu. Als sie ihre Haare in Ordnung gebracht hat, holt sie einmal tief Luft und tritt wieder hinaus.

»So?«, sagt sie zu dem Polizisten.

Der Polizist lächelt und hält ihr ein Papier hin. Genau in dem Moment, als er es ihr geben will, lässt er es fallen.

»Huch, nanu, Entschuldigung, Entschuldigung, ich dachte nur, das sollten Sie haben. Ja, ich dachte, oder wir, wir dachten …«

Er gestikuliert in Richtung Pizzeria. Britt-Marie vermutet, dass er sagen will, er habe mit Jemand gesprochen. Er lächelt wieder. Faltet die Hände weit oberhalb seines Bauches. Überlegt es sich anders und verschränkt die Arme kurz unterhalb des Kinns.

»Wir haben uns gedacht, Sie müssen ja irgendwo wohnen, natürlich, ist ja klar, und ich habe gehört, Sie möchten nicht in einem Hotel in der Stadt wohnen.« Entschuldigend schiebt er hinterher: »Nicht dass Sie sich nicht selbst aussuchen dürfen, wo Sie wohnen wollen! Wir haben uns nur gedacht, dass … ja, vielleicht wäre das hier ja eine Alternative? Wie wäre das?«

Britt-Marie betrachtet das Papier. Es ist eine fehlerhaft geschriebene Anzeige zur Vermietung eines Zimmers. Ganz unten ist ein Bild zu sehen, auf dem ein alter Mann mit Hut auf dem Kopf aussieht, als würde er tanzen. Es ist hochgradig unklar, was dieser alte Mann mit der Anzeige zu tun hat. Der Polizist wedelt enthusiastisch mit den Armen.

»Ich habe ihr bei der Anzeige geholfen. Schließlich habe ich einen Computerkurs in der Stadt belegt. Die Frau, die das Zimmer vermietet, ist ganz nett. Sie ist gerade nach Borg zurückgekehrt. Oder, na ja, das ist natürlich nur vorübergehend, natürlich, natürlich, sie wird das Haus verkaufen. Aber es ist hier in Borg, gar nicht weit. Ich kann Sie hinfahren!«

Britt-Maries Augenbrauen nähern sich einander. Auf dem Parkplatz steht ein Streifenwagen.

»Mit dem etwa?«

Der Polizist nickt schnell.

»Ja, ich habe gehört, dass Ihr Wagen in der Werkstatt ist. Aber ich kann Sie hinbringen, kein Problem, kein Problem, macht gar keine Umstände!«

Britt-Marie schüttelt langsam den Kopf.

»Ich kann mir vorstellen, dass es Ihnen nichts ausmacht. Aber ich lasse mich nicht in einem Streifenwagen durchs Dorf fahren, so dass jeder glaubt, ich sei kriminell, so hatten Sie sich das vorgestellt?«

Der Polizist macht ein beschämtes Gesicht.

»Nein. Nein. Nein. Natürlich wollen Sie das nicht.«

»Nein, das will ich wahrlich nicht«, sagt Britt-Marie.

Er nickt betreten. Sie nickt bestimmt.

»War sonst noch etwas?«, fragt sie.

Er schüttelt den Kopf. Sie schüttelt ebenso den Kopf. Er dreht sich mit seinem niedergeschlagenen Blick um und geht. Britt-Marie schließt die Tür.

Die Kinder bleiben im Jugendzentrum, bis ihre Kleider im Trockner fertig sind. Die Kleidungsstücke, die man nicht in den Trockner geben darf, hängt Britt-Marie auf die Leine, so dass die Kinder sie am nächsten Tag holen können. Die meisten von ihnen gehen in ihren Fußballtrikots nach Hause. Im Grunde wird Britt-Marie auf diese Art und Weise Trainerin einer Fußballmannschaft. Nur hat ihr das noch keiner gesagt.

Keins der Kinder bedankt sich bei ihr dafür, dass sie die Kleider gewaschen hat. Hinter ihnen geht die Tür zu, und so lassen sie das Jugendzentrum in einer Stille zurück, die nur Kinder und Fußbälle zurücklassen können. Britt-Marie räumt Teller und

Limonadendosen vom Couchtisch. Omar und Vega haben ihre Teller in die Spüle gestellt. Sie haben sie nicht abgewaschen, sie nicht in die Spülmaschine geräumt, sie nicht einmal abgespült, sie einfach nur in die Spüle gestellt. Kent hat das auch manchmal getan und dann noch ein Gesicht gemacht, als erwarte er ein Dankeschön dafür. Als wolle er, dass Britt-Marie wusste, wenn der Teller am nächsten Morgen abgewaschen und abgetrocknet im Schrank stand, dass Kent seinen bescheidenen Teil dazu beigetragen hatte.

Es klopft an der Haustür im Jugendzentrum. Da es wirklich keine zivilisierte Zeit mehr ist, nimmt Britt-Marie an, dass eins der Kinder etwas vergessen hat. Sie öffnet mit einem:

»So?«

Dann sieht sie, dass da wieder dieser Polizist vor der Tür steht. Er lächelt verlegen. Britt-Marie korrigiert ihre Begrüßung sofort in ein:

»So!«

Was wirklich zwei grundverschiedene Dinge sind. Zumindest so, wie Britt-Marie sie sagt. Der Polizist schluckt und sieht aus, als würde er Mut sammeln, und dann hält er ihr etwas zu hastig ein Bambusrollo vor die Nase, so dass er es Britt-Marie beinahe an die Stirn knallt.

»Entschuldigung, ja, ich wollte doch nur, das ist ein Bambusrollo!«, sagt er und lässt es fast auf den Boden fallen.

»So …«, sagt Britt-Marie eher abwartend.

Er nickt engagiert.

»Ich habe es selbst gemacht! Ich habe einen Kurs in der Stadt belegt. ›Ostasiatisches Einrichtungsdesign‹.«

Er nickt wieder. Als ob Britt-Marie etwas dazu sagen sollte. Was sie nicht tut. Er hält sich das Bambusrollo vors Gesicht.

»Sie können es im Auto vors Fenster halten. Dann sieht keiner, dass Sie da sitzen.«

Fröhlich zeigt er auf den Streifenwagen. Dann auf das Bambusrollo. Dann auf den Regen, der wieder eingesetzt hat. Wie

Regen in Borg das eben tut. Was dem Regen, der nichts Besseres zu tun hat, wahrscheinlich Spaß macht.

»Und Sie können es sich übers Haar halten, wenn wir zum Wagen gehen, wie einen Regenschirm, dann ist Ihre Frisur geschützt!«, sagt der Polizist.

Britt-Marie legt verunsichert ihre eine Hand in die andere.

»So.«

Der Polizist schluckt noch einmal. Mit flackerndem Blick fingert er am Bambus herum.

»Natürlich müssen Sie nicht, natürlich nicht. Ich dachte nur, irgendwo müssen Sie doch wohnen, wenn Sie in Borg sind. Ich dachte, dass es sozusagen … Sie wissen, was ich meine. Dass ein Jugendzentrum als Wohnung für eine Dame nicht angemessen ist, sozusagen.«

Danach stehen sie lange schweigend da. Britt-Marie legt die andere Hand in die eine und dann wieder die eine in die andere und holt am Ende unglaublich geduldig ganz tief Luft. Keinesfalls seufzend. Dann sagt sie:

»Ich muss noch meine Sachen packen.«

Er nickt eifrig. Sie schließt die Tür und lässt ihn im Regen stehen.

Und so geht es weiter. Das, was jetzt angefangen hat.

13

Britt-Marie öffnet die Tür. Sven hält ihr das Bambusrollo hin, und sie reicht ihm die Blumenkästen.

»Ich habe gehört, dass in Ihrem Auto auf dem Rücksitz ein großes Ikea-Paket liegt, soll ich es holen und in mein Auto bringen?«, fragt er hilfsbereit.

»Das sollen Sie definitiv nicht!«, antwortet Britt-Marie mit kaum größerer Verärgerung, als hätte er vorgeschlagen, es anzuzünden.

Sofort nickt er entschuldigend.

»Natürlich nicht, natürlich nicht.«

Britt-Marie sieht, dass die Männer mit Bart und Mütze die Pizzeria verlassen. Sie nicken dem Polizisten zu, der winkt zurück. Sie scheinen Britt-Marie nicht wahrzunehmen. Der Polizist eilt mit den Blumenkästen unter dem Arm zum Streifenwagen, dann eilt er zurück und geht neben Britt-Marie zum Auto. Er hakt sie nicht unter, hält aber seine Hand wenige Zentimeter von ihrem Arm entfernt, ohne sie dabei zu berühren. Damit er sie auffangen kann, für den Fall, dass sie ausrutscht.

Sie hält das Bambusrollo wie einen Regenschirm über die Haare. Bambusrollos sind nämlich ausgezeichnete Regenschirme, also wenn man auf der Suche nach einem sehr schlechten Regenschirm ist. Deshalb hält sich Britt-Marie das Rollo auch während der gesamten Autofahrt über den Kopf, damit der Polizist nicht sehen kann, dass ihre Frisur völlig ruiniert ist.

»Dürfte ich Sie bitten, an einem Geldautomaten anzuhalten,

damit ich das Zimmer bezahlen kann«, sagt sie in einem Tonfall genau in der Mitte zwischen dem, was angebracht ist, je nachdem, ob man eine solche Bitte in einem Taxi ausspricht oder in einem Streifenwagen. »Wenn es keine Umstände macht. Ich will selbstverständlich keine Umstände machen«, fügt sie betreten hinzu.

»Das sind keine Umstände!«, antwortet der Polizist unbeschwert.

Er redet ununterbrochen, genau wie Kent es immer getan hat, wenn sie im Auto unterwegs waren. Aber trotzdem ist es anders, weil Kent immer Geschichten erzählt hat. Der Polizist stellt Fragen. Das nervt Britt-Marie. Es nervt einen schon, wenn jemand sich für einen interessiert und man das nicht gewohnt ist.

»Wie fanden Sie denn das Spiel?«, fragt er.

»Ich war auf der Toilette«, sagt Britt-Marie.

Als sie sich selbst das sagen hört, ärgert sie sich maßlos. Denn falls man zu übereilten Schlussfolgerungen neigt, könnte man meinen, sie hätte ernsthafte Darmprobleme. Der Polizist antwortet nicht sofort darauf, also zieht Britt-Marie die Schlussfolgerung, dass er genau diese Schlussfolgerung gezogen hat, und sie schätzt es keineswegs, dass der Polizist dasitzt und übereilte Schlussfolgerungen zieht. Also schiebt sie spitzzüngig hinterher:

»Es ist definitiv nicht so, dass ich Darmprobleme habe, aber es war wichtig, dass ich auf der Toilette war, weil das Spiel sonst irgendwie schiefgegangen wäre!«

Da muss er lachen. Sie weiß nicht, ob das ihr gilt. Er hört auf, als er sieht, dass es ihr gar nicht gefällt.

»Wie kommt es, dass Sie ausgerechnet nach Borg gezogen sind?«, fragt er neugierig.

»Hier habe ich eine Anstellung gefunden«, antwortet Britt-Marie.

Ihre Füße sind unter leeren Pizzakartons und Papiertüten aus Schnellrestaurants vergraben. Auf dem Rücksitz liegt eine Staffelei neben einem Durcheinander an Pinseln und Bildern.

»Ich gehe in einen Kurs für Aquarellmalen! Mögen Sie Bilder?«, fragt der Polizist aufgekratzt, als er sieht, dass sie die Bilder betrachtet.

»Nein«, sagt Britt-Marie.

Verlegen fingert er am Lenkrad.

»Natürlich, natürlich, ich meine natürlich nicht meine eigenen Bilder. Man selbst ist ja ein blutiger Anfänger, aber ich meine so im Allgemeinen. Richtige Bilder. Schöne Bilder.«

Etwas in Britt-Marie würde gern sagen, ›Ihre Bilder finde ich auch schön‹, aber stattdessen antwortet ihre vernünftigere Seite postwendend:

»Wir haben zu Hause keine Bilder. Mein Mann mag keine Kunst.«

Der Polizist nickt still. Sie fahren in die Stadt hinein, die zwanzig Kilometer von Borg entfernt und die eigentlich auch mehr Dorf als Stadt ist. Wie Borg, nur ein bisschen mehr davon. Auf demselben Weg, nur vielleicht nicht ganz so schnell. Britt-Marie hebt am Geldautomaten neben dem Solarium Geld ab, was sie wirklich nicht hygienisch findet, denn sie hat gelesen, dass Solarien Krebs verursachen, und Krebs findet sie nun gar nicht hygienisch.

Es dauert seine Zeit, bis sie das Geld abgehoben hat, denn sie nimmt es so genau, ihre PIN zu verbergen, dass sie nicht richtig sieht, welche Tasten sie drückt, ein Vorgang, der wirklich nicht gerade dadurch erleichtert wird, dass sie sich nach wie vor das Bambusrollo über den Kopf hält. Wenn das jemand beobachten würde, wer weiß, was die Leute sich dächten.

Aber der Polizist sagt nicht, sie solle sich beeilen. Zu ihrem Erstaunen stellt sie fest, dass ihr das gefällt. Kent hat sie immer zur Eile angehalten, egal wie schnell sie war.

Sie steigt wieder in den Streifenwagen und hat das Gefühl, dass es vielleicht angebracht wäre, irgendetwas Soziales zu sagen. Also holt sie einmal tief Luft, zeigt auf die leeren Kartons und die Tüten, die im Fußraum liegen, und sagt:

»Einen Kochkurs gab es offenbar nicht in der Stadt, offenbar nicht.«

Der Polizist fängt an zu strahlen.

»Doch! Doch! Ich habe einen Kurs belegt, in dem man lernt, Sushi selbst zu machen! Haben Sie schon einmal Sushi gemacht?«

»Nein, wirklich nicht. Mein Mann mag kein ausländisches Essen«, antwortet Britt-Maries vernünftige Seite.

Der Polizist nickt verständnisvoll.

»Natürlich, natürlich, ach, und so viel mit Kochen hat Sushi ja gar nicht zu tun. Mehr mit … Schneiden. Und ich habe es auch gar nicht oft gemacht, wenn ich ehrlich bin. Also nach dem Kurs, meine ich. Macht nicht so viel Spaß, für sich allein zu kochen, wenn Sie verstehen, was ich meine.«

Er lächelt verlegen. Sie lächelt gar nicht.

»Nein«, sagt sie.

Sie kommen wieder in Borg an. Der Polizist scheint all seinen Mut zusammenzunehmen und wechselt das Gesprächsthema:

»Es ist jedenfalls sehr nett von Ihnen, dass Sie sich auf diese Art und Weise um die Jugendlichen kümmern. Es ist nicht gerade leicht, in einem Ort wie Borg aufzuwachsen. Die Jugendlichen brauchen jemanden, der sie sieht, ja, das verstehen Sie sicher.«

»Ich habe mich überhaupt nicht um sie gekümmert, sie gehören gar nicht zu meinem Aufgabenbereich!«, widerspricht Britt-Marie.

Der Polizist schüttelt entschuldigend den Kopf, so dass seine Wangen flattern.

»So meine ich es natürlich nicht, natürlich, ich meine nur, dass sie Sie mögen. Die Jugendlichen. Ich habe nicht gesehen, dass sie irgendwen mochten, seit ihr letzter Trainer gestorben ist.«

»Was meinen Sie mit ›letzter‹?«, fragt Britt-Marie eingeschnappt, so wie man es tut, wenn man eines Abends Trainer einer Fußballmannschaft geworden ist, ohne dass einem das jemand gesagt hat.

»Ich, ja, na ja, ich meine natürlich nur, dass sie wirklich sehr froh sind, dass Sie hierhergezogen sind«, sagt der Polizist, so wie man es sagt, wenn man eigentlich »wir« meint, und dann fragt er noch: »Was für eine Arbeit hatten Sie, bevor Sie hergezogen sind?«

Darauf gibt Britt-Marie keine Antwort. Stattdessen starrt sie durch die Fensterscheibe die Häuser an, an denen sie vorbeifahren. Vor dem ein oder anderen steht ein *Zu verkaufen*-Schild im Vorgarten, daher stellt sie trocken fest:

»Es scheint, als gäbe es von den Einwohnern in Borg nicht sehr viele, die auch wirklich hier wohnen wollen.«

Die Mundwinkel des Polizisten tun genau das, was Mundwinkel tun, wenn sie versuchen, der Traurigkeit Herr zu werden. Sie schwingen nach oben, obwohl die Schultern ihnen sagen, sie sollten es lassen.

»Die Krise hat hier hart eingeschlagen, nachdem die Spedition alle Fahrer entlassen hat. Diejenigen, die diese Schilder draußen stehen haben, hoffen noch immer darauf, einen Käufer zu finden. Die anderen haben es bereits aufgegeben. Die jungen Leute ziehen in die Städte. Nur wir Alten werden am Ende übrig bleiben, denn wir sind die Einzigen, die noch eine Arbeit haben.«

»Die Finanzkrise ist vorbei. Das hat mein Mann gesagt, er ist Unternehmer«, unterrichtet ihn Britt-Marie.

Der Polizist nickt sofort, als würde er sich selbst kritisieren.

»Ja, von so etwas habe ich natürlich keine Ahnung. Natürlich nicht. Ihr Mann hat sicher recht.«

Britt-Marie hält sowohl ihr Haar als auch den weißen Fleck an ihrem Ringfinger unter dem Bambusrollo versteckt. Heftet ihren Blick auf eine Gemeinde, in der nicht einmal diejenigen, die dort wohnen, dort noch wohnen wollen.

»Und soweit ich weiß, finden Sie Fußball auch ganz unterhaltsam«, sagt sie am Ende.

Die Pupillen des Polizisten weiten sich. Seine Stimme trägt die Worte vor, als seien sie ein Gedicht:

»Einmal habe ich gehört: ›Man liebt Fußball, weil er so etwas Instinktives hat. Wenn einem auf der Straße ein Ball vor die Füße rollt, dann schießt man. Denn man liebt Fußball genauso, wie man sich verliebt. Man weiß einfach nicht, wie man sich dagegen wehren soll.‹«

Der Polizist lächelt unbeholfen.

»Wer hat das gesagt?«, fragt Britt-Marie.

»Der alte Trainer der Kinder hat das einmal gesagt. Schön, nicht wahr?«, sagt der Polizist.

»Verrückt«, antwortet Britt-Marie, obwohl sie eigentlich gern »poetisch« sagen würde.

Er greift noch fester ans Lenkrad.

»Natürlich, natürlich, ich meine ja nur, dass … alle doch Fußball lieben? Sozusagen?«, sagt er schließlich.

Als ob die Welt so funktionieren würde.

Sie halten vor einem kleinen viereckigen, grauen Haus mit zwei Stockwerken. Im Vorgarten auf der anderen Seite der Straße stehen zwei Frauen, die so alt aussehen, dass man meinen könnte, sie hätten in diesem Dorf schon gewohnt, noch bevor es ein Dorf wurde. Sie stützen sich auf Rollatoren und beobachten den Streifenwagen misstrauisch. Sven winkt, aber sie winken nicht zurück. Es hat aufgehört zu regnen, doch Britt-Marie hält sich noch immer das Bambusrollo über den Kopf.

Sven klingelt an der Tür des grauen Hauses. Es öffnet ihnen die blinde Frau. Sie ist ebenso viereckig wie ihr Haus. Nicht dass Britt-Marie sie als »dick« bezeichnen würde, keinesfalls, aber auf jeden Fall hält sie einen Schokoladenkuchen in der Hand.

»Hallo, Bank«, begrüßt der Polizist sie freundlich.

»Hallo, Sven. Ist sie dabei?«, antwortet Bank gleichgültig und wedelt mit ihrer Kappe in die Richtung, wo Britt-Marie steht.

»Ja! Das hier ist Britt-Marie«, sagt der Polizist und zeigt freudig auf sie, als ob Bank das sehen könnte.

»Das Zimmer kostet zweihundertfünfzig Kronen pro Woche,

kein Kredit. Sie können es nur so lange mieten, bis ich das Haus verkauft habe«, brummt Bank und stapft zurück ins Haus, ohne die beiden hereinzubitten.

Britt-Marie folgt ihr, jedoch so gut es geht auf Zehenspitzen, da der Fußboden so dreckig ist, dass sie nicht einmal mit ihren Schuhen richtig auftreten will. Im Flur liegt der weiße Hund, um ihn herum stehen in einem heillosen Durcheinander schlampig gepackte Umzugskartons. Britt-Marie geht davon aus, dass die Ursache dafür Schlampigkeit ist, nicht die Tatsache, dass diese »Bank« blind ist. Britt-Marie zieht keine voreiligen Schlüsse, deshalb geht sie davon aus, dass auch Blinde schlampig sein können.

Überall im Haus hängen Fotos von einem Mädchen in einem gelben Fußballtrikot. Auf manchen steht sie neben dem alten Mann, der auf den Bildern im Jugendzentrum zu sehen ist. Auf diesen Fotos hier ist er jünger. Er muss etwa in Britt-Maries Alter gewesen sein, als sie ihn auf dem Küchenboden hier im Haus gefunden haben, stellt Britt-Marie fest. Sie weiß nicht, ob sie diese Erkenntnis alt macht. In den vergangenen Jahren hatte sie nicht viele gleichaltrige Menschen um sich, mit denen sie sich vergleichen konnte.

Sven steht mit den Blumenkästen und Britt-Maries Koffer in der Hand vor der Tür. Sven ist auch in ihrem Alter. Sie fühlt sich alt, als ihr das klar wird.

»Wir vermissen deinen Vater wirklich sehr, Bank. Ganz Borg vermisst ihn«, sagt er wehmütig ins Zimmer hinein.

Bank gibt keine Antwort. Britt-Marie weiß nicht, was sie tun soll, also nimmt sie Sven die Blumenkästen ab. Er zieht seine Polizeimütze vom Kopf, aber bleibt in der Tür stehen wie Männer, die finden, dass es sich nicht gehört, bei Damen einfach ins Haus zu spazieren, wenn man nicht hineingebeten worden ist. Britt-Marie lädt ihn nicht ein, obwohl es sie ärgert, dass er dort in seiner Uniform in der Tür steht. Sie bemerkt, dass die uralten

Frauen auf der anderen Straßenseite noch in ihrem Garten stehen und sie beobachten. Was sollen die Nachbarn denken?

»War sonst noch was?«, fragt sie, obwohl »danke« das Wort ist, das sie eigentlich meint.

»Nein, nein, natürlich nicht, natürlich nicht«, sagt Sven und setzt sich die Mütze wieder auf.

»Danke«, sagt Britt-Marie so, dass es mehr wie »Auf Wiedersehen« klingt.

Er nickt unbeholfen und dreht sich um. Als er auf halbem Wege zum Wagen ist, holt Britt-Marie tief Luft, räuspert sich und hebt die Stimme nur ein kleines bisschen:

»Fürs Bringen. Ich möchte Ihnen … ja, ich will einfach sagen: Vielen Dank fürs Bringen.«

Er dreht sich um und strahlt übers ganze Gesicht. Sie zieht die Tür so schnell sie kann zu, bevor er auf irgendwelche Ideen kommt.

Bank geht die Treppe hinauf. Scheint den Stock mehr als Wanderstab zu benutzen, als dass sie sich mit ihm orientiert. Sie fuchtelt kurz mit dem Arm, als Britt-Marie mit den Blumenkästen und dem Koffer in der Hand hinterhergestolpert kommt.

»Toilette. Waschbecken. Essen können Sie hier nicht, denn ich will im Haus keinen Bratengeruch haben. Halten Sie sich tagsüber woanders auf, denn da kommt der Makler mit Interessenten vorbei«, zischt Bank und ist schon wieder auf dem Weg zur Treppe.

Britt-Marie dreht sich diplomatisch zu ihr um.

»So. Darf ich Sie um Entschuldigung für mein Benehmen heute Vormittag bitten. Mir war nicht bekannt, dass Sie blind sind.«

Bank grummelt etwas vor sich hin und versucht hinunterzugehen, aber Britt-Marie ist noch nicht fertig.

»Aber ich möchte noch darauf hinweisen, dass Sie nicht erwarten können, dass ich bemerke, dass Sie blind sind, wenn ich Sie nur von hinten sehe«, sagt sie fürsorglich.

Bank grummelt ungeduldig. Britt-Marie geht vor zur Treppe und ruft ihr hinterher:

»Ich habe keine Vorurteile! Wenn ich gewusst hätte, dass Sie blind sind, hätte ich selbstverst…«

»Mein Gott, Alte, ich bin nicht blind!«, brüllt Bank.

»Was?«, ruft Britt-Marie überrumpelt aus.

»Ich habe eine verminderte Sehfähigkeit. In der Nähe sehe ich gut.«

»Wie nah?«, fragt Britt-Marie.

»Ich sehe den Hund. Und der Hund sieht den Rest«, sagt Bank und zeigt auf den Hund, der einen Meter weiter auf der Treppe liegt.

»Dann sind Sie ja praktisch blind«, stellt Britt-Marie fest.

»Das habe ich doch gesagt. Gute Nacht«, sagt Bank.

»So. Aber Sie sind eben nicht ganz blind. Sie haben ja gesagt, dass Sie nicht blind seien, also …«, erklärt Britt-Marie.

»Gute Nacht.«

»Ich bin sicherlich kein Mensch, der die Worte auf die Goldwaage legt, das bin ich sicher nicht, aber ich habe wirklich gehört, dass Sie ›blind‹ gesagt haben. Ich habe ein ausgezeichnetes Gehör, müssen Sie wissen. Mein Arzt sagt …«, fährt Britt-Marie hartnäckig fort, woraufhin Bank ein bisschen so aussieht, als erwäge sie, mit ihrer Stirn ein Loch in die Wand zu schlagen.

»Wenn ich den Leuten sage, ich wäre blind, dann stellen sie keine Fragen. Es ist ihnen unangenehm, und sie lassen mich in Ruhe. Wenn ich sage, ich hätte eine verminderte Sehkraft, dann reiten sie darauf herum, weil sie den Unterschied zum Blindsein ganz genau wissen wollen. Gute Nacht!«, verabschiedet sie sich und geht die nächsten Stufen runter.

»Ich reite nicht darauf herum!«, entgegnet Britt-Marie energisch.

»Merke ich«, seufzt Bank.

»Darf ich Sie fragen, warum Sie Stock und Hund und Sonnenbrille haben, wenn Sie gar nicht blind sind?«, fragt Britt-Marie, woraufhin Bank so aussieht, als wolle sie nun die Embryohaltung einnehmen und sich die Ohren zuhalten.

»Meine Augen sind lichtempfindlich. Und den Hund hatte ich schon, bevor ich meine Sehkraft verloren habe. Das ist ein ganz normaler blöder Hund. Gute Nacht!«

Der Hund sieht aus, als würde er es ihr ein bisschen übelnehmen, und bleibt beleidigt mitten auf der Treppe stehen.

»Und der Stock?«, fragt Britt-Marie.

Bank massiert sich die Schläfen.

»Das ist kein Blindenstock, das ist ein Spazierstock. Ich habe ein schlimmes Knie. Außerdem ist er praktisch, wenn die Leute nicht zur Seite gehen.«

»So«, sagt Britt-Marie.

Bank schiebt den Hund mit dem Stock aus dem Weg.

»Bezahlung im Voraus. Kein Kredit. Und tagsüber will ich Sie hier nicht sehen. Gute Nacht!«

»Darf ich mir erlauben zu fragen, wann Sie damit rechnen, das Haus verkauft zu haben?«, fragt Britt-Marie.

»Sobald ich jemanden gefunden haben, der blöd genug ist, nach Borg ziehen zu wollen«, antwortet Bank.

Britt-Marie bleibt oben an der Treppe stehen. Die Stufen wirken leer und schrecklich unendlich, sobald Bank und der Hund außer Sichtweite sind.

»Ich hatte den Eindruck, dass Ihr Vater Borg sehr gern mochte. Also muss es doch irgendetwas Liebenswertes an diesem Ort geben!«, ruft sie die Treppe herunter.

Bank gibt keine Antwort.

»Ich reite auch nicht darauf herum!«, fühlt Britt-Marie sich veranlasst zu wiederholen.

Bank brummelt etwas, das nach Schimpfworten klingt. Die Haustür fällt hinter ihr und dem Hund ins Schloss. Das Haus ertrinkt in Schweigen.

Britt-Marie sieht sich um. Ihr wird klar, dass weder Banks Vater noch Bank viel für Hygiene übrighatten und -haben. Sie geht davon aus, dass es daran liegt, dass sie beide Barbaren sind, denn sie hat nun wirklich keine Vorurteile. Weder Toten noch Blinden gegenüber. Oder gegenüber Menschen mit eingeschränkter Sehkraft. Oder was es nun ist. Durch das Fenster sieht sie Bank und den Hund die Straße hinunter verschwinden. Jetzt regnet es wieder. Der Streifenwagen ist fort. Ein einsamer Lastwagen fährt vorbei. Britt-Marie friert innerlich.

Sie zieht das Bett ab und bestreut die Matratze mit Backpulver. Holt ihre Liste aus der Handtasche. Darauf steht nichts. Keine Punkte zum Abhaken. Die Dunkelheit kriecht durch die Fenster herein, taucht das Zimmer in Finsternis und Britt-Marie auch. Sie knipst keine Lampe an. Sucht in ihrem Koffer nach einem Handtuch und weint im Stehen hinein. Sie will sich nicht auf die Matratze setzen, bevor die richtig sauber ist.

Es ist schon nach Mitternacht, als sie die Tür bemerkt. Sie befindet sich neben einem der Fenster und führt geradewegs ins Nichts. Britt-Marie kann das, was sie sieht, nicht glauben, deshalb muss sie zuerst eine Flasche Faxin holen und alle Fenster und die Tür ganz ordentlich putzen, zumindest so gut, wie es bei Dunkelheit möglich ist, bevor sie sich die Freiheit nimmt, den Türgriff in die Hand zu nehmen. Er klemmt. Sie zieht mit aller Kraft daran, stemmt sich mit ihrem ganzen Gewicht, was nun wirklich nicht besonders viel ist, gegen die Leiste. Als sie flüchtig blinzelt, sieht sie die Welt durch das Glas und muss an Kent denken, an all das, von dem er immer gesagt hat, dass sie es nicht könne, und irgendetwas daran bringt sie offenbar dazu, am Ende mit solcher Kraft und Willensstärke am Griff zu reißen, dass sie rückwärts durchs Zimmer fliegt, als der Griff kapituliert und die Tür sperrangelweit aufgeht, so dass es ins Zimmer hineinregnet.

Britt-Marie hockt da, ans Bett gelehnt, atmet schwer und starrt hinaus.

Es ist ein Balkon.

14

Ein Balkon kann alles verändern.

Es ist kurz nach sechs Uhr morgens, und Britt-Marie ist enthusiastisch. Das ist für sie ein ganz neues Gefühl. Die Stimmung von Jemand hingegen ließe sich eher als verkatert und etwas mürrisch beschreiben. Britt-Marie hat sie geweckt, indem sie morgens um sechs schon an die Tür der Pizzeria geklopft hat, um sie ganz enthusiastisch nach einer Bohrmaschine zu fragen. Jemand öffnete, verkatert und etwas mürrisch, und klärte Britt-Marie darüber auf, dass die Pizzeria inklusive aller übrigen Geschäftsaktivitäten zu dieser Tageszeit geschlossen sei. Britt-Marie stellte dann in jeder Hinsicht fürsorglich die Frage, warum Jemand dann anwesend sei, denn Britt-Marie empfindet es in keiner Weise als hygienisch, wenn man in einer Pizzeria auch wohnt. Jemand erklärte, so gut sie es mit geschlossenen Augen und etwas auf dem Pullover, was entweder Essen war, das es noch nicht ganz bis in Jemands Mund geschafft hatte, oder Essen, das aus irgendeinem anderen Grund wieder zurückgekommen war, vermochte, sie sei nach dem Fußballspiel gestern Abend »zu besoffen« gewesen, um nach Hause zu gehen. Britt-Marie nickte anerkennend und sagte, das sei eine wirklich vernünftige Entscheidung gewesen, denn man dürfe schließlich nicht fahren, wenn man betrunken sei. Sie blickte überhaupt nicht auf den Rollstuhl, während sie das aussprach, natürlich nicht, denn Britt-Marie hat keine Vorurteile.

Jemand brummte etwas vor sich hin und versuchte, die Tür

wieder zu schließen. Aber Britt-Marie war wie gesagt enthusiastisch, und es hat sich gezeigt, dass Britt-Marie kaum zu stoppen ist, wenn sie das ist. Dieser plötzliche Anfall von Enthusiasmus hatte teils mit dem Balkon zu tun, aber am allermeisten damit, dass Britt-Marie nun einen Ort gefunden hatte, an dem sie ihre Blumenkästen abstellen konnte. Das veränderte alles. Britt-Marie fühlte sich nun bereit, der Welt gegenüberzutreten. Oder zumindest einmal Borg.

Aber Jemand schien auf Enthusiasmus morgens früh um sechs nicht direkt besonders anzusprechen, also fragte Britt-Marie Jemand, ob sie zufälligerweise eine Bohrmaschine besitze. Das tat sie. Und sie holte sie. Britt-Marie nahm das Gerät in beide Hände und drückte dabei zufällig auf den Knopf, und das hatte zur Folge, dass sie Jemand ein bisschen die Hand anbohrte. Da nahm Jemand Britt-Marie die Bohrmaschine wieder ab und wollte wissen, was sie damit vorhabe. Britt-Marie informierte sie enthusiastisch darüber, dass sie die Absicht habe, ein Bild aufzuhängen.

Jetzt ist Jemand also im Jugendzentrum, verkatert und ein bisschen mürrisch, und hält eine Bohrmaschine in der Hand. Britt-Marie steht mitten im Zimmer und betrachtet voller Enthusiasmus das Bild. Sie hat es früh am Morgen im Vorratsraum des Jugendzentrums entdeckt, weil Bank sie ja angewiesen hatte, das Haus tagsüber zu verlassen, und Britt-Marie war es sowieso schwergefallen zu schlafen nach all diesen aufwühlenden Gefühlen im Zusammenhang mit dem Balkon. Das Bild lehnte hinter einem unbeschreiblichen Durcheinander von Gerümpel an einer Wand, bedeckt mit einer so dicken Staubschicht, dass sie wie Vulkanasche aussah. Britt-Marie hat es ins Jugendzentrum transportiert und mit einem feuchten Lappen und Natron gereinigt. Jetzt ist es richtig schick.

»Wissen Sie, ich habe noch nie ein Bild aufgehängt«, erklärt Britt-Marie fürsorglich, als sie bemerkt, dass Jemand verärgert aussieht.

Jemand bohrt fertig und hängt das Bild an die Wand. Es ist

kein Gemälde, sondern in Wirklichkeit einfach nur eine sehr, sehr alte Informationstafel mit einer schwarz-weißen Karte von Borg. *Willkommen in Borg* steht obendrüber. Obwohl sie jemand ist, der das Reisen verabscheut, hat Britt-Marie Landkarten schon immer heiß geliebt. Sie haben so etwas Vertraueneinflößendes, so hat sie es immer empfunden, schon seit Ingrid mit ihr nachts über Paris redete, damals, als sie noch Kinder waren. Man kann auf eine Karte schauen und auf Paris zeigen. Die Dinge lassen sich begreifen, wenn man auf sie zeigen kann. Sie nickt Jemand ernsthaft zu.

»Wissen Sie, wir haben zu Hause keine Bilder, Kent und ich. Kent mag keine Kunst.«

Jemand zieht die Augenbrauen hoch und starrt auf die Informationstafel, als Britt-Marie das Wort »Kunst« ausspricht. Britt-Marie nickt wohlwollend.

»Könnten wir es vielleicht ein bisschen höher hängen?«

»Höher?«, seufzt Jemand.

»Es hängt ziemlich weit unten«, bescheinigt Britt-Marie, selbstverständlich nicht kritisierend.

Jemand betrachtet Britt-Marie. Betrachtet ihren Rollstuhl. Britt-Marie betrachtet den Rollstuhl. Natürlich völlig vorurteilsfrei. Betrachtet Jemand. Legt ihre eine Hand in die andere.

»Aber da, wo es jetzt hängt, ist es auch schön. Selbstverständlich.«

Jemand brummt etwas, von dem es wohl das Beste ist, dass es niemand hört, rollt zur Tür und über den Parkplatz zurück zur Pizzeria. Britt-Marie folgt ihr, denn sie braucht noch Snickers und Natron. Drinnen riecht es nach Bier und Zigarettenqualm. Dreckiges Geschirr steht auf dem Boden verteilt. Britt-Maries Enthusiasmus wird ein wenig gedämpft.

»Nicht dass ich mich einmischen will, aber hier sieht es aus wie in einem Schweinestall«, sagt sie fürsorglich und fügt direkt hinzu: »Aber nicht dass ich mich einmischen will.«

»Sie wollen sich nicht einmischen, also mischen Sie sich nicht ein«, antwortet Jemand, wühlt hinter der Theke nach etwas und murmelt dabei: »Blöde Kopfschmerztablette, wo hat Vega die nur hingelegt? Jeder kramt rum hier, man findet nix mehr.« Sie verschwindet in der Küche.

Britt-Marie streckt sich, um mit den Fingern an zwei schmutzige Teller zu kommen. Als würde sie es ahnen, brüllt Jemand:

»Lassen Sie Abwasch stehen!«

Britt-Marie bleibt mit einer Hand in der anderen stehen und versucht, sich zu beherrschen. Das klappt so ungefähr fünfzehn Sekunden lang. Dann fängt sie an, das dreckige Geschirr in die Küche zu tragen. Jemand spült die Kopfschmerztabletten mit einer Flüssigkeit aus einer Flasche herunter, von der Britt-Marie lieber nicht wissen will, was darin ist.

»Ich habe gesagt, Sie sollen Abwasch stehen lassen«, stöhnt Jemand mit einem Atem, der Fassadenfarbe von Hauswänden wegätzen könnte.

Britt-Marie stellt das dreckige Geschirr mit einem ganz kleinen Knall in die Spüle. Nicht die Spur demonstrativ.

»Wissen Sie, das hier ist wirklich nicht hygienisch. Es sieht aus, als würden hier Tiere wohnen.«

»Tiere müssen auch irgendwo wohnen«, brummt Jemand.

Britt-Marie spült die Teller ab. Jemand bittet sie, es zu lassen. Britt-Marie öffnet die Besteckschublade und fängt an, das Besteck in der richtigen Reihenfolge zu sortieren. Jemand rollt heran und schiebt die Schublade wieder zu. Britt-Marie holt geduldig einmal tief Luft.

»Ich versuche nur, es hier ein bisschen schön zu machen.«

»Hören Sie auf, alles durcheinanderzubringen! Jetzt finde ich nix mehr!«, ruft Jemand aus, als Britt-Marie stattdessen anfängt, die Gläser im Schrank umzuräumen, und zwar nicht, als würde sie dies mit Absicht tun, sondern als könnte sie es einfach nicht lassen.

»Es ist völlig unverständlich, wie Sie hier überhaupt etwas finden«, teilt Britt-Marie mit.

»Sie stellen alles falsch hin!«, hält Jemand dagegen.

»So, so, was ich auch tue, offenbar ist alles falsch, selbstverständlich«, antwortet Britt-Marie gekränkt.

Jemand murmelt etwas Zusammenhangloses, wirft die Arme zur Decke, als sei es ihr Fehler, und rollt aus der Küche hinaus. Britt-Marie bleibt stehen und versucht sich zu beherrschen, die Besteckschublade nicht gleich wieder zu öffnen. Das klappt so ungefähr fünfzehn Sekunden. Als sie wieder aus der Küche herauskommt, sitzt Jemand mitten im Lebensmittelladen und isst faustgroße Berge Cornflakes direkt aus der Packung.

»Sie könnten sich doch wenigstens einen Teller nehmen«, bittet Britt-Marie sie und macht sich schon auf den Weg, einen für sie zu holen.

Jemand isst, sehr verärgert, faustdickgroße Berge Cornflakes direkt vom Teller.

»Und mit Dickmilch wollen Sie sie natürlich nicht essen«, stellt Britt-Marie fürsorglich fest.

»Ich bin, wie sagt man? Laktoseintolerant«, seufzt Jemand.

»So«, sagt Britt-Marie, sehr tolerant, und schiebt ein paar Dosen im Regal zurecht.

»Liebe Britt-Marie, fassen Sie nix an«, flüstert Jemand, wie es jemand tut, der sehr starke Kopfschmerzen hat.

»Die stehen aber falsch«, erklärt Britt-Marie.

»Ja, jetzt!«, widerspricht Jemand.

»Jetzt räume ich also auch falsch auf, meinen Sie das vielleicht?«, fragt Britt-Marie und geht hinüber zur Kasse, wo sie anfängt, Zigarettenstangen nach Farben in Stapel zu sortieren.

»AUFHÖREN!«, ruft Jemand und versucht, sie Britt-Marie aus der Hand zu nehmen.

»Ich versuche doch nur, es hier ein bisschen schön zu machen!«, erklärt Britt-Marie.

»Nicht aufeinanderlegen!«, jammert Jemand und zeigt auf eine Zigarettenmarke, auf deren Schachtel ausländische Buchstaben zu lesen sind, und auf eine andere Marke, die keine ausländischen Buchstaben hat.

»Fürs Finanzamt!«, sagt Jemand voller Ernst und zeigt auf die Schachteln ohne ausländische Buchstaben. Dann zeigt sie auf die Schachteln mit ausländischen Buchstaben. »Steinschlag!«

Britt-Marie sieht aus, als müsse sie sich irgendwo festhalten, um nicht die Balance zu verlieren.

»Sie meinen, das ist Schmuggelware?«

»Nein, aber Sie kennen das doch, Britt-Marie. Die hier, die sind von Laster gefallen«, bringt Jemand entschuldigend hervor.

»Das ist kriminell!«, sagt Britt-Marie.

Jemand atmet verkniffen durch die Nase und rollt wieder in die Küche hinüber. Sie öffnet die Besteckschublade und flucht ziemlich laut, dann folgt eine lange Litanei, von der Britt-Marie nur mitbekommt: »Kommt her, will Bohrer leihen und Bild aufhängen, wenn man schlafen will, aber neeein, man ist kriminell, Mary Poppins will Jugendzentrum wieder aufmachen und räumt alles um.« Britt-Marie vermutet, dass mit »Mary Poppins« sie gemeint ist. So, wie Jemand das ausspricht, klingt es nicht ausnahmslos positiv. Britt-Marie bleibt zwischen dem Lebensmittelladen und der Pizzeria stehen und schiebt Dosen und Zigarettenschachteln hin und her. Eigentlich wollte sie ja nur Natron und Snickers kaufen und dann wieder gehen, doch es erscheint ihr wirklich nicht verantwortungsvoll, von jemandem Natron zu kaufen, der ganz offensichtlich noch betrunken ist, also beschließt sie zu warten, bis Jemand wieder einen nüchternen Eindruck macht.

Jemand scheint inzwischen ihr Lager in der Küche aufgeschlagen zu haben, also tut Britt-Marie das, was Britt-Marie in solchen Situationen tut: Sie putzt. Als sie fertig ist, sieht es richtig gut aus, ja, wirklich. Leider gibt es hier keine Blumen, aber auf der Theke steht neben der Kasse eine Vase. Mit einem Stück weißem Klebeband, auf dem *Trinkgeld* steht. Die Vase ist leer. Britt-Marie wäscht sie ab und stellt sie zurück neben die

Kasse. Dann sucht sie in ihrer Handtasche nach Kleingeld und wirft alles hinein. Schüttelt die Münzen zurecht, als wären sie Blumenerde. So sieht es schöner aus, als wenn die Vase leer ist.

»Sie würden vielleicht nicht so viele Unverträglichkeiten entwickeln, wenn Sie hier ein bisschen mehr auf die Hygiene achten würden«, erklärt sie Jemand fürsorglich, als Jemand wieder aus der Küche auftaucht.

Jemand massiert sich die Schläfen, macht mit dem Rollstuhl eine Drehung und verschwindet wieder in der Küche. Britt-Marie rüttelt an der Trinkgeldvase mit den Münzen.

Es plingt an der Eingangstür, und die zwei Männer mit Bart und Kappe kommen herein. Sie sehen auch verkatert aus.

»Dürfte ich Sie bitten, sich erst die Schuhe abzutreten«, fordert Britt-Marie sie umgehend auf.

»Was?«, sagen die Männer.

»Ich habe soeben die Böden gewischt, wissen Sie«, informiert sie Britt-Marie.

Sie tun, was sie sagt. Möglicherweise eher durch den Schock als aus Wohlwollen.

»So. Wie können wir Ihnen behilflich sein?«, fragt Britt-Marie, als sie wieder da sind.

»Kaf…fee?«, bringen die Männer zögernd hervor und sehen sich um, als ob sie gerade in eine Parallelwelt gestiegen wären, wo es genau so eine Pizzeria gibt wie die, in der sie normalerweise ihren Kaffee trinken, nur in sauber.

Britt-Marie nickt und geht hinüber in die Küche. Jemand schläft mit einer Bierdose in der Hand und dem Kopf auf der Besteckschublade. Britt-Marie kann keine Küchenhandtücher finden, also nimmt sie zwei Haushaltstuchrollen, hebt Jemands Kopf vorsichtig an und legt sie ihr als Kopfkissen unter. Vorsichtig bettet sie Jemands Kopf wieder darauf. Sie kocht in einer ganz normalen Kaffeemaschine Kaffee, ohne sie einem Steinschlag auszusetzen, und serviert ihn den Männern mit Kappe und Bart. Bleibt noch eine Weile bei ihnen am Tisch stehen, weil sie denkt, dass vielleicht einer von ihnen sagen wird, der Kaffee schmecke gut. Was aber keiner tut.

»Der Kaffee war also nicht zu Ihrer Zufriedenheit«, stellt sie fest, keineswegs verbittert.

Die Männer starren sie an, als hätte sie sie angesprochen, ohne Vokale zu verwenden. Britt-Marie bürstet unsichtbare und nicht unsichtbare Krümel vom Tisch und betrachtet die Tageszeitungen.

»So. Haben Sie vor, die Kreuzworträtsel zu lösen?«, fragt sie.

Die Männer starren auf die Zeitungen. Britt-Marie nickt fürsorglich.

»Sollten Sie nicht vorhaben, sie zu lösen, kann ich das für Sie tun.«

Die Männer sehen ein bisschen so aus, als hätte sie sie gefragt, ob sie ihre Nieren noch benutzen wollten oder ob sie sie haben könnte.

Britt-Marie hält mit beiden Händen die Kaffeekanne fest und erklärt:

»Damit sie nicht weggeworfen werden.«

»Wer sind Sie eigentlich?«, fragt einer der Männer.

»Britt-Marie«, antwortet Britt-Marie.

»Sind Sie aus der Großstadt?«, fragt der andere Mann.

»Ja«, antwortet Britt-Marie.

Die Männer nicken, als würde das alles erklären.

»Dann kaufen Sie sich Ihre blöde Zeitung selbst«, sagt der eine.

Der andere brummt zustimmend.

»So«, sagt Britt-Marie und beschließt, ihnen keine zweite Tasse anzubieten.

Sie kramt in ihrer Handtasche nach einer weiteren Münze und lässt sie aus großer Höhe in die Trinkgeldvase plumpsen, so dass es klimpert. Aber selbstverständlich nicht demonstrativ, keineswegs. Britt-Marie neigt nicht zu demonstrativen Gesten.

Jemand schläft noch immer in der Küche. Vielleicht ist das Britt-Maries Schuld, weil sie es ihr so bequem gemacht hat, also sieht Britt-Marie sich gezwungen, sich um die Kunden zu kümmern, bis Vega kommt. Nicht dass es um besonders viele Kunden ginge. Oder um überhaupt welche, wenn man pingelig sein will. Der Einzige, der noch kommt, ist der rothaarige Junge, der Pirat heißt, obwohl das ja eigentlich gar kein Name ist. Vorsichtig fragt er nach, ob Britt-Marie Zeit für seine Haare habe. Sie unterrichtet ihn, dass sie gerade schrecklich beschäftigt ist. Er nickt übertrieben und stellt sich in eine Ecke und wartet. Das scheint er gut zu können.

»So, wenn du da einfach nur herumstehst, kannst du ebenso gut ein bisschen helfen«, sagt Britt-Marie.

Er nickt derart, dass es ein Wunder ist, dass er sich dabei nicht auf die Zunge beißt. Sie bittet ihn, den Männern mit Kappe und Bart eine zweite Tasse Kaffee anzubieten. Die Hälfte verschüttet er auf dem Weg.

Dann kommt Vega. Sie bleibt in der Tür stehen und macht ein Gesicht, als hätte sie sich verlaufen.

»Was ist … hier passiert?«, keucht sie, als wäre in der Nacht eine Gruppe militanter Pedanten in die Pizzeria eingebrochen und hätte das Lokal als politisches Statement geputzt.

»Was willst du damit sagen?«, fragt Britt-Marie gekränkt.

»Es ist so … sauber«, keucht Vega.

»Dreck ist nun mal kein normaler Zustand«, erklärt Britt-Marie. Vega geht zur Küche. Britt-Marie bedeutet ihr mit einer schnellen Geste, leise zu sein.

»Sie schläft da.«

Vega zuckt mit den Schultern.

»Sie hat einen Kater. Hat sie immer, wenn Fußball lief.«

Karl, der anscheinend ständig in der Pizzeria auftaucht, um Pakete abzuholen, kommt hereinspaziert.

»Können wir behilflich sein?«, fragt Britt-Marie in jeder Hinsicht dienstleistungsorientiert und keineswegs vorwurfsvoll.

»Ich wollte ein Paket abholen«, sagt Karl, in keinster Weise dienstleistungsorientiert.

Er trägt Koteletten bis herunter zum Kinn, fällt Britt-Marie auf. Sie sehen aus wie auf den Kopf gestellte Schneeglöckchen. Die gehören zu Britt-Maries Lieblingsblumen.

»Heute sind noch keine Pakete angekommen«, sagt Vega.

»Dann warte ich«, sagt Karl und geht hinüber zu den Männern mit Mütze.

»Aber bestellen tun Sie natürlich nichts. Einfach nur hier sitzen«, stellt Britt-Marie megamegafreundlich fest.

Karl bleibt stehen. Die Männer am Tisch sehen ihn an, als wollten sie eine Erklärung abgeben, dass sie wirklich nicht vorhätten, mit Terroristen zu verhandeln.

»Kaffee«, antwortet Karl schließlich polternd.

Der Pirat macht sich gleich mit der Kanne auf den Weg.

Die nächste Person, die sich dazugesellt, ist Sven. Sein Lächeln überstrahlt sein ganzes kleines rundes Gesicht, als er Britt-Marie entdeckt. »Hallo, Britt-Marie!«, sagt er.

»Erst Schuhe abtreten«, sagt Britt-Marie.

Er nickt eifrig. Geht hinaus und kommt wieder herein.

»Wie schön, Sie hier zu sehen«, sagt er.

»So. Sind Sie heute im Dienst?«, fragt Britt-Marie.

»Ja, ja, sicher, sicher«, antwortet er nickend.

»Das kann man ja nicht wissen, Sie tragen die Uniform ja offenbar immer, egal ob Sie frei haben oder nicht«, sagt Britt-Marie kein bisschen kritisierend.

Sven sieht nicht so aus, als würde er das komplett verstehen. Sein Blick geht stattdessen zu einer ganz offenbar ausländischen Stange Zigaretten, die neben der Kasse liegen geblieben ist, nachdem Jemand und Britt-Marie die Diskussion über Schmuggelware hatten.

»Das sind ja interessante Buchstaben …«, sagt er forschend.

Britt-Marie sieht Vega an. Die Panik des Mädchens schlägt auf sie zurück.

»Die gehören mir!«, ruft Britt-Marie aus und greift nach den Zigaretten.

»Oh«, sagt Sven erstaunt.

»Es ist doch wohl kein Verbrechen, wenn man raucht!«, sagt Britt-Marie, obwohl sie im Grunde findet, dass es das sein sollte.

Dann macht sie einen ganz überaus geschäftigen Eindruck, als sie anfängt, ein Regal im Lebensmittelladen zu sortieren.

»Hat es mit dem Zimmer bei Bank gut geklappt?«, fragt Sven hinter ihr, aber wird zu Britt-Maries Erleichterung von Vegas Stöhnen unterbrochen.

»O neeein, nicht der …«

Britt-Marie schaut aus dem Fenster. Auf dem Parkplatz hält ein BMW. Britt-Marie weiß das, weil Kent einen BMW fährt, deshalb weiß Britt-Marie genau, wie viel so einer kostet, weil Kent das fremden Menschen erzählt, wenn er an der Tankstelle in der Schlange steht. Die Tür macht ein fröhliches Pling, und ein Mann in Jemands Alter und ein Junge in Vegas Alter treten ein. Es ist unklar, auf wen von beiden Vega nicht treffen will. Der Mann trägt eine richtig teure Jacke. Britt-Marie weiß das, weil Kent die gleiche hat. Der Junge trägt eine verschlissene Trainingsjacke, auf der der Name der zwanzig Kilometer entfernten Stadt steht und anschließend noch das Wort *Eishockey*. Er sieht Vega interessiert an. Sie beantwortet seinen Blick mit Verachtung. Der Mann grinst den Männern zu, die in der Ecke stehen. Sie schauen zurück, als hofften sie, dass er in Flammen aufgeht, wenn sie es nur lange genug tun. Er weicht mit seinem Blick aus und grinst stattdessen Vega an.

»Hier ist wie immer Hochkonjunktur, was?«

»Wieso? Bist du hier, um wen zu entlassen?«, antwortet Vega säuerlich, bevor sie so tut, als würde sie ganz plötzlich eine Eingebung bekommen, und sich dramatisch an die Stirn schlägt: »Ach nein! So war das! Das kannst du ja gar nicht, weil du hier ja nicht arbeitest! Und da, wo du arbeitest, geht es auch nicht mehr, weil du ja schon jeden rausgeschmissen hast, es ist ja gar keiner mehr übrig!«

Der Blick des Mannes verfinstert sich. Der Junge sieht aus, als sei es ihm spektakulär unangenehm. Der Mann knallt zwei Limonadendosen auf die Theke.

»24 Kronen«, sagt Vega emotionslos.

»Wir möchten auch eine Pizza«, sagt der Mann, als wolle er die rhetorische Macht wieder an sich reißen.

»Die Pizzeria ist geschlossen«, sagt Vega.

»Wieso geschlossen?«, ruft der Mann.

»Der Pizzabäcker ist vorübergehend außer Funktion«, informiert ihn Vega.

Der Mann schnieft verächtlich und knallt einen Fünfhundert-Kronen-Schein auf die Theke. »Eine Pizzeria, die keine Pizzen hat, das ist ja ein effektiver Laden.«

»Ein bisschen wie eine Spedition, die nur noch einen Chef und keine Fahrer mehr hat«, antwortet Vega säuerlich.

Der Mann ballt seine Hand auf der Theke, aber aus dem Augenwinkel sieht er Karl, wie er sich aus seinem Stuhl erhebt, obwohl die anderen beiden Männer versuchen, ihn zurückzuhalten.

»Hier fehlen noch sechs Kronen«, sagt der Mann verbissen und blickt auf das Wechselgeld, das Vega ihm auf die Theke geknallt hat.

»Wir haben kein Kleingeld mehr«, erklärt Vega zwischen den Zähnen hindurch.

Auf einmal steht Sven neben ihnen. Er sieht verunsichert aus.

»Es ist wohl am besten, Fredrik, wenn du jetzt gehst«, sagt er.

Der Blick des Mannes wandert zwischen Vega und dem Polizisten hin und her. Bleibt an der Trinkgeldvase hängen. Sein Gesicht springt auf in ein herablassendes Grinsen. Dann fährt er mit der Hand in die Vase und fischt sechs Kronen heraus.

»Ruhig Blut. Ich nehme es einfach hiervon!«

Er grinst Sven an, danach den Jungen mit der Eishockeyjacke. Der Junge sieht auf den Boden und geht Richtung Tür. Sven bleibt zurück, völlig vernichtet. Der Mann in der teuren Jacke und Britt-Marie sehen sich an.

»Wer sind Sie?«, fragt der Mann.

»Ich bin im Jugendzentrum angestellt«, sagt Britt-Marie und starrt auf die Fingerabdrücke auf der frisch gespülten Trinkgeldvase.

»Ich dachte, die Kommune hätte es geschlossen«, sagt der Mann.

»Noch nicht«, antwortet Britt-Marie.

»So werden unsere Steuergelder verschwendet, wenn Sie mich fragen. Man sollte es lieber in Erziehungsheime stecken, denn da landen diese Jugendlichen doch sowieso früher oder später!«, grinst der Mann mit vibrierenden Mundwinkeln und schaut zu Vega hinüber.

Britt-Marie blickt ihn fürsorglich an.

»Mein Mann hat die gleiche Jacke«, sagt sie.

»Ihr Mann hat einen guten Geschmack«, grinst der Mann.

»Aber seine hat natürlich die richtige Größe«, antwortet Britt-Marie.

Es ist sehr, sehr, sehr lange still. Dann brechen erst Vega und anschließend Sven in schallendes Lachen aus. Britt-Marie weiß gar nicht, warum. Der Junge rennt hinaus, der Mann marschiert hinterher und knallt die Tür so heftig zu, dass die Leuchtstoffröhren an der Decke flimmern. Der BMW fährt mit quietschenden Reifen vom Parkplatz. Britt-Marie weiß nicht, in welche Richtung sie schauen soll. Sven und Vega lachen noch immer lauthals, was Britt-Marie nicht gefällt, denn sie denkt, sie lachten über sie. Deshalb springt sie auch auf die Tür zu.

»Jetzt habe ich Zeit für deine Frisur«, flüstert sie dem Piraten zu und flüchtet über den Parkplatz.

Die Tür schließt sich mit einem fröhlichen Pling. Sie weiß es ja nicht besser.

15

Alle Ehen haben Schattenseiten, weil alle Menschen Schwächen haben. Alle Menschen, die mit einem anderen Menschen zusammenleben, lernen, mit dessen Schwächen irgendwie umzugehen. Man kann sie zum Beispiel so betrachten, wie man sehr schwere Möbel betrachtet, und einfach lernen, um sie herum zu putzen. Die Illusion aufrechtzuerhalten. Natürlich weiß man, dass der Schmutz unter der Oberfläche sitzt, aber man lernt, das zu verdrängen, solange die Gäste ihn nicht sehen. Und eines Tages verrückt jemand, ohne zu fragen, dieses Möbelstück, und alles kommt zum Vorschein. Dreck und Schrammen. Macken im Parkett. Dann ist es zu spät.

Britt-Marie steht in der Toilette des Jugendzentrums und betrachtet all ihre eigenen schlechten Seiten im Spiegel. Sie hat Angst. Sie ist sich ziemlich sicher, dass das ihre allerschlimmste schlechte Seite ist. Am liebsten würde sie nach Hause fahren. Kents Oberhemden bügeln und auf ihrem eigenen Balkon sitzen. Am liebsten wäre ihr, alles wäre so wie früher.

»Soll ich lieber gehen?«, fragt der Pirat, der in der Tür steht, ängstlich.

»Ich werde es nicht hinnehmen, dass du mich auslachst«, sagt Britt-Marie und gibt sich Mühe, richtig streng zu klingen.

»Warum sollte ich dich auslachen?«, fragt der Pirat.

Sie beißt sich in die Wange, ohne zu antworten. Verunsichert hält er ihr die Zigarettenstange mit den ausländischen Buchstaben hin.

»Sven hat gesagt, die hast du vergessen.«

Entsetzt nimmt Britt-Marie sie entgegen. Schmuggelware. Die sie zudem nun entweder gestohlen oder auf Kredit gekauft hat, je nachdem, wie wohlwollend man den Verlauf der Ereignisse beurteilen will. Was sehr ärgerlich ist, denn Britt-Marie weiß nun nicht einmal, welche Art von Straftäter sie ist. Kriminell ist sie aber ganz offensichtlich, das steht fest. Auch wenn Kent sicher Jemands Meinung wäre, dass es nicht kriminell ist, wenn man Zigaretten vor Finanzamt und Polizei versteckt. »Jetzt stell dich nicht an, Schatz! Wenn man nicht eingelocht wird, ist es auch kein Betrug«, hat er immer gesagt, wenn sie seine Steuererklärung unterschreiben sollte und nachfragte, was all die anderen Unterlagen, die Kents Steuerberater in den Umschlag gesteckt hatte, zu bedeuten hätten. »Mach dir keine Sorgen, das kann man völlig legal absetzen. Und jetzt fix!«, forderte er sie auf. Kent liebte es, abzugsfähige Posten zu finden. Aber Sozialhilfe ist ihm ein Dorn im Auge. Britt-Marie traute sich nie zu sagen, dass ihr der moralische Unterschied nicht ganz klar sei, denn sie hatte Angst, dass er sie dann auslachen würde. Und es tat ihr weh, wenn er das tat.

Der Pirat berührt sanft ihre Schulter.

»Die haben nicht über dich gelacht. Ich meine, in der Pizzeria. Die haben über Fredrik gelacht. Er war der Chef der Spedition und hat alle Fahrer entlassen, deshalb mögen sie ihn nicht. Sie haben wirklich nicht über dich gelacht.«

Britt-Marie nickt und versucht, ein Gesicht zu machen, als hätte sie sich niemals darüber Gedanken gemacht. Der Pirat fühlt sich von ihrer Reaktion offenbar ermutigt, daher sagt er:

»Fredrik trainiert die Eishockeymannschaft in der Stadt, die sind supergut! Sein Sohn, dieser große, der mit in der Pizzeria war, ist genauso alt wie ich, aber er hat schon fast einen Bart! Krass, oder? Voll heftig. Er ist auch supergut in Fußball, aber Fredrik will, dass er Eishockey spielt, weil er das cooler findet.«

»Und warum um alles in der Welt?«, fragt Britt-Marie, denn

das wenige, was sie über Eishockey weiß, bringt sie zu der Schlussfolgerung, dass es zu den wenigen Dingen auf der Erde gehört, die noch verrückter sind als Fußball.

»Ich glaube, es liegt daran, dass es teuer ist. Fredrik mag Dinge, die sich nicht jeder leisten kann«, sagt der Pirat.

»Und warum seid ihr anderen alle so verrückt nach Fußball?«

Der Pirat scheint die Frage nicht zu verstehen.

»Warum, meinst du? Man liebt Fußball wohl einfach, weil man Fußball liebt, oder?«

Verrückt, denkt Britt-Marie, aber hütet ihre Zunge. Stattdessen zeigt sie auf die Tüte, die der Junge in der Hand hält.

»Was ist da drin?«

»Schere und Kamm und Produkte und so!«, antwortet der Junge ganz glücklich.

Britt-Marie fragt nicht nach, was er mit »Produkten« meint, aber eine ganze Menge Fläschchen sind es auf jeden Fall. Sie holt einen Schemel aus der Küche, legt den Boden mit Handtüchern aus und winkt ihm zu, dass er sich dort hinsetzen soll. Dann wäscht sie ihm das Haar und schneidet es vorsichtig da, wo es schief ist. Das hat sie ja immer bei Ingrid gemacht.

Als die Worte aus ihrem Mund kullern, weiß sie wirklich nicht, warum um Himmels willen sie auf die Idee kommt, sie laut auszusprechen:

»Manchmal bin ich verunsichert, ob die Leute über mich lachen oder über etwas anderes, verstehst du? Mein Mann meint immer, das läge daran, dass ich keinen Humor hätte.«

Dann bringt ihre Vernunft sie abrupt zum Schweigen. Peinlich berührt kneift sie die Lippen aufeinander. Der Junge starrt verstört in den Spiegel.

»Das ist aber schrecklich, wenn man jemandem so was sagt!«

Britt-Marie gibt keine Antwort. Aber sie findet, dass er recht hat. Es ist schrecklich, wenn man jemandem so etwas sagt.

»Liebst du ihn? Deinen Mann?«, fragt der Junge so plötzlich, dass Britt-Marie ihm beinahe ins Ohr schneidet.

Sie bürstet mit der Rückseite ihrer Hand über seine Schulter. Begräbt den Blick in seinem Haaransatz.

»Ja.«

»Warum ist er dann nicht da?«, fragt der Pirat.

»Weil es manchmal nicht reicht, jemanden zu lieben«, antwortet Britt-Marie.

Dann schweigen sie, bis Britt-Marie mit dem Haarschnitt fertig ist und diese widerspenstige Spülbürste von Haar, die der Pirat auf dem Kopf trägt, sanft in eine so ordentliche Frisur gezwungen hat, wie es die biologischen Voraussetzungen erlauben. Da steht er nun und bestaunt sich selbst im Spiegel. Britt-Marie macht sauber und schaut hinaus auf den Parkplatz. Da stehen zwei junge Männer, beide nicht einmal zwanzig, würde sie sagen, an ein großes schwarzes Auto gelehnt und rauchen. Sie haben dieselbe Art Jeans an, wie sie die Kinder der Fußballmannschaft tragen: an den Oberschenkeln zerrissen. Aber die beiden sind keine Kinder mehr. Die sehen aus wie solche Typen, an denen Britt-Marie nur sehr ungern vorbeiläuft und ihre Handtasche dann sehr, sehr fest hält. Nicht dass sie Menschen verurteilt, überhaupt nicht, aber irgendwo ist ja wirklich eine Grenze erreicht. Einer der Männer ist sogar auf den Händen tätowiert. Schon deshalb muss man wohl davon ausgehen, dass er nicht ganz sauber ist.

»Das sind Sami und Psyko«, sagt der Pirat, der hinter ihr steht.

Er klingt, als hätte er Angst.

»Das sind doch keine Namen«, erklärt Britt-Marie.

»Ich glaube, Sami ist ein Name. Aber Psyko wird Psyko genannt, weil er ein Psychopath ist«, sagt der Pirat leise, als traue er sich nicht, ihre Namen zu laut auszusprechen.

»Und eine Arbeit, bei der sie jetzt sein müssten, haben sie natürlich nicht«, sagt Britt-Marie und sieht nur ein klein wenig demonstrativ auf ihre Armbanduhr.

Der Pirat zuckt mit den Schultern.

»Keiner in Borg hat Arbeit. Nur die, die uralt sind.«

Britt-Marie legt ihre eine Hand in die andere. Dann ihre andere Hand in die eine. Versucht, nicht gekränkt zu sein.

»Der rechts hat Tätowierungen auf den Händen«, stellt sie fest.

»Das ist Psyko. Er ist verrückt. Sami ist ganz cool, aber Psyko ist … weißt du, er ist gemeingefährlich. Mit ihm sollte man sich nicht anlegen. Meine Mutter sagt immer, dass ich nicht bei Vega und Omar sein darf, wenn Psyko dort ist.«

»Warum sollte er denn bei Vega und Omar zu Hause sein?«, fragt Britt-Marie.

»Sami ist ihr großer Bruder«, erklärt der Pirat.

Die Tür der Pizzeria geht auf. Vega kommt mit zwei Pizzen heraus und hält sie Sami hin. Er küsst sie auf die Wange. Psyko grinst sie an, sie schaut zurück, als hätte er gerade in ihre neue Handtasche gekotzt. Knallt die Tür hinter sich zu. Das schwarze Auto verlässt den Parkplatz.

»Sie essen nicht in der Pizzeria, wenn Sven da ist. Vega hat gesagt, sie dürfen das nicht«, sagt der Pirat zur Erklärung.

»So. Das kann man verstehen. Weil sie weiß, dass sie Angst vor der Polizei haben, ist ja klar«, schlussfolgert Britt-Marie, als würde sie alles verstehen.

»Nein, weil sie weiß, dass der Polizist Angst vor denen hat«, korrigiert der Pirat.

In der Hinsicht ist die Gesellschaft wie die Menschen. Wenn man nicht zu viele Fragen stellt und keine schweren Möbel verrückt, muss man die schlimmsten Seiten nicht sehen.

Britt-Marie bürstet über ihren Rock. Dann bürstet sie dem Piraten über seinen Pulloverärmel. Sie möchte das Gesprächsthema wechseln, er hilft ihr auf die Sprünge:

»Hat Vega dich schon gefragt?«

»Was denn?«, fragt Britt-Marie.

»Ob du unser Coach werden willst?«

»Ganz bestimmt nicht!«, ruft Britt-Marie aus.

Dann legt sie defensiv die eine Hand in die andere und fragt: »Was hat das zu bedeuten?«

»Na ja, das ist der Trainer. Wir brauchen nämlich einen. Es gibt ein Turnier in der Stadt, aber man kann nur mitmachen, wenn man eine Mannschaft mit Coach hat.«

»Ein Turnier? So wie ein Wettbewerb?«, fragt Britt-Marie.

»Wie ein Turnier«, antwortet der Pirat.

Britt-Marie sind die Voraussetzungen nicht komplett klar.

»Bei diesem Wetter? Draußen? Das ist doch verrückt!«

»Nein, das ist ein Hallenturnier. In einer Halle in der Stadt«, sagt der Pirat, bevor er verwirrt zurückfragt: »Aber wie hast du das gemeint, was hat denn das Wetter mit Fußball zu tun?«

Als ob es in keinem Zusammenhang stände.

Britt-Marie will eindeutig dazu Stellung beziehen, nämlich dass es völlig unpassend sei, drinnen mit Bällen zu schießen, da ist sie sich ganz sicher, doch sie kommt nicht dazu, weil es an der Tür klopft. Draußen steht ein Junge im Alter des Piraten. Langhaarig, außerdem.

»So?«, sagt Britt-Marie.

»Ist Ben irgendwie hier?«, fragt der Junge.

Es kommt ihr völlig spanisch vor, was das Wort »irgendwie« in diesem Satz zu suchen hat. Als ob der Junge gefragt hätte: »Ist Ben fast hier?«

»Wer?«, fragt Britt-Marie.

»Ben? Oder irgendwie, wie nennen die in der Mannschaft ihn noch mal? Der Pirat.«

»So. So. So. Er ist hier, aber er ist beschäftigt«, sagt Britt-Marie energisch und macht einen Versuch, die Tür wieder zu schließen.

»Womit denn irgendwie?«, fragt der Junge.

»Er hat eine Verabredung. Oder ein Date. Oder wie man nun so sagt.«

»Klar, weeiiß ich doch. Mit miiir«, stöhnt der Junge.

Britt-Marie, die wirklich keine Vorurteile hat, legt die eine Hand in die andere und sagt:

»So.«

Der Junge kaut Kaugummi. Sie mag das nicht. Das darf man immerhin, Kaugummi nicht mögen, auch wenn man keine Vorurteile hat.

»Das ist irgendwie krass uncool, wenn man ›Date‹ sagt«, erklärt der Junge.

»Das war der Pira…, es war Ben, der hat das gesagt. Zu meiner Zeit hat man ›Verabredung‹ gesagt«, verteidigt sich Britt-Marie.

»Auch krass uncool«, schnaubt der Junge.

»Und was sagt ihr dann?«, fragt Britt-Marie, nur ganz wenig kritisierend.

»Nix. Nur ›ich geh weg‹, irgendwie«, sagt der Junge.

»Darf ich dich bitten, hier zu warten«, antwortet Britt-Marie und drückt die Tür fest zu.

Der Pirat steht in der Toilette und richtet sich die Haare. Er springt mit beiden Füßen fast gleichzeitig hoch, als er sie im Spiegel entdeckt.

»War er das? Ist er nicht toll?«

»Er ist wirklich unhöflich«, sagt Britt-Marie, aber der Pirat hört offenbar nichts, weil sein zweifüßiger Sprung noch ziemlich im Badezimmer nachhallt.

Britt-Marie greift nach einem Stück Toilettenpapier, zupft vorsichtig ein Haar vom Pullover des Piraten, wickelt es sorgfältig ins Toilettenpapier ein und spült es in der Toilette herunter.

»Ich war davon ausgegangen, dass du ein Date mit einem Mädchen hast.«

»Manchmal date ich auch Mädchen«, antwortet der Pirat.

»Aber das ist ein Junge«, stellt Britt-Marie fest.

»Das ist ein Junge«, nickt der Pirat, als seien sie in eine Art Gesellschaftsspiel verwickelt, dessen Regeln er nicht kennt.

»So«, sagt Britt-Marie.

»Muss man sich denn entscheiden?«, fragt der Pirat verständnislos.

»Damit kenne ich mich nicht aus. Ich habe keine Vorurteile«, versichert Britt-Marie.

Der Pirat zupft sein Haar zurecht, lächelt und fragt:

»Glaubst du, meine Haare gefallen ihm?«

Britt-Marie vermittelt nicht ganz den Eindruck, dass sie die Frage gehört hat, sondern sagt stattdessen:

»Deine Kameraden in der Fußballmannschaft wissen natürlich nicht, dass du Jungs zum Date triffst, also werde ich auch kein Wort darüber verlieren.«

Der Pirat sieht verwundert aus.

»Warum sollten sie das nicht wissen?«

»Hast du es ihnen erzählt?«, fragt Britt-Marie.

»Warum sollte ich es ihnen nicht erzählt haben?«, fragt der Pirat.

»Und was haben sie dazu gesagt?«, fragt Britt-Marie.

»Sie haben ›okay‹ gesagt«, antwortet der Pirat.

Dann sieht er aus, als würden ihn ihre Fragen verunsichern.

»Hätten sie was anderes sagen sollen?«

»Wie, nein, natürlich nicht, natürlich nicht«, erwidert Britt-Marie, kein bisschen defensiv, und fügt hinzu: »Ich habe keine Vorurteile!«

»Ich weiß«, antwortet der Pirat.

Dann lächelt er nervös.

»Sind meine Haare schön?«

Britt-Marie kommt irgendwie nicht dazu, zu antworten, also nickt sie nur. Sie zupft ein letztes Haar von seinem Pullover und hält es unbeholfen zwischen den Fingern. Er umarmt sie. Sie weiß wirklich nicht, wie er auf diese Idee kommt.

»Du solltest nicht alleine sein. Es ist Verschwendung, wenn jemand, der so schöne Haare hat, alleine ist«, flüstert er.

Er ist schon fast an der Tür, als Britt-Marie, noch immer mit dem Haar in der Hand, sich fasst und räuspert und zurückflüstert: »Wenn er nicht sagt, dass du wirklich schöne Haare hast, dann verdient er dich nicht!«

Der Pirat dreht sich um, rennt zurück durchs Zimmer und drückt sie noch einmal. Sie schiebt ihn freundlich, aber bestimmt von sich weg, denn irgendwo muss eine Grenze sein. Er fragt sie, ob er mal ihr Handy haben dürfe. Sie schaut skeptisch drein und ermahnt ihn, keine teuren Gespräche zu führen. Er nimmt es und ruft sich selbst auf dem Handy an. Dann versucht er noch einmal, sie zu umarmen, und dann lacht er und läuft los. Die Tür schlägt zu.

Fünfzehn Minuten später bekommt Britt-Marie eine SMS mit dem Text: *Er hat's gesagt!*

Das Jugendzentrum um sie herum wird still. Sie holt den Staubsauger, um die Haare vom Boden aufzusaugen und überhaupt ein Geräusch zu verursachen. Wäscht die Handtücher und wirft sie in den Trockner. Staubt alle Bilder ab, besonders sorgfältig die Informationstafel mit der Karte, die Jemand einen Meter unter allen anderen aufgehängt hat. Dann wickelt sie ein Snickers aus dem Papier, platziert es auf einem Teller, platziert den Teller auf einem Handtuch und platziert alles zusammen auf der Türschwelle. Öffnet die Haustür. Sitzt lange auf ihrem Holzschemel und versucht, den Wind in den Haaren zu spüren. Schließlich greift sie nach dem Handy.

»Hallo«, meldet sich die junge Frau im Arbeitsamt.

Britt-Marie holt einmal tief Luft.

»Es war sehr unhöflich von mir, dass ich gesagt habe, Sie hätten einen Herrenhaarschnitt.«

»Frau Wieslander?«, fragt die junge Frau.

Britt-Marie schluckt konzentriert.

»Selbstverständlich geht es mich nichts an, was für eine Frisur Sie tragen. Und ob Sie sich mit Männern oder Frauen treffen. Überhaupt nicht.«

Die junge Frau am anderen Ende der Leitung atmet skeptisch.

»Sie haben das … gar nicht gesagt.«

»So. So. So. Es ist nicht direkt unmöglich, dass ich das nur gedacht habe, das kann durchaus sein. Aber es war sehr unhöflich von mir, wie auch immer«, erklärt Britt-Marie ärgerlich.

»Was … aber, wie … wie meinen Sie das … was gibt es an meiner Frisur auszusetzen?«, will die junge Frau wissen.

»Gar nichts. Genau das will ich doch sagen«, antwortet Britt-Marie beharrlich.

»Ich bin nicht … also, ich bin … ich habe keine Vorliebe für …«, verteidigt sich die junge Frau mit einer etwas zu lauten Stimme.

»Da mische ich mich nicht ein«, antwortet Britt-Marie mit Nachdruck.

»Also, nicht dass das … Sie wissen schon … zu verurteilen wäre, wenn man es ist! Oder wenn man es nicht ist!«, stellt die junge Frau klar.

»Das habe ich wirklich nicht behauptet!«, sagt Britt-Marie.

»Ich auch nicht!«, protestiert die junge Frau.

»Na also«, sagt Britt-Marie.

»Genau!«, sagt die junge Frau.

Daraufhin ist es so lange still in der Leitung, dass die junge Frau schließlich fragt: »Hallo?«, weil sie denkt, Britt-Marie habe aufgelegt. Da legt Britt-Marie auf.

Die Ratte kommt eine Stunde und sechs Minuten zu spät zum Essen. Sie flitzt herein, packt ein Stück Snickers, so groß, dass sie es gerade noch schleppen kann, hält eine Sekunde inne, starrt Britt-Marie an, springt dann wieder hinaus und verschwindet in der Dunkelheit. Britt-Marie wickelt den Rest des Schokoladenriegels in Folie ein und legt ihn in den Kühlschrank. Spült den Teller ab. Wäscht und trocknet das Handtuch und hängt es zurück an seinen Platz. Durch das Fenster sieht sie Sven aus der Pizzeria kommen. Er bleibt am Streifenwagen stehen und schaut herüber zum Jugendzentrum. Britt-Marie versteckt sich hinter der Gardine. Er steigt in seinen Wagen ein und fährt los. Einen Moment lang hat sie Angst, dass er herüberkommt und bei ihr klopft. Im nächsten Augenblick ist sie enttäuscht, dass er es nicht getan hat.

Überall knipst sie das Licht aus, nur nicht in der Toilette. Der Lichtschein von der einsamen Glühbirne krabbelt unter der Tür hindurch und erleuchtet gerade den Teil der Wand, wo Jemand die Informationstafel aufgehängt hat, ein bisschen weit unten natürlich, aber nicht zu weit. *Willkommen in Borg* liest Britt-Marie da, sitzt auf einem Schemel im Dunkeln und starrt auf den roten Punkt, der der Grund dafür ist, dass sie sich auf den ersten Blick in dieses Bild verliebt hat. Derselbe Grund, warum sie Karten liebt. Er ist halb abgekratzt, der Punkt, und die rote Farbe ist ausgeblichen. Aber er ist da, auf halber Strecke zwischen der unteren linken Ecke und der Mitte der Tafel hingemalt, und neben ihm steht: *Sie sind hier.*

Manchmal kann man leichter damit leben, nicht zu wissen, wer man ist, wenn man wenigstens weiß, wo man ist.

16

Menschen, die in Städten wohnen, bezeichnen die Dämmerung immer als »Einbruch der Dunkelheit«, aber in Dörfern wie Borg ist es ein Ausbruch. Er überkommt die Straßen wie eine Epidemie. In Städten gibt es so viele Menschen, die in den Nächten nicht zu Hause sein wollen, dass man Geschäfte und eine komplette Vergnügungsindustrie nur dafür aus dem Boden stampfen kann, aber in Borg wird das Leben eingekapselt, wenn die Dunkelheit ausbricht.

Britt-Marie schließt die Tür des Jugendzentrums zu und steht allein auf dem Parkplatz. Sie hat sorgsam zusammengefaltetes Toilettenpapier in den Taschen, weil sie keinen Umschlag finden konnte. Die Leuchtbuchstaben über der Pizzeria sind aus, aber sie sieht Jemands Schatten, wie er drinnen herumrollt. Etwas in Britt-Marie möchte hinübergehen und etwas sagen, vielleicht etwas kaufen, aber etwas beträchtlich Vernünftigeres in ihrem Inneren befiehlt ihr, es zu lassen. Draußen ist es dunkel. Es ist nicht zivilisiert, bei Dunkelheit in Geschäfte zu gehen.

Hinter der Tür läuft das Radio. Irgendeine Popmusik. Britt-Marie ist Popmusik nicht völlig fremd, denn es gibt sehr viele Fragen in den Kreuzworträtseln, die sich darum drehen, deshalb ist Britt-Marie tatsächlich auf dem Laufenden. Aber dieses Lied hat sie noch nie gehört. Ein junger Mann singt mit krächzender Stimme: »In der Stadt, wo ich wohnte, ist man jemand oder nichts.« Britt-Marie hält noch immer die Stange Zigaretten mit den ausländischen Buchstaben in der Hand. Sie hat keine

Ahnung, wie viel ausländische Zigaretten kosten, aber sie holt beträchtlich mehr Geld aus ihrer Handtasche, als sie eigentlich für angemessen hält, und wickelt es in Toilettenpapier ein, bis es aussieht wie ein kleines Kuvert mit außergewöhnlichem Saugvermögen. Dann schiebt sie es vorsichtig unter dem Türspalt hindurch.

Der Mann im Radio singt weiter. Als ob nichts wäre. Über nichts. »Die Liebe verschont keinen«, singt er. Immer und immer wieder. Die Liebe verschont keinen. Kent quillt in ihrer Brust hervor, so dass sie kaum Luft kriegt.

Dann läuft sie einsam eine Straße entlang, die eine Gemeinde in zwei Richtungen verlässt. Durch den Ausbruch der Dunkelheit. In ein Zimmer mit Bett und Balkon, das nicht ihres ist.

Der Lastwagen kommt von rechts, hinter ihr. Zu dicht. Zu schnell. Deswegen wirft sie sich auf die andere Straßenseite. Das menschliche Gehirn hat die erstaunliche Fähigkeit, Erinnerungen so deutlich wiederherzustellen, dass der Rest des Körpers die Verankerung in der Zeit verlieren kann. Ein Lastwagen, der von rechts kommt, kann schon reichen, dass die Ohren glauben, sie hören eine Mutter schreien, dass die Hände glauben, dass sie vom Glas zerschnitten werden, dass die Lippen glauben, Blut zu schmecken. Innerlich schreit Britt-Marie tausendmal Ingrids Namen.

Der Lastwagen donnert an ihr vorbei, so dicht, dass ihr Herz unmöglich wissen kann, ob es überfahren wurde oder nicht, in einem Regen aus harten Lehmklumpen, die von der Fahrbahn hochgeschleudert werden. Britt-Marie macht ein paar wacklige Schritte, ihr Mantel ist nass und dreckig, es hupt in ihren Ohren. Vielleicht vergeht eine Sekunde, vielleicht auch Hunderte, sie blinzelt in die Scheinwerfer mit einem Bewusstsein, das erst unendlich langsam begreift, dass es sich nicht nur um ein Hupen in ihren Ohren handelt, sondern um ein Auto, das hupt. Sie hört jemanden schreien. Sie hält die Hand hoch, um gegen das

Scheinwerferlicht des BMWs etwas sehen zu können. Vor ihr steht dieser Fredrik und brüllt wie wahnsinnig.

»Sind Sie eigentlich völlig senil, gute Frau!? Sie können doch verdammt nochmal nicht mitten auf der Straße laufen! Ich hätte Sie beinahe totgefahren!«

Genauso sagt er das. Als ob ihr Tod für ihn schlimmer wäre als für sie. Sie weiß nicht, was sie darauf antworten soll. Ihr Herz schlägt so heftig, dass sie Seitenstechen bekommt. Fredrik gestikuliert wild.

»Hören Sie eigentlich, was ich sage, oder sind Sie vollkommen zurückgeblieben?«

Er macht zwei Schritte auf sie zu. Sie weiß nicht, warum. Im Nachhinein glaubt sie eigentlich nicht, dass er vorhatte, sie zu schlagen, aber keiner von ihnen beiden wird es je erfahren, denn er wird von einer anderen Stimme unterbrochen. Andersartig. Kalt.

»Probleme?«

Fredrik dreht sich als Erster um, deshalb kann Britt-Marie noch sehen, wie seine Augen die Gefahr registrieren, bevor sie selbst sieht, wovor er Angst hat. Er schluckt.

»Nein … sie ist …«

Ein paar Meter entfernt steht Sami, zwanzig Jahre alt, wenn überhaupt, beide Hände in den Taschen. Er hätte, für die Wirkung, die allein seine Erscheinung im Dunkeln erzielt, den zwanzig Jahre älteren Mann und die vierzig Jahre ältere Frau ebenso gut in den Schwitzkasten nehmen können. »Gewaltpotential« wird das genannt, hat Britt-Marie gelesen. »Aggressives Auftreten«, danach würde gefragt, wenn es ein Kreuzworträtsel wäre. Waagerecht, fünfzehn Buchstaben. Die Menschen können noch über viele verschiedene Dinge nachdenken, wenn sie glauben, dass sie gleich totgeschlagen werden, und genau darüber denkt Britt-Marie nun zufällig nach.

Fredrik stammelt etwas Unverständliches. Sami sagt kein Wort. Hinter ihm bewegt sich ein anderer junger Mann. Er ist größer. Es ist nicht schwer zu verstehen, warum sie ihn Psyko nennen. Sein Mund ist wie zu einem Grinsen geöffnet, aber es ist kein Lächeln, sondern ein Zeigen der Zähne. Britt-Marie hat davon in Dokumentarfilmen gehört, die Kent anschaute, wenn gerade kein Fußball im Fernsehen kam. Der Mensch ist das einzige Tier, das aus Freundlichkeit lächelt, bei allen anderen Tieren bedeutet das Zeigen der Zähne eine Drohung. Jetzt versteht sie es. Versteht, wo das Tier im Menschen wohnt.

Psyko lächelt breiter. Sami nimmt die Hände nicht aus den Taschen. Erhebt auch nicht die Stimme.

»Du rührst sie nicht an«, sagt er und nickt zu Britt-Marie hinüber, ohne den Blick von Fredrik abzuwenden.

Fredrik stolpert zu seinem BMW zurück. Sein Selbstvertrauen scheint er Schritt für Schritt zurückzugewinnen, je näher er dem Wagen kommt, als gäbe er ihm Superkräfte, aber er wartet trotzdem, bis er direkt an der Tür steht, und dann zischt er:

»Zurückgeblieben! Dieses ganze scheiß Dorf ist wirklich nur zurückgeblieben!«

Psyko macht einen halben Schritt nach vorn. Die Räder des BMWs drehen im Lehm und Schotter durch, und der Wagen flieht durch die Dunkelheit. Britt-Marie sieht noch den Jungen auf dem Beifahrersitz, in Bens und Vegas und Omars Alter, nur größer. Erwachsener. Die Trainingsjacke, auf der *Eishockey* steht. Ihm steht die Angst ins Gesicht geschrieben.

Psyko schaut Britt-Marie an. Zeigt seine Zähne. Britt-Marie dreht sich um und tut alles, um schnell zu gehen, ohne zu rennen, denn in den Dokumentarfilmen heißt es immer, dass man vor wilden Tieren nicht davonlaufen soll. Sie hört Sami hinter sich rufen, ohne Wut oder drohenden Tonfall, sondern eher sanft:

»Bis bald, Coach!«

Sie ist hundertfünfzig Meter entfernt, als sie sich traut, stehen zu bleiben und Luft zu holen. Als sie sich umdreht, sind die beiden jungen Männer zu einer Gruppe anderer junger Männer zurückgegangen, die auf einem Stück Asphalt zwischen ein paar

Häusern und Bäumen stehen. Das schwarze Auto steht da mit laufendem Motor und leuchtenden Scheinwerfern. Die Männer bewegen sich im Lichtschein aufeinander zu. Sami schreit etwas, rennt vier Schritte und schleudert sein rechtes Bein nach oben. Im nächsten Augenblick fährt er mit geballten Fäusten durch die Luft und jubelt direkt in den Himmel hinein. Britt-Marie braucht eine Minute, bis sie kapiert, was sie da machen.

Sie spielen Fußball.

Sie *spielen*.

Über Nacht fällt die Temperatur im Himmel unter null. Der Regen wird zu Schnee. Britt-Marie steht auf dem Balkon und schaut zu, wie es geschieht. Sie denkt unangemessen viel darüber nach, wie man Sushi zubereitet, das muss man sagen. Sie fragt sich, ob sie Sushi nicht mag, weil sie Sushi nicht mag, oder ob sie es nicht mag, weil Kent es nicht mag. Sie hat es nur ein einziges Mal gegessen, bei einem Geschäftsessen mit Kunden von Kent. Kent hat den Auftrag nicht bekommen, und hinterher konnte er Sushi nicht ausstehen. Britt-Marie hat sich die Schuld gegeben, ohne genau sagen zu können, warum. Das war am einfachsten. Sie hätte mehr soziale Kompetenz zeigen müssen, das hätte vielleicht den Ausschlag gegeben.

Sie macht die Matratze auf ihrem Bett sauber. Hängt ihren Mantel auf. Als sie hört, wie Bank mit dem Hund kommt und die Tür im Untergeschoss zuschlägt, läuft sie drei Runden durch das Zimmer und stapft so fest auf den Boden, wie es geht. Damit Bank unten weiß, dass sie da ist.

Dann schläft sie den Schlaf der Erschöpften, ohne etwas zu träumen, weil sie nicht weiß, wessen Träume das sein sollten.

Es ist hell, als sie erwacht. Sie fällt fast aus dem Bett, als ihr das klar wird. Erst nach dem Morgengrauen aufzuwachen, und das im Januar! Was sollen die Leute denken! Noch schlaftrunken, ist sie bereits auf dem Weg durch das Zimmer, um ihre Jacke und ihren Mantel zu holen, da begreift sie, was sie geweckt hat. Es klopft an der Tür. Das alles ist schrecklich ärgerlich – zu einer Zeit aufzuwachen, zu der es wirklich kein bisschen unzivilisiert ist, bei jemandem an die Tür zu klopfen.

Sie macht ihre Haare, so schnell sie kann, rutscht fast die Treppe hinunter und stößt überall an. So etwas passiert ja rund um die Uhr, dass Leute auf Treppen zu Tode stürzen. Mit Mühe und Not landet sie im Flur auf beiden Füßen und versucht, sich zu sammeln. Nach kurzem Zweifeln flitzt sie in die Küche, die selbstverständlich genauso verdreckt ist, wie es zu erwarten war, und öffnet alle Schränke, bis sie eine Schürze findet. Die bindet sie sich um.

»So?«, sagt sie mit hochgezogenen Augenbrauen, als sie die Tür öffnet.

Sie zieht die Schürze zurecht. Wie man es tut, wenn man zu einer zivilisierten Tageszeit gerade mitten beim Abwaschen ist und von jemandem unterbrochen wird, der an die Tür klopft. Vega und Omar stehen vor ihr.

»Was machst du?«, fragt Vega.

»Ich bin beschäftigt«, antwortet Britt-Marie.

»Hast du noch geschlafen?«, fragt Omar.

»Das habe ich ganz sicher nicht!«, empört sich Britt-Marie und zupft sowohl an der Schürze als auch an ihrer Frisur herum.

»Wir haben gehört, wie du die Treppe runtergekommen bist«, erklärt Vega und nickt in den Flur hinein.

»Das ist kein Verbrechen«, erklärte Britt-Marie defensiv.

»Jetzt beruhig dich doch, hallo, wir haben doch nur gefragt, ob du noch geschlafen hast!«, ruft Vega aus.

»So«, sagt Britt-Marie.

»Ja!«, sagt Vega.

Britt-Marie faltet ihre Hände.

»Durchaus möglich, dass ich verschlafen habe. Das gehört nicht zu meinen Gewohnheiten.«

»Was verschlafen?«, fragt Omar.

Darauf weiß Britt-Marie auch keine vernünftige Antwort. Also tritt für eine Weile Schweigen ein. Bis Vegas Geduld ein Ende hat und sie deshalb stöhnt und direkt zur Sache kommt:

»Wir wollten fragen, ob du heute Abend zu uns zum Essen kommen willst.«

Omar nickt energisch.

»Und dann wollten wir noch fragen, ob du unser Coach werden willst!«

Dann schreit Omar »au!«, und Vega zischt »Idiot!« und versucht, ihm noch einmal vors Schienbein zu treten, aber diesmal ist er schneller.

»Wir wollten dich zum Essen einladen, um dich dabei zu fragen, ob du unser Coach werden willst. Also so, wie man einen Vertrag anbietet. In einer richtigen Fußballmannschaft«, sagt Vega bockig zu Britt-Marie.

»Ich bin von Fußball nicht sonderlich begeistert«, sagt Britt-Marie so höflich wie möglich, was vielleicht genau jetzt nicht so ganz schrecklich höflich klingt.

»Du musst gar nichts tun, du musst nur auf so einem blöden Papier unterschreiben und zu unserem verdammten Training kommen!«, erklärt Vega säuerlich, mit einer Wortwahl, als wäre Britt-Marie zu ihr gekommen und hätte wie eine Wahnsinnige an ihre Tür geklopft, nicht umgekehrt.

Omar nickt.

»Da ist ein echt cooles Turnier in der Stadt. Die Kommune organisiert das, und jede Mannschaft kann sich anmelden, aber man braucht einen Trainer.«

»Es wird doch in Borg sicher jemand anders geben, den ihr dafür engagieren könnt«, sagt Britt-Marie und macht Anstalten, sich in den Flur zurückzuziehen.

»Aber niemand anders hat Zeit«, sagt Vega.

»Und wir haben gedacht, du hast ja irgendwie nichts zu tun!«, nickt Omar fröhlich.

Britt-Marie hält inne und sieht hochgradig beleidigt aus. Zieht die Schürze gerade.

»Darf ich euch bitten, zur Kenntnis zu nehmen, dass ich Unmengen zu tun habe?«

»Was denn?«, fragt Vega.

»Ich habe eine ganze Liste voll!«, teilt Britt-Marie mit.

»O Mann, das dauert doch nicht lange, du musst nur mal beim Training dabei sein, falls jemand von den Organisatoren vorbeischaut. Damit die sehen, dass wir einen verdammten Coach haben!«, stöhnt Vega.

»Heute Abend trainieren wir um sechs, auf dem Parkplatz vor dem Jugendzentrum«, nickt Omar.

»Ich habe nicht die geringste Ahnung von Fußball«, informiert Britt-Marie sie.

»Das hat Omar auch nicht, aber er darf trotzdem mitspielen«, sagt Vega.

»Was?!?«, ruft Omar aus.

Vega scheint die Geduld zu verlieren und schüttelt vor Britt-Marie den Kopf.

»Verdammter Scheiß! Wir haben gedacht, du wärst cool. Wir sind hier in Borg, deswegen können wir es uns irgendwie nicht gerade aussuchen, so viele andere Erwachsene gibt es hier nicht. Nur du bist da.«

Darauf hat Britt-Marie keine Antwort. Vega macht die ersten Schritte die Treppe hinunter und winkt Omar verärgert zu, dass er mitkommen soll. Britt-Marie bleibt in der Tür stehen und legt ihre eine Hand in die andere und dann die andere in die eine und öffnet und schließt den Mund mehrmals, bevor sie am Ende ruft:

»Ich kann um sechs nicht!«

Vega dreht sich um. Britt-Marie starrt auf ihre Schürze.

»Zivilisierte Menschen essen um sechs Uhr zu Abend. Man kann doch nicht mitten im Essen Fußball spielen.«

Vega zuckt mit den Schultern. Als ob das keine Rolle spielte.

»Okay. Dann kommst du um sechs zu uns zum Essen, dann können wir anschließend trainieren.«

»Es gibt Tacos!«, nickt Omar begeistert.

»Was sind Tacos?«, fragt Britt-Marie.

Die Kinder glotzen sie an.

»Tacos«, sagt Omar, als hätte sie das Wort nicht richtig verstanden.

»Ich esse kein ausländisches Essen«, sagt Britt-Marie, obwohl sie im Grunde meint, ›Kent isst kein ausländisches Essen‹.

Vega zuckt wieder mit den Schultern.

»Wenn du den Taco selbst nicht willst, dann ist es wie eine Portion Salat.«

»So«, sagt Britt-Marie, denn sie hat nicht prinzipiell etwas gegen Salat.

»Wir wohnen in den Hochhäusern, Nummer zwei, zweiter Stock«, sagt Omar und zeigt die Straße hinunter.

Natürlich passiert es nicht hier und jetzt, dass Britt-Marie Trainerin einer Fußballmannschaft wird. Nur hier und jetzt teilt ihr jemand mit, dass sie es bereits geworden ist.

Sie schließt die Tür. Legt die Schürze ab. Legt sie zurück in den Schrank. Putzt die Küche, weil sie einfach nicht weiß, wie man es lässt. Dann geht sie nach oben und holt ihr Handy. Die junge Frau vom Arbeitsamt geht gleich beim ersten Klingeln dran.

»Wissen Sie irgendetwas über Fußball?«, fragt Britt-Marie.

»Frau Wieslander?«, fragt die junge Frau, als müsste sie das nicht mittlerweile wissen.

»Ich muss wissen, wie man eine Fußballmannschaft trainiert«, informiert Britt-Marie sie.

»Okay …«, sagt die junge Frau.

»Das hilft mir jetzt wirklich nicht weiter«, stellt Britt-Marie klar.

»Also … ich meine … wie meinen Sie das?«, fragt die junge Frau.

»Kann man einfach so hergehen und eine Fußballmannschaft trainieren? Braucht man dafür nicht eine Erlaubnis von irgendeiner Behörde oder so?«

»Nein … oder … wie?«, antwortet die junge Frau.

Britt-Marie atmet aus. Es ist kein Seufzen.

»Meine Liebe, wenn man zum Beispiel seinen Balkon verglasen will, braucht man eine Genehmigung. Ich gehe davon aus, dass so etwas auch für Fußballmannschaften gilt. Sie befinden sich doch wohl kaum außerhalb von Gesetz und Ordnung, nur weil sie wie wild herumrennen und Bälle schießen?«

»Nein … also, ich habe … oder, ich nehme mal an, dass die Eltern etwas unterschreiben müssen, dass ihre Kinder in der Mannschaft spielen dürfen«, antwortet die junge Frau zögernd.

Britt-Marie notiert das auf ihrer Liste. Nickt sich selbst ernsthaft zu und sagt:

»So. Dürfte ich Sie fragen, was man bei einem Fußballtraining als Erstes macht?«

»Keine Ahnung«, antwortet die junge Frau.

»Ich dachte, Sie mögen Fußball«, sagt Britt-Marie anklagend.

»Na ja … aber ich weiß nicht … das Erste, was man beim Training macht … also, vielleicht die Anwesenheit überprüfen?«, überlegt sich die junge Frau.

»Was wollen Sie damit sagen?«, fragt Britt-Marie.

»Man hat eine Anwesenheitsliste. Und hakt ab, wer da ist«, sagt die junge Frau.

»Eine Liste?«, wiederholt Britt-Marie.

»Ja?«, sagt die junge Frau.

»Eine Liste, auf der die Namen stehen von denen, die da sind«, sagt Britt-Marie, vor allem zu sich selbst

»Ja?«, wiederholt die junge Frau.

Britt-Marie hat bereits aufgelegt.

Sie hat vielleicht wirklich keine Ahnung von Fußball, aber Gott weiß, dass keiner mehr von Listen versteht als Britt-Marie.

17

Dino öffnet die Tür, er lacht, als er Britt-Marie sieht. Britt-Marie geht davon aus, dass sie an der falschen Wohnungstür geklingelt hat, aber es stellt sich heraus, dass Dino immer bei Vega und Omar isst und dass er sie nicht unbedingt auslacht. So ist das offenbar in Borg, man isst irgendwo anders und läuft herum und lacht ohne besonderen Grund. Omar kommt durch den Flur gerannt und zeigt auf Britt-Marie.

»Bitte gleich die Schuhe ausziehen, Sami wird sonst supersauer, er hat gerade die Böden gewischt!«

»Ich werde nicht sauer!«, ruft eine Stimme aus der Küche, ziemlich säuerlich.

»Er ist immer sauer, wenn Putztag ist«, erklärt Omar Britt-Marie.

»Ich wäre vielleicht nicht sauer, wenn WIR diesen fucking Putztag hätten, aber ICH bin der fucking Einzige, der in diesem Haus hier putzt. Und zwar JEDEN Tag!«, brüllt Sami aus der Küche.

Omar nickt Britt-Marie vielsagend zu.

»Siehst du ja. Sauer.«

Vega taucht in einer Türöffnung auf. Macht ihren Oberkörper klein und wedelt mit einer unsichtbaren Schnapsflasche herum. Sie imitiert Jemand.

»Weißt du, Britt-Marie, Sami, der hat, wie sagt man? Zitrusfrucht im Anus!«

Dino und Omar müssen so lachen, dass sie anfangen zu hyperventilieren. Britt-Marie nickt einige Male hintereinander höflich, weil sie kurz davor ist, richtig laut loszulachen. Sie zieht die Schuhe aus, geht hinüber in die Küche und nickt Sami eher vorsichtig zu. Er zeigt auf einen Stuhl.

»Das Essen ist fertig«, sagt er und bindet die Schürze ab, bevor er direkt in den Flur hinausbrüllt: »ESSEN IST FERTIG!«

Britt-Marie wirft einen Blick auf die Uhr. Es ist Punkt sechs.

»Warten wir noch auf eure Eltern?«, fragt sie fürsorglich.

»Sie sind nicht da«, sagt Sami und legt Untersetzer auf den Tisch.

»Dann kommen sie wohl heute später von der Arbeit nach Hause«, meint Britt-Marie freundlich.

»Mama fährt Lkw. Im Ausland. Sie ist nicht oft zu Hause«, sagt Sami kurz und stellt Schüsseln und Gläser auf die Untersetzer.

»Und euer Vater?«, fragt Britt-Marie.

»Der ist abgehauen«, sagt Sami.

»Abgehauen?«, wiederholt Britt-Marie.

»Abgehauen. Als ich noch klein war. Omar und Vega waren gerade auf der Welt. Er hat's wohl nicht ausgehalten. Deshalb reden wir hier zu Hause nicht über ihn. Mama hat sich um uns gekümmert. JETZT IST DAS FUCKING ESSEN FERTIG, UND JETZT KOMMT IHR, SONST SCHLAGE ICH EUCH DEN FUCKING SCHÄDEL EIN!«, ruft Sami erst Britt-Marie und dann den Kindern zu, die nicht da sind.

Vega, Omar und Dino kommen in die Küche geschlendert und fangen an, sich das Essen reinzuschieben, als hätte Sami es auch in den Mixer werfen und mit Strohhalm servieren können.

»Aber wer kümmert sich denn jetzt um euch, wenn eure Mutter nicht da ist?«, fragt Britt-Marie.

»Wir kümmern uns um uns«, sagt Sami gekränkt.

»So«, antwortet Britt-Marie.

Sie weiß nicht recht, was in so einer Situation Usus ist, aber sie hält ihm die Zigarettenstange mit den ausländischen Buchstaben hin.

»Selbstverständlich bringe ich, wenn ich eingeladen bin, üblicherweise Blumen mit, aber in Borg gibt es keinen Blumenladen. Ich habe bemerkt, dass du Zigaretten magst. Ich habe mir gedacht, dass Zigaretten für jemanden, der Zigaretten mag, vielleicht wie Blumen sind«, erklärt sie, als müsste sie sich verteidigen.

Sami nimmt die Stange Zigaretten entgegen. Sieht mit einem Mal gerührt aus. Britt-Marie setzt sich auf den freien Stuhl und räuspert sich.

»Du hast offenbar keine Angst vor Krebs. Das muss praktisch für dich sein.«

»Es gibt schlimmere Dinge, vor denen man Angst haben muss«, lächelt Sami.

»So«, sagt Britt-Marie und hebt etwas von ihrem Teller hoch, von dem sie vermutet, dass es sich dabei um einen Taco handelt.

Omar und Vega reden durcheinander. Vor allem über Fußball, soweit Britt-Marie es versteht. Dino sagt fast nichts, aber er lacht die ganze Zeit. Britt-Marie weiß nicht, worüber. Er und Omar müssen offenbar nicht einmal miteinander reden, um anzufangen zu lachen, sie schauen sich einfach an, und dann lachen sie. Kinder sind da manchmal komisch.

Sami zeigt mit der Gabel auf Omar.

»Wie oft soll ich es dir noch sagen, Omar? Nimm deine fucking Ellenbogen vom fucking Tisch!«

Omar verdreht die Augen. Nimmt die Ellenbogen vom Tisch.

»Ich verstehe nicht, warum man die Ellenbogen nicht auf dem Tisch haben darf. Ist doch egal.«

Britt-Marie starrt ihn an.

»Nein, Omar, es ist nicht egal, denn wir sind keine Tiere«, erklärt sie ihm.

Sami sieht Britt-Marie anerkennend an. Omar betrachtet sie beide völlig verständnislos.

»Tiere haben keine Ellenbogen«, hat er einzuwenden.

»Iss dein fucking Essen«, sagt Sami.

Also essen sie weiter. Als Omar und Dino fertig sind, stehen sie auf und laufen lachend in ein anderes Zimmer. Vega stellt ihren Teller in die Spüle und sieht aus, als erwarte sie für diesen Arbeitsaufwand ein Diplom. Dann flitzt sie auch davon.

»Man könnte auch danke fürs Essen sagen«, ruft Sami ihnen beleidigt hinterher.

»DANKE FÜRS ESSEN!«, rufen die Kinder aus einem undefinierten Teil der Wohnung.

Sami steht auf und knallt mit demonstrativem Geschepper das Geschirr in die Spüle. Dann schaut er Britt-Marie an.

»Aha. Ihnen hat das Essen also nicht geschmeckt?«

»Wie bitte?«, sagt Britt-Marie.

Sami schüttelt den Kopf, sagt etwas zu sich selbst, in dem mehrmals »fucking« vorkommt, greift nach der Stange Zigaretten und verschwindet auf dem Balkon.

Britt-Marie bleibt allein in der Küche sitzen. Isst das, wovon sie fast sicher meint, dass es Tacos sind. Sie schmecken weniger ungewohnt, als sie es erwartet hat. Sie steht auf, wäscht alle Teller ab, stellt das übrig gebliebene Essen in den Kühlschrank, spült, trocknet das Besteck ab und öffnet die Besteckschublade. Bleibt gebeugt über ihr stehen und atmet einfach nur tief durch. Messer – Gabeln – Löffel. In der richtigen Reihenfolge.

Sami steht auf dem Balkon und raucht, als sie hinauskommt.

»Dein Essen war sehr, sehr lecker, Sami. Vielen Dank«, sagt sie, die eine Hand fest in der anderen.

Er nickt.

»Manchmal tut es einfach gut, wenn jemand sagt, dass es schmeckt, ohne dass man jedes Mal nachfragen muss, verstehen Sie, was ich meine?«

»Ja«, sagt Britt-Marie, denn das tut sie.

Dann hat sie das Gefühl, es sei jetzt angebracht, etwas Höfliches zu sagen, also sagt sie:

»Ihr habt eine sehr schöne Besteckschublade.«

Er schaut sie lange an und grinst.

»Sie sind okay, Coach.«

Sie nickt. Überlegt. Doch dann sagt sie:

»So. So. Du bist auch … okay, Sami.«

Er fährt sie alle zusammen in seinem schwarzen Auto zum Training. Vega streitet sich die ganze Fahrt über mit ihm, auch wenn die ganze Fahrt durch Borg wirklich nicht so schrecklich lang ist. Britt-Marie versteht nicht ganz, worum es eigentlich geht, aber es scheint auf jeden Fall etwas mit diesem Psyko zu tun zu haben. Es geht um Geld. Als sie aufhören, hat Britt-Marie das Gefühl, man müsste etwas tun, um das Gesprächsthema zu wechseln, weil dieser Psyko sie genauso nervös macht, wie giftige Spinnen es tun, wenn man zu viel über sie redet, also sagt sie:

»Sami, habt ihr auch eine Mannschaft? Du und diese Jungs, mit denen du da am Abend gespielt hast?«

»Nein, wir haben keine … Mannschaft«, sagt Sami und sieht aus, als wäre das eine abstruse Frage.

»Warum spielt ihr dann Fußball?«, fragt Britt-Marie verständnislos.

»Wie ›warum‹?«, fragt Sami ebenso verständnislos zurück.

Keiner von ihnen hat eine für den anderen nachvollziehbare Antwort.

Der Wagen hält. Vega, Omar und Dino springen hinaus. Britt-Marie geht den Inhalt ihrer Handtasche durch, um zu kontrollieren, dass sie nichts vergessen hat.

»Bist du fertig, Britt-Marie?«, fragt Vega, als sei sie jetzt schon genervt.

Britt-Marie nickt sehr konzentriert und zeigt auf ihre Tasche.

»Ja, ja, natürlich bin ich fertig. Darf ich dir mitteilen, dass ich eine Liste gemacht habe!«

Sami parkt das Auto und lässt den Motor laufen, damit die Scheinwerfer den Parkplatz beleuchten. Die Kinder stellen vier

Limonadendosen als Torpfosten auf, denn Limonadendosen haben etwas Magisches; allein durch ihre Existenz können sie Parkplätze in Fußballfelder verwandeln. Britt-Marie hält ihre Liste hoch.

»Vega?«, fragt sie laut und deutlich, während die Kinder herumrennen und mehr oder weniger erfolgreich versuchen, den Ball zu schießen.

»Was?«, sagt Vega, die direkt vor ihr steht.

»Ist das ein ›Ja‹?«, fragt Britt-Marie.

»Wovon redest du?«, fragt Vega.

Britt-Marie pocht sehr geduldig mit dem Stift auf ihre Liste.

»Meine Kleine, ich führe eine Anwesenheitsliste. Da liest man jeden Namen vor, und der Betreffende antwortet mit ›ja‹. Das ist Usus.«

Vega blinzelt unzufrieden.

»Du siehst doch, dass ich da bin!«

Britt-Marie nickt fürsorglich.

»Meine liebe Kleine, wenn wir die Leute einfach so abhaken können, wie wir lustig sind, dann gäbe es ja überhaupt keinen Grund, eine Anwesenheitsliste zu führen, weißt du.«

»Genau!«, sagt Vega.

»Genau«, antwortet Britt-Marie zustimmend.

»Scheiß auf die Liste! Wir spielen jetzt!«, stöhnt Vega und tritt nach dem Ball.

»Vega?«, sagt Britt-Marie.

»JAA!? Was IST denn?«, schnaubt Vega.

Britt-Marie nickt konzentriert und hakt Vegas Namen auf der Liste ab. Als sie mit den übrigen Kindern dasselbe getan hat, teilt sie handgeschriebene Zettel mit einer kurzen und formellen Mitteilung aus. Ganz unten sind darauf zwei säuberliche Striche gezogen, darunter steht *Unterschrift der Eltern*. Britt-Marie ist auf ihre Zettel sehr stolz.

Sie hat sie mit Tinte geschrieben. Jeder, der Britt-Marie kennt, weiß, welch einzigartige Leistung an Impulskontrolle es für

Britt-Marie bedeutet, wenn sie auch nur irgendetwas mit Tinte schreibt und nicht mit Bleistift. Die Menschen verändern sich wirklich, wenn sie reisen.

»Müssen beide Eltern unterschreiben?«, fragt der Pirat, der seine roten Haare zu einer so ordentlichen Frisur gestylt hat, dass es Britt-Marie in der Seele weh tut, als er in der nächsten Sekunde den Ball an den Kopf kriegt.

»Entschuldigung! Ich habe auf Vega gezielt!«, schreit Omar.

Dann stürmen Vega und Omar aufeinander los. Die anderen Kinder gehen dazwischen. Britt-Marie läuft kreisförmig um sie herum und versucht herauszufinden, wie sie Vega und Omar in diesem Durcheinander an Fäusten den Zettel reichen soll, aber am Ende gibt sie es auf und geht mit entschiedenem Schritt quer über den Parkplatz auf Sami zu und drückt stattdessen ihm das Papier in die Hand. Er sitzt auf der Motorhaube des schwarzen Autos und trinkt einen der Torpfosten. Britt-Marie bürstet sich von oben bis unten den Staub ab. Fußball ist wirklich nicht hygienisch.

»Brauchen Sie Hilfe?«, fragt Sami.

»Mir ist nicht bekannt, was von einem Fußballtrainer erwartet wird, wenn die Spieler wie wilde Tiere übereinander herfallen«, gibt Britt-Marie zu.

»Man lässt sie laufen«, grinst Sami.

»Was meinst du damit?«, will Britt-Marie wissen.

»Sie wissen schon, Idiot«, sagt Sami.

»Das sagst du aber nicht zu mir!«, protestiert Britt-Marie empört, obwohl sie sich tatsächlich wie einer vorkommt.

Sami lacht sie aus oder an, was auch immer von beidem.

»Nein, shit, das ist eine Trainingsübung. Die heißt ›Idiot‹. Ich zeige Ihnen, wie sie geht.«

Er rutscht von der Motorhaube herunter und geht um den Wagen herum. Britt-Marie läuft hinterher. Legt die eine Hand in die andere und fragt nicht ein bisschen vorwurfsvoll:

»Darf ich mir erlauben, die Frage zu stellen, warum du diese

Kinder nicht trainierst, wenn du nun schon so viel von Fußball verstehst?«

Sami holt ein halbes Dutzend Limonadendosen aus seinem Kofferraum. Eine davon reicht er Britt-Marie.

»Ich habe keine Zeit«, sagt er.

»Vielleicht hättest du mehr Zeit, wenn du nicht die ganze Zeit damit verschwenden würdest, Limonade zu kaufen«, merkt Britt-Marie an.

Sami muss wieder lachen.

»Ach, kommen Sie schon, Coach, das ist Ihnen doch wohl klar, dass keiner in diesem Dorf jemanden mit meinem Vorstrafenregister eine Jugendmannschaft trainieren lässt«, sagt er.

Als sei es nichts Besonderes.

Danach hält Britt-Marie ihre Handtasche ganz besonders fest. Nicht weil sie Menschen verurteilt, ganz sicher nicht, sondern weil es in Borg sehr, sehr windig ist. Aus keinem anderen Grund.

Die Übung »Idiot« geht so, zumindest in Borg, dass man ein halbes Dutzend Limonadendosen mit ein paar Metern Abstand in einer Reihe aufstellt. Die Kinder müssen vor dem Bretterzaun zwischen Jugendzentrum und Pizzeria stehen, dann so schnell sie können zur ersten Dose laufen und wieder zurück zum Zaun, dann so schnell sie können zur zweiten Dose, die etwas weiter weg steht, und so schnell sie können zurück. Dann zur dritten Dose, zurück und so weiter.

»Wie lange sollen sie das machen?«, fragt Britt-Marie.

»So lange Sie wollen«, antwortet Sami.

»Dazu kann ich sie doch um alles in der Welt nicht zwingen!«, wendet Britt-Marie ein.

»Sie sind jetzt der Coach. Wenn die Kids nicht tun, was Sie sagen, dürfen sie beim Turnier nicht mitspielen«, erklärt Sami.

Britt-Marie findet, dass das völlig verrückt klingt, aber Sami gibt keine weiteren Erklärungen ab, weil sein Telefon klingelt.

»Was hast du gesagt, wie heißt diese Übung?«, fragt Britt-Marie.

»Idiot!«, antwortet Sami und sagt dann »Ja« in sein Telefon, ganz ohne Ausrufezeichen oder Fragezeichen, wie es Menschen am Telefon so oft tun.

Britt-Marie denkt lange nach und bringt schließlich hervor:

»Das ist ein guter Name, sowohl für die Übung als auch für den, der sie sich ausgedacht hat!«

Sami hat sich auf den Weg zu seinem Auto gemacht, er hält das Handy noch ans Ohr und hört nicht, was Britt-Marie sagt. Keiner hört sie das sagen. Aber das macht Britt-Marie nicht so viel aus. Die Kinder rennen zwischen den Limonadendosen hin und her, und neben ihnen steht Britt-Marie mit einem glücklichen Kohlensäurekribbeln im ganzen Körper und wiederholt »guter Name, sowohl für die Übung als auch für den, der sie sich ausgedacht hat« ganz, ganz, ganz leise für sich selbst. Und das mehrmals.

Das ist das erste Mal, seit sie sich erinnern kann, dass sie selbst einen Witz gemacht hat.

18

Es ist, das muss man zur Verteidigung der Kinder sagen, wirklich keine Absicht. Oder, na ja, natürlich passiert es absichtlich, aber es gibt sozusagen wirklich niemanden, der glaubt, dass Kröte tatsächlich treffen könnte. Sie treffen ja nie etwas, auf das sie zielen. Und Kröte schon gar nicht, der der jüngste und mieseste Spieler in einer schon wirklich miesen Fußballmannschaft ist. Aber nun kommt es zufällig so, dass Bank, die gerade noch schlechter gelaunt ist als üblich, mitten während des Fußballtrainings mit dem weißen Hund über den Parkplatz gelaufen kommt. Omar sieht sie in die Pizzeria oder das Lebensmittelgeschäft oder die Autowerkstatt oder was es nun ist gehen, und nach einer Weile kommt sie wieder heraus mit einer Tüte in der Hand, die aussieht, als befände sich darin Schokolade, und einer zweiten, die klingt, als befände sich darin Bier. Omar stößt Kröte mit dem Ellenbogen an. Dann fragt er:

»Glaubst du, dass sie Superkräfte hat?«

Kröte antwortet mit einem Laut, den Kinder, die den Mund voller Torpfosten haben, von sich geben. Omar versucht es Britt-Marie wild gestikulierend zu erklären, als ob Britt-Marie für diese Vermutung ein besseres Publikum wäre, was wohl gelinde gesagt als übertrieben optimistisch bezeichnet werden kann.

»Du weißt doch, in den Filmen haben die Blinden irgendwie Superkräfte! Wie Daredevil!«

»Mir ist nicht bekannt, wer das sein soll«, erklärt Britt-Marie, so freundlich sie kann, wenn jemand so etwas unglaublich Blödes von sich gibt.

Bank bewegt sich mit ihrem Stock über den Parkplatz, kurz hinter ihr der weiße Hund. Omar zeigt ausgelassen auf sie:

»Daredevil! Das ist ein Superheld! Auch wenn er blind ist! Dafür hat er andere Supersinne. Glaubst du, das stimmt? Dass sie es zum Beispiel irgendwie spüren würde, wenn man ihr einen Fußball an den Kopf schießen will, ohne dass sie den Ball sehen kann?«

»Darf ich dich darüber aufklären, dass sie nicht blind ist. Ihr Sehvermögen ist vermindert«, sagt Britt-Marie und sieht sich gezwungen, unverzüglich danach darauf hinzuweisen: »Nicht dass ich zu den Leuten gehöre, die auf so etwas herumreiten. Wirklich nicht.«

Zu Krötes Entschuldigung muss man sagen, dass es nicht seine Idee war. Er ist nur zufällig gerade da im Ballbesitz. Und Omar, der schon eine Weile nicht mehr zuhört, dreht sich um und sagt:

»Mach mal, Kröte!«

Kröte sieht nicht aus, als ob er von dieser Idee wirklich überzeugt wäre. Aber dann spricht Omar diese goldenen Worte aus, die wie von Zauberhand geführt immer und überall die Macht besitzen, auch das letzte Fünkchen Beherrschung in jedem Kind auszuschalten:

»Du traust dich ja doch nicht!«

Zu Krötes Entschuldigung muss man sagen, dass er ja selbst nicht glaubt, dass er trifft. Und in der Tat sind wirklich alle äußerst überrascht, als er es tut.

Am meisten überrascht ist selbstverständlich Bank.

»WASZUMTEU…«, brüllt sie und hat eine Lehmpackung im Gesicht, als sie wieder auf die Füße kommt.

Zuerst stehen die Kinder mit offenem Mund da. Wie das eben so ist. Dann beginnt Omar zu kichern. Dann Vega. Bank stürmt wutschnaubend auf sie zu und fuchtelt wild mit dem Stock durch die Luft.

»DAS FINDET IHR WOHL SEHR KOMISCH? ROTZBENGEL!«

Britt-Marie räuspert sich und versucht, die Arme auszustrecken.

»Meine liebe … Bank, das war doch keine Absicht, er hat natürlich nicht auf Sie gezielt, das hat er natürlich nicht getan. Das war natürlich ein Unfall.«

»UNFALL! UNFALL, JA!«, brüllt Bank, was man in der Grundaussage als etwas diffus bezeichnen kann.

»Wieso nicht mit Absicht? Natürlich hat er gezielt!«, ruft Omar selbstsicher, aber bewegt sich gleichzeitig ein bisschen weniger selbstsicher aus Banks Stockprügelradius in Richtung Britt-Marie.

»Hast du das wirklich?«, fragt Britt-Marie Kröte verblüfft.

»WER WAR DAS!?«, schreit Bank, während ihr ganzes Gesicht derart pulsiert, als wäre es eine einzige dicke Vene, die ihr aus dem Hals quillt.

Kröte nickt wie gelähmt und macht ein paar Schritte zurück. Britt-Marie legt enthusiastisch ihre eine Hand in die andere und weiß nicht so recht, was sie jetzt tun soll.

»Aber … aber das ist ja ganz großartig«, bringt sie hervor.

»WAS HAST DU DA EBEN GESAGT, ALTE SCHACHTEL?«, brüllt Bank.

Jede Vernunft in Britt-Marie versucht in dieser Lage natürlich mit aller Kraft, Britt-Maries Enthusiasmus zu dämpfen, aber es gelingt ihr offenbar nur sehr schlecht, denn Britt-Marie beugt sich vor und flüstert froh:

»Sie treffen nie das, worauf sie zielen, wissen Sie. Für die Mannschaft ist das wirklich ein großartiger Schritt nach vorn!«

Bank starrt Britt-Marie an. Jedenfalls fühlt es sich so an. Wenn es überhaupt möglich ist. Das lässt sich aufgrund der Sonnenbrille ja kaum sagen. Britt-Marie schluckt zweifelnd.

»Es ist natürlich nicht großartig, dass er … Sie getroffen hat. So meine ich das natürlich nicht. Aber es ist großartig, dass er … überhaupt etwas getroffen hat!«

Bank verlässt den Parkplatz in einer Wolke der übelsten Schimpfworte, die Britt-Marie jemals auf sich niederprasseln gehört hat. Britt-Marie wusste nicht einmal, dass man Bezeichnungen für Geschlechtsteile und Namen von anderen Körperteilen auf diese Weise miteinander kombinieren kann. Auf solche Arten von Sprachschöpfungen trifft man in Kreuzworträtseln eher weniger.

Nachdenkliche Stille breitet sich über dem Parkplatz aus. Natürlich ist es Jemands Stimme, die sie bricht.

»Hab ich doch gesagt, wie sie ist. Zitrone. Im. Arsch.«

Sie sitzt in der Türöffnung der Pizzeria und grinst Bank hinterher. Britt-Marie bürstet über ihren Rock.

»Ich will ja nicht behaupten, dass Sie nicht recht haben, das will ich wirklich nicht. Aber ich glaube zu wissen, dass Banks Problem diesmal nicht eine Zitrone im Hintern, sondern ein Ball am Kopf war.«

Alle lachen. Britt-Marie wird gar nicht sauer, als sie das tun. Und das ist ein völlig neues Gefühl für sie.

Der Junge mit der Trainingsjacke, auf der *Eishockey* steht, kommt mit einem Pizzakarton aus der Pizzeria heraus. Es gelingt ihm nicht, sein Interesse am Fußballtraining zu verbergen. Er bemerkt sein Missgeschick und versucht, sich schnell in Bewegung zu setzen, aber Vega hat ihn bereits gesehen.

»Was machst du hier?«, schreit sie.

»Pizza kaufen«, antwortet der Junge in der Trainingsjacke reumütig. Vega hebt die Stimme.

»Gibt es in der Stadt keine Pizzeria?«

Der Junge schaut runter auf seinen Karton.

»Ich mag die Pizza hier lieber.«

Vega ballt die Fäuste, verliert aber kein Wort. Der Junge drängt sich an Jemand vorbei durch die Tür und rennt vor zur Straße. Hundert Meter weiter steht der BMW, mit laufendem Motor.

Jemand dreht sich zu Vega um und zieht eine Grimasse.

»Er ist nicht sein Vater. Vater kann Schwein sein, Junge in Ordnung. Müssest du wissen.«

Vega sieht aus, als träfen die Worte sie wie ein ziehender Zahnschmerz. Sie dreht sich um und schießt den Ball so hart, dass er hinter dem Bretterzaun verschwindet und weiterrollt in die Dunkelheit, weit außerhalb der Reichweite des Scheinwerferlichts von Samis Wagen.

Jemand rollt zu Britt-Marie herüber, nickt in Richtung Pizzeria.

»Kommen Sie! Hab was für Sie!«

Kröte hat in der Zwischenzeit alle Torpfosten ausgetrunken, und Vega beginnt sofort einen lautstarken Streit mit Sami, in dem Britt-Marie nur »Psyko« und »schuldet Geld« versteht, deshalb interpretiert sie die Sache so, dass das Training damit beendet ist. Sie weiß nicht, ob irgendwer etwas Besonderes von ihr erwartet, zum Beispiel, das Spiel abzupfeifen oder so etwas, aber sie entscheidet sich, es nicht zu tun. Vor allem, weil sie keine Pfeife hat.

In der Pizzeria nimmt Jemand ein Papier und eine Handvoll Geld von der Theke.

»Hier. Wechselgeld und Bon, ne.«

Sie reicht es Britt-Marie herüber und macht eine Geste zum Türschlitz, wo Britt-Marie das Geld am Vorabend deponiert hatte.

»Weißt du, nächstes Mal, kannst du, wie sagt man? Eintreten!«, grinst Jemand.

Als Britt-Marie offensichtlich nicht weiß, was sie sagen soll, fügt sie hinzu:

»Du hast für die Zigaretten zu viel Geld bezahlt, Britt-Marie.

Du bist, wie sagt man? Entweder kannst du nicht rechnen, oder du bist sehr großzügig. Ich denke: Britt-Marie ist großzügig, ja. Nicht wie dieser Fredrik zum Beispiel, weißt du, der ist so geizig, dass er brüllt, wenn er scheißt.«

Sie nickt fröhlich. Britt-Marie murmelt mehrere Male »so«. Faltet den Bon ordentlich zusammen und steckt ihn in ihre Handtasche. Nimmt das Wechselgeld und lässt es in die Trinkgeldvase rieseln. Jemand rollt eine halbe Runde vor und eine halbe Runde zurück.

»Weißt du, es ist wirklich schön geworden. Wird schön, wenn du … aufräumst, echt. Danke!«, sagt sie.

»Es war nicht meine Absicht, deine Sachen zu verstecken, so dass du sie nicht wiederfindest«, sagt Britt-Marie hinab in ihre Handtasche.

Jemand kratzt sich am Kinn.

»Das Besteck, ja. Messer, Gabel, Löffel. In der Reihenfolge. Kann ich mich, wie sagt man? Dran gewöhnen!«

Britt-Marie beißt sich in die Wangen. Geht zur Tür. Sie kommt bis zur Schwelle, da bleibt sie stehen, fasst sich ein Herz und sagt:

»Ich wollte dich nur darüber informieren, dass du dir mit der Reparatur meines Wagens eventuell keinen akuten Stress machen musst.«

Jemand schaut durch die Tür zu den Kindern und zum Fußballplatz. Sie nickt. Britt-Marie nickt ebenfalls. Es ist das erste Mal, solange sich Britt-Marie erinnern kann, dass sie eine Freundin hat.

Die Kinder ziehen die dreckigen Fußballtrikots aus und legen sie im Jugendzentrum ab, ohne dass Britt-Marie angeboten hat, sie zu waschen. Alle haben den Parkplatz längst verlassen und sind nach Hause gegangen, als Britt-Marie die Trikots getrocknet und zusammengefaltet hat und sie in einem ordentlichen Stapel für das Training am kommenden Tag bereitliegen. Borg ist menschenleer bis auf eine einsame Silhouette an der Bushaltestelle vorn an der Straße. Britt-Marie wusste nicht einmal, dass sich dort eine Bushaltestelle befindet, bevor sie bemerkt, dass da jemand unter dem Laternenpfahl steht. Sie sieht den Piraten erst, als sie nur noch eine Handvoll Meter von ihm entfernt ist. Sein rotes Haar ist zerzaust und voller Dreck, er steht still, als wollte er sie ignorieren. Ihre Vernunft versucht sie dazu zu bringen, umzudrehen. Doch stattdessen sagt Britt-Marie:

»Ich dachte, du wohnst auch in Borg.«

In der Hand hält er den Zettel ganz fest, den Britt-Marie zu Beginn des Trainings ausgeteilt hat.

»Da steht, man braucht die Unterschrift von beiden Eltern. Also muss ich hinfahren und meinen Vater bitten zu unterschreiben.«

Britt-Marie nickt.

»So. Dann guten Abend«, sagt sie und setzt sich in Richtung Dunkelheit in Bewegung.

»Willst du vielleicht mitkommen?«, ruft er ihr hinterher.

Sie dreht sich um, als hätte er völlig den Verstand verloren. Das Papier in seinen Händen ist fleckig vom Schweiß.

»Ich … es … ich glaube, es würde mir leichterfallen, wenn du mitkommen könntest«, bringt er stammelnd hervor.

Er ist wirklich nicht bei Trost. Das sagt ihm Britt-Marie während der Busfahrt auch penetrant immer wieder.

Es dauert fast eine ganze Stunde. Der Bus hält direkt vor einem riesigen weißen Gebäude. Britt-Marie hält ihre Handtasche so fest, dass sie einen Krampf in den Fingern bekommt. Sie ist schließlich trotz allem ein zivilisierter Mensch mit einem ganz normalen Leben.

Zivilisierte Menschen mit einem ganz normalen Leben sind es wirklich nicht gewohnt, Gefängnisse zu besuchen.

19

»Diese verfluchten Gangster«, nannte Kent immer die, die an allem schuld waren. An der Gewalt auf den Straßen, den hohen Steuern, an Taschendieben, dem Geschmiere an öffentlichen Toiletten, an Hotelanlagen, wo alle Sonnenliegen schon reserviert waren, wenn Kent zum Pool kam, an alledem waren die »Gangster« schuld. Dieses System war sehr handlich, man hatte immer jemanden, den man beschuldigen konnte, ohne genau definieren zu müssen, um wen es eigentlich ging.

Britt-Marie hat nie verstanden, wie er es eigentlich gern gehabt hätte. Was ihn zufriedengestellt hätte. Ob ihm viel Geld gereicht hätte oder ob er dann noch mehr gewollt hätte. David und Pernilla hatten ihm als Jugendliche einmal eine Kaffeetasse mit der Aufschrift *Wer das meiste Zeug hat, wenn er stirbt, gewinnt* geschenkt. Sie meinten, dass sei »ironisch«, doch Kent verstand das als reine Provokation. Er hatte immer einen Plan, hinter der nächsten Ecke lauerte immer ein »richtig großer Coup«. Sein Unternehmen würde vielleicht mit Deutschland ins Geschäft kommen, die Wohnung, die sie von Britt-Maries Eltern geerbt hatten, würde vielleicht endlich die Mietbindung verlieren, so dass sie sie verkaufen konnten, immer wartete er auf etwas. Nur noch ein paar Monate. Nur ein paar Jahre. Sie heirateten, weil Kents Steuerberater sagte, das sei »steuerlich günstig«. Britt-Marie hatte nie einen Plan, sie hoffte einfach, dass es reichte, wenn man verliebt und loyal war. Bis es eines Tages nicht mehr reichte.

»Verfluchte Gangster«, würde Kent sagen, wenn er mit Britt-Marie in dem winzigen Wartezimmer im Gefängnis hocken würde. »Setz das Pack auf einer einsamen Insel aus und gib jedem eine Pistole, dann sanieren die sich selbst«, lautet seine Meinung zu Kriminellen. Britt-Marie mochte es nicht, wenn er das sagte, sie fand, dass man mit dem Sanieren im Badezimmer und in der Küche bleiben solle, aber sie sprach es nie aus. Jetzt, wo sie darüber nachdenkt, kann sie sich kaum erinnern, dass sie jemals etwas gesagt hat. Bevor sie ihn eines Tages verlassen hat, ohne ein Wort zu verlieren. Deshalb hat sie immer das Gefühl, dass vor allem sie an allem schuld ist.

Sie fragt sich, was er jetzt wohl macht. Ob es ihm gutgeht und er saubere Oberhemden trägt. Ob er seine Medizin nimmt. Ob er in den Küchenschubladen suchen muss und ihren Namen brüllt, bevor ihm einfällt, dass sie ja nicht mehr da ist. Sie fragt sich, ob er noch mit ihr zusammen ist, mit der jungen, hübschen Frau, die Pizza mag. Britt-Marie fragt sich, was er wohl sagen würde, wenn er wüsste, dass sie gerade im Warteraum eines Gefängnisses sitzt, das voller Verbrecher ist. Ob er sich Sorgen machen würde. Ob er auf ihre Kosten Witze reißen würde. Ob er sie streicheln und sagen würde, dass alles gut wird, so, wie er es damals getan hat, kurz nachdem sie ihre Mutter begraben musste.

Damals waren sie andere Menschen. Britt-Marie weiß nicht, ob sie oder Kent es war, der sich zuerst verändert hat. Wie viel davon ihre Schuld war. Sie wäre bereit, darauf »alles« zu antworten, wenn sie doch nur ihr ganz normales Leben zurückbekäme.

Der Pirat sitzt neben ihr und hält ihre Hand. Britt-Marie drückt sie richtig fest.

»Sie dürfen meiner Mutter nicht erzählen, dass wir hier waren«, flüstert er.

»Wo ist sie denn?«, fragt Britt-Marie.

»Im Krankenhaus.«

»Hatte sie einen Unfall?«, fragt Britt-Marie erschrocken.

»Nein, nein, sie arbeitet da«, entgegnet der Pirat. Und dann fügt er hinzu, als wäre das die Erläuterung eines Naturgesetzes: »Alle Mütter, die in Borg wohnen, arbeiten im Krankenhaus.«

Britt-Marie weiß nicht, was sie dazu sagen soll.

»Warum nennen sie dich eigentlich Pirat?«, fragt sie stattdessen.

»Weil mein Vater einen Steuerschatz versteckt hat«, antwortet Ben.

Daraufhin nennt sie ihn nie wieder Pirat.

Eine schwere Metalltür geht auf, und Sven steht in der Öffnung, rot um die Nase und verschwitzt, die Polizeimütze in den Händen.

»Ist Mama jetzt supersauer?«, fragt Ben sofort und seufzt.

Sven schüttelt langsam den Kopf. Legt dem Jungen die Hand auf die Schulter. Sieht Britt-Marie an.

»Bens Mutter hat heute Nachtschicht. Sie hat mich gleich angerufen, als der Anruf vom Gefängnis kam. Ich bin so schnell wie möglich gekommen.«

Britt-Marie würde ihm am liebsten um den Hals fallen, doch sie bleibt vernünftig. Die Wachen lassen Ben nicht zu seinem Vater, denn es ist keine Besuchszeit, aber nachdem Sven lange auf sie eingeredet hat, gelingt es ihm, sie zu überreden, ihm den Zettel zu bringen. Sie kommen mit einer Unterschrift zurück. Neben der Unterschrift hat Bens Vater in Druckbuchstaben geschrieben: *ICH HAB DICH LIEB!!* Ben hält den Zettel auf dem Heimweg so fest, dass er völlig unleserlich ist, als sie schließlich in Borg ankommen. Weder er, Britt-Marie noch Sven sprechen ein Wort. Es gibt nicht vieles, was man einem Jugendlichen sagen könnte, wenn er fremde Menschen in Uniform bitten muss, seinen Vater sehen zu dürfen. Aber als sie Ben an dem Haus, wo er wohnt, absetzen und seine Mutter herausgerannt kommt, hat Britt-Marie das Gefühl, es sei nun der richtige Moment, wenigstens zu versuchen, etwas Aufmunterndes zu sagen. Also versucht sie es:

»Es war wirklich sehr sauber da, Ben, wirklich. Ich habe immer gedacht, in Gefängnissen ist es sehr dreckig, aber dieses sah wirklich sehr hygienisch aus. Darüber kann man sich doch freuen.«

Ben faltet den Zettel mit der Unterschrift seines Vaters zusammen, ohne sie anzusehen, und reicht ihn ihr.

Sven sagt rasch:

»Ben, den darfst du behalten.«

Ben nickt, lächelt und hält das Papier noch fester in seiner Hand.

»Ist morgen wieder Training?«, stammelt er, fast unhörbar.

Britt-Marie kramt in ihrer Handtasche nach der Liste, aber Sven versichert ihm beruhigend:

»Natürlich ist morgen wieder Training, Ben. Zur üblichen Zeit.«

Ben schielt zu Britt-Marie herüber. Sie versucht, überzeugend zu nicken. Ben lächelt zaghaft und winkt. Sie warten, bis er sich in die Arme seiner Mutter vergraben hat. Sven winkt, doch sie sieht es nicht, sie taucht ihr Gesicht und all ihr Flüstern in die Haare ihres Jungen.

Sven fährt langsam durch Borg zurück. Räuspert sich unbehaglich, so wie man es tut, wenn man ein schlechtes Gewissen hat.

»Sie haben es nicht leicht gehabt, die beiden. Bens Mutter arbeitet doppelte Schichten, damit sie das Haus halten können. Er ist ein guter Junge, und sein Vater ist auch kein schlechter Kerl. Ja, ja, ja, ich weiß natürlich, dass das, was er getan hat, nicht richtig war, Steuerhinterziehung ist kein Kavaliersdelikt. Aber er war völlig verzweifelt. Finanzkrisen können anständige Menschen in die Verzweiflung treiben, Verzweiflung macht Menschen kopflos …«

Er verstummt. Britt-Marie sagt nicht, dass die Finanzkrise vorüber ist. Aus verschiedenen Gründen meint sie, dass es gerade jetzt nicht so passend wäre.

Sie bemerkt, dass Sven den Streifenwagen geputzt und alle Pizzakartons herausgeräumt hat. Sie fahren an der kleinen asphaltierten Stelle vorbei, wo Sami und Psyko auch heute Abend wieder mit ihren Freunden Fußball spielen.

»Bens Vater ist nicht so einer wie die da. Ich will nur, dass Sie wissen, dass er kein Krimineller ist. Kein Vergleich zu diesen Jungs da …«, erklärt Sven.

»Sami ist auch nicht so einer!«, protestiert Britt-Marie, und mit einem Mal sprudelt es aus ihr heraus: »Sami ist kein Gangster, er hat eine bemerkenswert ordentliche Besteckschublade!«

Svens schallendes Lachen kommt plötzlich und von ganz tief unten, wie ein knisterndes Feuer, an dem man sich die Hände wärmen kann.

»Nein, nein, Sami ist in Ordnung. Das stimmt, das stimmt. Er hat nur schlechten Umgang …«

»Vega scheint der Meinung zu sein, dass er Leuten Geld schuldet«, sagt Britt-Marie.

»Nicht Sami, Psyko. Psyko hat immer Schulden«, sagt Sven, und sein Lachen läuft aus, läuft hinunter auf den Boden, geradewegs ins Nichts.

Der Streifenwagen wird langsamer. Die Jungen, die Fußball spielen, bemerken ihn, aber reagieren kaum. Ihre Ignoranz hat etwas Herablassendes, sie sehen den Polizisten nicht mal als Bedrohung. Svens Augenlider senken sich.

»Sami hat keine leichte Kindheit gehabt, auch er nicht. Diese Familie wurde von mehr Unglück heimgesucht, als es gerecht ist, wenn Sie mich fragen. Jetzt ist er für Omar und Vega Mama und Papa und großer Bruder gleichzeitig. So eine Verantwortung sollte kein so junger Kerl, der noch nicht einmal zwanzig ist, tragen müssen.«

Britt-Marie will schon fragen, was das zu bedeuten hat, seine Worte »Mama *und* Papa«, aber ihre Vernunft hält sie davon ab. Sie ist ja niemand, der sich einmischt. Da fährt Sven fort:

»Psyko ist sein bester Freund. Seit sie groß genug waren, um diesen Ball schießen zu können. Sami hätte richtig gut werden können, jeder konnte sehen, dass er das Talent dazu hatte, aber er hat vielleicht genug mit dem Leben zu kämpfen.«

»Was soll das bedeuten?«, fragt Britt-Marie, ein wenig gekränkt, weil Sven das auf eine Art und Weise sagt, die voraussetzt, dass sie ohne jede Erklärung weiß, wovon er spricht.

Sven hält entschuldigend die Handflächen hoch.

»Entschuldigung, ich … ich habe gerade laut gedacht. Er, sie, wie soll ich das erklären? Samis, Vegas und Omars Mutter hat immer getan, was sie konnte, aber ihr Vater, er … er war kein guter Mann, Britt-Marie. Wenn er nach Hause kam und seine Wutanfälle hatte, konnte ganz Borg zuhören. Und Sami, er war damals gerade erst in die Schule gekommen, der nahm dann seine kleinen Geschwister an die Hand und rannte mit ihnen davon. Psyko wartete jedes Mal draußen vor der Tür auf sie. Psyko trug Omar auf dem Rücken, und Sami trug Vega, und dann rannten sie los, hoch in den Wald. Bis ihr Vater im Suff eingeschlafen war. Und das Abend für Abend, bis der Vater sich eines Tages aus dem Staub machte. Und dann geschah die Sache mit ihrer Mutter … das …«

Er verstummt, wie man es tut, wenn einem klar wird, dass man wieder laut denkt. Er versucht zu verbergen, dass er etwas verbirgt, aber Britt-Marie mischt sich nicht ein. Sven fährt sich mit dem Handrücken über die Augenbrauen.

»Psyko hat sich zu einem lebensgefährlichen Idioten entwickelt, als er größer wurde. Sami weiß das, aber Sami gehört nicht zu den Menschen, die jemanden fallenlassen, der einmal seine Geschwister auf dem Rücken getragen hat. An einem Ort wie Borg kann man sich seinen besten Freund vielleicht nicht einfach aussuchen.«

Der Streifenwagen rollt langsam wieder auf die Straße. Die jungen Männer setzen ihr Fußballspiel fort. Psyko schießt ein Tor, brüllt schneidend durch die Nacht und rast wie ein Flugzeug mit ausgebreiteten Armen auf dem Platz umher. Sami muss so lachen, dass er sich mit den Handflächen auf den Knien abstützt. Sie sehen glücklich aus. Deshalb weiß Britt-Marie nicht, was sie sagen oder glauben soll. Ihr ist noch nie ein Gangster mit einer bemerkenswert ordentlichen Besteckschublade über den Weg gelaufen.

Svens Blick verschwindet irgendwo da, wo das Licht der Scheinwerfer dünn wird und die Dunkelheit beginnt.

»Wir in Borg tun alles, was wir können. Das haben wir immer getan. Aber in diesen Jungs lodert ein Feuer, früher oder später wird es alle ins Elend reißen.«

»Das klang sehr poetisch«, sagt Britt-Marie.

»Ich habe ja auch einen Kurs belegt«, antwortet Sven.

Sie schaut hinunter in ihre Handtasche. Dann erschreckt sie sich über sich selbst, als sie ihn fragt: »Haben Sie eigene Kinder?«

Er schüttelt den Kopf. Schaut zum Fenster hinaus, wie man es tut, wenn man keine eigenen Kinder, aber trotzdem ein Dorf voller Kinder hat.

»Ich war mal verheiratet … ach ja. Sie, na ja, sie hat Borg nie richtig gemocht. Sie hat immer gesagt, Borg ist ein Ort, den man zum Sterben aufsucht, nicht zum Leben.«

Er versucht ein Lächeln. Britt-Marie wünschte, sie hätte das Bambusrollo greifbar. Sven beißt sich auf die Lippe. Als sie an die Ecke kommen, wo sie zu Banks Haus abbiegen müssten, scheint er zu zögern, dann nimmt er seinen ganzen Mut zusammen und sagt:

»Wenn es keine, ich meine, wenn es dir keine Umstände macht, würde ich dir gern etwas zeigen.«

»So?«, sagt Britt-Marie.

Aber sie widerspricht nicht. Er lächelt so, dass es kaum sichtbar ist. Sie lächelt, auch wenn man das überhaupt nicht sieht.

Er steuert den Streifenwagen durch Borg hindurch, bis sie auf der anderen Seite der Ortschaft sind. Dann biegt er auf einen Kiesweg ab. Sie fahren eine gefühlte Ewigkeit, aber als sie schließlich anhalten, kommt es Britt-Marie mit einem Mal verrückt vor, dass sie sich gerade noch in einer bebauten Gegend befunden haben. Das Auto ist umgeben von Bäumen. Eine Stille wie hier findet man nur, wo es keine Menschen gibt.

»Das ist … ja, ach Gott. Wahrscheinlich ist es völlig albern, aber das hier ist mein Lieblingsplatz auf der Welt …«, murmelt Sven.

Er wird rot. Sieht aus, als wolle er wenden, wieder zurückfahren und kein Wort mehr über die Sache verlieren. Aber Britt-Marie öffnet ihre Tür und steigt aus.

Sie stehen auf einer Klippe oberhalb eines Sees, der von Wald umarmt wird. Britt-Marie späht über die Kante, bis es ihr im Magen kribbelt. Der Himmel ist sternenklar. Sven öffnet seine Tür und räuspert sich hinter ihr.

»Ja, ach. Es ist wohl verrückt, aber ich wollte, dass du siehst, dass Borg auch sehr schön sein kann«, flüstert er.

Britt-Marie schließt die Augen. Spürt den Wind im Haar.

»Danke«, flüstert sie.

Sie sprechen kein Wort auf dem Weg zurück. Vor Banks Haus steigt Sven aus dem Wagen, flitzt herum und öffnet Britt-Marie die Tür. Dann macht er die hintere Tür auf, kramt nach etwas und hat plötzlich eine abgewetzte alte Plastiktüte in der Hand.

»Das ist … ach. Es ist nur … etwas«, stammelt er.

Es ist eine Zeichnung. Vom Jugendzentrum und der Pizzeria, und dazwischen spielen die Kinder Fußball. In der Mitte ist Britt Marie zu sehen. Alles mit Bleistift gezeichnet. Britt-Marie hält das Blatt ein wenig zu fest, und Sven nimmt seine Uniformmütze ein wenig zu eilig ab.

»Es ist, ja, wahrscheinlich ist es eine blöde Idee, natürlich, aber ich dachte, in der Stadt gibt es ein Restaurant …«

Als Britt-Marie nicht sofort antwortet, fügt er schnell hinzu:

»Ein richtiges Restaurant, meine ich! Nicht so wie die Pizzeria hier in Borg, sondern ein richtiges Restaurant. Mit weißen Tischdecken. Und Besteck.«

Es dauert eine ganze Weile, bis Britt-Marie versteht, dass er versucht, seine Unsicherheit mit einem Scherz zu überspielen. Aber als sie nicht gleich so aussieht, als wüsste sie, was er meint, hält er die Handflächen hoch und entschuldigt sich:

»Nicht dass an der Pizzeria etwas auszusetzen wäre, natürlich nicht, nein, aber …«

Jetzt hält er seine Uniformmütze mit beiden Händen und sieht aus wie sehr viel jüngere Männer, wenn sie sehr viel jüngere Frauen etwas ganz Bestimmtes fragen wollen. So viel in Britt-Marie möchte inständig wissen, was das ist. Aber die Vernunft in ihr ist natürlich längst in den Flur getreten und hat die Tür hinter sich geschlossen.

Nur weil man sich da befindet, wo sich Fuchs und Hase gute Nacht sagen, muss man sich schließlich nicht so benehmen.

20

»Die andere«, so sagt man in der Regel, aber Britt-Marie hat Kents Freundin eigentlich nie so genannt. Vielleicht weil sie selbst wusste, wie es war, die andere, die zweite Frau zu sein. An dem Tag, als Britt-Marie ihre Mutter begraben hat – es ist gefühlt ein ganzes Leben her –, da kam er zurück in sein Elternhaus. Zu dem Zeitpunkt war Kent zwar schon geschieden, aber seine Kinder haben es nie so betrachtet. Kinder sehen das nicht so. Für David und Pernilla war Britt-Marie die andere Frau, egal wie viele Märchen sie ihnen vorlas und wie oft sie für sie Essen kochte, und auf eine gewisse Art und Weise blieb sie das für Kent vielleicht auch. Das war vielleicht der Grund, warum Britt-Marie die andere Frau nie als »die andere« betrachtete, egal, wie viele Oberhemden sie waschen musste, weil sie sich selbst nie wirklich als Kents erste Frau fühlte.

Sie sitzt auf dem Balkon und sieht zu, wie sich der Morgen schleppend über Borg legt, so wie die Morgen in Borg das im Januar tun – sie kommen mit dem Tageslicht, ohne dass die Sonne aufzugehen scheint. Sie hält noch immer Svens Zeichnung in der Hand. Er ist kein besonders guter Zeichner, das ist er wirklich nicht, und wäre sie etwas kritischer veranlagt, dann würde sie vielleicht wegen der unscharfen Konturen und der krakeligen Silhouetten ins Grübeln kommen, was für ein Bild er eigentlich von ihr hat. Aber auf jeden Fall sieht er sie. Dagegen kann sie sich kaum verwahren.

Sie holt ihr Handy und ruft die junge Frau im Arbeitsamt an.

Die Stimme der jungen Frau klingt fröhlich, deshalb begreift Britt-Marie gleich, dass sie es mit einem Anrufbeantworter zu tun hat. Im ersten Moment will sie natürlich sofort auflegen, weil sie es unpassend findet, auf einem Anrufbeantworter Nachrichten zu hinterlassen, solange man nicht im Krankenhaus liegt oder Drogen verkaufen will. Aber aus irgendeinem Grund tut sie es trotzdem, sie sitzt still da, wartet das Piepen ab und erklärt schließlich:

»Hier ist Britt-Marie Wieslander. Eins der Kinder aus der Fußballmannschaft hat heute etwas getroffen, auf das es gezielt hat. Ich dachte, vielleicht interessiert Sie das.«

Sie fühlt sich blöd, als sie auflegt. Selbstverständlich interessiert die junge Frau das kein Stück. Kent würde sie auslachen, wenn er da wäre.

Bank sitzt in der Küche und löffelt Suppe, als Britt-Marie die Treppe herunterkommt. Der Hund sitzt neben dem Tisch und wartet. Britt-Marie bleibt im Flur stehen und betrachtet den Suppenteller. Sie fragt sich, wie das Essen zustande gekommen ist, denn sie kann weder einen Topf erkennen, noch gibt es in der Küche eine Mikrowelle. Bank schlürft.

»Wollen Sie etwas sagen, oder haben Sie noch nie einen Blinden gesehen, der Suppe isst?«, fragt sie, ohne den Kopf anzuheben, als hörte sie, wie Britt-Marie atmet.

»Ich dachte, es handle sich um eine eingeschränkte Sehfähigkeit«, antwortet Britt-Marie.

Zur Antwort schlürft Bank noch lauter. Britt-Marie presst ihre Handflächen an ihren Rock.

»Ich weiß, Sie mögen Fußball«, sagt sie, nickt zu den Fotografien hinüber, die an den Wohnzimmerwänden hängen, und schämt sich dann für dieses Nicken, weil sie so weit weg steht, dass es Bank nun wirklich eher blind als eingeschränkt sehfähig macht.

»Nein«, antwortet Bank.

Britt-Marie faltet die Hände auf Hüfthöhe und betrachtet die

Reihen von Fotos, die an den Wänden hängen, auf jedem Bank und ihr Vater und mindestens ein Fußball.

»Ich bin eine Art Trainer für eine Art Mannschaft geworden«, teilt Britt-Marie mit.

»Hab's gehört«, sagt Bank.

Sie fängt wieder an zu schlürfen. Bewegt ihren Kopf nicht. Britt-Marie streicht von fast allem, was im Flur steht, etwas Staub. Sichtbaren und unsichtbaren.

»So. Wie auch immer sind mir all Ihre Fotos aufgefallen, deshalb fand ich es in diesem Zusammenhang sehr angebracht, Sie mit Ihrer ganz offensichtlich enormen Erfahrung im Fußball um einen Rat zu bitten.«

Bank schlürft zum letzten Mal. Dann legt sie den Löffel auf den Teller. Trägt ihn hinüber zur Geschirrspülmaschine.

Britt-Marie muss alle Beherrschung der Welt aufbringen, um nicht nachzufragen, ob sie die Suppe etwa kalt gegessen hat.

»Einen Rat wozu?«, brummt Bank.

»Fußball«, antwortet Britt-Marie.

Sie weiß nicht, ob Bank die Augen verdreht, aber sie hat so ein Gefühl. Der Hund geht vor ins Wohnzimmer, Bank stiefelt hinterher und lässt ihren Stock an den Wänden entlangfahren.

»Wo hängen die Fotos, von denen Sie sprechen?«, fragt sie.

»Weiter oben«, informiert Britt-Marie sie hilfsbereit.

Banks Stock klopft an das Glas eines Rahmens. Auf dem Bild darunter steht eine jüngere Version von ihr in einem Trikot, das so verdreckt ist, dass wohl nicht einmal Natron geholfen hätte. Sie beugt sich vor, so dass ihre Nase fast das Glas berührt. Dann bewegt sie sich im Zimmer im Kreis und klopft systematisch auf alle Fotos, als ob sie sich ihre Position einprägen wollte.

Britt-Marie steht im Flur und wartet so lange, wie es ihr angemessen erscheint, bis das Ganze nicht mehr nur unangenehm ist, sondern auch unangebracht. Dann zieht sie ihren Mantel über und öffnet die Haustür. Gerade kurz bevor diese ins Schloss fällt, murmelt Bank hinter ihr:

»Was für einen Rat wollen Sie denn? Diese Mannschaft kann nicht spielen. Es ist völlig egal, was Sie tun.«

Britt-Marie sagt leise »so« und geht hinaus. Die uralten Frauen, die auf der anderen Straßenseite in ihrem Garten an ihren Rollatoren stehen, starren sie an. Ein Lastwagen mit ausländischem Kennzeichen bespritzt Britt-Marie mit Dreck, als er durch eine Pfütze auf der Straße fährt. Mit der Hand versucht sie, den Dreck von ihrem Rock abzuwischen, mit dem Ergebnis, dass nun Hand und Rock voller Dreck sind, und da wird Britt-Marie wirklich alles ein bisschen zu viel. Wäre sie ein Mensch, der schreit und mit Dingen um sich wirft, dann würde sie das jetzt tun, aber so einer ist sie ja nun nicht, sie ist schließlich kein Tier, also begnügt sie sich damit, außerhalb der Sichtweite der uralten Frauen zu laufen. Als sie ganz sicher ist, dass sie sie nicht mehr sehen können, stampft sie mit beherrschter Wut da, wo sie steht, auf den Boden. Mit dem Ergebnis, dass nun noch mehr Dreck auf ihrem Rock landet und sie auf dem Bordstein ausrutscht und sich den Fuß verstaucht.

Sie humpelt durch Borg, überhaupt nicht begeistert von dem Gedanken, dass die Leute jetzt die Dreckflecke sehen können und wie sie humpelt und dass sie glauben werden, Britt-Marie sei gestürzt. Das wäre sehr ärgerlich. Dass die Leute denken könnten, sie könne nicht einmal aus dem Bett steigen, ohne zusammenzubrechen.

Sie schließt sich in der Waschküche im Jugendzentrum ein. Hockt auf einem der Holzschemel, während sich ihr Rock in der Waschmaschine im Kreis dreht. Als sie sich wieder angezogen und die Haare gemacht hat, geht sie in die Küche, steht dort lange und betrachtet die steinschlagverletzte Kaffeemaschine. Dann holt sie einmal ganz tief und entschlossen Luft und läuft über den Parkplatz hinüber zur Pizzeria.

»Ja?«, stöhnt Jemand mit roten Spalten, da wo die Augen sein sollten, als die Tür aufgeht.

»Führst du möglicherweise Schraubenzieher in einem deiner Sortimente?«, will Britt-Marie wissen.

»Schraubenzieher? Ach, den kannst du leihen«, seufzt Jemand und rollt zurück in die Pizzeria oder den Lebensmittelladen oder was es nun ist und bedeutet Britt-Marie mit einer Geste, dass sie ihr folgen soll.

»Ich würde es vorziehen, einen kaufen zu dürfen«, informiert Britt-Marie sie.

»Verdammt nochmal, Britt-Marie, du bist wirklich, wie sagt man? Stur! Leihen, kaufen, ist kein Unterschied!«

»Für mich ist es ein Unterschied. Wer Schulden hat, ist nicht frei«, sagt Britt-Marie, denn das hat ihr Vater immer gesagt.

Er ist reich gestorben. Was auch immer man davon hat.

»Verdammt nochmal, Britt-Marie, Finanzkrise, du weißt doch. Alle haben Schulden. Keiner weiß, bei wem. Die Regierung hat, wie sagt man? Staatsschulden. Tausendzweihundert Milliarden! Alle Regierungen haben Schulden. Alle Menschen haben Schulden. Keiner weiß, bei wem. Wir sollten Mistkerl auftreiben, der alles Geld hat, und, du weißt ja, Zitrone rausziehen!«, ruft Jemand und scheint nun bei dem Gedanken wach zu werden.

Sie macht eine Handbewegung und deutet auf exakt den Körperteil, aus dem man ihrer Ansicht nach die Zitrone entfernen muss. Britt-Marie versucht das zu ignorieren. Jemand rollt weiter zu einem Werkzeugkasten.

»Wie läuft's mit dem Fußball?«, fragt sie.

»Schwer zu sagen«, antwortet Britt-Marie.

»Schlecht, oder? Ach, ist nicht dein Fehler, Britt-Marie. Kids können nicht mal von innen Wand treffen, was?«, ruft Jemand.

»Darf ich dich darüber aufklären, dass Kröte gestern Bank am Kopf getroffen hat. Mit Absicht. Wir waren alle wirklich sehr begeistert«, sagt Britt-Marie und wundert sich selbst, wie eingeschnappt sie klingt.

Jemand lacht heiser, holt einen Schraubenzieher hervor und reicht ihn Britt-Marie.

»Hier. Geliehen.«

»Ich will nichts mit kriminellen Machenschaften zu tun haben«, sagt Britt-Marie, weil sie ja nicht wissen kann, wie viel das Finanzamt von dem betreffenden Schraubenzieher weiß.

Jemand schiebt ihn ihr stur hinüber, aber scheint dann auf andere Gedanken zu kommen. Auf solche, auf die man kommt, wenn man schon mit dem Verleih einer Bohrmaschine an Britt-Marie zu tun hatte. Skeptisch fragt sie:

»Warte mal … Schraubenzieher. Wofür … willst du den haben?«

»Ich bin davon ausgegangen, dass man einen Schraubenzieher benötigt, um Ikea-Möbel aufzubauen«, antwortet Britt-Marie. Dann räuspert sie sich und fügt widerwillig hinzu: »Ich bräuchte darüber hinaus noch Hilfe, das Paket aus meinem Wagen ins Haus zu tragen. Wenn das nicht zu viele Umstände macht.«

Etwas in Jemands Mundwinkel zuckt.

»Keine Umstände, Britt-Marie. Für mich keine Umstände.«

An diesem Tag baut Britt-Marie ein Ikea-Möbelstück auf. Fast ganz allein. Dafür braucht sie keinen Schraubenzieher, aber beinahe ganze zehn Stunden, weil es sich in Wirklichkeit eigentlich um drei Möbelstücke handelt. Einen Tisch und zwei Stühle. Balkonmöbel. Britt-Marie schiebt sie ganz nach hinten in eine Ecke der Pizzeria, legt alles mit Haushaltspapier aus und sitzt dann allein da und isst Pizza, die Jemand für sie gebacken hat. Das ist ein ganz besonderer Tag in Britt-Maries Leben, sogar wenn man bedenkt, dass sie ausnahmslos besondere Tage erlebt hat, seit sie nach Borg gekommen ist.

Sven isst an einem anderen Tisch, aber sie trinken zusammen Kaffee. Sprechen kein Wort miteinander. Versuchen einfach, sich an die Anwesenheit des anderen zu gewöhnen. Wie man es tut, wenn es schon sehr lange her ist, dass die Nähe eines anderen einen physisch beeinflusst hat. Lange her, dass man jemanden gespürt hat, ohne dass man ihn berühren musste.

Karl kommt herein und holt ein Paket. Setzt sich und trinkt eine Tasse Kaffee bei den Männern mit Mütze und Bart, die an einem Tisch in der Ecke hocken. Sie alle scheinen Britt-Marie absichtlich zu ignorieren, als hofften sie, dass sie auf die Art verschwinden würde. Vega kommt mit dem Fußball unter dem Arm herein, so dreckig, wie es nur eine Jugendliche wie sie auf dem Weg zwischen dem Wagen ihres großen Bruders und der Tür zur Pizzeria werden kann. Omar kommt hinterher und versucht aufgedreht, Britt-Marie Holzschutzmittel zu verkaufen, als er ihre neu zusammengebaute Balkonmöblierung erblickt. Offenbar fällt so was öfter von Lastwagen, als man denkt, so ein Holzschutzmittel.

Sven steht auf und hält seine Polizistenmütze fest, als Britt-Marie zum Training hinausgeht, aber er sagt nichts, und sie geht schneller, damit er auch keine Gelegenheit dazu bekommt.

Draußen vor der Tür steht Bens Mutter. Sie trägt schon die Krankenhauskleidung und hält etwas in der Hand. Sie sieht entschlossen aus.

»Hallo, Britt-Marie. Wir haben uns noch nicht kennengelernt, aber ich bin Bens Mutter …«

»Mir ist klar, wer Sie sind«, erklärt Britt-Marie ihr abwartend, als ob sie sich innerlich darauf vorbereitet, dass sie ein Lkw mit Schlamm vollspritzen wird.

»Ich wollte mich nur bei Ihnen bedanken, dafür, dass Sie, ja. Dass Sie Ben so viel Aufmerksamkeit schenken. Es gibt nicht viele Erwachsene, die das tun«, sagt Bens Mutter und reicht ihr das, was sie in der Hand hält.

Es ist eine Flasche Faxin. Britt-Marie steht stumm da. Bens Mutter räuspert sich unbeholfen.

»Ich … ich hoffe, das sieht jetzt nicht blöd aus. Ben hat Omar gefragt, was Sie mögen, und Omar hat gesagt, dass Sie das hier mögen. Ich habe es sehr günstig bekommen, nur hundert Kronen, Omar hat uns einen Freundschaftspreis gemacht, deshalb wollten … ja, Ben und ich, wir wollten danke sagen. Für alles.«

Britt-Marie hält die Flasche fest, als hätte sie Angst, das Faxin könnte herunterfallen. Bens Mutter macht einen Schritt zurück, doch dann hält sie noch mal inne und ruft aus:

»Wir wollen, dass Sie wissen, Britt-Marie, dass es auch ein anderes Borg gibt als das, in dem die alten Männer den ganzen Tag dasitzen und saufen. Wir anderen leben auch hier. Wir sind die, die nicht aufgegeben haben.«

Britt-Maries Kopf bewegt sich langsam auf und ab. Bens Mutter dreht sich um, noch bevor sie fertig gesprochen hat, steigt in ein kleines Auto und fährt los. Ben rennt dem Fußball hinterher. So beginnt das Training, und Britt-Marie ruft die Namen auf und hakt sie auf ihrer Liste ab, und die Kinder machen die Idiotenübung, denn das steht direkt nach *Anwesenheitsliste abhaken* auf Britt-Maries Liste. Die Kinder beklagen sich so gut wie gar nicht. Nur ein einziges Mal fragt Vega, ob es jetzt nicht reiche, und Britt-Marie gibt zu, dass es das wohl tue, woraufhin Vega sich sofort aufregt und ruft, wenn diese Mannschaft jemals besser werden wolle, dann könnten sie keinen Trainer gebrauchen, der dasteht und sie verhätschelt!

Kinder sind ja wirklich nicht leicht zu verstehen, das ist völlig offensichtlich. Also schreibt Britt-Marie auf ihre Liste, dass sie die Idiotenübung mehrmals machen müssen, und dann tun sie das. Danach versammeln sie sich im Kreis um Britt-Marie und sehen so aus, als würden sie erwarten, dass Britt-Marie nun etwas sagt, also geht Britt-Marie zu Sami hinüber, der auf der Motorhaube seines schwarzen Wagens hockt, und fragt ihn, was das wohl möglicherweise sein könnte.

»Ach, Sie kennen das. Die Kids sind gerannt, und jetzt wollen sie spielen. Lassen Sie einen Peptalk los und werfen Sie den Ball aufs Feld.«

»Einen Peptalk?«, wiederholt Britt-Marie.

»Etwas Aufmunterndes«, erklärt Sami.

Britt-Marie denkt ein Weilchen nach, dreht sich zu den Kindern um und sagt so aufmunternd sie kann:

»Versucht doch mal, euch nicht dreckig zu machen.«

Sami muss lachen. Die Kinder schauen, als verständen sie kein Wort. Dann beginnen sie ein Spiel, das die Kinder »zwei Tore« nennen. Was Britt-Marie veranlasst, Sami zu fragen, wie viele Tore man normalerweise beim Fußball hat. Er antwortet »zwei«. Britt-Marie bekommt nie eine richtige Antwort darauf, warum man es dann nicht einfach »Torschießen« nennt.

Kröte, der in einem der Tore steht, lässt mehr ins Netz als irgendein anderer. Sieben oder acht hintereinander. Jedes Mal, wenn es passiert, wird er im Gesicht ganz violett und brüllt: »Auf geht's! JETZT DREHEN WIR DAS SPIEL!«

Dann muss Sami immer lachen, jedes Mal. Das macht Britt-Marie nervös, also fragt sie:

»Warum benimmt er sich so?«

»Er ist mit einem Papa aufgewachsen, der für Liverpool ist«, lautet Samis Antwort, als wäre das einleuchtend.

Dann holt er zwei Torpfosten aus dem Kofferraum seines Wagens, reicht Britt-Marie einen davon und sagt:

»Wenn man einen Vater hat, der für Liverpool ist, denkt man immer, man kann fucking noch alles drehen. Erinnern Sie sich? An das Champions-League-Finale?«

Britt-Marie nippt an ihrem Torpfosten. Direkt aus der Dose. Sie ist hier wirklich da, wo sich Fuchs und Hase gute Nacht sagen. Also findet sie, dass sie genauso gut sagen kann, was sie gerade fühlt:

»Ich will wirklich nicht unhöflich sein, Sami, denn du hast eine bemerkenswert aufgeräumte Besteckschublade. Aber im Großen und Ganzen verstehe ich von allem, was du sagst, kein einziges Wort!«

Sami muss schallend lachen. Trinkt seinen Torpfosten. Sagt:

»Mir geht's genauso, Britt-Marie. Mir auch.«

Und dann erzählt er ihr von einem Fußballspiel, das fast ein Jahrzehnt zurückliegt, als Vega und Omar gerade aus den Windeln heraus waren, aber trotzdem mit ihm und Psyko in der

Pizzeria saßen. Damals traf der FC Liverpool auf den AC Mailand im Champions-League-Finale, woraufhin Britt-Marie fragt, inwiefern es sich dabei um einen Wettbewerb handelt, und Sami antwortet, dass das ein Turnier sei, und Britt-Marie ihn fragt, was denn ein Turnier sei, und Sami antwortet, dass das eine Art Wettbewerb ist, woraufhin Britt-Marie anmerkt, dass man das dann doch von Anfang an so nennen könne, anstatt solche Verwirrung zu stiften.

Sami holt danach richtig tief Luft, es ist wirklich kein Seufzer. Dann erzählt er ihr, wie Mailand zur Halbzeit mit 3:0 führte und dass, soweit sich Sami erinnern kann, keine Mannschaft jemals in einem Finale eines Fußballturniers so mit dem Rücken zur Wand gestanden habe wie Liverpool in dieser Situation. Aber in der Umkleidekabine brüllte ein Spieler der Mannschaft die anderen wie ein Besessener an, hochrot im Gesicht und mit blutendem Herzen, denn er wollte sich nicht mit einer Welt abfinden, in der nicht noch alles zu retten ist. In der zweiten Halbzeit köpfte er das 1:3, kurbelte mit den Armen wie ein Verrückter und raste weiter über den Platz. Als seine Mannschaft das 2:3 schoss, sprang er hoch in den Himmel. Weil er und alle anderen da nämlich merkten, dass hier eine Lawine losging, dass sie niemand mehr stoppen konnte, das Spiel zu drehen. Weder mit Mauern, Wallgräben oder zehntausend wilden Pferden wären sie aufzuhalten gewesen.

»Sie schossen das 3:3, dann gab es Verlängerung, und dann gewannen sie im Elfmeterschießen. Man kann niemandem, der einen Vater hat, der für Liverpool ist, erzählen, dass man etwas nicht mehr herumreißen kann.«

Er schaut auf Vega und Omar und lächelt.

»Oder auch einen großen Bruder. Man kann auch einen großen Bruder haben.«

Britt-Marie nippt an ihrem Torpfosten.

»Das klingt fast poetisch, so, wie du das erzählst.«

Sami grinst.

»Fußball ist für mich Poesie, wissen Sie. Ich wurde im Sommer 1994 geboren. Mitten in der WM.«

Britt-Marie hat nicht die leiseste Ahnung, was das bedeuten soll, aber sie fragt nicht nach, weil sie findet, dass auch Anekdoten mal ein Ende haben müssen, egal, wie poetisch sie sein mögen.

»Kommt Krötes Vater denn manchmal her, um zuzusehen, wie er spielt?«, fragt sie.

»Er steht da«, antwortet Sami und zeigt zur Pizzeria hinüber.

Karl steht in der Tür und trinkt Kaffee. Er trägt eine rote Mütze. Sieht fast glücklich aus.

Das ist ein ziemlich merkwürdiger Tag für Britt-Marie. Ein merkwürdiges Spiel.

In der Pizzeria wartet Sven auf sie, bis das Training zu Ende ist. Er bietet ihr an, sie nach Hause zu bringen, aber sie bleibt dabei, dass das nicht notwendig sei. Also fragt er, ob er stattdessen ihre Balkonmöbel transportieren dürfe, und darauf geht sie schließlich ein. Als er alles hinausgetragen und eingeladen hat und gerade dabei ist, sich auf den Fahrersitz zu setzen, schließt sie die Augen und nimmt all ihren Mut zusammen, um es schließlich auszusprechen:

»Ich esse um sechs Uhr zu Abend.«

»Wie bitte?«, fragt Sven, als sein Kopf auf der anderen Seite des Streifenwagens auftaucht.

Sie bohrt die Hacken in den Schlamm.

»Ich brauche nicht unbedingt ein weißes Tischtuch. Aber ich möchte Besteck haben, und ich möchte um sechs Uhr zu Abend essen.«

»Morgen?«, fragt er sie schüchtern.

Sie nickt verkniffen. Holt ihre Liste heraus.

Als der Streifenwagen von der Straße verschwunden ist, rufen Vega, Omar und Sami von der anderen Seite des Parkplatzes ihren Namen. Sami grinst. Vega schießt den Ball über Schotter und Matsch, so dass er einen Meter vor Britt-Marie liegen bleibt. Britt-Marie steckt ihre Liste zurück in die Handtasche und hält sie so fest, dass die Knöchel ganz weiß werden, so wie man es tut, wenn man ein ganzes Leben lang darauf gewartet hat, dass das Leben endlich beginnt.

Also macht sie eine Handvoll sehr kleine Trippelschritte und schießt mit aller Kraft zurück.

Weil sie nicht mehr weiß, wie man es lässt.

21

Es ist der Tag danach, einer der absolut schlimmsten Tage in Britt-Maries Leben. Sie hat eine Beule am Kopf und vermutlich zwei gebrochene Finger. Das sagt ihr jedenfalls Bens Mutter, und Bens Mutter ist Krankenschwester, daher nimmt Britt-Marie an, dass sie sich in solchen Dingen auskennt. Sie sitzen hinter einem grünen Vorhang auf einer kleinen Pritsche im Krankenhaus in der Stadt. Britt-Marie hat Pflaster an der Stirn und die Hand verbunden und tut wirklich alles Menschenmögliche, um nicht in Tränen auszubrechen. Bens Mutter hält Britt-Maries Handgelenk, aber stellt keine Fragen, wie es dazu gekommen ist. Britt-Marie ist ihr dafür sehr dankbar, weil sie am liebsten will, dass niemand erfährt, wie es dazu gekommen ist.

Aber so kam das also:

Britt-Marie hat, um von vorn anzufangen, die ganze Nacht durchgeschlafen, zum ersten Mal, seit sie in Borg lebt. Sie schlief den sorglosen Schlaf eines Kleinkindes und erwachte ganz enthusiastisch. Schon wieder. Das hätte sie selbstverständlich sofort misstrauisch machen müssen, denn das kann wirklich nichts Gutes heißen, wenn man einfach so ganz enthusiastisch aufwacht, das hat Britt-Marie gelernt. Aber jetzt ist es leider zu spät. Jetzt sitzt sie hier mit einer Beule am Kopf und gebrochenen Fingern wie eine Verbrecherin, die sich mitten in einer kriminellen Handlung verletzt hat. Das werden vermutlich die Leute denken, da ist sie sich ganz sicher, denn man weiß ja, wie die Leute reden. Was wirklich passiert ist, spielt doch gar keine Rolle.

Aber was passierte, war also, dass sie enthusiastisch aufwachte und direkt anschließend die Küche bei Bank zu Hause putzte. Nicht dass das nötig gewesen wäre, nur war Bank nicht zu Hause, und die Küche stand nun mal da, als Britt-Marie die Treppe herunterkam. Britt-Marie hat ganz einfach gesagt noch nie eine Küche angetroffen, die sie nicht putzen wollte. Danach machte sie einen Spaziergang durch Borg hinüber zum Jugendzentrum. Dann putzte sie die Räume dort bis in die letzten Ecken. Sorgte dafür, dass alle Bilder gerade hingen, auch die, auf denen Fußbälle abgebildet sind. Vor einem von ihnen blieb sie stehen und betrachtete ihr Spiegelbild im Glas hinter dem Rahmen. Knetete ihren weißen Fleck am Ringfinger. Leute, die nicht fast ein ganzes Leben lang einen Ehering getragen haben, wissen gar nicht, wie so ein Fleck aussieht, ebenso wenig Leute, die einen Ehering tragen, aber die Angewohnheit haben, ihn hin und wieder abzulegen. Britt-Marie weiß, dass es Leute gibt, die das machen, zum Beispiel, wenn sie abwaschen, und dass die gar nicht selten ihren Finger erst mit Spülmittel einreiben müssen, um den Ring abstreifen zu können, damit er dann beim Abwaschen nicht mit Spülmittel in Berührung kommt. Aber Britt-Marie hat ihren Ring nicht ein einziges Mal abgenommen bis zu dem Tag, an dem sie ihn endgültig abgelegt hat. Der weiße Fleck ist also wie eingebrannt, als hätte ihre Haut eine andere Farbe gehabt, als sie geheiratet hat. Als ob das da drunter von ihr noch übrig ist, wenn man all das abschrubbt, was aus ihr geworden ist.

Mit diesem Gedanken machte sich Britt-Marie auf den Weg zur Pizzeria und weckte Jemand. Sie tranken zusammen Kaffee, und Britt-Marie erkundigte sich freundlich danach, ob Jemand möglicherweise Ansichtskarten führe. Das war sogar der Fall. Sie waren unglaublich alt, und auf ihnen stand *Willkommen in Borg*. Daran könne man sehen, dass sie alt seien, sagte Jemand, denn es sei schon sehr lange her, dass jemand diese Worte ausgesprochen habe, ohne, wie sagt man, sarkastisch zu sein!

Britt-Marie schrieb eine Ansichtskarte an Kent. Ihr Text war recht kurz. *Hallo. Entschuldigung für alles, was ich dir angetan habe. Ich hoffe, es geht dir gut. Ich hoffe, du hast saubere Oberhemden. Dein Rasierapparat liegt im Badezimmer in der dritten Schublade. Wenn du auf den Balkon hinauswillst, um die Fenster zu putzen, musst du ein bisschen am Türgriff rütteln, ihn zu dir ziehen und der Tür einen Schubs geben. Im Putzschrank steht Faxin. Britt-Marie.* Sie wollte schreiben, wie sehr sie ihn vermisste. Tat es aber nicht. Wollte nicht, dass er sich Sorgen macht.

»Darf ich dich bitten, mir den Weg zum nächsten Briefkasten zu beschreiben?«, fragte sie Jemand.

»Hier«, antwortete Jemand und zeigte auf ihre Handfläche.

Britt-Marie äußerte ihre Skepsis, was diese Art der Lieferung anging, ganz unmittelbar, doch Jemand versprach hoch und heilig, dass ihre Post wirklich »voll schnell in der Stadt« sei. Welche Stadt sie damit meinte, erfuhr Britt-Marie nicht.

Dann hatten die beiden Frauen eine kurze Diskussion über das gelbe Trikot mit der Aufschrift *Bank* auf dem Rücken, das in der Pizzeria an der Wand hing, weil Britt-Marie die Augen nicht von ihm lassen konnte. Als ob es ein Wegweiser zu einem Mysterium sei. Jemand erklärte pädagogisch, Bank habe keine Ahnung, dass es da hänge, und dass sie, wenn sie es erfahren würde, vermutlich so fuchsteufelswild werden würde, dass Jemand glaubte, dass Bank sich dann »eine ganze, wie sagt man? Zitronenbaumplantage!« in den Hintern schieben würde.

»Warum das denn?«, fragte Britt-Marie.

»Ach, weißt du, Bank hat Hass auf Fußball. Wie sagt man da? Keiner mag Erinnerungen an gute Zeit, wenn man schlechte Zeit hat«, antwortete Jemand.

»Ich dachte, du und Bank seid enge Freunde«, sagte Britt-Marie.

»Das sind wir! Das waren wir! Die besten Freunde vorher, du weißt ja. Vor der Sache mit Augen. Vor Banks Umzug«, entgegnete Jemand.

»Aber ihr redet nie über Fußball?«

Jemand lachte trocken.

»Früher: Bank liebte Fußball, echt. Liebte mehr als Leben. Dann das mit Augen. Augen haben ihr Fußball weggenommen, und jetzt: Sie hasst Fußball. Verstehst du? So ist Leben, oder? Liebe, Hass, entweder eins oder anderes. Also zog sie weg. Weit, weit weg. Bank und ihr Vater total verschieden, ohne Fußball hatten sie nix, wie sagt man? Zum Reden! Dann starb Vater. Bank kam zum Beerdigen und Haus verkaufen. Sie und ich jetzt eher, wie sagt man? Trinkkameraden! Man kann sagen: Reden jetzt weniger. Trinken mehr.«

»So. Darf man fragen, wo sie war, nachdem sie aus Borg weggegangen war?«, fragte Britt-Marie.

»Weißt du, mal hier, mal da, hat man Zitrone im Hintern, kann man nicht stillsitzen, weißt du?«, lachte Jemand.

Britt-Marie lachte nicht. Jemand räusperte sich.

»Sie war in London, Lissabon, Paris, ich habe Postkarten bekommen! Hab sie noch irgendwo. Bank mit Hund, rund um die Welt. Weißt du, manchmal glaube ich, sie fuhr weg, weil sie sauer war. Aber manchmal glaube ich, sie fuhr weg wegen Sache mit Augen, wurde schlimmer und schlimmer, weißt du? Vielleicht wollte Bank Welt sehen, bevor ganz blind, verstehst du?«

Sie kramte die Ansichtskarte von Paris heraus. Britt-Marie hätte viel darum gegeben, sie in die Hand nehmen zu dürfen, doch sie sagte nichts. Versuchte, Jemand und sich selbst davon abzulenken, indem sie stattdessen auf die Wand zeigte und fragte:

»Warum ist das Trikot gelb? Ich dachte, die Fußballtrikots in Borg seien weiß.«

»Nationalmannschaft«, antwortete Jemand.

»So. Ist das etwas Besonderes?«, fragte Britt-Marie.

»Es ist … eben Nationalmannschaft«, antwortete Jemand, als sei die Frage völlig unverständlich.

»Ist es schwer, da hineinzukommen?«, fragte Britt-Marie.

»Es ist … eben Nationalmannschaft«, antwortete Jemand, als sei die Frage hochgradig dumm.

Britt-Marie fand das sehr ärgerlich, deshalb sagte sie dann gar nichts mehr. Stattdessen fragte sie plötzlich zu ihrem eigenen Erstaunen:

»Wie ist das eigentlich passiert? Dass Bank ihr Augenlicht verloren hat?«

Nicht dass Britt-Marie zu den Menschen gehört, die sich einmischen, selbstverständlich nicht, aber trotzdem. Sie war ja an diesem Morgen schon enthusiastisch aufgewacht, und dann kann alles Mögliche passieren. Ihre Vernunft schrie innerlich auf, aber da war es schon zu spät.

»Krankheit. Richtiger Scheiß. Kam, wie sagt man? Heimlich, still und leise! Über Jahre. Wie Finanzkrise«, erklärte Jemand und gestikulierte mit den Händen, ohne dass Britt-Marie es verstand.

»So«, sagte Britt-Marie.

Jemands Augenbrauen sanken hinab in Richtung ihres Pullovers.

»Weißt du, Britt-Marie, die Leute sagten: Bank spielt gut TROTZ Sache mit Augen. Ich sagte: Bank ist gut WEGEN Sache mit Augen. Verstehst du? Musste härter kämpfen als alle anderen. Deshalb: war die Beste. Wie sagt man? Ansporn! Verstehst du?«

Britt-Marie war sich nicht ganz sicher, ob sie das tat. Sie dachte daran, die Gelegenheit zu nutzen und Jemand zu fragen, wie es komme, dass Jemand im Rollstuhl sitzt, doch das konnte Britt-Maries Vernunft rechtzeitig verhindern, weil man das wirklich nicht tut. Die Konversation wurde daher dünner. Jemand rollte eine Runde vor und eine Runde zurück.

»Ich bin von so Boot gefallen. Als ich klein war. Wenn du dich fragst«, erklärte sie fürsorglich.

»Das frage ich mich natürlich nicht!«, antwortete Britt-Marie energisch.

Jemand grinste.

»Ich weiß, Britt. Ich weiß. Du hast keine Vorurteile. Du verstehst, ich bin Mensch. Hab zufällig Rollstuhl. Bin nicht Rollstuhl, in dem zufällig Mensch sitzt, nee.«

Sie streichelte Britt-Marie über den Arm und fügte hinzu:

»Darum mag ich dich, Britt. Weil du auch Mensch bist.«

Britt-Marie hätte gern gesagt, dass sie Jemand auch mag, doch sie konnte sich beherrschen. Also sprachen sie nicht mehr darüber. Britt-Marie kaufte für die Ratte ein Snickers und fragte, ob Jemand möglicherweise Blumensträuße verkaufe.

»Blumen? Für wen?«, fragte Jemand.

»Für Bank. Ich finde es unhöflich, dass ich schon die ganze Zeit ihr Zimmer miete und ihr noch nicht ein Mal Blumen mitgebracht habe. Es ist Usus, Blumen zu schenken«, informierte sie Britt-Marie.

»Nein, Mist, du weißt doch, hier keine Blumen. Aber Bank liebt Bier! Wie wäre Bier?«, schlug Jemand vor.

Britt-Marie fand das nicht besonders zivilisiert, aber sie überlegte sich, dass Bier vielleicht wie Blumen für jemanden war, der Bier gern mochte. Also bestand sie darauf, dass Jemand nach Zellophanfolie suchte, was leider erfolglos war, doch ein paar Minuten später tauchte Omar in der Tür auf und rief: »Du brauchst Zellophan? Hab ich! Freundschaftspreis!« Weil es in Borg offenbar so läuft.

In diese Zellophanfolie, die sie wirklich nicht zu einem Preis bekam, den Britt-Marie bereit wäre »Freundschaftspreis« zu nennen, packte sie ein Bier ein, so dass es schöner aussah. Oben kam sogar eine kleine Schleife dran. Dann ging sie hinüber ins Jugendzentrum, ließ die Haustür einen Spalt offen stehen und stellte einen Teller mit dem Snickers auf die Schwelle. Neben dem Teller platzierte sie einen ordentlichen Zettel, auf den sie mit Tinte geschrieben hatte: *Habe ein Date. Oder eine Verabre-*

dung. Oder wie man heute auch immer dazu sagt. Du musst den schmutzigen Teller nicht wegräumen, mir macht es keine Umstände. Sie wollte noch schreiben, sie hoffe, dass die Ratte jemand anderen finde, der mit ihr zusammen essen würde. Dass Einsamkeit Verschwendung sei, sowohl für Menschen als auch für Ratten. Aber ihre Vernunft hielt sie davon ab, sich in die sozialen Bedürfnisse der Ratte einzumischen, also ließ sie es sein.

Sie knipste das Licht aus und wartete auf die Abenddämmerung, weil die in Borg praktischerweise zu dieser Zeit im Jahr weit vor dem Abendessen einsetzt. Und als sie sich vergewissert hatte, dass sie keiner sah, machte sie sich schnell auf den Weg zur Bushaltestelle an der Straße, die Borg in zwei Richtungen verlässt, und verließ den Ort in einer Richtung, in einem Bus sitzend. Es war wie ein Abenteuer. Wie Freiheit. Nicht so viel davon, dass sie sich nicht furchtbar über den Zustand der Sitze aufregte, das schon, deshalb verteilte sie fein säuberlich vier weiße Servietten, bevor sie Platz nahm. Irgendeine Grenze musste es ja schließlich geben, auch wenn man auf Abenteuertour war.

Aber dennoch: Sie hatte das Gefühl, etwas Neues zu erleben, wie sie da auf eigene Faust Bus fuhr.

Die ganze Fahrt über knetete sie den weißen Fleck an ihrem Ringfinger. Das Solarium neben dem Geldautomaten in der Stadt war ganz leer. Britt-Marie folgte der Anleitung auf dem Gerät, die sie aufforderte, Münzen einzuwerfen. In der kurzen Phase der Bekanntschaft zwischen Britt-Marie und dem Gerät lief dieses Gefahr, auch mit einem Steinschlag zu enden, weil das Gerät behauptete, es hätte kein Geld bekommen, obwohl Britt-Marie ganz sicher welches eingeworfen hatte. Das Gerät schien es sich allerdings, als Britt-Marie ihm mit ihrer Handtasche eins überzog, zum Glück für alle Beteiligten anders zu überlegen, blinkte kurz im Display auf, und dann sprang ein halbes Dutzend großer Leuchtstoffröhren in einem Bett aus hartem Kunststoff an.

Britt-Marie war, was Solarien anging, wirklich unbedarft, das konnte sie wohl zugeben, daher war sie möglicherweise nicht ganz vertraut mit dessen Grundfunktionen. Aber sie hatte es sich so vorgestellt, dass sie sich auf einen Hocker neben das Leuchtstoffröhrenbett setzen, die Hand ins Licht halten und das Gerät vorsichtig von oben schließen könnte. Wie lange sie dort würde sitzen müssen, um sich zu einer Hand ohne weiße Flecken zu sonnen, das wusste sie natürlich nicht, aber sie dachte sich, dass der Vorgang selbst eigentlich nicht komplizierter sein könne, als wenn sie im Ofen Lachs zubereitete. Also hatte sie vor, die Hand ganz einfach zwischendurch herauszuziehen, um festzustellen, wie weit die Sache gediehen war.

Es lag vielleicht am Summen der Maschine und eventuell auch an der Wärme. Alles zusammen war schon ziemlich einschläfernd, besonders wenn man schon den ganzen Tag so enthusiastisch unterwegs gewesen war, was wirklich jeden ermüden kann. Wie auch immer, Britt-Marie schlief jedenfalls ein. So passierte das Ganze. Ihr Kopf fiel nach vorn, wie es Köpfe tun, wenn man auf einem Hocker sitzt und einnickt, wobei ihre Stirn hart und schutzlos auf den Deckel des Solariums schlug und dabei Britt-Maries Hand einklemmte, die sich ja darunter befand. Britt-Marie stürzte auf den Boden und verlor das Bewusstsein, und jetzt sitzt sie hier im Krankenhaus. Mit Beule und gebrochenen Fingern.

Bens Mutter hockt neben ihr und streicht ihr über den Arm. Das Putzpersonal des Solariums hat Britt-Marie gefunden, was Britt-Marie natürlich besonders verärgert, denn man weiß ja, wie unter Putzpersonal getratscht wird.

»Ärgern Sie sich nicht, das kann jedem passieren«, flüstert Bens Mutter aufmunternd.

»Nein«, antwortet Britt-Marie, und ihre Stimme kippt. Sie rutscht von der Liege herunter.

Bens Mutter streckt ihre Hand aus, doch Britt-Marie weicht ihr aus. Bens Mutter steht auf, die Lippen aufeinandergepresst.

»In Borg gibt es schon genügend Menschen, die aufgeben, Britt-Marie. Werden Sie bitte nicht einer von denen.«

Darauf will Britt-Marie möglicherweise etwas antworten, aber die Demütigung und die Vernunft treiben sie an, auf die Füße zu kommen und durch die Tür zu verschwinden. Im Wartezimmer sitzen die Kinder aus der Fußballmannschaft. Britt-Marie meidet ihre Blicke, sie ist einfach am Boden zerstört. Diese Art Scham ist für sie völlig neu, so wie wenn man auf etwas gesprungen und wieder runtergefallen ist. Britt-Marie ist es nicht gewohnt zu springen. Weiß nicht, was man tut, wenn man herunterfällt. Also marschiert sie an den Kindern vorbei und wünschte inständig, sie wären nicht da.

Sven wartet mit seiner Mütze in der Hand. Zu seinen Füßen steht ein kleiner Korb mit Baguette.

»Ja, ach, ich dachte mir … ja, ich dachte mir, dass du jetzt nicht ins Restaurant gehen magst … nach alledem, da habe ich ein Picknick vorbereitet. Ich dachte … aber na ja, du willst natürlich am liebsten direkt nach Hause. Natürlich.«

Britt-Marie drückt die Augen ganz fest zu und hält die bandagierte Hand hinter den Rücken. Er schaut herunter auf seinen Korb. »Das Baguette habe ich gekauft, aber den Korb habe ich selbst geflochten. In einem Kurs.«

Britt-Marie beißt sich in die Wangen. Sie hat keine Ahnung, ob Sven und die Kinder wissen, warum sie im Solarium war. Was sie versucht hat wegzusonnen. Sie ist noch nicht so weit zu riskieren, dass sie einer danach fragt. Sie hat sich schon genug blamiert. Deshalb sagt sie leise:

»Lieber Sven, ich möchte einfach nur nach Hause.«

Also fährt Sven sie zu Banks Haus, obwohl sie sich wünschte, er würde es nicht tun. Hätte sie nie in diesem Zustand gesehen. Sie versteckt ihre Hand unter dem Bambusrollo und will einfach nur, dass er sie nach Hause fährt. In ihr richtiges Zuhause. Ihr richtiges Leben. Sie dort abliefert. Für Enthusiasmus ist sie einfach noch nicht bereit.

Sven sucht nach Worten, als er den Wagen parkt, aber sie steigt aus, ohne dass er etwas sagen kann. Da steht er vor dem Streifenwagen, die Mütze in den Händen, als sie die Haustür zwischen ihnen schließt. Sie steht auf der anderen Seite der Tür und hält die Luft an, bis sie ihn fahren hört.

Sie putzt Banks Haus von oben bis unten. Isst eine Suppe zum Abendessen, ganz allein. Dann geht sie vorsichtig die Treppe hinauf, holt sich ein Handtuch und setzt sich auf die Bettkante.

22

Bank kommt spektakulär betrunken nach Hause, irgendwann zwischen Mitternacht und Morgengrauen. Sie hält einen Pizzakarton von Jemands Pizzeria in der Hand, und sie singt. Es sind keine zivilisierten Lieder, wirklich nicht. Seemänner würden rot anlaufen, davon ist Britt-Marie überzeugt. Sie sitzt auf dem Balkon, und der Hund scheint zu ihr heraufzuschauen, sie haben Augenkontakt, während Bank flucht und lallt und mit dem Schlüssel im Schloss herumfummelt. Der Hund sieht aus, als würde er sich wünschen, resigniert mit den Schultern zucken zu können. Britt-Marie fühlt tief mit ihm.

Der erste Knall aus der unteren Wohnung kommt von einem Bilderrahmen, den Banks Stock von der Wand schlägt. Es folgt ein Krachen, als der Rahmen auf den Boden trifft und die Glasscheibe zersplittert, die die Fotos von einem fußballspielenden Mädchen und seinem Vater bedeckt. Das geht systematisch so weiter und hält über eine Stunde lang an. Bank wandert im Kreis im Erdgeschoss herum, es nimmt kein Ende. Sie schlägt alle Erinnerungen kurz und klein, nicht aus wilder Wut und mit Gewalt, sondern mit der Systematik der Trauer. Eine nach der anderen, bis nur noch kahle Wände und verlassene Nägel übrig sind. Britt-Marie sitzt bewegungslos auf dem Balkon und wünschte, sie könnte die Polizei rufen. Aber sie hat Svens Telefonnummer nicht.

Am Ende hört das Geschepper auf. Britt-Marie sitzt noch immer auf dem Balkon, bis sie sich denkt, dass Bank es wohl aufgegeben hat und eingeschlafen ist. Kurz darauf hört sie sachte Schritte auf der Treppe, ein Quietschen im Türspalt und spürt etwas Struppiges ihre Fingerkuppen streifen. Der Hund legt sich neben sie, weit genug entfernt, um nicht als aufdringlich zu gelten, doch nah genug, dass sie sich spüren, falls sich einer von ihnen bewegt. Dann ist alles still, bis der Morgen über Borg hereinbricht in dem Maße, wie Morgen das überhaupt tun.

Als Britt-Marie und der Hund sich die Treppe herunterwagen, sitzt Bank im Flur auf dem Boden, an die Wand gelehnt. Sie hat eine Alkoholfahne. Britt-Marie weiß nicht, ob Bank schläft. Sie hat nicht das Gefühl, dass es angebracht wäre, ihre Sonnenbrille hochzuheben, um nachzuschauen, also holt sie einfach einen Besen und beginnt, das Glas zusammenzufegen. Die Fotos sammelt sie zu einem ordentlichen Stapel. Die Rahmen stellt sie der Reihe nach in eine Ecke. Und dem Hund macht sie Frühstück.

Bank bewegt sich noch immer nicht, als Britt-Marie den Mantel überstreift und ihre Liste in die Handtasche steckt, aber Britt-Marie reißt sich dennoch zusammen und stellt das Bier neben sie hin:

»Das ist ein Geschenk. Ich würde zwar gern darauf bestehen, dass Sie es nicht gerade heute trinken, denn es scheint, als hätten Sie gestern Abend schon genug getrunken, dass Sie in Natron und Vanilleextrakt baden müssten, um irgendwann wieder wie ein zivilisierter Mensch zu riechen. Aber nicht dass ich mich einmischen will«, teilt sie ihr mit.

Als Bank sich weder rührt noch antwortet, fügt Britt-Marie hinzu:

»So. Ich habe es extra in Zellophanfolie eingepackt. Nachdem ich ein bisschen Ruhe hatte, um darüber nachzudenken, kommt es mir ein wenig unhöflich vor, wenn man die Umstände bedenkt, aber ich kann Ihnen versichern, dass ich das mit den allerbesten Absichten getan habe. Ich wollte nur, dass es ein bisschen nett aussieht.«

Bank sitzt so still da, dass Britt-Marie sich vorbeugen muss, um sich zu versichern, dass Bank noch atmet. Die Tatsache, dass ihr Atem sich anfühlt, als würde er Britt-Maries Hornhaut vom Augapfel wegbrennen, weist darauf hin, dass sie es tut. Britt-Marie blinzelt, steht auf und hört plötzlich diese Worte aus ihrem Mund kommen:

»Ich darf wohl annehmen, dass Sie nicht zu denen gehören, deren Väter für Liverpool waren. Ich bin nämlich darüber informiert worden, dass Menschen, die einen Vater haben, der für Liverpool ist, niemals aufgeben.«

Sie weiß nicht, warum sie das sagt. Es ist völlig unverständlich. Aber sicherheitshalber fügt sie hinzu:

»Oder einen großen Bruder. Ich habe verstanden, dass es in einigen Fällen auch funktioniert, wenn man einen großen Bruder hat, der für Liverpool ist.«

Sie steht auf der Treppe und ist fertig, hat nur die Haustür noch nicht hinter sich geschlossen, als Bank aus dem Dunkel herausbrummt:

»Papa war für Tottenham.«

Britt-Marie beschließt, sich besser nicht einzumischen und zu fragen, was um Himmels willen das zu bedeuten haben könnte.

Jemand sitzt in der Küche der Pizzeria und riecht wie Bank, hat aber bessere Laune. Möglicherweise bemerkt sie Britt-Maries verbundene Hand, doch lässt kein Wort darüber fallen. Stattdessen überreicht sie Britt-Marie ein Papier, das angeblich »einer aus der Stadt« dagelassen hat, der vorbeigekommen ist.

»Etwas zu diesem Fußballturnier. Für ›Coach‹.«

»So«, sagt Britt-Marie und liest das Papier, ohne richtig zu verstehen, worum es geht, aber da steht etwas von »Verantwortlich für die Anmeldung« und »Lizenz«.

Britt-Marie hat keine Zeit, sich näher damit zu befassen, sie hat schließlich Dinge zu erledigen, also steckt sie den Zettel in ihre Handtasche und serviert den Männern mit Kappe und Bart Kaffee. Sie lesen die Zeitung. Sie fragt sie nicht nach den Kreuzworträtseln in den Beilagen, sie bieten sie ihr auch nicht an. Karl holt ein Paket ab und trinkt auch eine Tasse Kaffee. Als er fertig ist, trägt er seine Tasse dahin, wo der Abwasch steht, nickt Britt-Marie zu, ohne sie dabei anzusehen, und murmelt: »Danke, war gut.«

Britt-Maries Vernunft hält sie davon ab zu fragen, was eigentlich in den vielen Paketen ist, die er ständig von der Post bekommt, und das ist wahrscheinlich auch gut so. Da kann ja alles Mögliche drin sein. Vielleicht baut er eine Bombe. So etwas liest man ja in der Zeitung. Karl scheint ein schweigsamer Mann zu sein, der meist für sich allein ist und niemanden stört, aber gerade solche Menschen beschreiben die Nachbarn hinterher immer, wenn sich herausstellt, dass sie eine Bombe gebastelt haben. Die Autoren von Kreuzworträtseln lieben Bomben, daher weiß Britt-Marie das.

Nach der Mittagszeit kommen Sami und Psyko herein. Psyko streicht unheilvoll in Türnähe herum, die Augen immer auf dem Lokal, als suche er irgendetwas, was er verloren hat. Britt-Marie wird davon so unwohl, dass man es ihr offenbar ansehen kann, denn Sami versucht sie mit seinem Blick zu beruhigen und dreht sich zu Psyko um:

»Kannst du noch mal rausgehen und nachschauen, ob ich mein Handy im Auto liegengelassen habe?«

»Warum?«, fragt Psyko.

»Fuck, weil ich dich darum bitte«, erklärt Sami ihm.

Psyko macht etwas mit seinen Lippen, was so aussieht, als würde er ohne Flüssigkeit spucken. Die Tür plingt fröhlich hinter ihm. Sami dreht sich zu Britt-Marie um.

»Haben Sie gewonnen?«

Britt-Marie starrt ihn verständnislos an. Über seinem Gesicht breitet sich ein bedeutungsvolles Grinsen aus, und er zeigt auf ihre bandagierten Finger:

»Sieht aus, als wären Sie in einen Kampf verwickelt gewesen. Wie geht's der anderen?«

»Darf ich dich darüber aufklären, dass das ein Unfall war«, protestiert Britt-Marie. Sie hat keine Lust, ihm nähere Details zu erzählen.

»Okay, Coach, okay«, lacht Sami und boxt in die Luft.

Britt-Marie bürstet frenetisch Krümel von ihrem Rock. Sami holt drei Fußballtrikots aus einer Tüte und legt sie auf die Theke.

»Die gehören Vega und Omar und Dino. Ich habe sie mehrmals gewaschen, aber diese Flecken gehen nicht raus, egal, was ich tue.«

»Hast du es mit Natron versucht?«, fragt Britt-Marie wie aus der Pistole geschossen.

»Ist das gut?«, fragt Sami.

Britt-Marie wird so überschwänglich, dass sie sich an der Kasse festhalten muss.

»Ich … das … ich kann versuchen, die Flecken herauszubekommen. Das macht keine Umstände!«

Sami nickt dankbar.

»Danke, Coach. Und sagen Sie mir hinterher gern, wie es funktioniert, ich kann Tipps gut gebrauchen. Also was die Flecken in den Klamotten der Kinder angeht. Fuck, man könnte meinen, die leben auf Bäumen.«

Britt-Marie wartet noch, bis er mit Psyko verschwunden ist, bevor sie hinüber ins Jugendzentrum geht. Die Flecken gehen mit Natron raus. Sie wäscht auch noch Handtücher und Schürzen für Jemand, obwohl Jemand ausdrücklich betont hat, dass das nicht nötig sei. Nicht weil Jemand ein Problem damit hat, Britt-Marie für sich waschen zu lassen, sondern weil sie findet, dass die noch keine Wäsche nötig hätten. Darüber hatten sie einen kürzeren Disput. Jemand nannte Britt-Marie »Mary Poppins«, und Britt-Marie nannte Jemand in der Wut »Dreckschwein«. Darüber musste Jemand so sehr lachen, dass sie die Diskussion ganz vergaß.

Britt-Marie stellt der Ratte ein Snickers hin. Doch sie bleibt nicht da und wartet, bis sie kommt, denn sie will nicht erklären müssen, was aus dem Date geworden ist. Nicht weil die Ratte fragen könnte, sondern weil sie sich noch nicht bereit fühlt, darüber zu sprechen. Also geht sie zurück in die Pizzeria und isst mit Jemand zu Abend, denn Jemand scheint sich entweder so wenig oder so viel um Britt-Marie zu sorgen, dass sie nicht nachfragt.

Sven kommt an diesem Abend nicht in der Pizzeria vorbei, und Britt-Marie ertappt sich selbst dabei, dass sie jedes Mal, wenn die Eingangstür plingt, leicht vom Stuhl aufspringt, so wie es auch in ihrer Brust einen Hüpfer tut. Es würde sie nicht einmal stören, wenn er mitten im Essen käme. Aber nie ist es Sven. Nur ein paar Kinder. Bis sie alle zusammen sind, mit frisch gewaschenen Fußballtrikots, denn offenbar haben die anderen Kinder zu Hause jemanden, der sich darum kümmert.

Das gibt Britt-Marie trotz allem eine gewisse Hoffnung für Borg, auch das. Dass es hier doch noch jemanden gibt, der den Wert eines frisch gewaschenen Trikots kennt.

Die Kinder sind gerade auf dem Weg zum Training, als der Junge in der Tür auftaucht. Er hat die Trainingsjacke an, auf der *Eishockey* steht, aber von seinem Vater fehlt jede Spur.

»Was zum Teufel machst du hier?«, will Vega wissen.

Der Junge schiebt seine Hände tief in die Jackentaschen und nickt zu dem Fußball, den sie in der Hand hält.

»Ich will einfach nur mitspielen.«

»Du kannst in die Stadt abziehen und da spielen!«, zischt Vega.

Das Kinn des Jungen ruht auf seinem Schlüsselbein, aber er tut keinen Schritt zurück.

»Die Fußballmannschaft in der Stadt trainiert um sechs. Aber da liegt mein Eishockeytraining. Ich hab gesehen, dass ihr später anfangt ...«

Britt-Marie verspürt offenbar den Impuls, ihn zu unterstützen, daher sagt sie:

»Man kann wirklich nicht mitten im Essen trainieren!«

»Mitten im Eishockey auch nicht«, sagt der Junge.

»Guter Gott«, sagt Britt-Marie.

Vega verliert die Lust und schiebt sich mit Hilfe ihrer Ellenbogen an ihm vorbei.

»Du gehörst nicht hierher, Bonzenkind. Wir sind jedenfalls nicht so gut wie die Mannschaft in der Stadt, also hau ab zu denen, wenn du wirklich spielen willst!«

Noch immer macht er keinen Schritt rückwärts. Sie hält inne. Sein Kinn hebt sich.

»Es ist mir total egal, wie gut ihr seid. Ich will einfach nur mitspielen.«

Und so werden sie eine Mannschaft.

Vega drängelt sich zwar mit einer Wortwahl zur Tür hinaus, die Britt-Marie wirklich nicht für zivilisiert hält, aber Omar knufft den Jungen sanft in die Seite und sagt:

»Wenn du ihr den Ball abnehmen kannst, bist du dabei. Ich glaube ja nicht, dass du dich traust.«

Der Junge rast über den Trainingsplatz, bevor Omar den Satz zu Ende gesprochen hat. Vega haut ihm mit den Ellenbogen ins Gesicht. Er stolpert und fällt auf die Knie, aus seinen Nasenlöchern tropft Blut, aber er bekommt ein Bein nach vorn, und so fischt er sich wie mit einem langen Haken den Ball. Vega fliegt hin und holt sich von oben bis unten Schürfwunden vom Schotter und rollt sich dann in einer einzigen Bewegung zurück, ihre Augen fuchsteufelswild. Omar knufft Britt-Marie, die oben in der Tür zur Pizzeria steht, in die Seite und zeigt aufgeregt hinüber:

»Schau, jetzt grätscht Vega gleich übel in ihn rein!«

»Was soll das bedeuten?«, fragt Britt-Marie, doch sie erfährt es noch im selben Moment, als Vega über den Platz schnellt und sich ein paar Meter hinter dem Jungen mit beiden Füßen in der Luft zu Boden wirft und über den Schotter rutscht, bis sie mit den Füßen des Jungen kollidiert und seinen Körper in einem verrückten Salto durch die Dunkelheit katapultiert.

Auf diese Art und Weise begreift Britt-Marie, warum alle Kinder in Borg Jeans tragen, die an den Schenkeln zerrissen sind. Vega steht auf und stellt ihren Fuß herrschaftlich auf den Ball. Der Junge bürstet etwas entfernt den Dreck von seinen Sachen – er braucht alarmierend dringend Natron – und zieht sich scharfe Steinchen aus der Gesichtshaut. Vega sieht zu Britt-Marie herüber, zuckt mit den Schultern und schnaubt:

»Er ist okay.«

Britt-Marie holt ihre Liste aus der Handtasche.

»Darf ich um deinen Namen bitten«, sagt sie.

»Max«, antwortet der Junge.

Omar zeigt mit ernster Gestik erst auf Vega, dann auf Max.

»Ihr dürft NICHT in derselben Mannschaft spielen, wenn wir ›zwei Tore‹ spielen!«

Dann machen sie die Idiotenübung. Spielen »zwei Tore«. Sami ist nicht da, um den Platz mit seinem Auto zu beleuchten, aber stattdessen steht da ein anderes Fahrzeug, das die Scheinwerfer angeschaltet hat. Ein Lastwagen mit so viel Rost an den Seiten, dass man sich nicht vorstellen kann, wie überhaupt irgendetwas in der gesamten Zeit, seit es Lastwagen gibt, so verfallen kann.

Darin sitzt Karl. Britt-Marie geht in die Pizzeria und holt ihm einen Kaffee. Er nickt. Sie auch.

23

Als der Mann und die Frau in dem roten Wagen ganz hinten auf dem Parkplatz anhalten, reagieren erst weder Britt-Marie noch die Kinder, weil sie sich daran gewöhnt haben, dass sowohl neue Spieler als auch Zuschauer beim Fußballtraining in Borg auftauchen, als sei es die natürlichste Sache der Welt. Erst als Max hinüberzeigt und meint, »die da sind bestimmt aus der Stadt, oder? Sie ist die Leiterin des Kreisfußballverbands, mein Vater kennt sie«, unterbrechen Spieler und Trainer das Spiel und warten misstrauisch auf die Fremden.

»Frau Wieslander?«, fragt die Frau, als sie sich nähert.

Sie ist sehr ordentlich gekleidet, der Mann ebenso. Das rote Auto ist blitzblank, das fällt Britt-Marie erst positiv auf, so wie sie es in ihrem früheren Leben gewohnt war, doch dann stellt sich eine intuitive Skepsis ein, die sie sich in Borg bei Dingen, die heil und sauber aussehen, angeeignet hat. Diese Dinge gehören nämlich höchst selten hierher, nach Borg.

»Das bin ich«, bestätigt Britt-Marie.

»Ich habe heute früh schon ein paar Unterlagen für Sie hier abgegeben, haben Sie sie mittlerweile durchgeschaut?«, fragt die Frau und zeigt hinüber zur Pizzeria.

»So. So. Nein, nein, das habe ich nicht. Ich war beschäftigt.«

Die Frau betrachtet die Kinder. Dann Britt-Marie.

»Es geht um die Teilnahmebedingungen für das Januarturnier, für das sich diese … *Mannschaft* hier … angemeldet hat.«

Sie spricht das Wort »Mannschaft« aus, wie Britt-Marie

»Tasse« ausspricht, wenn es sich in Wirklichkeit um einen Plastikbecher handelt.

»So«, sagt Britt-Marie und zieht ein Notizbuch und einen Stift aus der Tasche, als habe sie vor, sich zu bewaffnen.

»Sie sind in der Anmeldung als Trainerin eingetragen. Haben Sie denn eine Lizenz?«, fragt die Frau.

»Wie bitte?«, fragt Britt-Marie, während sie gleichzeitig *Lizenz* in ihr Notizbuch schreibt.

»L-i-z-e-n-z«, wiederholt die Frau und zeigt auf den Mann neben sich, als sei er jemand, den Britt-Marie kennen sollte: »Der Kreisfußballverband und die Kommune lassen im Januarturnier nur Mannschaften zu, die eine Kreistrainerlizenz vorweisen können.«

Britt-Marie schreibt *Kreistrainerlizenz erwerben* in ihr Notizbuch.

»So. Dürfte ich Sie bitten, mir mitzuteilen, wie ich eine solche Lizenz erwerben kann? Ich werde umgehend dafür Sorge tragen, dass meine Kontaktperson im Arbeitsamt sich darum kümmert, dass …«

»Aber meine Liebe, das ist doch nichts, was man sich einfach so AUSSTELLEN lassen kann! Dafür müssen Sie einen richtigen KURS absolvieren!«, ruft der Mann, der neben der Frau und vor dem roten Auto steht, in einem Anflug von Hysterie. Er wedelt die Arme wütend über den Parkplatz hin: »Sie sind ja gar keine Mannschaft! Sie haben ja nicht einmal einen Fußballplatz für das Training!«

Genau in diesem Moment hat Vega genug, denn sie gehört offenbar nicht zu den geduldigsten Menschen, und so zischt sie zurück: »Hören Sie mal, Sie alter Sack, spielen wir hier Fußball oder etwa nicht?«

»Was?«, fragt der alte Sack.

»Sind Sie taub oder was? Ich hab gesagt: Spielen wir hier verdammt nochmal Fußball oder verdammt nochmal nicht?«, brüllt Vega.

»Ja?«, antwortet der alte Sack hämisch und macht eine Geste der Ahnungslosigkeit.

»Wenn wir hier Fußball spielen, dann ist hier auch der verdammte Fußballplatz«, stellt Vega klar.

Der alte Sack schaut Britt-Marie schockiert an, als sei er der Meinung, sie solle nun eingreifen, aber Britt-Marie findet nicht, dass das angebracht ist, weil sie zum ersten Mal findet, dass Vega völlig recht hat, von der Wortwahl natürlich abgesehen. Also schweigt sie. Die Frau neben dem alten Sack räuspert sich.

»In der Stadt verfügen wir über ein außerordentlich gutes Fußballtraining, ich bin sicher, dass …«

»Wir haben *hier* ein außerordentlich gutes Fußballtraining!«, hält Vega dagegen.

Die Frau atmet stoßartig durch die Nasenlöcher.

»Für das Januarturnier müssen wir ein Reglement haben. Sonst könnte ja jeder einfach auftauchen und mitspielen. Das würde im Chaos enden, das müssen Sie doch verstehen. Wenn ihr keinen Trainer mit Lizenz habt, dann können wir euch leider nicht teilnehmen lassen, ihr könnt euch nächstes Jahr wieder anmelden, dann werden wir die Anmeldung bearbeit…«

Eine Stimme fällt ihr ins Wort, irgendwo aus der Dunkelheit zwischen dem roten Auto und Karls Lastwagen, sie ist verkatert und wirklich nicht in der Stimmung, dass man ihr widerspricht, das ist offensichtlich.

»Ich habe einen Trainerschein. Wenn es so schrecklich wichtig ist, dann schreib meinen Namen auf den Antrag.«

Die Frau starrt Bank an. Die anderen auch. Wo Bank hinstarrt, ist, ohne Vorurteile haben zu wollen, nicht ganz klar auszumachen. Aber der Hund schaut auf jeden Fall auf Britt-Marie. Britt-Marie schielt zu ihm hinüber, so wie konspirative Kriminelle es tun würden.

»Ach meine Liebe, DIE ist jetzt wieder in Borg? Das wird nur Probleme geben, das sage ich gleich«, beschwert sich der alte Sack bei der Frau, als er Bank erblickt.

»Schsch!«, macht die Frau.

Bank tritt aus dem Schatten hervor und wedelt mit ihrem Stock in die Richtung, wo der Mann und die Frau stehen, so dass sie zufällig den alten Sack ziemlich hart am Oberschenkel trifft. Zweimal.

»Ups«, entschuldigt sich Bank und zeigt mit dem Stock eher zu der Frau.

»Schreib meinen Namen auf. Ich gehe davon aus, dass du den noch nicht vergessen hast«, sagt sie und schlägt den alten Sack zufällig drei- oder sogar viermal ziemlich fest auf den Arm.

»Ups«, sagt Bank noch einmal.

»Ich wusste gar nicht, dass du wieder in Borg bist«, lächelt die Frau nervös.

»Jetzt weißt du es«, bestätigt Bank und wedelt auffordernd mit ihrem Stock, so dass sie zufällig den alten Sack über der Schulter erwischt und ein bisschen an der Wange und ihm dann, ganz sicher ist das nur ein Unfall, mit der Spitze des Stocks in den Mund fährt, so dass er nach hinten kippt und anfängt, Dreck auszuspucken wie ein wütender, kaputter kleiner Rasensprenger.

»Hoppala«, sagt Bank.

»Wir … ich meine … in den Wettkampfbestimmungen ist festgelegt, dass …«, setzt die Frau an.

Bank stöhnt laut und verkatert.

»Jetzt halt die Klappe, Annika, lass es gut sein. Die Kinder wollen einfach spielen. Es gab auch mal eine Zeit, in der du und ich nur spielen wollten und Typen wie er versucht haben, uns Steine in den Weg zu legen.«

Bank zeigt mit dem Stock in die Richtung des alten Sacks, als sie die letzten Worte ausspricht, aber dieses Mal springt er zur Seite. Die Frau steht eine ganze Weile da und sucht nach einer passenden Antwort. Mit jedem Augenblick, der verstreicht, wirkt sie jünger. Sie öffnet den Mund und schließt ihn wieder. Trägt letzten Endes resigniert Banks Namen in ihren

Unterlagen ein. Der alte Sack spuckt und faucht immer noch, als sie wieder in das rote Auto einsteigen und Borg in Richtung Stadt verlassen.

Bank vergeudet keine Zeit mit Nebensächlichkeiten – wenn sie einen Kater hat, scheint ihre Geduld nicht größer als Vegas zu sein –, wedelt drohend mit ihrem Stock zu den Kindern und brummt:

»Wenn ihr nicht blind seid, dann habt ihr wahrscheinlich gemerkt, dass ich es nahezu bin. Aber man muss euch nicht beim Spielen zuschauen, um zu kapieren, dass ihr nichts könnt. Wir haben bis zu diesem idiotischen Turnier noch ein paar Tage Zeit, also sollten wir jetzt alles tun, was wir können, damit ihr so niedrig wie möglich verliert.«

Sie denkt eine Weile nach und schiebt hinterher:

»Ihr dürft natürlich keine hohen Erwartungen haben.«

Das ist keine besondere Ermutigung, das ist es wirklich nicht. Britt-Marie stellt dabei fest, dass sie Bank mehr mochte, als sie nicht so viel geredet hat. Aber natürlich ist es Omar, der sich als Erster widersetzt, zum Teil, weil er den Mut dazu hat, zu sagen, was die ganze Mannschaft denkt, zum Teil, weil er blöd genug ist, es zu tun.

»Hey, shit, das ist doch voll krank, wir können doch keinen blinden Trainer haben!«

Britt-Marie faltet die Hände.

»Omar, das sagt man nicht. Es ist völlig unzivilisiert, jemanden ›voll‹ zu nennen. Bank hatte vielleicht nur besonders viel Durst.«

Omar blinzelt sie an.

»Zu wem habe ich gesagt, dass er voll ist? Ich hab gesagt, das ist voll krank!«

»So. Na dann«, sagt Britt-Marie, ohne die leiseste Ahnung, was er damit meinen könnte.

Omar zeigt auf Bank.

»Sie ist blind! Was weiß sie über Fußball?«

»Es handelt sich in Wahrheit nur um eine Beeinträchtigung der Sehfähigkeit«, klärt Britt-Marie ihn auf und fügt ein wenig streitlustig hinzu: »Das hat nichts mit Alkoholsucht zu tun.«

Omar flucht. Bank nickt nur still. Sie zeigt mit dem Stock direkt auf den Fußball, und dies mit einer Präzision, dass sogar Omar nicht mehr weiterweiß.

»Her mit dem Ball«, sagt sie und pfeift gleichzeitig den Hund heran.

Der Hund trottet sofort los und stellt sich direkt hinter Omar. Dann bellt er laut und deutlich. Bank stellt sich in direkter Linie zu Omar und dem Hund auf. Vega kapiert es am schnellsten, in ihrem Blick flackert etwas wie Erwartung auf, sie läuft los und rollt Bank den Ball zu. Dann rennt sie schnell und schadenfroh an ihrem Bruder vorbei, so weit sie es schafft. Omars Blick flackert unruhig zwischen dem Hund hinter sich und Bank vor sich.

»Also … was … wart mal, ich hab nicht …«

Bank nimmt ein paar Schritte Anlauf und stürmt dann mit voller Kraft und gestrecktem Rist auf den Fußball los. Im selben Moment setzt sich der Hund breitbeinig hinter Omars Füßen hin und pisst. Der Urin fließt in einer beachtlichen runden Pfütze auf den Schotter. Kurz bevor Banks Fuß das Leder des Fußballs trifft, duckt sich Omar und wirft sich erschrocken nach hinten, stolpert über den Hund und landet mit dem Gesicht voran in der Pfütze.

Bank stoppt ihre Bewegung, den Fuß auf dem Ball. Zeigt mit dem Stock auf Omar und brummt:

»Ich weiß jedenfalls, was eine Schussfinte ist. Und obwohl ich fast blind bin, wette ich einen Batzen Geld darauf, dass du jetzt in Hundepisse liegst. Dann können wir uns vielleicht darauf einigen, dass ich auf jeden Fall mehr von Fußball verstehe als du?«

Vega steht fasziniert am Rand der Pissepfütze.

»Wie hast du dem Hund das beigebracht?«

Bank pfeift den Hund heran. Kitzelt ihn an der Nase. Öffnet ihre Jackentasche und überlässt ihm den Inhalt.

»Ich hatte den Hund schon, bevor ich blind wurde. Die eine Hälfte des Tricks hat er gelernt, während ich noch sehen konnte, und die andere hinterher.«

»Das ist nicht zivilisiert«, sagt Britt-Marie und geht zum Jugendzentrum, um Natron zu holen.

Als sie wieder zurück auf den Parkplatz kommt, spielen die Kinder so Fußball, dass man es hört. Man muss es selbst erlebt haben, um den Unterschied zu verstehen, wann Fußball leise und wann er laut ist. Britt-Marie bleibt im Dunkeln stehen und lauscht. Jedes Mal, wenn eins der Kinder den Ball bekommt, schreien seine Mannschaftskameraden: »Hier! Ich bin hier!«

»Wenn man euch hört, dann seid ihr auch da«, murmelt Bank zu ihnen und massiert sich den Kater aus ihren Schläfen.

Die Kinder spielen. Schreien. Rufen, wo sie sind. Britt-Marie drückt die Natrondose in ihren Händen, bis sie Dellen hat.

»Ich bin hier«, flüstert sie und wünschte, Sven wäre da, damit sie es zu ihm sagen könnte.

Es ist ein besonderes Dorf. Ein ergreifendes Spiel.

Als das Training zu Ende ist, trennen sich alle. Kröte fährt mit seinem Vater im Lastwagen nach Hause, Sami holt Vega, Omar und Dino ab. Max läuft allein an der Straße nach Hause. Ben wird von seiner Mutter abgeholt. Sie winkt Britt-Marie zu, Britt-Marie winkt zurück. Bank spricht auf dem Heimweg kein einziges Wort, und Britt-Marie findet es nicht angebracht, das Schicksal herauszufordern. Vor allem findet sie, dass es sich nicht gehört, einen Stock zu provozieren, der heute Abend sowohl im Dreck als auch im Mund von mindestens einer Person war. Also akzeptiert sie das Schweigen.

Als sie wieder zu Hause sind, entfernt Bank das Zellophan vom Bier und trinkt es gleich aus der Flasche. Britt-Marie holt ein Glas und einen Untersetzer.

»Ein bisschen Ordnung sollte schon sein«, sagt sie entschlossen zu Bank.

»Du bist eine verdammte Meckerziege, hat dir das schon mal jemand gesagt?«, fragt Bank.

»Mehrere«, antwortet Britt-Marie, und es hängt wohl ein bisschen davon ab, wie man zählt, ob Britt-Marie nun ihre zweite richtige Freundin hat.

Sie ist schon auf dem Weg zur Treppe, doch dann hält sie inne, dreht sich noch einmal um und fragt:

»Du hast gesagt, dass dein Vater für Tottenham war. Ich würde gern wissen, wenn es keine Umstände macht, was das zu bedeuten hat.«

Bank trinkt das Bier aus dem Glas. Sinkt herunter auf einen Stuhl. Der Hund legt seinen Kopf in ihren Schoß.

»Wenn man für Tottenham ist, dann gibt man immer mehr Liebe, als man zurückbekommt«, sagt sie.

Britt-Marie legt ihre gesunde Hand auf den Verband an der anderen. Sie findet wirklich, dass es unnötig kompliziert gemacht wird, Fußball zu mögen.

»Ich vermute, du willst damit sagen, dass es sich dabei um eine recht schlechte Mannschaft handelt.«

Banks Mundwinkel prallen zurück.

»Tottenham ist von den schlechten Mannschaften die allerschlimmste, weil sie fast gut ist. Die versprechen immer, dass sie phantastisch spielen werden. Das gibt dir Hoffnung. Deshalb hörst du nicht auf, sie zu lieben, und sie hören nicht auf, sich immer wieder etwas Neues einfallen zu lassen, wie sie dich enttäuschen können.«

Britt-Marie nickt, als sei das nachvollziehbar.

Bank steht auf und sagt erklärend:

»Seine Tochter war in dieser Hinsicht immer wie seine Lieblingsmannschaft.«

Sie stellt die leere Flasche auf der Arbeitsplatte ab und geht, ohne den Stock zu benutzen, an Britt-Marie vorbei ins Wohnzimmer.

»Das Bier hat gut geschmeckt. Danke.«

An diesem Abend sitzt Britt-Marie stundenlang in ihrem Zimmer auf der Bettkante. Steht auf und geht auf den Balkon, wartet auf einen Streifenwagen. Dann geht sie zurück zu ihrer Bettkante. Sie weint nicht, ist gar nicht unglücklich, eher umgekehrt. Motiviert irgendwie. Sie weiß nur nicht, was sie anfangen soll. Es ist eine Art Rastlosigkeit. Die Fenster sind geputzt, der Boden gescheuert und die Balkonmöbel trockengerieben. Sie hat Natron in die Blumenerde gemischt und Backpulver auf die Matratze gestreut. Sie knetet die Finger ihrer heilen Hand, die auf dem Verband der anderen ruht, der den weißen Fleck verbirgt. Den ihr Ehering immer verdeckt hat. Auf gewisse Art und Weise hat sie nun den gewünschten Effekt des Solariumbesuches erzielt, auch wenn es nicht ganz so zugegangen ist, wie sie es sich vorgestellt hatte. Nichts ist so zugegangen, wie sie es sich vorgestellt hatte, seit sie in Borg angekommen ist.

Als es an der Haustür klopft, hat sie es sich so lange so sehr gewünscht, dass sie erst glaubt, sie bilde es sich nur ein. Aber dann klopft es noch einmal, und da springt Britt-Marie aus dem Bett und stolpert die Treppe hinab wie eine Wahnsinnige. Das sieht ihr überhaupt nicht ähnlich, es ist in jeder Hinsicht völlig unzivilisiert, sie ist, seit sie ein Teenager war, nicht mehr die Treppe hinuntergesprungen. So wie man es tut, wenn das Herz schon vor den Füßen an der Tür ist. Für einen Augenblick reißt sie sich zusammen, zupft ihre Haare zurecht und streicht alle unsichtbaren Falten in ihrem Rock glatt.

»Sven! Ich …«, ruft sie schon mit der Hand an der Klinke.

Dann bleibt sie wie angewurzelt stehen. Ringt nach Luft. Spürt, wie die Beine unter ihr nachgeben.

»Hallo, Liebling«, sagt Kent.

24

»Nette Jungs dürfen keine hübschen Mädchen küssen«, sagte Britt-Maries Mutter immer. Womit sie eigentlich meinte, dass hübsche Mädchen keine netten Jungs küssen sollten, denn bei netten Jungs könne man wohlgemerkt nicht sicher sein, ob sie einen in der Zukunft zuverlässig versorgen können. »Wir müssen beten, dass Britt-Marie einen findet, der für sie aufkommen kann, sonst wird sie wohl in der Gosse landen, denn über eigene Kenntnisse verfügt sie ja nun wirklich nicht«, hörte Britt-Marie ihre Mutter oft am Telefon jammern. »Sie ist die Quittung für meine Sünden«, sagte sie dann, wenn sie nüchtern war, bei den Telefonaten, und Britt-Marie ins Gesicht, wenn sie Sherry getrunken hatte.

Es ist unmöglich, eine Mutter zufriedenzustellen, wenn man eine Schwester verloren hat, die in allem Wesentlichen eine bessere Version von einem selbst war. Britt-Marie versuchte es dennoch. Bei einem Vater, der immer später nach Hause kam und am Ende gar nicht mehr, standen nicht sonderlich viele Alternativen zur Verfügung, also lernte Britt-Marie, keine eigenen Erwartungen zu haben und stattdessen mit den fehlenden Erwartungen ihrer Mutter zu leben.

Alf und Kent wohnten im selben Haus und stritten sich, so wie Brüder es tun. Hatten es früher oder später auf dasselbe Mädchen abgesehen, so wie es bei Brüdern ist. Inwieweit sie Britt-Marie erobern wollten, weil es wirklich um sie ging oder weil Jungs immer das haben wollen, was ihre Brüder haben, das hat sie nie erfahren. Wäre Ingrid noch da gewesen, dann hätten sie sicherlich ihr den Hof gemacht, da machte Britt-Marie sich keine Illusionen – das tut man nicht, wenn man es gewohnt ist, im Schatten eines anderen zu leben. Aber die Jungs waren stur, wetteiferten, buhlten auf unterschiedlichste Art und Weise um Britt-Maries Aufmerksamkeit. Der eine war laut, der andere schüchtern. Der eine prahlte mit all dem Geld, das er verdienen würde, der andere brachte ihr Blumen mit. Der eine war zu hart zu ihr, der andere war zu lieb, und Britt-Marie wollte ihre Mutter nicht enttäuschen. Also entschied sie sich für den Harten, den Lauten, der mit seinem Geld angab. Und entschied sich gegen den, der lieb war. Sie entschied sich für Alf und gab Kent einen Korb.

Kent stand mit geschlossenen Augen und einem Blumenstrauß in den Händen im Treppenhaus, als sie mit seinem Bruder das Haus verließ. Und als sie zurückkam, war er fort.

Ihre Zeit mit Alf war kurz. Er war sie bald leid, daran erinnert sie sich. Schon gelangweilt. Wie bei Siegern, deren Adrenalinspiegel wieder sinkt. Eines Morgens verließ er sie, weil er zum Militärdienst musste, und war monatelang fort. An dem Morgen, als er zurückkommen sollte, stand Britt-Marie zum ersten Mal in ihrem Leben stundenlang vor dem Spiegel und probierte ein neues Kleid an. Ihre Mutter sah sie nur einmal kurz an und sagte: »So, du hast natürlich beabsichtigt, billig auszusehen, und das Ergebnis ist beispiellos, das muss ich sagen.« Britt-Marie versuchte ihr zu erklären, dass das modern sei, und die Mutter antwortete, dass Britt-Marie aufhören solle, die Stimme zu heben, denn da klinge sie einfach nur dumm. Britt-Marie erklärte vorsichtig, dass sie vorhabe, Alf am Bahnhof zu überraschen, und die Mutter schnaubte: »Ja, der dürfte wohl sehr überrascht sein.« Und sie behielt recht.

Britt-Marie kam in einem alten Kleid und mit feuchten Händen und einem Herzen, das wie Pferdehufe auf Kopfsteinpflaster klapperte, am Bahnhof an. Natürlich hatte sie diese Geschichten gehört, dass Soldaten in jedem Hafen ein Mädchen hätten wie Matrosen, nur war sie möglicherweise nicht davon ausgegangen, dass das auch auf Alf zutraf. Zumindest war sie nicht davon ausgegangen, dass er zwei im selben Hafen hatte.

Sie hatte die ganze Nacht in der Küche gesessen und in ein Handtuch geweint, als ihre Mutter aufstand und schimpfte, weil sie so laut war. Britt-Marie erzählte ihr von dem anderen Mädchen, das sie mit Alf gesehen hatte. Die Mutter nickte nur kurz. »So, und was hast du erwartet, als du dir so einen Kerl ausgesucht hast? Ich habe dir doch gesagt, entscheide dich für den anderen Bruder, den ordentlichen, wie hieß der noch? Kent?«

Und dann ging sie wieder ins Bett. Am Tag danach stand sie später als üblich auf. Und bald darauf gar nicht mehr. Britt-Marie nahm eine Stelle als Kellnerin an, anstatt eine Ausbildung zu machen, um für den Unterhalt sorgen zu können. Trug einer Mutter, die aufgehört hatte zu reden, das Essen ins Schlafzimmer. Nur hin und wieder ließ sich die Mutter dazu herab zu sagen: »So, ja, Kellnerin bist du, du hast ja offenbar nicht das Gefühl, deinen Eltern ein bisschen mehr schuldig zu sein, nachdem wir so gute Voraussetzungen für dich geschaffen haben. Eine Ausbildung war dir natürlich nicht gut genug, da lebst du lieber von meinem ersparten Geld hier zu Hause.« Dann wurde es in der Wohnung immer stiller. Am Ende ganz still. Britt-Marie putzte die Fenster und wartete darauf, dass irgendetwas passieren würde.

Und dann stand also eines Tages Kent einfach so im Treppenhaus. Am Tag nach der Beerdigung ihrer Mutter. Berichtete von seiner Scheidung und den Kindern. Britt-Marie hatte so lange davon geträumt, dass sie dachte, sie bilde es sich alles nur ein, und als er sie anlächelte, war es ein Gefühl wie Sonne auf der Haut. Also machte sie seine Träume zu ihren. Sein Leben zu ihrem. Denn das konnte sie gut, und Menschen wollen Dinge tun, die sie gut können. Wir wollen, dass jemand weiß, dass wir hier sind. Dass es nicht egal ist.

Kent steht in Borg in der Tür. Er hat Blumen in der Hand. Er lächelt. Sonne auf ihrer Haut. Es ist schwer, nicht den Rückweg antreten zu wollen, wenn man gemerkt hat, wie schwierig ein Neuanfang ist. Es ist schwer, sein altes Leben nicht zurückhaben zu wollen, wenn man begriffen hat, was es einem Menschen abverlangt, die Kraft für ein neues Leben aufzubringen.

»Hast du jemand anderen erwartet?«, fragt Kent verunsichert, und jetzt ist er wieder dieser Junge im Treppenhaus.

Britt-Marie schüttelt entsetzt den Kopf. Er lächelt.

»Ich habe die Postkarte bekommen. Und ich … ja … der Steuerberater hat deine Abhebungen am Geldautomaten nachverfolgt«, sagt er fast verlegen und macht eine Geste in Richtung der Straße, die zur Stadt führt.

Als Britt-Marie nicht weiß, was sie sagen soll, fährt er fort:

»Ich habe in der Pizzeria nach dir gefragt. Die Frau im Rollstuhl wollte nicht sagen, wo du bist, aber da saßen ein paar ältere Männer und haben Kaffee getrunken, und die haben bereitwillig Auskunft gegeben. Kennst du die?«

»Nein«, flüstert Britt-Marie, ohne zu wissen, ob das eine Lüge ist oder nicht.

Kent hält ihr die Blumen hin.

»Ich, Liebling, ach, verdammt! Entschuldigung! Ich, sie, diese andere Frau, das hat nie etwas bedeutet. Es ist vorbei. Ich liebe doch dich. Verdammt. Liebling!«

Britt-Marie betrachtet besorgt den Stock, auf den er sich stützt.

»Du meine Güte, was ist passiert?«

Er wedelt abwiegelnd mit den Händen.

»Ach, mach dir deshalb keine Sorgen, die Ärzte wollten nur, dass ich nach dem Herzinfarkt eine Weile mit dem Stock gehe. Das Untergestell rostet ja ein bisschen ein, wenn man den halben Winter lang in der Garage geparkt worden ist!«, grinst er und nickt herunter zu seinen Beinen.

Sie würde jetzt gern seine Hand halten.

Sie findet es unpassend, ihn hereinzubitten. So war das auch zu der Zeit, als sie jung waren. In Britt-Maries Elternhaus war es nicht erlaubt, Jungs mit aufs Zimmer zu nehmen, ihre Mutter fand, das schicke sich nicht, also war Kent der erste junge Mann, den Britt-Marie dorthin mitnahm. Nach dem Tod ihrer Mutter. Und dieser junge Mann blieb. Machte aus ihrem Zuhause seines und sein Leben zu ihrem.

Also ist es für sie beide ganz normal, dass sie einfach ein bisschen im Kreis durch Borg fahren, denn sie haben in vielerlei Hinsicht oft am besten zusammen funktioniert, wenn sie im Auto herumgefahren sind. Er am Steuer und sie auf dem Beifahrersitz. Sie können so tun, als seien sie nur auf der Durchreise. Borg verlassen, so wie man es mit Orten tut, von denen man Postkarten schreibt. Denn nur wer vorhat, diesen Ort wieder zu verlassen, schreibt eine Postkarte; der, der dort wohnt, schreibt einen Brief.

Sie fahren in die Stadt und wieder zurück. Kent hat eine Hand auf dem Schaltknüppel liegen, also streckt Britt-Marie vorsichtig die Fingerkuppen ihrer heilen Hand aus und legt sie auf seine. Um das Gefühl zu haben, dass sie in dieselbe Richtung unterwegs sind. Sein Oberhemd ist zerknittert und hat Kaffeeflecken über dem Bauch. Britt-Marie muss daran denken, wie Sami von Kindern sprach, die auf Bäumen wohnen, und Kent sieht aus, als sei er mitten im Traum von einem Baum geplumpst und auf dem Weg nach unten an jedem einzelnen Ast hängen geblieben. Er lächelt entschuldigend.

»Ich habe das verfluchte Bügeleisen nicht gefunden. Wenn du nicht zu Hause bist, herrscht einfach keine Ordnung, Liebling. Das weißt du.«

Britt-Marie gibt keine Antwort. Sie macht sich Gedanken, was die Leute von ihm denken sollen. Dass sie sagen, er habe eine Frau, die ihn im Stich lässt, wenn er am Stock geht. Sie friert am Ringfinger und ist tief im Innern dankbar dafür, dass der Verband verhindert, dass Kent die helle Stelle sieht. Sie weiß, dass er sie betrogen hat, aber sie wird das Gefühl nicht los, dass sie ihn auch im Stich gelassen hat. Was ist eine Liebe wert, wenn man den anderen dann, wenn er einen am meisten braucht, verlässt?

Kent muss husten und lässt das Gaspedal los, obwohl die Straße frei ist. Britt-Marie hat das noch nie bei ihm gesehen. Dass er freiwillig langsamer fährt.

»Die Ärzte sagen, dass ich in keinem guten Zustand gewesen bin. Schon einige Zeit, meinen sie. Ich war nicht ich selbst. Ich habe jetzt einige blöde Tabletten bekommen, Antidepressiva oder wie man die nennt.«

Er sagt das so, wie er all seine Pläne formuliert, wie eine Selbstverständlichkeit. Was es auch war, was dazu geführt hat, dass er spät nach Hause kam und nach Pizza roch, es ist quasi nur eine Art Produktionsfehler gewesen, den man ausgezeichnet reparieren konnte. Und jetzt ist alles wieder gut.

Sie spielt mit dem Gedanken, ihn zu fragen, warum er sie nicht angerufen hat, schließlich hat sie doch das Handy dabei. Aber sie nimmt an, dass er selbstverständlich davon ausgegangen ist, dass sie nicht weiß, wie man so ein Gerät anschaltet. Also schweigt sie. Er schaut durch die Fensterscheibe, als sie zurück nach Borg kommen.

»Dass gerade du an so einem merkwürdigen Ort gelandet bist, ist das nicht komisch? Wie hat deine Mutter immer zum flachen Land gesagt? ›Wo sich die Wölfe gute Nacht sagen‹?«

»Wo sich Fuchs und Hase gute Nacht sagen«, antwortet Britt-Marie.

»Sie war wirklich sehr witzig, deine Mutter. Und ist es nicht fast ironisch, dass du nun hier draußen in der Pampa gelandet bist? Wo du deinen Fuß vierzig Jahre lang kaum vor die Haustür gesetzt hast?«

Er sagt das und meint es witzig. Ihr fällt es schwer, das so zu sehen. Aber als sie vor Banks Haus anhalten, atmet er so schwer, dass sie hören kann, dass es ihm weh tut. Die Tränen in seinen Augen sind die ersten, die sie dort sieht. Nicht einmal, als er seine eigene Mutter beerdigte, hat er geweint, als er da Hand in Hand mit Britt-Marie am Grab stand.

»Es ist vorbei. Mit ihr. Mit der anderen. Sie hat mir nie etwas bedeutet. Nicht wie du«, sagt er.

Hält die Finger ihrer heilen Hand, küsst sie sanft und sagt leise:

»Ich brauche dich zu Hause, Liebling. Ich brauche dich da. Wirf nicht ein ganzes Leben, das wir zusammen verbracht haben, fort, weil ich einen einzigen dummen Fehler gemacht habe!«

Britt-Marie bürstet unsichtbare Krümel von seinem Hemd. Riecht an den Blumen, die sie im Arm hält. Sie duften ganz normal.

»Es ist nicht erlaubt, Jungs mit aufs Zimmer zu nehmen. Egal welchen Alters«, flüstert sie.

Er muss laut lachen. Ihre Haut brennt.

»Morgen?«, ruft er ihr hinterher, als sie aus dem Wagen steigt.

Sie nickt.

Denn das Leben ist mehr als die Schuhe, in denen man läuft. Mehr als der Mensch, der man ist. Es ist das Gefühl, zusammenzugehören. Die Teile von einem selbst in einem anderen. Erinnerungen und Wände und Schränke und Schubladen mit Besteckfächern, bei denen man genau weiß, wo sich alles befindet. Die Anpassung eines ganzen Lebens an eine perfekte Organisation, ein stromlinienförmiges Dasein, auf zwei Persönlichkeiten abgestimmt. Ein gemeinsames Leben mit allem, was dazugehört. Mörtel und Steine, Fernbedienungen und Kreuzworträtsel, Oberhemden und Natron, Badezimmerschränke und Rasierapparate in der dritten Schublade. Dafür braucht er sie. Wenn sie nicht da ist, ist nichts normal. Sie ist wertvoll, unschätzbar, unersetzbar. Gerade da.

Sie geht hoch in ihr Zimmer. Öffnet die Schubladen. Legt Handtücher zusammen. Das Handy klingelt, auf dem Display die Nummer der jungen Frau vom Arbeitsamt, doch Britt-Marie schaltet es aus. Sitzt allein auf dem Balkon, die ganze Nacht. Die gepackten Koffer neben sich.

25

»Du ziehst ein Gesicht, als würdest du mich verurteilen. Darf ich dich darüber in Kenntnis setzen, dass mir das ganz und gar nicht gefällt«, betont Britt-Marie.

Als sie keine Antwort bekommt, formuliert sie es ein wenig diplomatischer:

»Vielleicht ist es gar nicht deine Absicht, mich so anzusehen, als würdest du mich verurteilen, aber es fühlt sich so an.«

Als sie immer noch keine Antwort bekommt, setzt sie sich auf den Holzschemel, faltet die Hände auf dem Schoß und erklärt:

»Darf ich dich darauf hinweisen, dass das Handtuch da liegt, damit du dir die Pfoten daran abwischen kannst. Es ist nicht zur Dekoration.«

Die Ratte frisst Snickers. Sagt nichts. Aber Britt-Marie wird das Gefühl nicht los, dass sie sie verurteilt. Defensiv schnaubt sie.

»Liebe muss nicht unbedingt für jeden Menschen aus Feuerwerk und Symphonieorchestern bestehen, ich finde das ganz in Ordnung. Für viele von uns kann Liebe etwas ganz anderes sein. Etwas, was vernünftig ist!«

Die Ratte frisst Snickers. Dreht eine Runde über das Handtuch. Geht zurück zu ihrem Snickers.

»Kent ist mein Mann. Ich bin seine Frau. Ich werde mich sicher nicht damit zufriedengeben, hier zu sitzen und von einer Ratte gemaßregelt zu werden«, stellt Britt-Marie klar. Dann sammelt sie ihre Gedanken, legt die Hände auf dem Schoß andersherum übereinander und fügt hinzu: »Nicht dass daran etwas auszusetzen wäre, selbstverständlich nicht. Eine Ratte zu sein. Ich bin mir sicher, dass das ganz fabelhaft ist.«

Die Ratte macht keine Anstalten, etwas anderes sein zu wollen. Britt-Maries Worte kommen beim nächsten Ausatmen von tief innen.

»Ich bin jetzt nur schon so lange traurig, weißt du.«

Die Ratte frisst Snickers. Die Kinder spielen draußen auf dem Parkplatz vor dem Jugendzentrum Fußball. Britt-Marie sieht durch die Türöffnung Kents BMW. Er spielt mit den Kindern, sie scheinen ihn zu mögen. Alle mögen Kent, wenn sie ihm zum ersten Mal begegnen. Es dauert Jahre, bis man seine schlechten Seiten zu Gesicht bekommt. Bei Britt-Marie ist es umgekehrt.

Eigentlich weiß sie gar nicht, ob »traurig« wirklich das richtige Wort dafür ist. Sie sucht nach dem richtigen Wort wie in einem Kreuzworträtsel. Senkrecht: »Ist niedergeschlagen.« »Fühlt sich, wer nicht froh ist.« Oder: »Streicht man ein ›n‹ aus dem, was man sich zur Eheschließung an den Finger steckt, ist man gleich nicht mehr fröhlich«, wenn sich einer dieser witzigen Wortverdreher das Kreuzworträtsel ausgedacht hat. Britt-Marie steht dem sehr skeptisch gegenüber, sie ist mehr dafür, dass man sich an seriöse Inhalte hält.

»›Schwer‹ ist vielleicht das bessere Wort«, sagt sie zu der Ratte.

Sie fühlt sich schon lange ganz schwer.

»Das kommt dir vielleicht befremdlich vor, aber auf eine gewisse Art und Weise habe ich hier in Borg weniger Zeit gehabt, mich schwer zu fühlen, als zu Hause«, erklärt sie der Ratte.

Die Ratte dreht wieder eine Runde über das Handtuch. Sieht aus, als würde sie abwägen, ob sie weiter ihr Snickers verspeisen oder um eine Tüte bitten soll, um den Rest einzupacken und ihn an einem Ort aufzuessen, wo keine Leute sitzen und mitten in der Nacht über Schwere lamentieren.

»Es ist nicht so, dass mich jemand gezwungen hat, dieses Leben so zu leben. Ich hätte ja auch etwas verändern können. Ich hätte mir eine Arbeit suchen können«, sagt Britt-Marie und nimmt wahr, wie sie Kent verteidigt, nicht sich selbst.

Aber das entspricht tatsächlich der Wahrheit. Sie hätte sich eine Arbeit suchen können. Nur war Kent der Meinung, dass es gut wäre, noch ein bisschen damit zu warten. Nur ein paar Jahre. Wer solle sich denn sonst um den ganzen Haushalt kümmern, fragte er sie, und sie konnte an seiner Art zu fragen schon ablesen, dass er selbst dafür nicht in Betracht kam. Nachdem Britt-Marie also ein paar Jahre wegen ihrer Mutter zu Hause geblieben war und gewartet hatte, blieb sie noch ein paar Jahre wegen Kents Kindern zu Hause, dann wurde Kents Mutter krank, und da blieb Britt-Marie wegen ihr noch einige Jahre. Kent fand, das sei so am besten, das sollte selbstverständlich nur für eine Übergangszeit so sein, bis Kents Pläne alle aufgegangen waren, aber es war ja in jedem Fall für die ganze Familie am besten, wenn Britt-Marie nachmittags zu Hause war, falls die Deutschen zum Abendessen kommen wollten. Mit »die ganze Familie« war natürlich die ganze Familie außer Britt-Marie gemeint. »Repräsentation kann man absetzen« erklärte Kent immer, sagte aber nie, zu wessen Gunsten.

Aus einem Jahr wurden mehrere Jahre, und aus mehreren Jahren wurden alle Jahre. Eines Morgens wacht man auf und hat mehr Leben hinter sich als vor sich, ohne zu wissen, wie es dazu gekommen ist.

»Ich hätte mir eine Arbeit suchen können. Es war meine Entscheidung, zu Hause zu bleiben. Ich bin kein Opfer«, unterstreicht Britt-Marie.

Sie erzählt nicht, wie nah dran sie war. Sie hatte Bewerbungsgespräche. Einige. Das hat sie Kent natürlich nicht erzählt, denn er hätte sich in dem Fall ja nur für die Bezahlung interessiert, und wenn sie es ihm gesagt hätte, hätte er nur gelacht und vorgeschlagen: »Dann ist es doch verdammt nochmal wirklich besser, ich bezahle dich dafür, dass du zu Hause bleibst.« Er hätte daraus einen Witz gemacht, aber sie wäre nicht imstande gewesen, es witzig zu finden, also ließ sie es sein. Bei den Vorstellungsgesprächen war sie immer lange vor ihrem Termin da, und dann saß im Wartezimmer immer noch jemand anderes, der auch wartete. Fast ausschließlich junge Frauen. Eine von ihnen fing mit Britt-Marie ein Gespräch an, weil sie sich nicht vorstellen konnte, dass jemand, der schon so alt war, sich um dieselbe Stelle bewarb wie sie. Diese Frau hatte drei Kinder und war von ihrem Mann verlassen worden. Eins der Kinder war krank. Als Britt-Marie zu ihrem Gespräch gebeten wurde, stand sie auf und ging. Denn man konnte über Britt-Marie vieles sagen, aber sie gehörte sicher nicht zu den Menschen, die anderen eine Arbeit wegschnappten, wenn sie sie nötiger hatten.

Das erzählt sie der Ratte selbstverständlich nicht, denn sie will ja nicht als Märtyrerin auftreten. Man weiß ja nicht, was die Ratte selbst für Erfahrungen im Leben gemacht hat. Vielleicht hat sie ja ihre ganze Familie bei einem Terroranschlag verloren, so etwas liest man ja in der Zeitung. Die etwas dramatischer veranlagten Kreuzworträtselautoren haben nämlich eine Vorliebe für Datumsangaben verschiedener Anschläge. Nicht dass Britt-Marie diese Dramatiker besonders mag, aber sie sind ihr immerhin lieber als die Wortverdreher.

»Kent hat sehr unter Druck gestanden, musst du wissen«, erklärt Britt-Marie der Ratte.

Denn so war es doch. Er hatte die ganze Familie zu versorgen. Das kostet Zeit, und das muss respektiert werden.

»Es dauert seine Zeit, bis man einen Menschen wirklich kennt«, sagt Britt-Marie zu der Ratte und wird bei jedem Wort leiser.

Er setzt beim Gehen die Fersen zuerst auf, Kent. Nicht jeder bemerkt so etwas, aber es ist so. Er kauert sich zusammen, wenn er schläft, als würde er frieren, egal, wie viele Bettdecken sie ihm vorsichtig überlegt. Und er hat Höhenangst.

»Er hat eine ausgesprochen gute Allgemeinbildung, besonders im Bereich der Geographie!«, betont sie.

Kompetenz in Geographie ist etwas Wunderbares, wenn man das Sofa miteinander teilt und Kreuzworträtsel lösen will. So ein Mensch ist nicht gerade leicht zu finden. Liebe muss nicht für jeden ein Feuerwerk sein. Sie kann auch aus Hauptstädten mit fünf Buchstaben bestehen und Schuhen, bei denen man genau vorhersagen kann, wann sie wieder neu besohlt werden müssen.

»Er kann sich ändern«, will Britt-Marie laut und deutlich und selbstbewusst sagen, doch ihr Mund haucht die Worte nur in einem Flüstern heraus.

Aber natürlich kann er das. Er muss nicht einmal ein ganz anderer Mensch werden, es reicht schon, wenn er so wird, wie er war, bevor er fremdgegangen ist. Er schluckt ja immerhin Medizin, und heutzutage kann man ja mit Medikamenten ganz unglaubliche Dinge bewerkstelligen.

»Vor ein paar Jahren ist es ihnen gelungen, ein Schaf zu klonen, kannst du dir das vorstellen?«, fragt Britt-Marie die Ratte.

Da geht sie.

Britt-Marie räumt die Teller ab. Wäscht ab. Wischt. Putzt die Fenster und sieht dabei, wie Kent mit Omar und Dino Fußball spielt. Sie kann sich auch verändern, da ist sie sich sicher. Sie muss nicht langweilig sein. Sie kann ihr hübsches Äußeres zwar nicht zurückholen, aber sie muss nicht langweilig sein. Vielleicht wird sich ihr Leben nicht ändern, wenn sie mit Kent nach Hause fährt, aber ganz sicher wird es ihr altes, bewährtes Leben sein.

»Ich bin noch nicht bereit für ein anderes Leben«, sagt Britt-Marie laut zur Ratte, bevor ihr wieder einfällt, dass die Ratte ja nicht mehr da ist.

Es dauert seine Zeit, bis man einen Menschen kennt. Sie ist noch nicht bereit, einen neuen kennenzulernen. Dafür hat sie sich entschieden, denn sie muss erst lernen, mit dem Menschen zu leben, der sie ist.

Sie steht in der Tür und sieht zu, wie Kent ein Tor schießt. Er stößt sich mit dem Stock ab und hüpft hoch in die Luft und dreht eine Pirouette. Sich nach einem Herzinfarkt so zu benehmen, hat ihm der Arzt sicher nicht empfohlen, aber Britt-Marie besinnt sich und verkneift es sich, ihn zu ermahnen, denn er sieht sehr glücklich aus. Sie vermutet, dass es auch positive Auswirkungen auf die Gesundheit hat, wenn man nach einem Herzinfarkt Glücksgefühle hat.

Omar drängelt, er will im BMW mitfahren, mit dem Argument, dass der »voll fett« sei, und Britt-Marie kapiert, dass das etwas Positives sein muss, also gelingt es ihr, auch Omar nicht zu kritisieren. Kent fährt Omar und Dino auf dem Parkplatz immer und immer wieder im Kreis herum und sieht aus, als erzähle er ihnen, wie viel der Wagen gekostet hat. Sie sehen aus, als ob sie wahnsinnig beeindruckt seien. Bei der dritten Runde lässt Kent Omar lenken, und Omar sieht aus, als ob ihm gerade jemand erzählt hätte, dass er drinnen auf Drachen reiten und mit Schwertern kämpfen darf, ohne dass irgendwer sauer wird.

Sven trägt keine Uniform, als er aus der Pizzeria kommt, deshalb bemerkt sie ihn erst, als sie nur ein paar Meter entfernt voneinander stehen. Er schaut hinüber zu dem BMW, dann zu Britt-Marie, dann räuspert er sich.

»Hallo, Britt-Marie«, sagt er.

»Hallo«, sagt sie überrascht.

Sie hält ihre Handtasche ganz fest. Sven schiebt seine Hände tief in die Jackentaschen, wie ein Jugendlicher. Er trägt ein Oberhemd und die Haare nass zurückgekämmt. Er sagt nicht, dass er das ihretwegen tut, und bevor sie noch etwas Unvernünftiges sagen kann, platzt sie vor lauter Vernunft heraus:

»Das ist mein Mann!«

Sie zeigt auf den BMW. Svens Hände sinken noch tiefer in die Jackentaschen. Als Kent sie beide erblickt, hält er an, steigt aus und schwingt seinen Stock dabei selbstbewusst in der einen Hand, die andere streckt er Sven entgegen und drückt sie etwas länger und etwas fester, als es nötig wäre.

»Kent!«, gluckst Kent.

»Sven«, murmelt Sven.

»Mein Mann«, erinnert ihn Britt-Marie.

Svens Hand sucht den Weg zurück in die Jackentasche. Er sieht aus, als würden ihn seine Kleider scheuern. Britt-Marie hält ihre Handtasche fester und fester, bis die Finger anfangen weh zu tun und sie wohl auch anderswo einen Schmerz empfindet. Kent grinst unbekümmert.

»Tolle Kinder! Der mit dem krausen Haar will Unternehmer werden, wussten Sie das?«

Er lacht zu Omar hinüber. Britt-Marie sieht zu Boden. Sven lenkt verkniffen den Blick auf Kent.

»Da dürfen Sie nicht parken«, merkt er an und macht mit seinem Ellenbogen eine Bewegung in Richtung BMW, ohne die Hand aus der Jackentasche zu ziehen.

»Ach was«, fertigt Kent ihn ab und wedelt müde mit der Handfläche.

»Sie dürfen dort nicht parken, ich sage es Ihnen noch einmal, und in dieser Gemeinde lassen wir Minderjährige auch nicht Auto fahren. Das ist verantwortungslos!«, sagt Sven mit Nachdruck und einer plötzlich aufkeimenden Wut, wie sie Britt-Marie von ihm gar nicht kennt.

»Nun entspannen Sie sich mal«, grinst Kent arrogant.

Jetzt vibriert Sven.

»Ich bin entspannt, ich bin verdammt entspannt, das kann ich Ihnen sagen! Das habe ich in einem Kurs gelernt!« Aufgebracht zeigt er mit beiden Zeigefingern durch das Jackenfutter hindurch: »Sie dürfen verdammt nochmal da nicht parken, und es ist gegen das Gesetz, Kinder ans Steuer zu lassen, das müssen

Sie sich einfach sagen lassen und akzeptieren, egal, woher Sie kommen …«

Bei seinen letzten Worten nimmt die Lautstärke ab. Als ob sie es sich sofort anders überlegt hätten. Kent stützt sich auf seinen Stock und hustet etwas unbeholfen. Sieht zu Britt-Marie hinüber, doch sie schaut nicht zurück, also blinzelt er Sven an.

»Was ist los mit Ihnen? Sind Sie ein Bulle?«, fragt er.

»Ja!«, antwortet Sven.

»O nein«, lacht Kent und setzt gleich darauf eine gekünstelt ernste Miene auf, reckt sich und lässt seine Hand höhnisch an die Stirn schnellen, um das Kommando zu empfangen.

Sven wird rot und starrt auf den Reißverschluss seiner Jacke. Britt-Marie atmet immer schneller und macht einen Schritt vor, als beabsichtige sie, körperlich dazwischenzugehen, aber begnügt sich damit, beide Füße fest nebeneinander in den Schotter zu stemmen und zu sagen:

»Lieber Kent, du kannst das Auto doch sicherlich wegfahren. Immerhin steht es mitten auf dem Fußballplatz.«

Kent seufzt, aber nickt ihr kurz zu, dann hebt er die Hände hoch, als wäre er bedroht worden.

»Ja, natürlich, wenn der Sheriff das sagt. Kein Problem! Nicht schießen!«

Demonstrativ macht er ein paar Schritte vor und beugt sich zu Britt-Marie. Sie kann sich nicht erinnern, wann er sie zuletzt auf die Wange geküsst hat.

»Ich bin im Hotel in der Stadt abgestiegen. Miese Kaschemme, du weißt ja, wie das in solchen Käffern ist, aber ich habe gesehen, dass es gegenüber ein Restaurant gibt. Das sah ganz okay aus, wenn man die Gegend bedenkt«, sagt er so, dass Sven es deutlich hören kann.

Kent gestikuliert arrogant zur Pizzeria und zum Jugendzentrum und zur Straße hinüber, als er »Gegend« ausspricht. Als er den BMW umparkt, gibt er unnötig viel Gas. Anschließend reicht er Omar seine Visitenkarte, denn Kent mag es beinahe ebenso sehr, Visitenkarten zu verteilen, wie anderen zu erzählen, wie viel die Dinge, die ihm gehören, gekostet haben. Der Junge sieht schwer beeindruckt aus. Britt-Marie wird klar, dass sie nicht sagen kann, wann genau sich Sven in der Zwischenzeit umgedreht hat und gegangen ist, aber jetzt ist er jedenfalls fort.

Sie bleibt allein vor der Pizzeria zurück. Wenn nun hier und jetzt etwas in ihr umfällt und zu Bruch geht, dann geht es wirklich um etwas, was sie sich von Anfang an gar nicht erst hätte erlauben dürfen auszupacken, das versucht sie sich selbst einzureden. Denn jetzt ist es zu spät, um ein ganz neues Leben zu beginnen.

Sie isst mit Kent im Restaurant in der Stadt zu Mittag. Da gibt es weiße Tischdecken und eine Speisekarte ohne Fotos, und es hat den Anschein, als würde man hier Besteck ernst nehmen. Oder zumindest keine Witze darüber reißen. Kent sagt, dass er einsam sei ohne sie. »Verloren« ist das Wort, das er benutzt. Es hat den Anschein, als würde er sie ernst nehmen. Oder zumindest keine Witze über sie reißen. Sie sieht, dass er seinen alten, kaputten Gürtel trägt, und ihr wird klar, dass das daran liegt, dass er seinen normalen Gürtel nicht gefunden hat, denn den hat sie noch kurz vor ihrer Abreise repariert. Sie will sagen, dass er sauber zusammengerollt in der zweiten Schublade im Kleiderschrank im Schlafzimmer liegt. In ihrem Schlafzimmer. Sie will, dass Kent ihren Namen brüllt.

Aber er kratzt sich nur an den Bartstoppeln und versucht, ganz unbeteiligt zu klingen, als er sie fragt:

»Dieser Polizist da … ist er … wie habt ihr … euch denn angefreundet?«

Britt-Marie tut alles, um genauso unbeteiligt zu klingen, als sie antwortet:

»Er ist nur ein Polizist, Kent.«

Kent nickt und blinzelt schwerfällig.

»Du kannst darauf vertrauen, dass ich weiß, dass ich mich

blamiert habe, Liebling. Aber das ist jetzt vorbei. Ich werde nie wieder Kontakt zu ihr aufnehmen. Du willst mich doch nicht ein Leben lang für einen einzigen Fehltritt bestrafen, oder?«, sagt er und hält sanft ihre verbundene Hand, die auf dem Tisch liegt.

Er trägt seinen Ehering noch. Sie spürt, wie der weiße Fleck an ihrem Finger vorwurfsvoll brennt. Kent streichelt über den Verband, als würde er nicht einmal darüber nachdenken, warum der sich dort befindet.

»Jetzt komm schon, Liebling. Du hast deine Kritik vorgebracht. Klar und deutlich! Sie ist angekommen!«

Sie nickt. Denn er hat recht. Weil sie nie wollte, dass er leidet. Sie wollte nur, dass ihm klar wird, dass er sich falsch verhalten hat.

»Du findest die Sache mit der Fußballmannschaft hier sicher verrückt«, flüstert sie.

»Machst du Witze? Ich finde es phantastisch!«, ruft Kent aus.

Als das Essen serviert wird, lässt er ihre Hand los, und sie vermisst sie auf der Stelle. Fühlt sich so, wie wenn man aus dem Friseursalon kommt und die Haare kürzer sind, als man es eigentlich wollte.

Sie legt sich die Serviette ordentlich auf den Schoß, streichelt sie zart, als würde sie schlafen, und flüstert:

»Ich auch. Ich finde es auch ganz phantastisch.«

Kent strahlt sie an. Beugt sich vor. Sieht ihr tief in die Augen.

»Hör mal, Liebling, lass uns doch Folgendes sagen: Du bleibst hier, bis die Kinder dieses Turnier gespielt haben, von dem der mit dem krausen Haar heute erzählt hat. Und dann fahren wir nach Hause. Zurück in unser Leben. Okay?«

Britt-Marie holt so tief Atem, dass er ihr zwischendurch stockt.

»Das wäre schön«, flüstert sie.

»Für dich immer, Liebling«, nickt Kent und hält den Kellner an, um ihn um die Pfeffermühle zu bitten, obwohl er das Essen noch gar nicht probiert hat.

Es ist ganz normales Essen, selbstverständlich, doch bevor

die Vernunft ihre Idee vereitelt, überlegt Britt-Marie kurz, ob sie Kent erzählen soll, dass sie Tacos gegessen hat. Sie will, dass er sich klarmacht, dass in ihrem Leben in der letzten Zeit einiges geschehen ist. Doch sie lässt es sein, denn alles wird ja schließlich auch einmal zu viel, und außerdem will Kent etwas von seinen Geschäften mit den Deutschen erzählen.

Britt-Marie hat ihr Gericht mit Pommes frites bestellt, doch sie isst sie nicht, weil sie sie gar nicht mag. Aber sie bestellt sie immer, wenn sie mit Kent essen geht, denn sie macht sich Sorgen, dass er von seinem Essen nicht satt werden könnte.

Als er sich, ohne zu fragen, über den Tisch beugt, um nach den Pommes zu greifen, schielt Britt-Marie aus dem Fenster hinaus und glaubt einen Augenblick lang, einen Streifenwagen vorbeifahren zu sehen. Doch es kann auch reine Einbildung gewesen sein. Sie schämt sich und sieht sofort herunter auf ihre Serviette. Da sitzt sie, eine erwachsene Frau, und bildet sich ein, Einsatzfahrzeuge zu sehen. Was sollen nur die Leute denken.

Kent fährt sie zum Fußballtraining, bleibt im BMW sitzen und wartet, bis es vorüber ist. Bank ist auch da, daher überlässt Britt-Marie ihr das Training. Sie hat ja die Liste. Als es vorbei ist, kann sich Britt-Marie kaum erinnern, was sie gemacht haben, ob sie mit den Kindern ein Wort gewechselt oder sich überhaupt von ihnen verabschiedet hat.

Kent fährt sie und Bank und den Hund zurück zu Banks Haus. Bank und der Hund springen hinaus, ohne zu fragen, wie viel das Auto gekostet hat, was Kent wirklich maßlos ärgert. Bank schlägt zufällig mit ihrem Stock an den Lack, und die ersten zwei Male ist es ganz bestimmt nicht mit Absicht. Kent sitzt noch da und tippt auf seinem Handy herum, und Britt-Marie sitzt neben ihm und wartet ab, denn das kann sie gut. Schließlich sagt er:

»Ich muss jetzt losfahren, weil ich morgen einen Termin mit dem Steuerberater habe. Es geht um die Geschäfte mit den Deutschen, weißt du, das sind große Pläne!«

Er nickt nachdrücklich, um zu unterstreichen, wie groß die Pläne sind. Britt-Marie lächelt aufmunternd. Sie öffnet gerade die Wagentür, als ihr die Idee kommt, deshalb stellt sie spontan ihre Frage, ohne sie wirklich durchdacht zu haben.

»Für welche Fußballmannschaft bist du?«

»Manchester United«, antwortet er erstaunt und sieht von seinem Handy auf.

Sie nickt und steigt aus.

»Das war ein sehr nettes Abendessen, Kent. Vielen Dank.«

Er beugt sich über den Sitz und sieht zu ihr hoch.

»Wenn wir nach Hause kommen, dann gehen wir ins Theater, nur du und ich. Okay, Schatz? Ich versprech's!«

Sie bleibt im Flur stehen und lässt die Haustür offen, bis er fort ist. Da bemerkt sie die uralten Frauen im Garten auf der anderen Straßenseite, die sich auf ihre Rollatoren stützen, dastehen und herüberstarren, deshalb sieht sie zu, dass sie hineinkommt. Bank sitzt in der Küche und isst Speck.

»Mein Mann ist für Manchester United«, teilt Britt-Marie ihr mit.

»Darauf hätte man wetten können«, antwortet Bank.

Britt-Marie hat keine Ahnung, was das bedeuten soll. Aber positiv klingt es nicht, nein, wirklich nicht.

26

Am nächsten Morgen widmet sich Britt-Marie der Reinigung ihrer Balkonmöbel. Sie wird sie vermissen. Die Frauen mit den Rollatoren, die auf der anderen Straßenseite im Garten stehen, holen die Zeitung aus ihrem Briefkasten. In einem plötzlichen Anfall von sozialem Interesse winkt Britt-Marie ihnen zu, aber sie glotzen nur zurück. Knallen die Tür zu, als sie wieder ins Haus hineingehen. Britt-Marie kommt sich blöd vor.

Bank steht in der Küche und brät Frühstücksspeck, als sie herunterkommt, aber einen Dunstabzug hat sie natürlich nicht angeschaltet. Wie angenehm für Bank, denkt Britt-Marie, dass sie sich an dem Geruch von angebranntem Speck überhaupt nicht stört oder daran, was die Nachbarn denken könnten.

Unschlüssig bleibt sie in der Tür zwischen Flur und Küche stehen. Als Bank sie nicht zu bemerken scheint, räuspert sie sich zwei Mal, denn sie hat das Gefühl, dass sie nach allem, was passiert ist, ihrer Vermieterin eine Erklärung schuldet.

»Du findest natürlich, dass du für all die Dinge mit meinem Mann eine Erklärung verdienst«, erklärt sie.

»Nein«, antwortet Bank entschlossen.

»So«, entgegnet Britt-Marie enttäuscht.

»Speck?«, grunzt Bank und gießt noch etwas Öl in die Pfanne.

»Danke, nein«, antwortet Britt-Marie, keineswegs angewidert, und legt dar:

»Er ist mein Mann. Wir haben uns nicht getrennt. Ich war nur eine Weile mal nicht zu Hause. Es war wie Urlaub. Aber jetzt werde ich nach Hause fahren, verstehst du. Ich kann gut verstehen, wenn du das vielleicht nicht verstehst, aber er ist mein Mann. In meinem Alter schickt es sich nicht, seinen Mann zu verlassen.«

Bank sieht wirklich nicht so aus wie jemand, der Lust hat, sich über Britt-Maries Beziehung zu unterhalten.

»Bist du sicher, dass du keinen Speck willst?«, brummt sie.

Britt-Marie schüttelt den Kopf.

»Danke, nein. Aber ich möchte, dass du weißt, dass er kein schlechter Mann ist. Er hat einen Fehler gemacht, aber das kann jedem passieren. Ich bin mir sicher, dass er vorher schon jede Menge Gelegenheiten gehabt hat, Fehler zu machen, und er hat es nicht getan. Deshalb kann man einen Menschen wirklich nicht für alle Ewigkeit bestrafen, nur weil er einen einzigen Fehler macht.«

»Der Speck ist lecker«, sagt Bank.

»Es gibt schließlich auch Pflichten. Eheliche Pflichten. Man gibt nicht einfach so auf«, erklärt Britt-Marie.

»Ich hätte dir auch Ei angeboten, aber der Hund hat es gefressen. Deshalb ist für dich leider nur noch Speck da«, grunzt Bank.

»Man verlässt einander nicht, wenn man ein ganzes Leben miteinander verbracht hat«, sagt Britt-Marie.

»Du kriegst jetzt eine Portion«, beschließt Bank und stellt den Dunstabzug an.

Man könnte fast meinen, dass sie das Gerät anstellt, weil sie sich eher von Britt-Maries Stimme als vom Geruch des gebratenen Frühstücksspecks gestört fühlt, also stemmt Britt-Marie die Fersen in den Boden.

»Ich esse keinen Speck. Der ist schlecht für die Cholesterinwerte. Kent isst jetzt auch viel weniger, wenn ich dir das sagen darf, er war im Herbst beim Arzt. Wir haben einen ausgesprochen guten Arzt. Er ist Einwanderer, weißt du. Aus Deutschland!«

Bank stellt den Abzug auf die höchste Stufe, daher muss Britt-Marie die Stimme heben, um sich gegen den Lärm durchzusetzen, also schreit sie fast, als sie mitteilt:

»Es ist wirklich nicht angebracht, seinen Mann zu verlassen, wenn er gerade einen Herzinfarkt überstanden hat! So eine Frau bin ich nicht!«

Vor ihrer Nase landet der Teller klirrend auf dem Tisch, so dass das Fett über die Tischkante schwappt.

»Iss deinen Speck«, sagt Bank.

Britt-Marie gibt ihn dem Hund. Aber sie verliert kein Wort mehr über Kent. Zumindest versucht sie es. Stattdessen fragt sie:

»Was hat es zu bedeuten, wenn jemand für diese Mannschaft Manchester United oder wie die nun heißen ist?«

Bank antwortet, den Mund voll mit Speck.

»Die gewinnen alles. Deshalb glauben sie mittlerweile, sie hätten es verdient.«

»So«, sagt Britt-Marie.

Bank sagt nichts weiter. Also steht Britt-Marie auf und wäscht ihren Teller ab. Trocknet ihn ab. Bleibt noch eine Weile stehen, für den Fall, dass Bank noch irgendetwas hinzufügen will, aber als Bank vergessen zu haben scheint, dass Britt-Marie überhaupt noch da ist, räuspert sich Britt-Marie und sagt mit unumstößlichem Nachdruck:

»Kent ist kein schlechter Mann. Er hat nicht immer gewonnen.«

Der Hund schaut Bank an, als sei er der Meinung, dass Bank nun ein schlechtes Gewissen haben sollte. Bank scheint das zu merken, denn sie fährt mit dem Essen noch schweigender und beleidigter fort als zuvor.

Britt-Marie ist aus der Küche gegangen, hat sich den Mantel angezogen und ihre Liste ordentlich in der Handtasche verstaut, als der Hund in der Küche zu knurren beginnt und Bank zur Antwort deutlich stöhnt und schließlich in den Flur hinausruft:

»Soll ich dich fahren?«

»Wie bitte?«, fragt Britt-Marie.

»Soll ich dich zum Jugendzentrum fahren?«, fragt Bank.

Britt-Marie starrt sie entgeistert an und lässt fast ihre Handtasche fallen.

»Fahren? Wie … ich … nein, kein Problem … danke. Ich will ja nicht … ich weiß nicht … ich habe wirklich keine Vorurteile, aber wie …«

Sie verstummt, als sie in Banks Gesicht ein zufriedenes Grinsen entdeckt.

»Ich bin fast blind. Ich fahre nicht Auto. Es war ein Spaß, Britt-Marie.«

Der Hund sieht sie aufmunternd an. Britt-Marie zupft ihr Haar zurecht.

»So. Nett … von dir.«

»Mach dir nicht so viele Gedanken, Britt-Marie!«, ruft Bank ihr hinterher, und Britt-Marie weiß wirklich nicht, was sie zu diesem absurden Einfall sagen soll.

Sie spaziert hinüber zum Jugendzentrum. Räumt auf. Putzt die Fenster und schaut hinaus. Jetzt sieht sie andere Dinge als am Anfang, als sie nach Borg kam. Mit Faxin kann ein Mensch das.

An der Tür serviert sie das Snickers. Geht über den Fußballplatz, von dem sie immer gedacht hat, er sei nur ein Parkplatz. Svens Streifenwagen steht vor der Pizzeria. Britt-Marie holt tief Luft, bevor sie hineingeht.

»Hallo«, sagt sie.

»Britt-Marie! Hallo!«, ruft Jemand und kommt mit einer Kaffeekanne in der Hand aus der Küche gerollt.

Sven steht an der Kasse, er trägt Uniform. Eilig nimmt er die Mütze ab und hält sie in den Händen.

»Hallo, Britt-Marie«, sagt er lächelnd und scheint ein paar Zentimeter größer zu werden.

Dann erklingt eine andere Stimme.

»Guten Tag, mein Liebling!«

Kent sitzt an einem Tisch am Fenster und trinkt Kaffee. Er hat die Schuhe ausgezogen und einen Fuß auf den Stuhl gegenüber gelegt. Das ist eine seiner schlimmsten Angewohnheiten, er kann sonst wo sitzen und Kaffee trinken und es sich derart gemütlich machen, als wäre er zu Hause. Niemand beherrscht die Kunst, sich völlig ungebeten so zu Hause zu fühlen, wie Kent.

Sven schrumpft wieder. Als würde er Luft verlieren. Britt-Marie versucht, sich nicht anmerken zu lassen, dass ihr das Herz nun beinahe zum zweiten Mal stehen bleibt.

»Ich dachte, du wolltest heute zum Steuerberater«, bringt sie hervor.

»Ich fahre gleich los, Omar, dieser Junge, wollte mir nur erst ein paar Dinge zeigen«, lächelt Kent, als hätte er alle Zeit der Welt. Dann zwinkert er Sven aggressiv zu und erklärt lautstark:

»Machen Sie sich keine Sorgen, Sheriff, heute habe ich nicht im Halteverbot geparkt. Ich stehe auf der anderen Straßenseite.«

Sven wischt seine Handflächen an den Hosenbeinen trocken und sieht zu Boden, als er antwortet:

»Da darf man auch nicht stehen.«

Kent nickt mit gekünstelter Ernsthaftigkeit.

»Will der Sheriff jetzt Strafzettel verteilen? Nimmt der Sheriff Bargeld?«

Er legt sein Portemonnaie, das so dick ist, dass es mit einem Gummi zusammengehalten werden muss, damit er es in seiner Hosentasche verstauen kann, auf den Tisch. Dann lacht er, als sei das nur ein Witz gewesen. Das kann Kent gut, so aussehen, als ob alles nur ein Witz sei. Dann kann nämlich niemand beleidigt sein, denn dann kann Kent immer sagen: »Ach komm schon, hast du denn gar keinen Humor?« Der, der am wenigsten Humor hat, hat in dieser Welt immer verloren.

Sven sieht herunter auf den Boden.

»Ich stelle keine Strafzettel aus. Ich bin kein Parkwächter.«

»Okay, Sheriff! Okay! Aber der Herr Sheriff stellt seinen eigenen Wagen natürlich dort ab, wo es ihm beliebt«, grinst Kent und nickt zum Streifenwagen, der durch das Fenster zu sehen ist.

Bevor Sven antworten kann, ruft Kent Jemand zu:

»Machen Sie sich über den Kaffee des Sheriffs keine Gedanken, den übernehme ich! Wir Steuerzahler bezahlen sein Gehalt doch sowieso, also setzen Sie ihn einfach auf unsere Rechnung!«

Sven antwortet nicht. Er legt nur ein paar Scheine auf die Theke und sagt leise zu Jemand:

»Ich kann meinen Kaffee selbst bezahlen.«

Dann blinzelt er zu Britt-Marie hinüber und murmelt:

»Ich möchte ihn gern mitnehmen, wenn es in Ordnung ist.«

Sie will etwas sagen. Kommt nicht dazu.

»Schau dir das mal an, Liebling! Die habe ich für diesen Omar drucken lassen!«, ruft Kent und wedelt mit einer Handvoll Visitenkarten.

Als nicht auf der Stelle alle in der Pizzeria anwesenden Personen zu seinem Tisch stürmen, erhebt sich Kent recht umständlich und seufzt, als hätte niemand von ihnen auch nur ein Fünkchen Humor. Dann geht er nur in Strümpfen vor zur Kasse, so dass Britt-Marie innerlich schreit, und hält Sven eine Visitenkarte unter die Nase.

»Hier, Sheriff! Nehmen Sie eine Visitenkarte mit!«

Dann grinst er Britt-Marie an und zeigt ihr eine Karte. Darauf steht: *Omar – Unternehmer.*

»Da unten in dieser ›Stadt‹ gibt es eine Druckerei. Die haben das heute Morgen ganz schnell erledigt, sie waren überglücklich, die Armen haben ja sonst keine Aufträge!«, erzählt Kent fröhlich und macht überdeutliche Anführungszeichen in der Luft, als er das Wort »Stadt« ausspricht.

Sven steht daneben und schluckt. Jemand füllt seinen Kaffee in einen Pappbecher, Sven nimmt ihn und geht direkt auf die Tür zu.

Als er an Britt-Marie vorbeigeht, wird er langsamer, sieht ihr kurz in die Augen.

»Ich wünsche dir einen … einen schönen Tag«, sagt er zu ihr.

»Dir … ja, ich meine, Ihnen auch. Ich wünsche Ihnen auch einen schönen Tag«, antwortet Britt-Marie und beißt sich in die Wangen.

»Be careful out there, sheriff!«, ruft Kent in Fernsehserien-Englisch.

Sven steht still, den Blick auf den Boden gerichtet. Britt-Marie kann noch sehen, wie er die eine Faust so fest ballt, dass die Knöchel weiß werden, bevor er sie in der Jackentasche verschwinden lässt. Als würde er ein Tier in einen Sack hineinzwingen. Die Tür schließt sich hinter ihm mit einem fröhlichen Pling.

Britt-Marie bleibt unschlüssig vor der Kasse stehen. Was Kent da fabriziert, ist schon merkwürdig, er kann sich an einem Ort derart zu Hause fühlen, dass Britt-Marie sich auf der Stelle wie eine Fremde vorkommt. Er klopft ihr auf den Rücken und wedelt mit den Visitenkarten.

»Lieber Kent. Kannst du nicht wenigstens die Schuhe anziehen?«, flüstert sie.

Kent schaut verwundert hinunter auf seine Socken. Wackelt ein bisschen mit dem großen Zeh, da, wo er ein Loch im Strumpf hat.

»Ja, natürlich, Liebling. Selbstverständlich. Ich muss jetzt sowieso los. Gib die hier bitte diesem Jungen Omar, wenn er auftaucht!«

Er wedelt dramatisch mit dem Handgelenk, so dass seine Armbanduhr rasselt. Sie ist sehr teuer, Britt-Marie weiß das und alle anderen Menschen, die jemals mit Kent an der Tankstelle Schlange gestanden haben, auch. Dann drückt er ihr die Visitenkarten in die Hand und küsst sie auf die Wange.

»Ich bin heute Abend zurück!«, ruft er, als er auf dem Weg durch die Tür ist, und ist in der nächsten Sekunde verschwunden.

Britt-Marie bleibt zurück, unschlüssiger als je zuvor. Wenn sie nicht weiß, was sie anfangen soll, tut sie das, was sie immer tut. Sie putzt.

Jemand lässt sie machen. Entweder weil es ihr egal ist oder weil es das überhaupt nicht ist.

Zur Essenszeit taucht Omar auf. Er rennt sofort zu Britt-Marie, als wären sie hier in der Pizzeria die letzten zwei Menschen auf der Erde und sie hätte die letzte Tüte Kartoffelchips in der Hand.

»Ist Kent da? Kommt er her? Ist er schon da?«, fragt er sie und zupft sie am Ärmel.

»Kent ist bei seinem Steuerberater. Er kommt heute Abend zurück«, informiert ihn Britt-Marie.

»Ich hab ihm supercoole Felgen für den BMW besorgt! Megakrass! Willst du sie sehen? Er kriegt sie zum Freundschaftspreis … weißt ja!«, ruft Omar.

Britt-Marie fragt nicht nach, was das zu bedeuten hat, weil sie den Verdacht hegt, dass es bedeutet, dass wieder einmal der eine oder andere Lastwagen auf dem Weg aus Borg hinaus leichter gewesen ist als auf dem Weg hinein.

Als Britt-Marie dem Jungen die Visitenkarten aushändigt, verstummt er auf der Stelle. Hält sie in der Hand, als wären sie aus Seide und unschätzbar wertvoll. Die Tür macht pling, und Vega kommt herein. Sie schaut Britt-Marie nicht an.

»Hallo, Vega«, sagt Britt-Marie.

Vega ignoriert sie.

»Hallo, Vega!« wiederholt Britt-Marie.

»Schau dir mal die SUPERkrassen Visitenkarten an! Die hab ich von Kent bekommen!«, ruft Omar aus, und seine Augen glänzen.

Vega betrachtet sie mit gleichgültigem Schweigen und stürmt hinüber in die Küche. Kurz darauf hört man, dass sie anfängt abzuwaschen. Es hört sich an, als würde in der Spüle etwas herumkriechen und sie würde versuchen, es zu erschlagen. Jemand kommt aus der Küche herausgerollt, sieht Britt-Marie an und zuckt entschuldigend mit den Schultern.

»Vega sehr wütend, weißt du.«

»Woher weißt du das?«, fragt Britt-Marie.

»Kids. Spülen freiwillig. Irre wütend, oder?«

Britt-Marie muss zugeben, dass das logisch klingt.

»Warum ist sie denn sauer?«

Omar antwortet überschwänglich:

»Weil sie weiß, dass Kent da war, also ist ihr klar, dass du wieder abhauen wirst!«

Dabei klingt er nicht besonders traurig, weil ihm offenbar der Austausch eines Fußballtrainers gegen einen Felgenspekulanten als einträgliches Geschäft erscheint.

»Ich bleibe in Borg, bis der Wettbewerb vorbei ist«, sagt Britt-Marie ebenso sehr zu sich selbst wie zu den anderen.

Der Junge macht nicht den Eindruck, als hätte er zugehört. Er korrigiert sie nicht einmal und sagt »Turnier«. Britt-Marie wünscht sich fast, er würde es tun.

Die Männer mit Bart und Kappen erscheinen in der Tür. Sie trinken Kaffee und lesen Zeitungen, ohne von Britt-Marie Notiz zu nehmen, aber sie sehen heute entspannter als sonst aus, als ob sie schon wüssten, dass sich das bald ändern wird.

Karl kommt mit seiner roten Kappe auf dem Kopf herein und holt ein neues Paket ab. Britt-Marie überwindet sich fast, ihn zu fragen, was darin ist, doch die Tür macht hinter ihm Pling, bevor die Worte aus ihrem Mund kommen. Jemand rollt hinter ihr hin und her. Isst Cornflakes direkt aus der Packung. Britt-Marie geht nicht in die Küche, um ihr einen Teller zu holen. Jemand sieht so aus, als würde sie sich das fast wünschen.

»Karl baut so ein, wie sagt man? Gewächshaus!«, sagt sie durch eine Fontäne von Flakesbröseln.

»Wie bitte?«, fragt Britt-Marie und bürstet sich einige Flakesbrösel von ihrem Blazer.

»Gewächshaus. Kennst du. Für so Pflanzen und so«, verdeutlicht Jemand hilfsbereit.

»So. Sind die Teile dafür dann in all den Paketen drin?«

»Ja klar. Weißt du, Karl und seine Frau wurden an einem Freitag Mann und Frau. Seit vierzehn Jahren an jedem Freitag: Karl kauft Blumen. Dann Finanzkrise, Spedition macht zu, alles macht zu, Karl war so, wie sagt man? Lastwagenmechaniker! Aber jetzt: arbeitslos. Blumengeschäft in Borg macht zu. Kein Geld, keine Blumen. Also baut Karl Gewächshaus im Garten, also bekommt Karls Frau wieder jeden Freitag Blumen!«

Jemand kippt sich die letzten Krümel aus dem Cornflakes-Paket in den Mund, wobei mehr als die Hälfte auf ihrem Pullover landet.

»Es gibt Gedicht darüber, oder? Wie heißt das? ›Aber Liebe ist am größten‹?«

»Das ist aus der Bibel«, antwortet Britt-Marie zustimmend, denn es wird häufig in den Kreuzworträtseln abgefragt, was am größten sei, daher weiß Britt-Marie sehr genau, dass die Liebe am größten ist.

Vega gehen offenbar die Dinge aus, mit denen sie in der Küche herumscheppern kann, deshalb kommt sie herausgestürmt und rennt auf die Tür zu.

»So. Du willst wohl hinaus?«, fragt Britt-Marie wohlwollend.

»Als würde es dich interessieren«, zischt Vega.

»Bist du rechtzeitig zum Training zurück?«, fragt Britt-Marie.

»Was spielt das für eine Rolle?«

»Du kannst doch wohl wenigstens eine Jacke überziehen? Draußen ist es kalt …«

»Verpiss dich doch wieder, Alte! Nach Hause zu deinem Scheißleben mit deinem Scheißmann!«

Das Mädchen knallt die Tür hinter sich zu. Die macht ein fröhliches Pling. Omar sammelt seine Visitenkarten ein und rennt Vega hinterher. Britt-Marie ruft seinen Namen, doch er hört es nicht, oder es ist ihm egal. Die Tür macht pling.

Danach putzt Britt-Marie in verkniffenem Schweigen die Pizzeria. Keiner versucht, sie davon abzuhalten.

Als sie damit fertig ist, sinkt sie in der Küche auf einen Hocker. Jemand sitzt daneben und trinkt Bier. Betrachtet sie nachdenklich.

»Bier, Britt-Marie. Willst du vielleicht eins?«

Britt-Marie schaut sie mit großen Augen an.

»Ja, weißt du was? In der Tat. Ich glaube, ich hätte wirklich gern ein Bier.«

Also trinken sie ihr Bier, ohne noch ein Wort zu verlieren. Britt-Marie hat wohl zwei oder drei kleine Schlucke getrunken, als die Tür wieder einmal pling macht. Sie kommt gerade rechtzeitig aus der Küche, um zu sehen, wie der junge Mann hereinkommt. Sie ist diese Mengen Alkohol mitten am Nachmittag sicherlich nicht gewohnt, deshalb fällt ihr vielleicht nicht unmittelbar auf, dass der Mann eine schwarze Maske über dem Gesicht trägt. Aber Jemand merkt es. Sie stellt ihr Bier hin. Rollt hinter Britt-Marie und zieht sie am Ärmel.

»Britt-Marie. Runter auf den Boden. Sofort!«

Und dann sieht Britt-Marie die Pistole.

27

In den Lauf einer Pistole zu starren ist etwas sehr Spezielles. Er hüllt dich ein. Du fällst hinein in ihn. In ein paar Stunden werden ein paar Polizisten aus der Stadt in die Pizzeria kommen und Britt-Marie fragen, ob sie beschreiben kann, wie der junge Mann aussieht, was er für Kleidung trägt, ob er groß oder klein ist, ob er einen Akzent hat oder einen Dialekt spricht. Aber die einzige Personenbeschreibung, die sie abgeben können wird, lautet: »Er hatte eine Pistole in der Hand.« Einer der Polizisten wird ihr daraufhin erklären, sie müsse sich klarmachen, dass es bei einem Raubüberfall einzig und allein um Geld gehe und dass sie das »wirklich nicht persönlich nehmen darf«.

Das ist für den Polizisten natürlich leicht zu sagen, aber es ist wirklich ziemlich schwer, es NICHT persönlich zu nehmen, wenn jemand eine Pistole direkt auf einen richtet, diese Meinung vertritt Britt-Marie steif und fest.

»Fuck, mach die verdammte Kasse auf!«, fährt der Räuber sie an.

Im Nachhinein wird sie sich daran erinnern, dass er das sagt, als sei sie nur ein Werkzeug, gar kein Mensch. Jemand versucht, mit dem Rollstuhl zur Kasse zu gelangen, doch Britt-Marie steht im Weg und scheint am Boden festgefroren zu sein.

»AUFMACHEN!«, brüllt der Räuber, so dass sich Jemand und die Männer mit Kappe instinktiv die Arme vors Gesicht halten, als ob das irgendwie helfen würde.

Aber Britt-Marie steht ganz still. Der Schreck lähmt sie derart, dass sie nicht einmal in der Lage ist, Angst zu bekommen. Warum das so ist, weiß sie natürlich nicht, aber ein Mensch birgt so einige Dinge in sich, die erst dann zum Vorschein kommen, wenn ihm jemand eine Pistole vor die Nase hält. Und das, was Britt-Marie zu ihrem eigenen Erstaunen und zum Schrecken der Männer und Jemands ihren Mund sagen hört, ist:

»Sie müssen erst etwas einkaufen.«

»AUFMACHEN!«, schreit der Räuber.

Aber Britt-Marie rührt sich nicht von der Stelle. Legt ihre bandagierte Hand in die andere. Beide Hände zittern zwar, aber es ist wohl ganz einfach einer dieser Tage, an denen Britt-Marie das Gefühl hat, dass es irgendwann einmal reicht. Also antwortet sie in jeder Hinsicht wohlwollend:

»Man muss in die Kasse einen Betrag eintippen, um sie öffnen zu können, wissen Sie. Sonst stimmt der Kassenzettel nicht.«

Die Pistole in der Hand des Räubers fährt hoch und wieder runter. Sowohl aus Wut als auch aus Verwunderung.

»DANN TIPPEN SIE VERDAMMT NOCHMAL IRGENDWAS EIN!«

Britt-Marie wechselt ihre Hände auf Hüfthöhe. Ihre Finger sind rutschig vom Schweiß. Aber offenbar beschließt irgendetwas in ihr, gegen die noch so engagierten Proteste ihrer Vernunft, dass das trotz allem ein Moment in Britt-Maries Leben ist, in dem sie Rückgrat zeigen will.

»Sie müssen verstehen, dass ich nicht einfach irgendetwas eintippen kann. Dann stimmt der Kassenzettel nicht.«

»ICH SCHEISS AUF DEINEN FUCKING KASSENZETTEL! AUFMACH…«, schreit der Räuber.

»Es gibt keinerlei Grund, die Stimme zu heben«, unterbricht Britt-Marie ihn energisch und erklärt voller Geduld: »Es ist sicher auch nicht nötig, solche Worte zu benutzen, mein Freund!«

In dem Moment kommt Jemands Rollstuhl vorgeschossen, rammt sie am Oberschenkel und kippt um. Britt-Marie und Jemand gehen zu Boden. Der Knall, als gleichzeitig ein Schuss an die Decke abgefeuert wird, hinterlässt in Britt-Maries Ohren ein Heulen, von dem sie die Orientierung verliert. Von der Leuchtstoffröhre schneien Glassplitter herunter, und sie weiß nicht, ob sie auf dem Rücken oder auf dem Bauch liegt, was Wand und was Fußboden ist. Sie spürt das keuchende Atmen von Jemand in ihrem Ohr und meint, ganz entfernt zu hören, dass etwas pling macht.

Dann hört sie die Stimmen von Vega und Omar.

»Was geht denn hier …«, stottert Vega, und da ist Britt-Marie instinktiv wieder auf den Beinen, obwohl es ihr immer noch in den Ohren klingelt und die Vernunft sie anschreit, sich endlich mal zusammenzureißen und liegen zu bleiben wie ein vernünftiger Mensch.

Es gibt vieles, was man über sich selbst nicht weiß, bevor man es entdeckt. Wozu man in der Lage ist. Über den Mut, den man besitzt. Der Räuber dreht sich zu Vega und Omar um, durch die Löcher in der Maske sieht man seine Augen schockiert aufglühen.

»Fucking Scheiße, Mann, verdammt, was habt ihr hier zu suchen?«

»Psyko?«, flüstert Omar.

»WAS HABT IHR HIER ZU SUCHEN? ICH HAB DOCH VERDAMMT NOCHMAL EXTRA GEWARTET, BIS IHR WEG WART! WAS MACHT IHR VERDAMMTEN KIDS HIER?«

»Ich hab meine Jacke vergessen«, antwortet Vega leise.

Psyko fuchtelt voller Wut mit der Pistole vor ihr herum, aber da steht Britt-Marie schon zwischen der Mündung und den Kindern. Sie streckt ihre Arme nach hinten, um sicherzugehen, dass sie den Jungen und das Mädchen auch ganz mit ihrem Körper verdeckt, und dann bewegt sie sich keinen Millimeter mehr. Wie am Boden festgewurzelt, aber ein Leben voller unterdrücktem Ehrgeiz im Rücken, der sie nun aufrecht hält.

»Jetzt reicht es wirklich!«, zischt sie.

Sie kann sich nicht erinnern, dass sie jemals in ihrem Leben jemandem derart gedroht hat.

Danach entsteht im Raum eine leicht ambivalente Stimmung, so könnte man das Ganze wohl beschreiben. Psyko weiß offensichtlich nicht so recht, wo er mit seiner Pistole hinsoll, und bevor er sich entschieden hat, gibt es im ganzen Raum auch niemanden, der sich traut, irgendetwas zu unternehmen. Britt-Marie schaut verärgert auf seine Schuhe. »Ich habe den Boden gewischt.«

»HALT DIE SCHNAUZE, FUCKING FOTZE!«, schreit Psyko.

»Das werde ich ganz sicher nicht tun«, antwortet Britt-Marie.

Psyko schwitzt so, dass es aus den Löchern in der Maske tropft. Er dreht sich zweimal im Kreis durch die Pizzeria, die Pistole auf Augenhöhe, so dass die Männer mit Kappe sich wieder zu Boden werfen. Dann starrt er Britt-Marie ein letztes Mal an, hasserfüllt, und dann haut er ab.

Die Tür macht ihr glückliches Pling, und Britt-Maries Unterkörper schmilzt herunter auf den Boden. Noch einmal verliert sie die Orientierung, weiß nicht mehr, wo oben und unten ist, so dass sie nicht gleich bemerkt, dass es Vegas und Omars zitternde Arme sind, die sie noch aufrecht halten. Britt-Marie spürt, wie der Kragen ihres Blazers von Tränen feucht wird, aber sie weiß nicht, welche von den Kindern sind und welche ihre eigenen, ebenso wenig, wie sie sagen kann, wann sie sich aus ihrer Umarmung löst und stattdessen die Kinder in den Arm nimmt. Aber als sie spürt, dass sie im nächsten Moment umkippen werden, findet sie die Kraft, selbst zu stehen. Weil Frauen wie Britt-Marie das eben tun: die Kraft finden, wenn sie es für einen anderen tun müssen.

»Tut mir leid tut mir leid tut mir leid tut mir leid tut mir leid«, heult Vega.

»Schschsch«, flüstert Britt-Marie und wiegt beide, Vega und Omar.

»Tut mir leid, dass ich ›Alte‹ gesagt habe«, schluchzt Vega.

»Das habe ich wirklich nicht zum ersten Mal gehört«, beruhigt sie Britt-Marie.

Vorsichtig setzt sie die Kinder auf einen Stuhl. Hüllt sie beide in eine Decke ein und macht ihnen heiße Schokolade mit echtem Kakao, denn das wollten Kents Kinder auch immer haben, als sie noch klein waren und mitten in der Nacht von Albträumen aufwachten. Die Qualität des Kakaos ist zwar fraglich, weil Jemand versichert, es sei »fast Kakao! aus Asien!«, aber die Kinder sind zu durcheinander, als dass sie den Geschmack wirklich wahrnehmen könnten.

Omar stammelt ununterbrochen, dass sie Sami erwischen müssen, und Vega wählt ununterbrochen die Handynummer ihres großen Bruders. Britt-Marie versucht, die beiden zu beruhigen, indem sie sagt, sie sei sich ganz sicher, dass Sami mit diesem Überfall nicht das Geringste zu tun hat, woraufhin beide Kinder sie mit offenem Mund anstarren und Omar flüstert:

»Du verstehst nicht, was wir meinen. Wenn Sami hört, dass Psyko mit einer Pistole auf uns gezielt hat, wird er ihn umbringen. Wir müssen Sami finden!«

Sami geht nicht ran. Die Kinder werden immer panischer. Britt-Marie zieht die Decken um sie noch fester und kocht noch mehr Kakao. Dann tut sie das, was sie kann. Was ihr einfällt. Sie holt den Besen und den Mopp und das Natron, fegt das Glas zusammen und wischt den Boden.

Als sie damit fertig ist, steht sie hinter der Kasse und hält sich mit aller Kraft an der Theke fest, um nicht ohnmächtig zu werden. Jemand holt ihr eine Kopfschmerztablette und noch ein Bier. Die Männer mit Kappe und Bart stehen auf, bringen ihre Kaffeetassen zur Kasse und stellen sie ohne einen Laut vor Britt-Marie ab. Dann nehmen sie ihre Kappen ab, machen eine Verbeugung, blättern dann beide in ihren Zeitungen und halten ihr etwas hin.

Die Kreuzworträtsel.

28

Britt-Marie weiß nicht, ob sie zuerst Kents oder Svens Stimme hört. Sven kommt, weil Vega ihn angerufen hat, Kent kommt, weil Omar ihn angerufen hat. Der Streifenwagen und der BMW kommen auf den Parkplatz geschlittert. Beide Männer stolpern kreidebleich in die Pizzeria, bleiben fassungslos in der Tür stehen und starren auf die zerschossene Leuchtstoffröhre an der Decke. Dann schauen sie Britt-Marie an. Die Angst steht ihnen ins Gesicht geschrieben, das erkennt sie gleich. Kann förmlich das schlechte Gewissen sehen, das sie quält, weil sie nicht da waren und sie beschützen konnten. Sie sieht, wie sehr es beide schmerzt, die verpasste Chance, ihr Held zu sein. Sie schlucken. Wissen nicht, auf welchem Fuß sie stehen sollen. Dann tun sie das, was fast alle Männer in der Situation tun würden.

Sie beginnen miteinander zu streiten, wer schuld ist.

»Sind alle okay?«, fragt Sven zuerst, wird aber von Kent unterbrochen, der mit den Händen durchs Lokal fuchtelt und die anderen anweist:

»Jetzt bewahren wir Ruhe, bis die Polizei da ist!«

Sven fährt herum wie ein beleidigtes Mannequin.

»Was glauben Sie eigentlich, was das ist, was ich trage, Sie Schnösel! Ein Faschingskostüm?«

»Ich meine einen richtigen Polizisten, einen, der einen Überfall BEENDEN kann!«, zischt Kent.

Sven macht zwei kleine, wütende Schritte nach vorn und hebt das Kinn an.

»Natürlich, natürlich, *Sie* hätten den Überfall beenden können, wenn Sie da gewesen wären, vermutlich mit dem PORTEMONNAIE!«

Ihre Gesichter werden augenblicklich knallrot. Britt-Marie hat Sven noch nie so böse gesehen, und den verblüfften Mienen von Vega, Omar und Jemand nach zu urteilen, haben sie das auch noch nicht. Kent, der seine Führungsposition im Raum unmittelbar bedroht sieht, hebt die Stimme noch weiter und versucht, das Kommando zu behalten.

»Seid ihr okay, Kinder?«, fragt er Omar und Vega und gestikuliert mit der ganzen Hand.

»Fragen Sie sie doch nicht, wie es ihnen geht! Sie KENNEN diese Kinder doch gar nicht!«, ruft Sven und schiebt Kents Hand zur Seite. Dann dreht er sich zu den Kindern um und gestikuliert selbst aufgebracht:

»Seid ihr okay, Kinder?«

Vega und Omar nicken irritiert. Jemand versucht, etwas zu sagen, doch hat keine Chance. Kent drängelt sich vor Sven und wedelt mit beiden Händen.

»Jetzt beruhigen sich alle, dann können wir die Polizei rufen.«

»Ich STEHE schon hier, Sie HORNOCHSE!«, brüllt Sven.

Britt-Marie hat immer noch diesen Ton im Ohr. Sie räuspert sich und setzt an:

»Lieber Kent. Lieber Sven. Darf ich euch bitten, euch jetzt bei…«

Keiner der beiden Männer hört zu, sie setzen ihren Streit ungehindert fort und gestikulieren, als wäre Britt-Marie jemand, den man mit der Pause-Taste der Fernbedienung ausschalten kann. Kent schnaubt etwas, dass Sven nicht einmal »eine Hand mit einem Handschuh schützen« könne, und Sven schnaubt zurück, dass Kent »in einem zentralverriegelten BMW bestimmt super mutig« sei. Kent brüllt, Sven brauche sich nicht einzubilden, er sei jemand, nur weil er »Bulle in einem Pisskaff« sei, und Sven schreit zurück, Kent brauche wirklich nicht zu glauben, dass er »hierherkommen und sich mit Visitenkarten und solchem Scheiß Bewunderung kaufen« könne. Woraufhin Kent brüllt: »Der Junge will verdammt nochmal Unternehmer werden!«, woraufhin Sven schreit: »Unternehmer ist kein Beruf!«, woraufhin Kent scherzt: »Soll er lieber Polizist werden? Hä? Wie viel verdient man als Polizist?«, woraufhin Sven brüllt: »Wir bekommen jährlich 2,5 % Gehaltserhöhung, und unser Pensionsfonds wirft sehr ordentliche Gewinne ab! Ich habe einen Kurs darüber belegt!«

Britt-Marie versucht dazwischenzugehen, doch sie sehen sie gar nicht.

»Lieber Kent. Lieber Sven«, versucht sie, aber als Kent immer wilder gestikuliert und Sven ebenso fuchtelt, endet das damit, dass die beiden sie aus Versehen ins Gesicht treffen und sie nach hinten stolpert.

Keiner der Männer bemerkt das, sie sind viel zu beschäftigt damit, den anderen am Schlafittchen zu packen.

»Ich habe einen *Kuuurs* belegt«, äfft Kent Sven hämisch nach.

»Hören Sie, es ist strafbar, einen Polizisten an der Uniform zu zerren, verdammt nochmal!«, ruft Sven und reißt an Kents Oberhemd.

»Vorsicht mit meinem Hemd! Haben Sie eine Ahnung, wie viel das gekostet hat!?«, wettert Kent.

»Sie eitler Geck, kein Wunder, dass Britt-Marie Sie verlassen hat!«, schreit Sven.

»Mich verlassen hat!? Glauben Sie etwa, sie wird hier bei I-h-n-e-n bleiben, Sie Pensionsfonds-Wachtmeister?«, brüllt Kent.

Britt-Marie fuchtelt wie wild mit den Armen vor den beiden herum, damit sie endlich Notiz von ihr nehmen.

»Lieber Kent! Lieber Sven! Jetzt hört ihr sofort auf! Ich habe gerade den Boden gewischt!«

Aber es ist sinnlos, die beiden Männer haben schon ihre Arme um den Kopf des anderen geschlungen und angefangen, in einem wilden Tanz keuchend und fluchend im Kreis zu taumeln, und eine Sekunde später regnet es Holzspäne, als sie wie zwei sturzbetrunkene Bären durch die Pizzeriatür krachen. Sie landen draußen im Schotter, in einem für ihren physischen Zustand wirklich nicht sehr schmeichelhaften Haufen.

Britt-Marie läuft hinaus und starrt auf sie hinunter. Sie starren zu ihr hoch, mit einem Mal still und sich dessen sehr bewusst, was sie gerade angestellt haben. Kent versucht, als Erster auf die Beine zu kommen.

»Liebling, das siehst du doch, oder: Der Kerl ist ein Idiot!«

»Er hat angefangen!«, protestiert Sven sofort und rappelt sich neben ihm hoch.

»Sie sind ja nicht ganz sauber!«, brüllt Kent.

»Iiich!? Wo Siiie doch ...«, schreit Sven zurück.

Da hat Britt-Marie genug. Von allem genug. Sie ist angebrüllt und geschubst worden, man hat sie mit einer Pistole bedroht, und jetzt muss sie den Boden noch einmal schrubben, weil überall in der Pizzeria Holzspäne von der kaputten Tür herumfliegen. Irgendwann ist die Grenze erreicht.

Sie hören sie noch nicht, als sie es das erste, zweite und dritte Mal sagt. Also füllt sie ihre Lungen und sagt so energisch sie kann:

»Darf ich euch beide bitten zu gehen.«

Als sie beide noch immer nicht auf sie hören, tut sie etwas, was sie ihrer Erinnerung nach zuletzt vor zwanzig Jahren getan hat, als einer ihrer Blumentöpfe vom Balkon geweht wurde. Sie schreit.

»JETZT GEHT IHR AUF DER STELLE. ALLE BEIDE!«

In der Pizzeria wird es noch stiller, als wäre noch einmal ein Räuber mit Pistole hereingekommen. Kent und Sven stehen mit weit aufgerissenem Mund da und geben Töne von sich, die vermutlich Worte werden könnten, wenn sie ihre Münder zwischen den Silben auch wieder schließen würden. Britt-Marie stemmt die Fersen ganz fest auf den Boden und zeigt auf die kaputte Tür:

»Hinaus. Und zwar sofort.«

»Aber verdammt, Liebli…«, setzt Kent an, doch Britt-Marie fährt mit ihrer bandagierten Hand so schneidend durch die Luft, dass sie sich damit sicherlich für manchen Kampfsport qualifizieren würde, und bringt ihn auf der Stelle zum Schweigen:

»Du hättest dich mal erkundigen können, was mit meiner Hand passiert ist, Kent. Du hättest dich danach erkundigen können, denn dann hätte ich das Gefühl gehabt, dass du dir wirklich Sorgen um mich machst.«

»Ich hab gedacht, ach komm schon, Schatz, ich hab gedacht, du hast sie dir in der Spülmaschine geklemmt oder irgend so was … du weißt schon. Ich habe nicht gedacht, dass es etwas Erns…«

»Weil du gar nicht gefragt hast!«, geht Britt-Marie dazwischen.

»Aber … Schatz … jetzt sei doch nicht sau…«, stammelt Kent.

Da baut Sven sich vor ihm auf.

»Genau! Genau! Jetzt verziehen Sie sich, Sie Schnösel, Britt-Marie will Sie hier nicht länger sehen! Kapieren Sie das nicht …«, fängt er vor Selbstbewusstsein strotzend an zu befehlen.

Britt-Maries Hand spaltet die Luft vor seiner Nase, so dass er von dem Windstoß rückwärts stolpert.

»Und du, Sven! Rede nicht davon, was ich fühle! Du kennst mich ja gar nicht! Ganz offensichtlich kenne ich mich ja selbst nicht einmal, denn so wie ich mich gerade benehme, ist es für mich wirklich nicht normal!«

Irgendwo in der Pizzeria versucht Jemand, das Lachen zu unterdrücken. Vega und Omar sehen aus, als würden sie am liebsten Notizen machen, um kein Detail zu vergessen.

Britt-Marie fasst sich, zupft ihr Haar zurecht, bürstet Holzspäne von ihrem Rock, legt ihre bandagierte Hand ordentlich in die andere und stellt in jeder Weise wohlwollend und fürsorglich klar:

»Ich werde hier jetzt putzen. Auf Wiedersehen, die Herren.«

Als die Tür hinter Kent und Sven zufällt, erklingt ein trauriges und schiefes Pling. Die beiden stehen noch eine ganze Weile draußen und schreien sich gegenseitig an – »Sehen Sie jetzt, was Sie angerichtet haben?« Dann wird es ganz still.

Britt-Marie putzt.

Jemand und die Kinder verkriechen sich in der Küche, bis Britt-Marie fertig ist. Sie trauen sich nicht einmal zu lachen.

29

Die beiden Polizeibeamten können wirklich nichts dafür, das können sie wirklich nicht. Sie kommen aus der Stadt, und sie versuchen ganz sicher nur nach bestem Wissen und Gewissen ihre Arbeit zu tun.

Aber Britt-Marie ist möglicherweise gerade etwas gereizt. Das kann passieren, wenn Leute mit einer Pistole auf einen zielen.

»Wir wissen, dass Sie noch unter Schock stehen, trotzdem müssen wir Ihnen ein paar Fragen stellen«, versucht einer der Polizisten zu erklären.

»Wie ich sehe, macht es Ihnen offenbar gar nichts aus, mit Ihren dreckigen Schuhen hier hereinzustapfen auf den frisch gewischten Boden«, antwortet Britt-Marie.

»Wir haben gesagt, dass es uns leidtut. Sehr leid. Aber wie wir Ihnen bereits mehrfach erklärt haben, müssen wir alle Zeugen hier am Tatort verhören«, versucht der andere Polizist zu erläutern.

»Meine Liste ist ruiniert«, meint Britt-Marie.

»Wie bitte?«, fragt der Polizist.

»Sie haben mich um meine Zeugenaussage gebeten. Meine Liste ist ruiniert. Als ich heute Morgen aus dem Haus gegangen bin, hat nichts von alledem auf meiner Liste gestanden, und jetzt herrscht da ein heilloses Durcheinander.«

»So haben wir das eigentlich nicht gemeint«, sagt der erste Polizeibeamte.

»Wie? Was? Jetzt ist meine Zeugenaussage auch nicht in Ordnung«, stellt Britt-Marie fest.

»Bitte sagen Sie uns, wie genau Sie den Täter gesehen haben«, setzt der zweite Polizist an.

»Darf ich Sie darüber aufklären, dass ich ausgezeichnet sehe. Das hat mir mein Optiker gesagt. ›Sie sehen ausgezeichnet, Frau Wieslander‹, hat er gesagt«, sagt Britt-Marie und schürzt die Lippen und fügt noch in jeder Hinsicht wohlwollend hinzu: »Und das ist ein ausgezeichneter Optiker, wissen Sie. Gute Kinderstube. Er läuft nicht mit dreckigen Schuhen im Haus herum.«

Die Polizisten seufzen synchron. Britt-Marie atmet im Gegenzug sehr deutlich aus. Seufzt kein bisschen.

»Es wäre für uns sehr hilfreich, wenn Sie uns den Täter beschreiben könnten«, bittet sie einer der Polizisten.

»Das ist doch ganz logisch, dass ich das kann«, schnauzt Britt-Marie ihn an.

»Und wie würden Sie ihn dann beschreiben?«, fragt der Polizeibeamte voller Hoffnung.

»Er hatte eine Pistole in der Hand«, antwortet Britt-Marie.

»Erinnern Sie sich noch an etwas anderes? Vielleicht auffällige Details?«, fragt der Polizist.

»So. Eine Pistole ist also kein auffälliges Detail, wollen Sie das damit sagen?«, fragt Britt-Marie.

»Nein … nein, so habe ich das natürlich nicht gemei…«

An dieser Stelle geht der Kollege dazwischen, offenbar mit einer Art Zuversicht, dass er Britt-Maries Vertrauen durch einen Wechsel der Taktik gewinnen kann, also legt er ihr die Hand auf die Schulter, senkt die Stimme und spricht mit ihr ganz vertrauensvoll:

»Sie müssen keine Angst haben, Frau Wieslander. Was Sie sich unbedingt klarmachen müssen, ist, dass Sie so eine Art von Verbrechen nicht persönlich nehmen dürfen!«

Britt-Marie bürstet seine Hand von ihrer Schulter ab, als wäre sie ein schmutziger Vogel.

»Und wie soll ich es dann nehmen, können Sie mir das sagen?«

Die Polizisten müssen zugeben, dass sie darauf keine wirklich gute Antwort haben. Also zeigt Britt-Marie auf die Schuhe der Beamten und sagt:

»Ich nehme es persönlich, dass Sie hier mit dreckigen Schuhen hereinstapfen, wenn ich gerade den Boden gewischt habe.«

Da beschließen die Polizisten, wieder zurück in die Stadt zu fahren.

Britt-Marie wischt den Boden noch einmal. So energisch, dass Jemand sie irgendwann bremsen muss.

»Britt-Marie, auf Mopp aufpassen, sehr teurer Mopp!«, grinst sie.

Britt-Marie findet nicht, dass dies der beste Tag ist, um herumzurollen und zu grinsen, das findet sie wirklich nicht. Aber Jemand sorgt dafür, dass sie ihr Bier trinkt und ein Stück Pizza isst, und dann hält sie ihr die Autoschlüssel vor die Nase.

»Ich bin davon ausgegangen, dass mein Auto noch nicht fertig repariert ist!«, ruft Britt-Marie verwundert.

Jemand zuckt verlegen mit den Schultern.

»Ach, du weißt doch. Fertig schon seit Tagen, aber, na ja … du weißt.«

»Nein. Ich weiß gar nichts«, antwortet Britt-Marie.

Jemand knetet verlegen die Hände im Schoß.

»Auto viele Tage fertig. Aber Britt ohne Auto: kann dann nicht aus Borg wegfahren, oder?«

»Dann hast du mich hinters Licht geführt? Mir geradewegs ins Gesicht gelogen?«, fragt Britt-Marie gekränkt.

»Schon«, gibt Jemand zu.

»Darf ich um eine Erklärung bitten, warum du das getan hast?«

Jemand zuckt mit den Schultern.

»Ich mag dich. Du bist, wie sagt man? Frischer Wind! Borg langweilig ohne Britt, nicht wahr?«

Darauf hat Britt-Marie nun wirklich keine gute Antwort parat, das muss man zugeben. Also holt Jemand noch ein Bier und ruft im Vorbeigehen:

»Aber Britt, du weißt, darf ich Frage stellen: Wie findest du blaues Auto?«

»Was willst du damit sagen?«, keucht Britt-Marie.

Und dann verbringen sie eine ganze Zeit damit, draußen auf dem Fußballplatz zu stehen und sich darüber zu streiten, weil Jemand steif und fest behauptet, es sei ein Leichtes, Britt-Maries Wagen komplett in dem Blau zu lackieren, das die neue Tür hat. Das sei gar kein Aufwand. Jemand ist sich nämlich fast ganz sicher, dass sie irgendwann einmal bei der ein oder anderen Gelegenheit auch ein Gewerbe für Autolackiererei bei den Behörden angemeldet hat.

Am Ende ist Britt-Marie so aufgebracht darüber, dass sie ihr Notizbuch aus der Handtasche holt und die komplette Seite mit der Liste für diesen Tag herausreißt und eine ganz neue Liste anfängt. Das hat sie in ihrem ganzen Leben noch nicht getan, aber extreme Umstände verlangen extreme Maßnahmen.

Britt-Marie begleitet Vega und Omar zu Fuß nach Hause, weil sie nun mal alles in allem mehr als ein halbes Bier am Tag getrunken hat, und da kommt es nicht in Frage, sich hinters Steuer zu setzen. Schon gar nicht in einen Wagen mit blauer Tür. Mein Gott, was sollen die Leute denken. Omar ist mucksmäuschenstill, bis sie zu Hause ankommen, und das sind mehr Minuten Schweigen, als Britt-Marie je mit ihm erlebt hat, seit sie ihn kennt.

Vega ruft immer wieder Sami an, aber er geht nicht ran. Britt-Marie versucht ihr einzureden, Sami wisse vielleicht gar nichts von dem Überfall, aber Vega antwortet, dass sie in Borg seien. In Borg weiß jeder alles über jeden. Also weiß es Sami, und er antwortet deshalb nicht, weil er damit beschäftigt ist, Psyko zu finden und umzubringen.

Unter diesen Umständen bringt Britt-Marie es nicht fertig, die beiden Kinder allein zu lassen, also begleitet sie sie hinauf in ihre Wohnung und fängt an, Essen zu kochen. Sie essen dann Punkt sechs. Die Kinder essen mit dem Blick auf die Teller gerichtet, so wie Kinder es tun, wenn sie schon Erfahrung damit haben, dass das Schlimmste bevorsteht. Als Britt-Maries Handy zum ersten Mal klingelt, springen sie auf, aber es ist Kent, also geht Britt-Marie nicht ran. Als Sven eine Minute später anruft, geht sie auch nicht ran, und als die junge Frau vom Arbeitsamt anschließend drei Mal anruft, stellt sie das Telefon aus.

Vega ruft Sami noch einmal an. Kriegt keine Antwort. Da fängt sie an abzuwaschen, ohne dass sie jemand darum gebeten hat, und da begreift Britt-Marie, dass die Situation wirklich ernst ist.

»Ich bin mir sicher, dass nichts Schlimmes passiert ist«, sagt Britt-Marie.

»Wie willst du das wissen?«, antwortet Vega.

Omar murmelt am Tisch sitzend:

»Sami kommt nie zu spät zum Essen. Er ist ein Abendessennazi.«

Dann nimmt er seinen dreckigen Teller und räumt ihn in die Spülmaschine. Freiwillig. Da begreift Britt-Marie, dass man wirklich etwas Drastisches unternehmen muss, also atmet sie ein halbes Dutzend Male konzentriert ein und aus, und dann umarmt sie die beiden Kinder fest. Als sie weinen, weint sie mit.

Als es schließlich an der Tür klingelt, stolpern sie auf dem Weg dorthin fast übereinander. Keiner von ihnen kommt auf den Gedanken, dass Sami die Haustür ja mit seinem Schlüssel aufschließen würde. Als sie die Klinke nach unten drücken und der weiße Hund vor der Tür hockt, wird Omar traurig, Vega böse und Britt-Marie noch besorgter. Denn das scheinen ihre drei jeweiligen emotionalen Grundhaltungen im Leben zu sein.

»Du kommst hier nicht mit schmutzigen Pfoten rein«, informiert Britt-Marie den Hund.

Der Hund sieht auf seine Pfoten, und sein Selbstvertrauen

scheint zu schwinden. Neben ihm steht Bank, und neben ihr stehen Max, Ben, Dino und Kröte. Bank streckt ihren Stock nach vorn, so dass er Britt-Marie leicht in den Bauch piekst.

»Hallo, Rambo!«

»Ganz bestimmt nicht!«, protestiert Britt-Marie instinktiv.

Max, der Britt-Marie noch nicht so lange kennt, um es besser zu wissen, versucht auf der Stelle, das Missverständnis aufzuklären.

»Das ist gar nicht gedisst. Sie findet dich cool!«

Britt-Marie starrt ihn an, als hätte er sie mit Hilfe des Morsealphabetes angesprochen. Sie dreht ihren Kopf zum nächsten Kind, das vor ihr steht, welches zufällig Kröte ist, als würde sie von ihm erwarten, dass er übersetzt, was Max eben gesagt hat, um das zu übersetzen, was Bank zuvor gesagt hat. Kröte scheint zu verstehen, er räuspert sich feierlich und erklärt überaus deutlich artikuliert:

»Du weißt doch. Du hast den Räuber verjagt. Wie Rambo. Das heißt, du bist ein eiskalter Motherfucker!«

Britt-Marie legt ihre bandagierte Hand geduldig in die andere und wandert mit ihrem Blick weiter zu Ben. Der lächelt und nickt ermutigend.

»Das ist also positiv.«

Britt-Marie nimmt diese Information wohlwollend auf und wandert mit ihrem Blick wieder ganz zurück zu Bank.

»So. Das hast du ja nett gesagt.«

»Keine Ursache«, brummt Bank ungeduldig und zeigt auf ihr Handgelenk, als ob sie dort eine Armbanduhr trüge:

»Und was ist mit dem Training?«

»Welches Training?«, fragt Britt-Marie.

»Na, das Training!«, antwortet Max. Er trägt seine Eishockeytrainingsjacke und tänzelt auf und nieder, als müsste er dringend aufs Klo.

Britt-Marie wiegt sich von den Fersen vor auf die Zehenspitzen und druckst herum.

»Ich bin davon ausgegangen, dass es sich von selbst versteht, dass es heute ausfällt. Aufgrund der Umstände.«

»Welche Umstände?«, fragt Max.

»Der Überfall, mein Freund«, erklärt Britt-Marie fürsorglich.

Max sieht aus, als würde er sehr angestrengt überlegen müssen, um sich darüber Klarheit zu verschaffen, was diese beiden Dinge logischerweise miteinander zu tun haben könnten. Dann zieht er die einzig mögliche Schlussfolgerung:

»Hat der Räuber den Ball geklaut?«

»Wie bitte?«, fragt Britt-Marie.

»Wenn er den Ball nicht geklaut hat, dann können wir doch spielen?«, stellt Max fest.

Die im Treppenhaus versammelte Truppe nimmt dies schweigend zur Kenntnis, und als keinem von ihnen irgendwelche rationalen Argumente dagegen einfallen, kann man nichts machen.

Also spielen sie. Draußen auf dem Hof vor dem Mehrfamilienhaus, zwischen den Mülltonnen und dem Fahrradständer, mit drei Fingerhandschuhen und einem Hund als Torpfosten.

Sie spielen.

Max foult Vega gerade, als sie ein Tor schießen will, da geht sie mit geballten Fäusten auf ihn los. Er weicht zurück. Sie brüllt: »Fass mich nicht an, Bonzenkind!« Alle weichen zurück. Omar lässt den Ball vorbeirollen, als machte er ihm Angst.

Das schwarze Auto hält an der Straße, als Kröte gerade zum dritten Mal einen der Torpfosten direkt auf die Nase getroffen hat und der sich weigert, noch länger mitzuspielen. Omar wirft sich Sami in die Arme, Vega wendet sich ab und marschiert, ohne ein Wort zu verlieren, ins Haus.

Der Torpfosten frisst Leckerli aus Banks Tasche und wird hinter dem Ohr gekrault, als Sami auf sie zukommt.

»Hallo, Bank«, sagt er.

»Hast du ihn gefunden?«, fragt Bank.

»Nein«, antwortet Sami.

»Glück für Psyko!«, ruft Kröte ausgelassen und fuchtelt mit Zeigefinger und Daumen so durch die Luft, als hätte er eine Pistole in der Hand, doch lässt es augenblicklich, als Britt-Marie ihn ansieht, als hätte er es abgelehnt, einen Untersetzer zu benutzen.

Bank stupst Sami mit ihrem Stock in den Bauch.

»Glück für Psyko. Aber vor allem für dich, Sami.«

Sie macht sich auf den Heimweg, Max, Dino, Kröte und Ben im Schlepptau. Bevor sie um die Ecke biegen, bleibt Ben stehen und ruft zu Britt-Marie hinüber:

»Du kommst doch morgen trotzdem, oder?«

»Wohin?«, will Britt-Marie wissen, woraufhin die ganze Horde sie anstarrt, als hätte sie komplett den Verstand verloren.

»Zum Turnier! Morgen ist doch das Turnier!«, schreit Max.

Britt-Marie bürstet über ihren Rock, damit sie nicht sehen können, wie sie die Augen schließt und sich in die Wangen beißt.

»So. So. Selbstverständlich komme ich. Selbstverständlich.«

Sie verliert kein Wort darüber, dass das ihr letzter Tag in Borg sein wird. Die anderen auch nicht.

Sie sitzt in der Küche, als Sami aus Vegas und Omars Zimmer kommt.

»Sie schlafen«, sagt er mit einem etwas gequälten Lächeln.

Britt-Marie steht auf, sammelt sich und erklärt unwiderruflich:

»Ich will mich ja nicht einmischen, denn ich bin wirklich kein Mensch, der so etwas tut, aber wenn es tatsächlich so ist, dass du heute Abend vorhattest, diesen Psyko wegen Vega und Omar umzubringen, so möchte ich nur klarstellen, dass es sich für einen Gentleman nicht gehört, herumzurennen und Leute zu töten.«

Er hebt die Augenbrauen. Sie hält krampfhaft ihre Handtasche fest.

»Ich bin kein Gentleman«, sagt er lächelnd

»Nein, aber du kannst es werden!«, antwortet sie energisch.

Er muss lachen. Sie lacht nicht. Also hört er auf.

»Ach was, ganz ruhig, ich hätte ihn nicht umgebracht. Er ist mein bester Freund. Er ist nur so fucking krank im Kopf, verstehst du?«

»Ja«, sagt Britt-Marie, denn sie meint, dass sie das mittlerweile tatsächlich von sich behaupten kann.

»Er hat Schulden bei den Leuten. Bei den falschen. Er ist total verzweifelt. Er wusste nicht, dass Vega und Omar dort sind.«

»So«, sagt Britt-Marie.

»Nicht dass du nicht auch wichtig wärst!«, korrigiert sich Sami.

»So habe ich das wirklich nicht gemeint, wirklich nicht!«, protestiert Britt-Marie.

»Sorry. Ich brauch jetzt eine Zigarette«, seufzt Sami, und erst da bemerkt Britt-Marie, dass seine Hände zittern.

Sie folgt ihm hinaus auf den Balkon, hustet unschlüssig und kein bisschen demonstrativ. Er bläst den Rauch in die andere Richtung und entschuldigt sich.

»Sorry, stört es dich?«

»Ich würde dich gern fragen, ob du noch eine davon hast«, sagt Britt-Marie, ohne zu blinzeln.

Sami fängt an zu lachen.

»Ich wusste gar nicht, dass du rauchst.«

»Tue ich auch nicht«, beteuert Britt-Marie.

»Oookay«, sagt er und reicht ihr eine Zigarette.

»Ich hatte einen langen Tag«, verteidigt sich Britt-Marie.

»Okay, okay«, sagt er laut lachend und gibt ihr Feuer.

Sie macht kurze, flache Züge. Schließt die Augen.

»Darf ich dich darüber aufklären, dass du wirklich nicht der Einzige bist, der eine Tendenz zu einem wilden und verantwortungslosen Lebenswandel aufweist. Ich habe in meiner Jugend einige Zigaretten geraucht.«

Darauf muss Sami laut lachen, und sie hat das deutliche Gefühl, dass er sie mehr auslacht als mit ihr lacht, deshalb erklärt sie:

»Darf ich dich darüber aufklären, dass ich in meiner Jugend sogar zeitweise eine Anstellung als Bedienung hatte!«

Sie nickt nachdrücklich, um zu unterstreichen, dass das wirklich nichts ist, was sie hier frei erfindet. Sami scheint beeindruckt zu sein und zeigt auf den umgedrehten Limonadenkasten, auf den sie sich setzen kann.

»Willst du einen Whisky, Britt-Marie?«

Britt-Maries Verstand scheint sich gerade in seinem Zimmer einzuschließen, denn sie hört sich mit einem Mal antworten:

»Ja, Sami, weißt du was? In der Tat. Ich möchte in der Tat einen Whisky.«

So sitzen die beiden da, trinken Whisky und rauchen. Britt-Marie versucht, Kringel zu machen, denn sie erinnert sich daran, dass sie das gern gekonnt hätte, als sie noch den Job als Bedienung hatte. Die Köche konnten es. Das hatte immer so eine beruhigende Wirkung.

»Papa ist nicht abgehauen, wir haben ihn fortgejagt, Magnus und ich«, erzählt Sami ohne Vorwarnung.

»Wer ist Magnus?«, fragt Britt-Marie.

»Ihm gefällt der Name ›Psyko‹ besser, weil die Leute vor ›Magnus‹ nicht so viel Angst haben«, erklärt Sami grinsend.

»So«, sagt Britt-Marie, aber es klingt eher wie ein »Ach so« als ein »Ach, wirklich?«.

»Papa hat Mama geschlagen, wenn er betrunken war. Keiner wusste etwas davon, weißt du, aber Magnus wollte mich gerade zum Fußballtraining abholen, da waren wir noch klein, und so was sah er zum ersten Mal. Er kommt ja auch aus einer richtigen Vorzeigefamilie, sein Vater hat bei einer Versicherung gearbeitet und fuhr Opel. Aber er … ich weiß auch nicht. Er sah, wie ich mich zwischen Mama und Papa stellte und wie ich von Papa grün und blau geschlagen worden bin, wie immer. Und da kam Magnus aus dem fucking Nichts und hielt ihm plötzlich ein Messer an den Hals und brüllte. Ich glaub, ich hab erst da kapiert, dass es nicht bei allen Kindern so war wie bei uns. Dass nicht alle Angst hatten, wenn sie nach Hause kamen. Omar hat geheult. Vega hat geheult. Weißt du … damals waren wir einfach an einem Punkt, wo es genug war. Kannst du das verstehen?«

Britt-Marie hustet Rauch durch die Nase. Sami klopft ihr sanft auf den Rücken und holt ein Glas Wasser. Steht am Balkongeländer und schaut über die Kante, als würde er abschätzen, wie tief es nach unten ist.

»Magnus und ich haben Papa fortgejagt. Solche Freunde findet man nicht so leicht.«

Es kann am Whisky und an den Zigaretten liegen, dass Britt-Marie plötzlich Dinge tut, die in dieser Situation nicht sehr zivilisiert sind, doch sie fragt ihn daraufhin geradewegs:

»Wo ist eure Mama, Sami?«

»Sie ist nur eine Weile fort, sie kommt bald nach Hause«, setzt Sami an.

Britt-Marie fasst sich und zeigt drohend mit der Zigarette auf ihn.

»Darf ich dich über eine Sache aufklären, Sami, man kann über mich vieles sagen. Aber ich bin nicht blöd.«

Sami leert sein Glas. Kratzt sich am Kopf.

»Sie ist tot«, gibt er schließlich zu.

Wie lange es exakt dauert, bis Britt-Marie die ganze Geschichte komplett begreift, weiß sie nicht. Die Nacht liegt über Borg, und sie glaubt, dass es möglicherweise schneit. Als Samis, Vegas und Omars Vater Borg verließ, übernahm ihre Mutter einige Touren für die Spedition. Jahr für Jahr. Als die Spedition alle Fahrer entließ, nahm ihre Mutter Aufträge von ausländischen Speditionen an, sofern sie welche bekam. Jahr für Jahr, so wie Mütter das tun. Eines Abends blieb sie in einem Stau stecken, verlor viel Zeit und riskierte ihren Bonus. Deshalb fuhr sie bei zu schlechtem Wetter in einem zu alten Lastwagen die ganze Nacht durch. Im Morgengrauen stieß sie mit einem Pkw zusammen, dessen Fahrer sich nach seinem Handy reckte und auf die andere Fahrbahnseite geriet. Sie scherte mit dem Lastwagen aus, die Reifen des Fahrzeugs fanden im Regen keinen Halt mehr, der Wagen verlor die Balance und kippte um. Es regnete Glas und Blut, und Hunderte von Kilometern entfernt saßen drei Kinder und warteten auf das Geräusch eines Schlüssels in der Wohnungstür.

»Sie war eine unglaublich gute Mutter. Sie war eine Kriegerin«, flüstert Sami.

Britt-Marie muss sich noch einmal nachschenken, bevor sie weitersprechen kann.

»Das macht mich unsagbar, unsagbar traurig, Sami.«

Das klingt viel unbedeutender, als man denken mag. Aber das ist alles, was sie hat. Sami streichelt ihr verständnisvoll über den Arm, als ob er derjenige wäre, der sie trösten muss, und nicht umgekehrt.

»Vega hat Angst, auch wenn sie meist eher wütend wirkt. Omar ist wütend, auch wenn er meistens ängstlich scheint.«

»Und du?«, fragt Britt-Marie.

»Ich habe keine Zeit für Gefühle. Ich muss mich um die beiden kümmern«, antwortet Sami.

»Aber … wie … ich meine … die Ämter«, setzt Britt-Marie in einem Wirrwarr aus unsortierten Gedankenfetzen an.

Sami steckt ihr eine neue Zigarette an und dann eine zweite für sich selbst.

»Wir haben nie irgendwo mitgeteilt, dass unser Vater fort ist. Er ist vermutlich irgendwo im Ausland, aber er ist noch immer hier gemeldet. Wir hatten seinen alten Führerschein, damit hat Omar einen Lastwagenfahrer an der Tankstelle geschmiert, dass er in die Stadt zur Polizei fährt und sich als unser Vater ausgibt, mit denen redet und etwas unterschreibt. Wir haben von Mamas Lebensversicherung ein paar tausend ausgezahlt bekommen. Keiner hat jemals nachgefragt.«

»Aber ihr könnt doch nicht einfach … mein Gott, Sami, wir sind doch hier nicht bei Pippi Langstrumpf! Wer soll sich denn um die Kinder kümmern?«, ruft Britt-Marie aus.

»Ich. Ich kümmere mich um sie«, sagt Sami verbissen.

Sie atmet schwer. Hustet Whisky und Rauch. Vorsichtig klopft er ihr wieder auf den Rücken.

»Seit … wann?«, hustet sie.

»Seit ein paar Monaten. Mir ist klar, dass sie uns bald auf die Schliche kommen werden, ich bin ja nicht blöd. Aber ich brauche einfach noch ein bisschen Zeit, Britt-Marie. Nur ein bisschen. Ich habe einen Plan. Ich muss nur beweisen können, dass ich uns versorgen kann, verstehst du? Sonst holen sie Vega und Omar und stecken sie in ein fucking Kinderheim. Das kann ich nicht zulassen. Ich bin kein Typ, der abhaut!«

Britt-Marie steht auf, bürstet sich selbst und das Balkongeländer und alles andere in Reichweite ab.

»Diese Flecken krieg ich nicht vom Geländer weg«, sagt Sami frustriert und zeigt darauf.

»Hast du es schon mit Natron versucht?«, fragt Britt-Marie.

Er schüttelt den Kopf. Kneift die Augen zu. Sie betrachtet ihr Spiegelbild in der Fensterscheibe, die schmutzig ist vom Rauch.

»Vielleicht überlassen sie dir die Kinder. Wenn du es so sagst, wie es ist, werden sie vielleicht …«

»Schau mich an, Britt-Marie. Vorstrafenregister, kein Job und dann Freunde wie Psyko. Würdest du mir zwei Kinder anvertrauen?«, fragt er.

Sie sieht verzweifelt aus.

»Wir können ihnen deine Besteckschublade zeigen! Wir können ihnen erklären, dass du Potential hast, ein Gentleman zu werden!«

»Danke«, sagt er und legt ihr die Hand auf die Schulter.

Sie lehnt sich an ihn.

»Und Sven weiß Bescheid?«

Sami streicht ihr sanft übers Haar.

»Er hat die Nachricht von der Polizei im Ausland bekommen, die den Lastwagen geborgen hat. Er ist hergekommen und hat es erzählt. Hat genauso viel geweint wie wir. Weißt du, wenn man eine Mutter hat, die Lkw fährt, ist es, als wäre ein Elternteil in der Armee. Wenn einer in Uniform vor der Tür steht, weiß man Bescheid.«

»Das heißt, Sven …«

»Er weiß alles.«

Britt-Marie kneift die Augen zu und vergräbt ihr Gesicht in Samis Hemd. Es ist eine sonderbare Situation. Eine erwachsene Frau auf dem Balkon eines jungen Mannes mitten in der Nacht. Was die Leute wohl dazu sagen würden.

»Ich habe immer gedacht, dass man Polizist wird, weil man an Gesetz und Ordnung glaubt«, flüstert sie.

»Ich glaube, Sven ist Polizist geworden, weil er an die Gerechtigkeit glaubt«, antwortet Sami.

Britt-Marie richtet sich auf. Wischt sich übers Gesicht.

»Wir brauchen noch mehr Whisky. Und wenn es wirklich nicht allzu viele Umstände macht, würde ich um eine Flasche Fensterputzmittel bitten.«

Und nach beträchtlicher Bedenkzeit fügt sie hinzu:

»Unter den gegebenen Umständen kann ich mir vorstellen, jedes beliebige Produkt zu akzeptieren.«

30

Britt-Marie erwacht mit einem spektakulären Kopfschmerz. Sie liegt in ihrem Bett in ihrem Zimmer in Banks Haus, und offensichtlich bohrt gerade ein Nachbar ein Loch in die Wand, da das ganze Zimmer schwankt, als sie aufstehen will. Sie schwitzt und ihr ist schlecht, der ganze Körper schmerzt, und im Mund hat sie einen stechend bitteren Geschmack. Britt-Marie ist ja nun wirklich keine Frau, der jede Lebenserfahrung fehlt, daher begreift sie auch sofort, in welcher Art Gesundheitszustand sie sich im Moment befindet. Am Tag nachdem sie zu Hause bei Sami mehr Alkohol getrunken hat als in den ganzen letzten vierzig Jahren, zieht sie den einzig möglichen Schluss:

»Ich habe Grippe bekommen!«, erklärt sie voll im Bilde, als sie in der Küche Bank über den Weg läuft.

Bank brät Speck und Eier. Der Hund schnüffelt durch die Luft und verzieht sich aus Britt-Maries Nähe.

»Du riechst nach Alkohol«, stellt Bank fest, ohne dass es ihr richtig gelingt, ihren amüsierten Unterton zu unterdrücken.

»Stimmt. Deswegen geht es mir heute ja auch so schlecht«, erklärt Britt-Marie und nickt.

»Ich dachte, du hättest die Grippe bekommen«, sagt Bank.

Britt-Marie nickt fürsorglich.

»Aber meine Liebe, das sage ich doch! Das ist die einzig vernünftige Erklärung. Wenn man Alkohol trinkt, wird das Immunsystem belastet, weißt du. So was liest man doch ständig. Und deshalb habe ich Grippe bekommen.«

Bank wendet die Eier in der Pfanne. Der Hund legt den Kopf etwas schräg.

»Grippe also, ah ja«, murmelt Bank und stellt die Eier vor Britt-Marie auf den Tisch.

Britt-Marie schließt die Augen und unterdrückt ihre Übelkeit. Die Eier gibt sie dem Hund. Bank stellt ihr stattdessen ein Glas kaltes Wasser hin. Britt-Marie trinkt. Bei Grippe trocknet man aus. Das steht ja überall.

»Das ist alles wirklich sehr sonderbar, denn ich werde wirklich nie krank«, erklärt sie.

Bank nickt wenig überzeugt, daher nickt Britt-Marie zum Ausgleich umso heftiger.

»Kent und unsere Kinder waren ständig krank, wenn es nicht den einen erwischte, dann den anderen, aber ich bin wirklich immer gesund. ›Frau Wieslander, Sie sind kerngesund!‹ Das sagt mein Arzt immer, das tut er wirklich!«

Als weder Bank noch der Hund darauf antworten, holt Britt-Marie tief Luft und blinzelt traurig. Die Worte verlieren allen Sauerstoff, als sie korrigierend einräumt:

»Kents Kinder.«

Schweigend trinkt sie ihr Wasser. Der Hund und Bank essen Ei. Sie begleiten sie in die Pizzeria, um sich mit der Fußballmannschaft zu treffen, weil Britt-Marie nicht zu den Frauen gehört, die nicht zur Arbeit gehen, nur weil sie Grippe bekommen haben. Der Hund macht demonstrativ einen Bogen um das Blumenbeet vor dem Haus, weil es dort stinkt, als hätte sich da in der Nacht jemand übergeben.

»Igitt! Darf man fragen, was hier im Blumenbeet derart stinkt?«, fragt Britt-Marie, natürlich nicht, weil sie sich einmischen will, aber wenn dies an Banks Wahl des Pflanzendüngers liegen sollte, dann wäre es wirklich nicht erstaunlich, warum auf diesem Beet einfach nichts gedeiht.

»Da war jemand besoffen heute Nacht und hat ins Beet gekotzt«, erklärt Bank.

»Ins Beet? Was für Barbaren!«, ruft Britt-Marie erbost aus.

Bank nickt und macht keine Anstalten, ihren amüsierten Unterton zu unterdrücken.

»Ja, das waren wirklich Barbaren.«

Da geht der Hund noch mehr auf Abstand.

Jemand sitzt in der Pizzeria an der kaputten Eingangstür und trinkt Kaffee, als sie eintreten. Sie zieht eine Grimasse, als Britt-Marie näher kommt, Britt-Marie antwortet mit einer noch deutlicheren Grimasse darauf.

»Es stinkt hier drinnen. Habt ihr hier geraucht?«, fragt sie vorwurfsvoll.

Jemand rümpft die Nase.

»Und selbst, Britt? Hast du, wie sagt man? Gebrannt und versucht, mit Whisky zu löschen?«

»Darf ich dich darüber in Kenntnis setzen, dass ich mir eine Grippe zugezogen habe«, schnaubt Britt-Marie.

Jemand legt den Kopf etwas schief, nicht viel anders, als der Hund es zu tun pflegt. Bank zeigt mit dem Stock auf Jemands Rollstuhl.

»Hör auf mit diesem dummen Gerede und mach ihr eine Bloody Mary.«

»Was ist das?«, will Britt-Marie wissen.

»Das ist gut gegen … Grippe«, murmelt Bank.

Jemand verschwindet in der Küche und kommt mit einem Glas zurück, das aussieht, als befände sich Tomatensaft darin. Britt-Marie nippt skeptisch daran, woraufhin die Tröpfchen, die es schaffen, in ihren Mund zu gelangen, gleich wieder die Richtung ändern und direkt auf den Hund katapultiert werden. Der findet das gar nicht lustig.

»Das schmeckt ja nach A-l-k-o-h-o-l!«, prustet Britt-Marie heraus.

Der Hund springt zur Tür hinaus und setzt sich auf den Schotter, dabei passt er auf, sich entgegen der Windrichtung zu positionieren. Bank hält den Stock mit gestrecktem Arm vor sich, um dafür zu sorgen, dass sie sich außerhalb des Spuckradius befindet. Jemand runzelt die Stirn und holt einen Lappen, um den Tisch zwischen ihnen abzuwischen, dabei brummt sie:

»Ich weiß ja nicht, was das für eine Grippe ist, die du hast, aber tust du mir Gefallen, ja, wie sagt man? Kein Streichholz anzünden vor dem Atem, bevor Zähne geputzt, ja? Pizzeria nicht brandversichert, weißt du.«

Britt-Marie hat natürlich keine Ahnung, was Jemand damit meint. Aber sie entschuldigt sich höflich bei ihr und Bank und erklärt, dass sie im Jugendzentrum einiges zu erledigen und wirklich keine Zeit habe, hier herumzustehen und den ganzen Morgen darüber zu diskutieren. Dann geht sie quer über den Parkplatz, bewegt sich beherrscht weiter zur Toilette des Jugendzentrums und schließt die Tür hinter sich ab. Sie findet nämlich nicht, dass es sich gehört, den Leuten mitten beim Kaffeetrinken vor die Füße zu kotzen.

Als sie herauskommt, sitzt die Ratte auf dem Boden wie ein kleiner, behaarter Essensgast, der sich zu wünschen scheint, dass er eine exklusive Armbanduhr besäße, auf die er ärgerlich pochen könnte. Britt-Marie holt ein Snickers und einen Teller, deckt und entschuldigt sich höflich damit, dass sie leider putzen müsse. Dann holt sie den Staubsauger, stellt ihn an, trägt ihn zur Toilette, zieht das Kabel unter der Tür durch und schließt ab, damit die Ratte nicht glaubt, dass sie da drin ist und sich übergibt, sondern dass sie da drin ist, um zum Beispiel das Waschbecken auszusaugen.

Als sie wieder herauskommt, ist die Ratte weg. Das Snickers auch. Britt-Marie wäscht den Teller ab, als sie von einem leichten Klopfen mit einer Stockspitze am Türrahmen unterbrochen wird. Bank und der Hund stehen in der Tür. Bank hält ihr eine Zahnbürste und Zahnpasta hin. Britt-Marie legt ihre eine Hand zitternd in die andere.

»Ich glaube, ich habe eine Lebensmittelvergiftung«, erklärt sie.

Bank murmelt etwas, was wie »Lebensmittelvergiftung, ja bestimmt« klingt, dann dreht sie sich um und geht zurück zur Pizzeria.

Britt-Marie putzt sich mehrmals die Zähne und macht sich die Haare. Sie putzt das Badezimmer mit Natron, als wollte sie die Spuren eines Mordes beseitigen. Dann zieht sie die Gardinen zu und trinkt drei große Gläser Wasser hintereinander. Natürlich will sie vermeiden, dass das jemand sieht, denn nur Tiere und Menschen mit Tattoos schütten in dem Maße Flüssigkeit in sich hinein.

Vor der Tür der Pizzeria hockt Sven und schraubt am Scharnier. Er springt schnell auf seine Füße und nimmt die Polizeimütze ab, als er Britt-Marie erblickt. Vor seinen Füßen steht ein Werkzeugkasten. Er versucht zu lächeln.

»Ich dachte mir nur, ja, ich dachte, ich sollte vielleicht die Tür reparieren. Dachte ich so.«

»So«, sagt Britt-Marie und schaut auf die Holzspäne unter seinen Füßen.

»Ja, ich meine, ich werde das hier noch saubermachen. Es war … es ist, ich meine, es tut mir leid!«

Er sieht aus, als würde er mit den letzten Worten größere Dinge als die Holzspäne meinen. Er macht ihr den Weg frei. Sie schlüpft vorbei. Hält die Luft an, obwohl sie sich die Zähne geputzt hat.

»Ich bin, ich meine, es tut mir sehr leid, was gestern passiert ist«, sagt er bekümmert.

Sie bleibt stehen, ohne sich umzudrehen. Er räuspert sich.

»Ich meine, ich bin, es war nie meine Absicht, dich in solch eine Gefühlslage … wie du dich gefühlt hast … zu bringen. Ich wollte niemals derjenige sein, der … der dich solchen Gefühlen aussetzt.«

Sie schließt die Augen und nickt. Wartet ab, bis ihre Vernunft in ihr die Gefühle, die wünschten, er würde sie berühren, vertrieben hat.

»Ich hole den Staubsauger«, flüstert sie dann.

Sie weiß, dass er ihr hinterhersieht. Ihre Schritte werden unsicher, wenn er das macht. Als ob sie vergessen hätte, wie man geht, ohne den einen Fuß auf den anderen zu setzen. All ihre Worte zu ihm sind, als würde man im Hotel übernachten – neu und sonderbar und ein vorsichtiges Tasten über die Schalter an der Wand, die ständig andere Lampen anschalten als die, die man anmachen wollte.

Jemand kommt aus der Küche zu Britt-Marie gerollt, als sie gerade den Putzschrank geöffnet hat, um den Staubsauger herauszuholen.

»Hier. Ist für dich gekommen.«

Britt-Marie starrt auf den Blumenstrauß in ihren Händen. Es sind Tulpen. Lila. Britt-Marie liebt lila Tulpen, in dem Maße immerhin, wie Britt-Marie etwas lieben kann, ohne zu meinen, dass es sich dabei um unpassende Gefühlsausbrüche handele. Sie hält sie zärtlich in den Händen und tut alles, um nicht zu zittern. *Ich liebe dich* steht auf der Karte. Von Kent.

Es dauert Jahrzehnte, bis man einen Menschen wirklich kennt. Ein ganzes Leben. Das ist das, was ein Zuhause ausmacht. In einem Hotel ist man nur ein Gast. Hotels wissen nicht, welche Blumen man am liebsten mag.

Sie füllt ihre Lungen mit Tulpenduft, für einen einzigen, endlos langen Atemzug ist sie wieder dort, an ihrer eigenen Spüle und ihrem eigenen Putzschrank und auf Teppichen, von denen sie weiß, in welches Zimmer sie gehören, weil sie diejenige ist, die sie dort hingelegt hat. Weiße Oberhemden und schwarze Schuhe und ein feuchtes Handtuch auf dem Boden des Badezimmers. Alle Sachen von Kent. Alle Kentsachen. Solche Dinge kann man nicht einfach umbauen. Man erwacht eines Morgens und sieht ein, dass man zu alt ist, um im Hotel zu übernachten.

Sie sieht Sven nicht in die Augen, als sie wieder aus der Küche kommt. Ist froh, dass der Staubsauger lauter ist als alles, was nicht ausgesprochen werden sollte. Dann kommen Vega, Omar, Ben, Kröte und Dino, ganz pünktlich, und dann ist Britt-Marie damit beschäftigt, sie mit frisch gewaschenen Fußballtrikots auszustatten. Vega betrachtet Britt-Marie eingehend und fragt, ob sie einen Kater habe, denn sie sehe so aus, meint das Mädchen. Britt-Marie sagt klipp und klar, dass sie natürlich keinen Kater habe, sie dürfe aber mitteilen, dass sie eine Grippe erwischt habe.

»Ach so. Diese Art Grippe. Die hatte Sami heute Morgen auch«, sagt Omar lachend.

Britt-Marie dreht sich rasch zu Bank und Jemand um.

»Habe ich es nicht gesagt? Da geht so ein Virus um!«

Bank schüttelt den Kopf. Jemand trinkt die rote Flüssigkeit aus, die Britt-Marie auf dem Tisch hat stehen lassen.

Beim ersten kleinen Pling von der netten Glocke an der Tür, die von Sven wieder repariert worden ist, kommen die Männer mit Bart und Kappe herein, um ihren Kaffee zu trinken und ihre Zeitung zu lesen. Einer von ihnen fragt Omar, wann »das erste Spiel beginnt«, und als Omar antwortet, sehen die Männer auf ihre Armbanduhr. Als hätten sie zum ersten Mal seit langer Zeit einen Termin, den sie nicht verpassen dürfen.

Das zweite Pling von der Türglocke ertönt, als die beiden uralten Frauen mit ihren Rollatoren über die Schwelle schlurfen. Die eine sieht Britt-Marie scharf an und zeigt auf sie.

»Sinn Sie die, wo die Jungens trainieret?«

Britt-Marie weiß nicht, ob es sich um Worte oder Laute handelt. Vega beugt sich vor und flüstert:

»Sie fragt, ob du unsere Trainerin bist.«

Britt-Marie nickt, ohne den Blick vom Zeigefinger der uralten Frau abzuwenden, als würde die ihn gleich abfeuern. Bei dieser Bestätigung zieht die uralte Frau eine Tüte aus dem Korb, der sich unter dem Griff des Rollators befindet, und drückt sie Britt-Marie in den Arm.

»Obscht für die Jungens!«

»Sie sagt, das ist Obst für die Jungs in der Mannschaft!«, übersetzt Vega hilfsbereit.

»So. Darf ich Sie darüber aufklären, dass wir auch ein Mädchen in der Mannschaft haben«, informiert sie Britt-Marie.

Die uralte Frau starrt sie an. Dann starrt sie auf Vega und das Fußballtrikot, das sie trägt. Die andere uralte Frau drängelt sich nach vorn, grunzt der ersten uralten Frau etwas komplett Unverständliches zu, worauf die erste uralte Frau auf Vega zeigt und Britt-Marie anglotzt:

»Sie brauchet extra Obscht!«

»Sie sagen, dass ich besonders viel Obst haben soll«, erklärt Vega zufrieden und nimmt Britt-Marie die Tüte ab und schaut vorsichtig hinein.

»So«, sagt Britt-Marie und zupft ihren Rock mit größter Sorgfalt in alle möglichen Richtungen zurecht.

Als sie wieder aufschaut, stehen die beiden uralten Frauen so dicht vor ihr, dass kein A4-Papier mehr dazwischenpassen würde. Die Frauen zeigen auf sie und auf Bank.

»Ihr junge Leut nehmet die Kindle und fahret zu denne verfluchte Städtere und erzählet denne, dass Borg nit tot isch! Wir sind nit tot hier! Erzählet das den Teufele, höret?«

»Sie sagt, du und Bank sollt uns in die Stadt mitnehmen und den Teufeln da erzählen, dass Borg nicht tot ist«, nuschelt Vega heraus, den Mund voller Obst.

Bank steht auf der anderen Seite von Britt-Marie und grinst.

»Und sie haben dich ›junge Leut‹ genannt, Britt-Marie.«

Britt-Marie, zu der man nicht mal ›junge Leut‹ gesagt hat, als sie noch jung war, weiß nicht recht, was sie darauf antworten soll. Deshalb streicht sie etwas verlegen über den Rollator der einen Frau und sagt:

»So. Danke. Danke vielmals.«

Die Frauen brummen und schlurfen wieder hinaus. Jemand holt die Autoschlüssel für den weißen Wagen mit der blauen Tür, und Vega klärt Britt-Marie während des Essens darüber auf, dass sie auf dem Weg Max abholen müssen.

»So. Ich dachte immer, du magst ihn nicht«, sagt Britt-Marie überrascht.

»FÄNGST DU JETZT AUCH NOCH AN!?«, brüllt Vega impulsiv, so dass die Obststückchen sich wie eine Fontäne über alle ergießen.

Omar lacht laut und höhnisch, Vega jagt ihn mit Äpfeln und Mangos, die ihm um die Ohren fliegen, über den Parkplatz.

Britt-Marie kneift die Augen zu, bis sich der Kopfschmerz langsam zurückzieht. Dann fingert sie nervös am Autoschlüssel, hustet lautlos und hält ihn Sven hin, ohne ihn dabei anzusehen.

»Man sollte nicht fahren, wenn man … Grippe hat.«

Sven nimmt wieder die Mütze ab, als sie einsteigen. Er muss nicht erwähnen, dass er das aus Rücksichtnahme tut. Er will vermeiden, dass Britt-Marie sich Gedanken macht, was die Leute denken, wenn sie von einem Polizisten zu einem Fußballturnier gefahren wird. Erst recht in einem weißen Auto mit blauer Tür.

Er verliert auch kein Wort darüber, dass sich im Auto deutlich mehr Passagiere und Hunde befinden, als es vertretbar ist, sowohl unter gesetzlichen als auch unter hygienischen Gesichtspunkten, besonders nicht, da Kröte im Kofferraum liegen muss, weil woanders kein Platz mehr ist, aber schließlich weist er taktvoll darauf hin, dass sie auf jeden Fall noch tanken müssen. Er fragt Britt-Marie, ob es ihr lieber wäre, wenn er das erledigt. Sie antwortet, das sei nicht nötig, das könne sie wirklich selbst. Schließlich ist es nun mal ihr Auto, blaue Tür hin oder her.

Als sie mit der einen Hand in der anderen zehn Minuten vor dem Zapfhahn gestanden hat, geht die hintere Autotür auf, und Vega kommt aus dem Wirrwarr aus Armen, Beinen, Fußballschuhen und Hundeköpfen gekrabbelt und stellt sich neben sie, wobei sie darauf achtet, sich so zu platzieren, dass Sven Britt-Marie nicht sehen kann.

»Der in der Mitte«, sagt sie leise zu Britt-Marie, ohne dabei eine Bewegung zum Zapfhahn zu machen.

Britt-Marie sieht sie mit panischer Angst an.

»Daran habe ich nicht gedacht, bevor ich ausgestiegen bin, weißt du. Dass ich gar nicht weiß, wie man …«

Ihre Stimme bricht. Vega macht sich so breit wie möglich, damit Sven durch das Fenster nichts sieht. Streckt die Finger aus und berührt Britt-Maries Hand.

»Macht nichts, Coach.«

Britt-Marie lächelt schwach und streicht sanft eine Haarsträhne von Vegas Schulter.

»Kent hat immer getankt. Immer war er derjenige, der … es war immer er.«

Vega zeigt auf den Zapfhahn in der Mitte. Britt-Marie nimmt ihn ab, als hätte sie Angst, dass er unter Strom stehen könnte. Vega beugt sich vor und schraubt den Tankdeckel ab.

»Wer hat dir das beigebracht?«, fragt Britt-Marie.

»Meine Mama«, antwortet Vega.

Dann grinst sie breit, und man sieht so deutlich wie nie, dass sie Samis Schwester ist.

»Man muss nicht von Geburt an für Liverpool sein, Coach. Man kann es auch noch lernen, wenn man schon erwachsen ist.«

Es ist der Tag eines Fußballturniers und vor einem Abschied, es ist der Tag, an dem Britt-Marie ihr Auto selbst betankt. Wenn jemand sie darum bitten würde, könnte sie Berge besteigen und Weltmeere überqueren, genauso fühlt es sich an.

Das ist ein ganz neues Gefühl. Das auch.

31

Borg ist ein Ort, der an einer Straße liegt. Bei schönem Wetter sehen sie ganz anders aus, diese Orte und diese Straßen. Wann genau die Sonne an diesem Vormittag durch den ewig grauen Schleier des Januarhimmels bricht, kann Britt-Marie nicht sagen, aber sie verheißt eine neue Jahreszeit. Sie fahren an Krötes Haus vorbei, vor dem ein Gewächshaus steht. Eine schwangere Frau bewegt sich darin. Sie kommen an einigen Gärten vorbei, in denen sie Menschen sehen, was einem sonderbar erscheint, wenn man es gewohnt ist, dass die Straße in Borg immer menschenleer ist. Einige von ihnen sind jung, manche haben Kinder, ein paar winken sogar dem Auto zu. Ein Mann mit Mütze hält ein Schild in der Hand.

»Hängt er auch ein *Zu verkaufen*-Schild auf?«, fragt Britt-Marie.

Sven fährt langsamer und winkt dem Mann durchs Fenster zu.

»Nein, er nimmt es ab.«

»Warum?«

»Sie fahren zum Turnier. Sie wollen wissen, was da passiert. Es ist schon eine Weile her, dass jemand in Borg das wissen wollte.«

Das weiße Auto mit der blauen Tür rollt durch Borg, und erst, als sie an dem Schild vorbeifahren, das anzeigt, dass man Borg gerade verlässt, merkt Britt-Marie, dass hinter ihnen noch andere Fahrzeuge sind. Das ist der allererste Stau in Borg.

Max wohnt in einem der großen Einfamilienhäuser am Ortsrand, an einer eigenen kleinen Stichstraße, und in ihrem Haus sind die Fenster so riesig, dass sie dort nur jemand eingebaut haben kann, dem es wichtiger ist, dass man von draußen reinsehen als dass man von drinnen rausschauen kann. In dieser Siedlung kämpfen die Bewohner seit Jahren mit zunehmender Aggressivität darum, zum Stadtgebiet und nicht zu Borg zu gehören, erzählt Sven Britt-Marie. Im nächsten Moment muss er voll in die Bremsen treten, weil ein BMW rückwärts aus einer Garage herausfährt, ohne auf den Verkehr zu achten. Fredrik trägt eine Sonnenbrille, spricht in sein Handy und lenkt den Wagen, als würde er gegen ihn ankämpfen müssen. Sven winkt, und der BMW donnert so vorbei, als wäre er auch durch ihn hindurchgefahren.

»Verdammter Zitronenarsch«, brummt Vega und steigt aus dem Wagen.

Britt-Marie geht hinterher. Max öffnet, bevor sie überhaupt die Klingel gedrückt haben, schiebt sich durch die Tür und macht sie genervt hinter sich zu. Er hat immer noch die Trainingsjacke an, auf der *Eishockey* auf der Brust gedruckt steht, aber er hat einen Fußball unter dem Arm.

»Du musst keinen Ball mitnehmen, Vega hat schon einen eingepackt«, informiert ihn Britt-Marie.

Max sieht sie verständnislos an. Britt-Marie faltet die Hände.

»Ihr braucht doch wohl wirklich nicht mehr als einen Ball?«

Max sieht auf den Ball herunter. Sieht auf Britt-Marie.

»Brauchen?«

Als ob das ein Wort wäre, das mit Fußball nicht das Geringste zu tun hat.

»Ich muss mal aufs Klo«, stöhnt Vega und geht ungeduldig in Richtung Tür. Max hält sie an der Schulter fest, sie schlägt seine Hand fort. Ihm steht Angst ins Gesicht geschrieben.

»Das geht nicht!«

Vega blinzelt ihn misstrauisch an.

»Hast du Angst, dass ich sehe, wie steinreich ihr seid oder

was? Glaubst du, es interessiert mich, ob ihr Millionäre seid oder so?«

Max versucht, sie von der Tür fernzuhalten, aber sie ist zu flink und flutscht unter seinem Arm durch. Er ruft ihr hinterher und hält sie an der Jacke fest, doch sie kann die Tür trotzdem öffnen. Da halten beide inne. Sie mit offenem Mund, er mit geschlossenen Augen.

»Wo sind … Mensch … wo sind denn eure ganzen Möbel?«, fragt Vega.

»Die mussten wir verkaufen«, murmelt Max und zieht die Tür zu, ohne selbst hineinzusehen.

Vega blinzelt ihn wieder an.

»Habt ihr kein Geld?«

»Keiner in Borg hat Geld«, sagt Max und geht zum Auto.

»Warum verkauft dein Vater dann nicht diesen blöden BMW?«, ruft Vega ihm hinterher.

»Weil dann jeder sieht, dass er aufgegeben hat«, seufzt Max und klettert auf den Rücksitz.

»Aber wa…«, setzt Vega an und steigt auch ein. Omar knufft sie hart in die Seite.

»Lass jetzt gut sein, Schwester! Bist du vielleicht ein Bulle? Lass ihn einfach.«

»Ich will doch nur wi…«, protestiert sie, aber Omar gibt ihr noch einen Knuff.

»Schluss jetzt! Er redet wie einer von denen, aber er spielt Fußball wie einer von uns. Kapierst du? Lass ihn einfach.«

Max spricht auf der ganzen Fahrt in die Stadt nicht ein einziges Wort. Als sie vor der Sporthalle anhalten, wo das Turnier ausgetragen wird, klettert er mit dem Fußball unter dem Arm vom Rücksitz, lässt ihn auf den Asphalt fallen und schießt ihn so megahart gegen eine Wand, wie Britt-Marie es noch nie gesehen hat.

Omar legt ihm den Arm um die Schulter, als sie gemeinsam in die Halle gehen, und sagt fürsorglich:

»Dein Ball sieht aus, als sollte man ihn aufpumpen. Willst du eine gute Pumpe kaufen? Kann ich besorgen!«

Britt-Marie lässt den Hund und Kröte aus dem Kofferraum aussteigen. Bank folgt ihnen. Dino und Vega kommen hinterher. Sven geht als Letzter. Britt-Marie zählt mehrmals nach, ob alle da sind, und versucht herauszufinden, wer fehlt, als Bens klägliche Stimme aus dem letzten Winkel der Rücksitzbank erklingt:

»Entschuldige, Britt-Marie. War keine Absicht.«

Als sie die Stimme nicht unmittelbar lokalisieren kann, fügt er hinzu:

»Ich habe noch nie bei einem Turnier gespielt. Ich bin so … nervös geworden. Ich hab mich nicht getraut, etwas zu sagen, als wir an der Tankstelle waren.«

Britt-Marie kann ihn noch immer kaum verstehen, also steckt sie den Kopf ins Auto. Sieht den dunklen Fleck an seiner Hose und am Sitz unter ihm.

»Entschuldigung«, flüstert er und kneift die Augen zu.

»Oh … ich … kein Problem. Mach dir keine Gedanken! Das geht mit Natron weg!«, stammelt Britt-Marie und sucht im Kofferraum nach Sachen zum Wechseln.

Und ihr ist klar, dass Borg das mit ihr gemacht hat: Jetzt fährt sie zu Fußballturnieren und hat Wechselkleidung im Kofferraum.

Sie hält das Bambusrollo vors Fenster, als Ben sich umzieht. Dann schüttet sie Backpulver auf den Sitz. Nimmt Bens Hose mit in die Turnhalle und wäscht sie im Waschbecken des Umkleideraumes aus. Er steht neben ihr, die Mundwinkel hängen, doch die Augen leuchten, und als sie fertig ist, entschlüpft ihm:

»Mama kommt heute her und sieht zu. Sie hat sich einen Tag freigenommen!«

Er sagt es, als würde er ein Gebäude beschreiben, das nur aus Schokolade besteht. Die anderen Kinder schießen zwei Fußbälle durch den Flur, und Britt-Marie muss sehr an sich halten, nicht hinzurauschen und ihnen deutlich zu sagen, dass es sich nicht gehört, im Haus mit einem Ball zu schießen. Sie findet es in der Tat unmöglich, Sportplätze in einem Haus zu bauen, aber sie will definitiv vermeiden, dass man sie noch einmal so ansieht, als sei *sie* diejenige, die hier wahnsinnig ist, also hält sie den Mund.

Die Sporthalle besteht aus einer hohen Tribüne, unterteilt in zwei Hälften von einer ebenso hohen Treppe, die nach unten zu einer rechteckigen Fläche führt, die kreuz und quer voller bunter Linien ist. Und da, so vermutet Britt-Marie, sollen die Fußballspiele ausgetragen werden. Drinnen.

Bank versammelt die Kinder ganz oben auf der Treppe in einem Kreis und sagt zu ihnen Dinge, die Britt-Marie nicht versteht, aber die, wie sie vermutet, wohl so etwas wie Schlachtrufe sind, die die Kinder so lieben.

Als Bank fertig ist, fuchtelt sie mit dem Stock durch die Luft in die Richtung, in der sie Britt-Marie auszumachen scheint, und sagt:

»Britt-Marie, gibt es noch etwas, was du vor dem Spiel sagen möchtest?«

Britt-Marie hat sich auf diese Art von Eventualität nicht vorbereitet, das steht nicht auf ihrer Liste, also hält sie ihre Handtasche ganz fest, denkt eine Weile nach und sagt dann:

»Ich finde, dass es wichtig ist, einen guten ersten Eindruck zu machen.«

Sie weiß möglicherweise nicht ganz exakt, was genau sie damit ausdrücken will, aber es ist etwas, was Britt-Marie ganz grundsätzlich für einen guten Ratschlag fürs Leben hält. Die Kinder starren sie mit Augenbrauen in unterschiedlicher Höhe an. Vega isst Obst und nickt säuerlich zu den Menschen hinüber, die auf der Tribüne sitzen.

»Auf wen? Etwa auf die da? Die hassen uns, weißt du das?«

Britt-Marie muss zugeben, dass die meisten Menschen da auf der Tribüne, darunter viele mit Pullovern und Schals, auf denen der Name der Mannschaft der Stadt steht, ein wenig auf die Mannschaft von Borg herabsehen, so wie man vielleicht einen Fremden in der U-Bahn ansehen würde, der einen soeben angeniest hat. Mitten auf der Treppe stehen der ältere Mann von der Kommune und die Frau vom Fußballverband, die vor ein paar Tagen das Training in Borg besucht haben. Die Frau sieht betreten aus, der ältere Mann hat eine Menge Papier in der Hand, und neben ihnen befindet sich ein sehr ernster Mann mit einem Pullover, auf dem *Funktionär* zu lesen ist, und eine andere Person, die lange Haare hat und einen Trainingsanzug mit dem Namen der Stadtmannschaft und dem Wort *Coach* auf der Brust. Der Coachmensch – Britt-Marie hat wirklich keine Vorurteile – wirkt aufgebracht. Zerrt an den Unterlagen und zeigt auf die Kinder aus Borg und schreit etwas wie: »Seriöses Turnier! Kein Kinderspielplatz hier!«

Britt-Marie weiß nicht, was das bedeuten soll, aber als Kröte eine Dose Limonade aus der Tasche seiner Shorts zieht, beschließt sie, dass das wirklich nicht angebracht ist, um einen guten ersten Eindruck zu hinterlassen, also ermahnt sie ihn, die Dose nicht zu öffnen. Kröte hält sofort dagegen, dass er einen niedrigen Blutzuckerspiegel habe, woraufhin Vega sich aufregt, ihn an der Schulter anrempelt und faucht: »Bist du taub oder was? Lass die Dose zu!« Das bringt Kröte, dessen Balance Probleme mit seinem niedrigen Schwerpunkt hat, leider dazu, das Gleichgewicht zu verlieren, und er fällt nach hinten. Wie am Spieß schreiend, kullert er die Hälfte der Treppe hinab, bis sein Körper an die Beine der Frau vom Fußballverband, des älteren Mannes von der Kommune, des Funktionärs und des Coachmenschen stößt.

»LASS DIE DOSE ZU!«, brüllt Vega.

»Was?«, brüllt Kröte mit kreisenden Augäpfeln zurück, während er zu Füßen des Coachmenschen liegt, und dann scheint er zu meinen, dass der Schwindel von seinem niedrigen Blutzucker kommen muss. Woraufhin er beschließt, die Dose zu öffnen.

Das ist nicht gerade das, was man irgendwie als einen optimalen ersten Eindruck bezeichnen könnte, nein, wirklich nicht.

Als Britt-Marie und Bank dort angekommen sind, wo Kröte gelandet ist, brüllt der Coachmensch aus gegebenem Anlass noch aufgebrachter. Der alte Mann und die Frau und die Unterlagen wirbeln im Limonadenregen durcheinander. Der Coachmensch selbst hat derart viel Limonade in den Haaren, im Gesicht und auf den Kleidern, dass die Limomenge in der Dose auf irgendeine Art die Naturgesetze herausgefordert haben muss.

»Seriöööös!? Soll das hier etwa seriööös sein?«, wütet der Coachmensch und sieht den Funktionär aufgebracht an.

Der Funktionär schüttelt sehr seriös den Kopf. Der Coachmensch zeigt auf Bank und Britt-Marie, mittlerweile so außer sich, dass er das mit beiden Händen tut, was mit etwas Abstand betrachtet nicht eindeutig so aussieht, als zeige er auf jemanden, sondern eher, als sei es eine Demonstration, welche Größe ein Dachs ungefähr hat.

»Sind Sie die Traiiiner dieser Mannschaft?«

Der Coachmensch macht wahnwitzige Luftanführungszeichen, als er »Trainer« und »Mannschaft« sagt. Bank piekt den Coachmenschen aus Versehen beim ersten Mal und bei den folgenden fünf Malen möglicherweise etwas weniger aus Versehen mit ihrem Stock. Die Frau sieht bedrückt aus. Der alte Mann mit den Unterlagen versteckt sich hinter ihr und hält sich, erfahren wie er ist, eine Handfläche vor den Mund.

»Wir sind die Trainer«, teilt Bank wahrheitsgetreu mit.

Der Coachmensch grinst und sieht gleichzeitig wütend aus.

»Eine alte Frau und eine Blinde, das soll seriös sein? Ist das hier ein seriöööses Turnier? Hää?«

Der Funktionär schüttelt seriös den Kopf. Die Frau, bedrückter als je zuvor, schielt zu Bank hinüber.

»Einer der Spieler in Ihrer Mannschaft, dieser Krister Ivars …«

»Was ist mit mir?«, ruft Kröte verängstigt vom Boden herauf.

»Was ist mit ihm?«, zischt Bank.

»Ja, was ist mit Krister?«, fragt eine dritte Stimme.

Krötes Papa steht jetzt hinter Britt-Marie. Er hat seine Haare sorgfältig gekämmt und sich anständig angezogen. Im Revers seines Blazers steckt eine rote Tulpe. Hinter ihm steht Kent, in einem knittrigen Oberhemd. Er lächelt Britt-Marie an. Sie würde gern sofort nach seiner Hand greifen.

»Krister ist zwei Jahre jünger als die anderen. Er ist zu jung, um an diesem Turnier teilzunehmen, wenn er keine Ausnahmegenehmigung hat«, hustet die Frau in Richtung Fußboden.

»Dann erteil ihm doch die Ausnahmegenehmigung!«, ruft Bank und wedelt mit ihrem Stock vor dem Funktionär herum.

»Regeln sind Reeegeln!«, unterbricht sie der Coachmensch.

»Ach wirklich? WIRKLICH? Komm bloß her, du klei…«, schreit Bank und schlägt fuchsteufelswild mit ihrem Stock nach dem Coachmenschen, woraufhin der Coachmensch versucht, sich an ihrem Stock festzuhalten, um nicht zu stürzen, und sie dabei aus Versehen mitreißt, so dass beide den Halt verlieren und fast die Treppe hinunterstürzen, bevor sich eine große Hand mit einer einzigen schnellen Bewegung wie eine Handschelle um den Trainingsanzug krallt und den Fall verhindert.

Der Coachmensch hängt mit aufgerissenen Augen Kopf voran über der Treppe, vor ihm steht Kent. Kent bewegt seinen Arm keinen Millimeter von der Stelle, beugt sich vor und erklärt, auf diese selbstbewusste Art, in der er spricht, wenn er Leuten erzählt, dass er Geschäfte mit Deutschland macht:

»Wenn Sie versuchen, eine blinde Frau eine Treppe runterzuschubsen, bringe ich Sie vor Gericht, bis Ihre Familie über die nächsten zehn Generationen verschuldet ist, das können Sie sich hinter die Ohren schreiben!«

Der Coachmensch starrt ihn an. Bank kommt wieder auf die Füße, indem sie zufällig ihren Stock zwei- oder auch dreimal in den Bauch des Coachmenschen piekt. Der ältere Mann mit den

Unterlagen hält seine Unterlagen vor sich. Der Funktionär nickt seriös. Die bedrückte Frau hustet einige Male.

»Uns liegt auch ein Widerspruch von einer gegnerischen Mannschaft vor, was diese ›Viga‹ in Ihrer Mannschaft angeht, wir können an der Personennummer erkennen, dass …«, setzt die Frau an.

»Ich heiße VEGA!«, schnaubt Vega, die weiter oben auf der Treppe steht.

»Ja, Viiieeega«, versucht es die Frau nachzuahmen.

»Haben Sie vielleicht Kacke in den Ohren? V-E-G-A!«, wiederholt Vega.

Die Frau kratzt sich verlegen an den Ohrläppchen. Lächelt, als hätte sie eine örtliche Betäubung bekommen. Dreht sich zu Britt-Marie um, die in dieser Situation den Eindruck vermittelt, als sei sie der einzig vernünftige Mensch in dem Trupp.

»Man braucht eine Ausnahmegenehmigung, wenn Mädchen oder jüngere Spieler spielen sollen.«

»Regeln sind … Reeee… Regeln«, stammelt der Coachmensch, der sich noch nicht aus Kents Griff befreien konnte.

»Kann schon sein«, antwortet Kent ganz ruhig und dreht sich zu der Frau, dem älteren Mann und dem Funktionär um und lächelt:

»Dann müssen Sie Krister und Vega wohl sperren, da diese Mannschaft offenbar zu viel Angst hat, gegen einen zwei Jahre jüngeren Kerl und ein Mädchen zu spielen!«

Darauf erklingt ein kurzes und gegenseitiges Schweigen.

»Wiiieee?«, ruft der Coachmensch aus.

»ANGST!«, ruft Bank und piekt zufällig mit ihrem Stock an die Jacke seines Trainingsanzugs und ein bisschen an den älteren Mann mit den Unterlagen.

»Wir haben verdam…«, murmelt der Coachmensch.

Und so kommt es, dass Vega und Krister ihre Ausnahmegenehmigung erhalten. Während Krister die Treppe zum Spielfeld hinuntergeht, hat sein Papa seinen Arm um ihn gelegt, doch er sieht aus, als ob er am liebsten mit ausgestreckten Armen wie Flugzeugflügel durch die ganze Halle rennen würde.

Die anderen Kinder laufen aufs Spielfeld und fangen an, sich mit Torschüssen auf das eine Tor aufzuwärmen, was im Grunde so aussieht, als ob sie sich ganz allgemein aufwärmen und dabei auf ungefähr alles schießen, nur nicht aufs Tor.

Britt-Marie und Kent bleiben allein auf der Treppe zurück. Sie zupft ein Haar von seiner Schulter. Streicht so zart über eine Falte an seinem Ärmel, dass sie seinen Arm dabei nicht berührt.

»Woher wusstest du, dass es etwas nützen würde zu sagen, sie hätten Angst?«, fragt sie ihn.

Kent muss lachen, so dass es in Britt-Marie innerlich lacht.

»Ich habe einen großen Bruder. Bei mir hat das immer funktioniert. Weißt du noch, wie ich vom Balkon gesprungen bin und mir das Bein gebrochen habe? Die dümmsten Dinge, die ich je angestellt habe, haben damit angefangen, dass Alf behauptet hat, dass ich mich nicht trauen würde!«

»Das war sehr nett von dir. Die Sache mit den Tulpen war auch sehr nett von dir«, flüstert Britt-Marie, ohne zu fragen, ob sie selbst auch zu diesen dümmsten Dingen gehöre.

Kent lacht wieder.

»Ich habe sie bei dem Vater dieses Jungen gekauft, den sie Kröte nennen. Er zieht sie im Gewächshaus im Garten. Das ist ein Idiot! Er hat ziemlich viel geschwafelt, weil er der Meinung war, ich solle lieber rote kaufen, denn die seien ›besser‹, aber ich habe ihm versichert, dass du lila Tulpen liebst.«

Sie bürstet unsichtbaren Staub von seiner Brust. Beherrscht sich. Legt die eine Hand ganz vernünftig in die andere und sagt:

»Ich muss gehen. Sie sind gleich dran.«

»Viel Glück!«, sagt Kent und beugt sich vor und küsst sie auf die Wange, so dass sie sich am Geländer festhalten muss, um nicht auch die Treppe hinunterzufallen.

Als er sich dann auf den letzten freien Platz in dem Bereich der Tribüne setzt, wo sich das Auswärtspublikum von Borg verschanzt hat, wird ihr klar, dass es das allererste Mal ist, dass Kent ihretwegen irgendwo ist. Das erste Mal in ihrem Leben, dass er sich vorstellt und erklärt, er gehöre zu ihr, und nicht umgekehrt.

Auf dem Platz neben ihm sitzt Sven. Mit dem Blick zum Boden.

Britt-Marie atmet bei jedem Schritt, den sie auf der Treppe macht, tief durch. Bank und der Hund erwarten sie auf einer Bank neben dem Spielfeld. Jemand ebenso und dies mit einem ausgesprochen zufriedenen Gesichtsausdruck.

»Wie bist du hergekommen?«, fragt Britt-Marie.

»Gefahren, du weißt schon«, antwortet Jemand unbekümmert.

»Und was ist mit der Pizzeria und dem Lebensmittelladen und der Post? Die müssen doch geöffnet sein?«, fragt Britt-Marie besorgt.

Jemand zuckt mit den Schultern.

»Wer soll denn einkaufen kommen, Britt? Alle aus Borg: hier!«

»Aber man kann doch wohl kaum einfach alle Läden schließen!«, ruft Britt-Marie aus, und erst danach kommt es ihr in den Sinn zu fragen: »Was meinst du damit, du bist hergefahren?«

Jemand hält die Hände vor sich, als hielte sie ein Steuer.

»Fahren, weißt du. Mit dem Auto.«

»Ich habe keine Vorurteile!«, erklärt Britt-Marie.

Jemand wedelt mit den Armen.

»Ich habe Auto gebaut, weißt du. Der bei Zulassungsstelle, hat gesagt: behindert, ja. Darf kein normales Auto fahren, ja. Habe dann unnormales Auto gebaut.«

Britt-Marie streicht unsichtbare Falten in ihrem Rock mit einem derartigen Tempo glatt, dass es aussieht, als wolle sie Feuer machen. Jemand streichelt sie zur Beruhigung.

»Nervös, ja? Kein Problem, Britt, hab zu dem Funktionär gesagt: Ich sitz am Spielfeld mit Britt. Weil ich so, wie sagt man? Beruhigend auf Britt wirke, ja. Der Funktionär darauf so ›Nee‹, also sag ich, seh keinen Bereich für Behinderte hier, ist gegen Vorschriften, kann Sie verklagen, ja. Und jetzt: Sitz ich hier. Bester Platz, oder?«

Britt-Marie atmet tief ein. Langsam aus. Wiederholt es noch einmal. Doch es nützt nichts. Dann entschuldigt sie sich, verlässt das Spielfeld, läuft einen Flur entlang, steuert eine Toilette an und übergibt sich. Als sie zurück zur Bank kommt, redet Jemand immer noch ununterbrochen, nervös auf allem trommelnd, was ihr unter die Finger kommt. Der Hund schnüffelt an Britt-Marie. Bank hält ihr ein Paket Kaugummi hin.

»Das ist ganz normal. Man hat oft direkt vor einem wichtigen Turnier eine Lebensmittelvergiftung.«

Während Britt-Marie das Kaugummi kaut, hält sie sich die Hand vor den Mund, denn die Leute könnten ja sonst auf die Idee kommen, sie habe auch noch Tätowierungen oder so etwas. Dann gibt es Applaus, der Schiedsrichter betritt das Spielfeld, und eine Mannschaft aus Borg, die nicht mal einen eigenen Fußballplatz hat, spielt ein Fußballspiel. Von einer Gemeinde angefeuert, in der fast alles stillgelegt ist. Aber nur fast.

Das Erste, was passiert, ist, dass Dino von einem großen Jungen mit komplizierter Frisur mit dem Ellenbogen gefoult wird. Als Dino das nächste Mal den Ball bekommt, geschieht dasselbe, nur härter. Ein paar Meter von Britt-Marie entfernt springt der Coachmensch in seinem limonadengetränkten Trainingsanzug auf und nieder und schreit aufmunternd:

»Genaaau so! Verschaff dir Respekkkt!«

Britt-Marie ist vollkommen überzeugt, dass sie einen Herzinfarkt bekommen wird, aber als sie das Bank mitteilt, sagt Bank, das müsse so sein, wenn man Fußball schaut. Wer um alles in der Welt will denn dann noch beim Fußball zuschauen, fragt sich da

Britt-Marie. Als Dino zum dritten Mal in Ballbesitz ist, nimmt der große Junge von der anderen Seite des Spielfelds aus Anlauf und rast mit voller Geschwindigkeit und erhobenem Ellenbogen los. Im nächsten Moment liegt er flach. Max steht über ihm, den Brustkorb angespannt und die Arme vorgestreckt. Er ist schon auf dem Weg zur Bank, bevor der Schiedsrichter ihm mitteilt, dass er vom Platz gestellt ist.

»Max! Ha! Du bist so einer, wie sagt man?«, jubelt Jemand.

Bank klopft mit dem Stock auf Max' Schuhe.

»Er redet wie einer von denen. Aber er spielt wie einer von uns.«

Max lächelt und antwortet irgendetwas, aber Britt-Marie hört es nicht. Während sie geredet haben, hat der Schiedsrichter das Spiel wieder angepfiffen, und Britt-Maries Beine sind ohne ihre Erlaubnis auf die Füße gesprungen. Ihr Mund hat sich geöffnet, ohne dass sie sagen kann, wie. Auf dem Spielfeld sind drei Spieler ineinandergerannt, und der Ball ist zufällig zur Seitenlinie gesprungen, Ben direkt vor die Füße. Er starrt ihn an. Eine ganze Sporthalle starrt ihn an.

»Schieß«, flüstert Britt-Marie.

»SCHIESS DOCH!«, schreit eine Stimme von der Tribüne.

Das ist Sami. Neben ihm steht eine Frau, rot im Gesicht. Es ist das erste Mal, dass Britt-Marie sie nicht in Krankenhausuniform sieht.

»SCHIIIIIIIIIIIIIIIIIIIIIESS!«, brüllt Bank und wedelt mit dem Stock kreuz und quer durch die Luft.

Also schießt Ben. Der Sauerstoff geht aus. Britt-Marie vergräbt ihr Gesicht in den Handflächen, Bank kippt fast Jemands Rollstuhl um, als sie schreit: »Was ist los? Alte, sag mir, was los ist!«

Auf der Tribüne ist es still, als könne niemand da oben so richtig begreifen, wie es dazu kommen konnte. Ben sieht erst aus, als wolle er anfangen loszuheulen, dann, als würde er nach einem Versteck suchen. Sehr viel mehr Zeit bleibt ihm nicht, bevor er von einem jubelnden Haufen aus Armen, Beinen und weißen Trikots begraben wird. Borg führt mit 1:0. Sami rennt mit ausgestreckten Armen wie ein Flugzeug über die Tribüne, Kent und Sven springen so schnell von ihren Plätzen auf, dass sie sich aus Versehen umarmen, was dazu führt, dass Sami dann zwischen ihnen hindurchfliegen muss, um zu verhindern, dass sie wieder anfangen, aufeinander loszugehen.

Aus dem Chaos reißt sich eine Frau mit rotem Gesicht los und rennt die Treppe herunter. Ein paar Funktionäre versuchen, sich ihr in den Weg zu stellen, als sie merken, dass sie vorhat, aufs Spielfeld zu stürmen, aber sie können sie nicht aufhalten. Sie hätten sie auch mit Gewehren nicht aufhalten können. Ben tanzt mit seiner Mama, als könne ihnen das keiner nehmen.

Borg verliert das Spiel mit 14:1. Das spielt keine Rolle. Sie spielen, als wäre es das Wichtigste im ganzen Universum.

Und das spielt eine Rolle.

32

Ab einem gewissen Alter drehen sich beinahe alle Fragen, die einen Menschen beschäftigen, eigentlich nur um die eine: Wie lebt man ein Leben?

Wenn der Mensch die Augen fest genug und auch lange genug schließt, dann kann er sich an alles erinnern, was ihn glücklich gemacht hat. An den Duft von der Haut seiner Mutter, als er fünf war und sie sich kichernd vor einem plötzlich einsetzenden Platzregen in ein Treppenhaus geflüchtet haben. An die kalte Nasenspitze des Vaters an seiner Wange. Den streng müffelnden Trost der Tatze eines Kuscheltiers, das er vor der Waschmaschine gerettet hat. Das Geräusch der Wellen, die sich beim letzten Urlaub am Meer über die Felsen herangeschlichen haben. Den Applaus in einem Theater. Das Haar seiner Schwester hinterher, als sie hinaus auf die Straße gingen, sorglos im Wind.

Vielleicht an noch mehr? Wann ist sie glücklich gewesen? Ein paar Augenblicke lang. Wenn der Schlüssel im Türschloss zu hören war. Von Kents Herzschlag unter ihrer Hand, wenn er schlief. Von Kinderlachen. Wind auf dem Balkon. Dem Duft von Tulpen. Der ersten großen Liebe. Dem ersten Kuss.

Ein paar Augenblicke. Ein Mensch, wer von uns auch immer, bekommt so verschwindend wenige Gelegenheiten, in nur einem einzigen von ihnen zu leben. Die Zeit loszulassen und zu fallen. Etwas besinnungslos zu lieben. Vor Leidenschaft zu explodieren. Vielleicht ein paar wenige Male, wenn wir noch Kinder sind, falls wir das überhaupt sein durften. Aber später, wie viele Atemzüge tun wir außerhalb unseres Selbst? Wie viele echte Gefühle entlocken uns ein lautstarkes und schamloses Gejubel? Wie oft haben wir die Chance, das Gedächtnis ausschalten zu können, so dass es ein Segen ist?

Jede Leidenschaft ist kindisch. Sie ist banal und naiv. Sie ist nicht erlernt, sie kommt von den Instinkten, also überschwemmt sie uns. Wirft uns um. Spült uns fort. Alle anderen Gefühle gehören zur Erde, doch die Leidenschaft ist im Weltall zu Hause. Davon erhält die Passion ihren Wert, nicht für das, was sie uns gibt, sondern für das, was wir für sie riskieren müssen. Unsere Würde. Das Unverständnis der anderen und herablassendes Kopfschütteln.

Britt-Marie schreit frei heraus, als Ben das Tor schießt. Ihre Fußsohlen lösen sich vom Boden der Sporthalle. Die wenigsten Menschen werden mit so etwas im Januar gesegnet. Mit dem Weltall.

Genau dafür liebt man Fußball.

Es ist spät am Abend, das Turnier ist seit mehreren Stunden vorbei, und Britt-Marie befindet sich wieder einmal im Krankenhaus. Sie wäscht im Waschbecken Blut aus einem weißen Fußballtrikot. Auf dem Toilettensitz daneben hockt Vega, deren Stimme sich noch immer vor Euphorie überschlägt. Als könne sie einfach nicht stillsitzen. Als wolle sie gleich wieder aufspringen.

Britt-Maries Herz schlägt noch immer so wild, dass sie nicht begreift, wie jemand so leben kann. Wenn es wirklich stimmt, was die Kinder sagen: dass man eine Fußballmannschaft haben kann, die jede Woche ein Spiel hat. Wer würde sich das hier freiwillig jede Woche antun?

»Ich verstehe wirklich nicht, was dir dabei in den Sinn gekommen ist«, bringt Britt-Marie in einer Art Zischen hervor, denn mehr trägt ihre Stimme nicht, die aus einem völlig heisergeschrienen Hals erklingt.

»Sie hätten sonst ein Tor gemacht!«, erklärt Vega zum tausendsten Mal.

»Du hast dich direkt vor den Ball geworfen«, zischt Britt-Marie und gestikuliert vorwurfsvoll vom Waschbecken und den Blutflecken auf dem Trikot.

Vega blinzelt. Man sieht ihr an, dass diese Bewegung weh tut, denn ihr halbes Gesicht ist angeschwollen und tieflila. Von dem Schnitt an der Augenbraue und weiter über das blutunterlaufene Auge hinab zur Nase mit dem geronnenen Blut an den Nasenlöchern und der aufgeplatzten Lippe darunter, die so geschwollen ist, dass Vega aussieht, als hätte sie versucht, eine Wespe zu verschlucken.

»Ich habe den Schuss gedeckt«, betont sie.

»Ja, mit dem Gesicht. Man deckt doch wohl um nichts auf der Welt einen Schuss mit dem Gesicht«, antwortet Britt-Marie beharrlich, ohne dass dabei klar wird, ob sie sich mehr über Vegas Blut im Gesicht oder über das Blut auf dem Trikot aufregt.

»Sie hätten sonst ein Tor geschossen«, sagt Vega und zuckt mit den Schultern.

Britt-Marie reibt mehr Natron ins Trikot.

»Ich kann im Leben nicht begreifen, warum du Fußball so sehr liebst, dass du bereit bist, dein Leben auf diese Weise aufs Spiel zu setzen«, zischt sie.

Vega sieht nachdenklich aus. Dann unschlüssig.

»Hast du noch nie etwas so sehr geliebt?«, fragt sie.

Britt-Marie reibt noch mehr Natron ins Trikot. Ist überrumpelt.

»So. Nein. Ich … äh. Ich weiß nicht. Das weiß ich wirklich nicht.«

»Wenn ich Fußball spiele, tut es nicht weh«, sagt Vega, den Blick auf die Ziffer auf der Trikotrückseite im Waschbecken geheftet.

»Was denn?«, fragt Britt-Marie.

»Alles«, antwortet Vega.

Britt-Marie verstummt beschämt. Dreht das warme Wasser auf. Schließt die Augen. Vega lässt den Kopf nach hinten fallen und schaut an die Decke.

»Wenn ich schlafe, träume ich von Fußball«, sagt sie, als ob das logisch wäre, und dann fragt sie aufrichtig neugierig, als hätte sie keine Ahnung, wovon man sonst träumen soll:

»Wovon träumst du denn?«

Britt-Marie weiß nicht, warum ihr das entfährt, doch sie antwortet wie von selbst:

»Manchmal träume ich von Paris.«

Vega nickt verständnisvoll.

»Dann ist Fußball für mich, was Paris für dich ist. Bist du da schon oft gewesen?«

»Noch nie«, flüstert Britt-Marie und ärgert sich über sich selbst, dass sie überhaupt etwas gesagt hat.

»Warum nicht?«, fragt Vega.

»Das gehört zu den Dingen, aus denen nie etwas geworden ist, jetzt komm her und wasch dein Gesicht«, fertigt Britt-Marie sie ab.

»Warum nicht?«, fragt Vega stur.

Britt-Marie stellt den Wasserhahn so ein, dass das Wasser nicht zu heiß ist. Ihr Herz klopft noch immer so stark, dass sie die Schläge zählen kann. Sie sieht Vega an, streicht ihr ein paar Strähnen aus dem Gesicht und berührt ganz vorsichtig die Schwellung am Rand des Auges, als würde es ihr selbst mehr weh tun als Vega. Dann flüstert sie:

»Du musst wissen, als ich klein war, ist meine Familie ans Meer gefahren. Meine Schwester suchte sich die höchsten Klippen aus, um von ihnen ins Meer zu springen, und wenn sie gesprungen war und wieder an die Wasseroberfläche kam, stand ich noch ganz oben auf der Klippe, und sie schrie: ›Spring, Britt-Marie! Spring einfach!‹ Du musst dir vorstellen, dass, wenn man da ganz oben steht und hinuntersieht, dass es da wirklich einen Moment gibt, in dem man bereit ist zu springen. Wenn man es dann sofort tut, dann traut man sich. Aber wenn man abwartet, wird es nie was.«

»Bist du gesprungen?«, fragt Vega.

»Ich gehöre nicht zu denen, die springen«, antwortet Britt-Marie.

»Aber deine Schwester schon?«

»Sie war wie du. Sie hatte keine Angst«, antwortet Britt-Marie. Dann faltet sie ein Papiertuch zusammen und flüstert: »Aber nicht einmal sie wäre auf die Idee gekommen, sich wie eine Wahnsinnige mit dem Gesicht voraus vor einen Ball zu werfen!«

Vega steht auf und lässt sie ihre Wunden abtupfen.

»Und deswegen fährst du jetzt nicht nach Paris? Weil du nicht zu denen gehörst, die springen?«, fragt das Mädchen.

»Ich bin zu alt für Paris«, flüstert die Frau.

»Wie alt ist Paris?«, fragt das Mädchen.

Darauf weiß Britt-Marie keine vernünftige Antwort. Obwohl es wie eine ausgezeichnete Kreuzworträtselfrage klingt. Sie betrachtet sich selbst flüchtig im Spiegel. Das alles ist wirklich verrückt. Sie ist eine erwachsene Frau, und da steht sie nun im Krankenhaus, schon das zweite Mal innerhalb der letzten Tage. Ein Kind sitzt hier auf dem Toilettensitz und hat ein völlig zerschlagenes Gesicht, und am Ende des Gangs liegt noch ein Kind, mit einem lädierten Bein. Nur weil sie den Schuss verhindern wollten. Wer will so sein Leben verbringen?

Vega sieht ihr Gesicht im Spiegel. Muss so sehr lachen, dass ihr das Blut von der Lippe über die Zähne läuft. Woraufhin sie noch mehr lachen muss, diese Verrückte.

»Wenn du nicht zu denen gehörst, die springen, Britt-Marie, wie bist du dann verdammt nochmal in Borg gelandet?«

Britt-Marie drückt ihr das Handtuch auf die Lippe und zischt, dass das wirklich keine anständige Wortwahl sei. Vega murmelt ärgerlich etwas ins Handtuch hinein, also drückt Britt-Marie es fester auf Vegas Lippe. Dann geht sie mit dem Mädchen hinaus ins Wartezimmer, bevor es weiterschimpfen kann.

Was natürlich wenig durchdacht ist, denn da befindet sich Fredrik. Er tigert wutschnaubend vor der Toilettentür auf und ab. Kröte, Dino, Ben und Omar schlafen auf einer Bank in der Ecke. Fredrik zeigt sofort vorwurfsvoll auf Britt-Marie.

»Wenn Max sich das Bein gebrochen hat und deshalb die Auswahlmannschaft verpasst, werde ich dafür sorgen, dass Sie nie wieder in die Nähe von …«

Seine Stimme verliert den Halt, sie verstummt, als er die Augen schließt und um Fassung ringt. Vega schiebt sich vor Britt-Marie und schlägt seine Finger weg.

»Ach, halt die Klappe! Das Bein heilt schon wieder! Max hat den Schuss gedeckt!«

Fredrik ballt die Fäuste und macht ein paar Schritte rückwärts, als hätte er Angst, was er in seiner Verzweiflung sonst noch anrichten könnte.

»Ich habe ihm verboten, vor der Einteilung in die Auswahl Fußball zu spielen. Ich habe ihm gesagt, dass eine Verletzung seine ganze Karriere zerstören kann. Ich habe ihm gesa…«

»Was für eine verfluchte Karriere? Er geht in die verfluchte O-b-e-r-s-t-u-f-e!«, brüllt Vega.

Fredrik zeigt wieder auf Britt-Marie. Sinkt auf eine Bank hinab, als hätte ihn jemand vergessen.

»Begreifst du nicht, was die Auswahl bedeutet, wenn man Eishockey spielt? Begreifst du nicht, welche Opfer wir gebracht haben, damit er diese Chance bekommt?«

»Hast du denn Max mal gefragt, was *er* will?«, fragt Vega giftig.

»Bist du zurückgeblieben, oder was? Es ist die Auswahlmannschaft! Ist doch klar, dass er das will!«, keift Fredrik.

»Damit er Fußball spielt, muss ihn keiner anbrüllen!«, keift Vega zurück.

»Du bräuchtest vielleicht auch mal jemanden, der dich anbrüllt!«, schreit Fredrik und springt auf.

»DU BRÄUCHTEST VIELLEICHT MAL EIN PAAR MÖBEL!«, brüllt Vega und geht noch einen Schritt vor.

Jetzt stehen sie Angesicht zu Angesicht, atmen schwer und matt. Beide haben Tränen in den Augen. Keiner von ihnen wird dieses Turnier, das Borg heute gespielt hat, je vergessen. Keiner in Borg wird es vergessen.

Allerdings haben sie ihr zweites Spiel mit 0:5 verloren. Es musste nach der Hälfte der Spielzeit minutenlang unterbrochen werden, weil Kröte einen Elfmeter hielt und alle warten mussten, bis er damit fertig war, wie ein Flugzeug rund um das Spielfeld zu flitzen. Da lachte Bank und schrie, dass das Publikum sich anhöre, als hätte Borg die WM gewonnen, was, wie Britt-Marie nach verschiedenen Erklärungen erfuhr, ein anderer Wettbewerb im Fußball ist, der offenbar auch ganz besonders wichtig ist, wenn einem Fußball etwas bedeutet.

Im dritten und letzten Spiel war die Lautstärke in der Halle so groß, dass Britt-Marie gegen Ende nur noch ein anhaltendes Rauschen vernahm. Ihr Herz schlug so heftig, dass sie es nicht mehr spürte, ihre Arme kreisten um den Körper, als gehörten sie nicht länger zu ihr. Die gegnerische Mannschaft führte mit 2:0, doch als noch ein paar Minuten zu spielen waren, gelang Vega ein Tor für Borg, das sie mit vollem Körpereinsatz schoss. Direkt danach holte Max sich kurz vor dem eigenen Tor den Ball zurück, indem er rutschend in den Gegner grätschte. Als er wieder auf die Beine kam, warf er einen Blick hinauf zur Tribüne, gerade als sein Vater in die Halle kam. Fredrik stand mit den Händen in den Jackentaschen vergraben da und sah ihn an. Max dribbelte die komplette Gegenmannschaft aus und schoss ein Tor. Als sein Kopf aus dem Haufen Arme und Beine seiner Teamkameraden wieder auftauchte, drehte Fredrik sich enttäuscht um und verließ die Tribüne.

Der Schiedsrichter hatte das Spiel schon wieder angepfiffen, aber Max stand immer noch wie angewurzelt an der Seitenlinie und sah seinem Vater fassungslos hinterher. Erst das Toben des Publikums holte den Jungen wieder ins Spiel zurück, und da hatte die andere Mannschaft bereits einen Ball an den Pfosten und einen an die Latte gesetzt, die ganze Mannschaft außer Vega lag kreuz und quer auf dem Boden, und als ein Spieler der gegnerischen Mannschaft Anlauf nahm, um den Ball ins leere Tor zu schießen, warf Vega sich der Länge nach in die Flugbahn und deckte den Schuss. Mit ihrem Gesicht. Als der Ball an den gegnerischen Spieler zurückprallte, war er blutverschmiert. Um das Spiel zu entscheiden, hätte eine einfache Breitseite gereicht, doch der Spieler nahm Anlauf und streckte den Fuß vor. Also rannte Max direkt in den Haufen aus Körperteilen und warf sich mit gestrecktem Bein vor. Er traf den Ball, der Gegenspieler Max' Bein. Max schrie so laut, dass Britt-Marie das Gefühl hatte, ihr eigenes Bein wäre gebrochen.

Das Spiel endete 2:2. Es war das erste Mal seit sehr, sehr langer Zeit, dass Borg ein Fußballspiel nicht verlor. Vega saß neben Max im Krankenwagen und sang auf der ganzen Fahrt ins Krankenhaus absolut unanständige Lieder.

Bens Mutter steht in der Tür. Sie sieht Vega an, dann Britt-Marie, und nickt, wie man es am Ende einer langen Schicht tut.

»Max möchte euch beide sehen. Nur euch beide.«

Fredrik flucht lautstark, aber Bens Mutter bleibt hart.

»Nur euch beide.«

»Ich dachte, du hättest heute Abend frei«, sagt Vega.

»Hatte ich auch. Aber wenn Borg Fußball spielt, muss das Krankenhaus ja zusätzliches Personal anfordern«, erklärt sie streng, obwohl man ihr ansieht, dass sie versucht, das Lachen zu unterdrücken.

Sie legt Ben, der auf einer der Bänke schläft, eine Decke über und gibt ihm einen Kuss auf die Wange. Dann macht sie dasselbe mit Dino, Kröte und Omar, die auf den anderen Bänken liegen und schlafen.

Britt-Marie spürt Fredriks hasserfüllten Blick im Rücken, als sie Bens Mutter den Flur entlang folgen, deshalb macht sie einen Bogen und lässt Vega vorgehen, damit sein Blick nicht das Mädchen trifft. Max liegt in einem Bett, sein Bein ist hochgelagert. Er grinst in Vegas geschwollenes Gesicht, als sie das Zimmer betritt.

»Wie hübsch! Deutliche Verbesserung zu deinem Aussehen heute Morgen!«

Vega schnaubt und nickt zu seinem Bein.

»Meinst du, die Ärzte können dein Bein jetzt so zusammenschrauben, dass du endlich lernst, vernünftig zu treffen?«

Er grinst. Sie auch.

»Ist mein Vater sauer?«, fragt Max.

»Kacken Bären in den Wald?«, antwortet Vega, aber da findet Britt-Marie, dass es jetzt wirklich reicht.

»Also wirklich, Vega! Ist das eine passende Wortwahl für ein Krankenhaus, findest du das?«

Vega muss lachen. Max auch. Britt-Marie nimmt sich zusammen und holt einmal tief Luft und überlässt sie dann ihrer Wortwahl.

Fredrik wartet noch immer da, wo er gestanden hat. Unbeholfen bleibt Britt-Marie vor ihm stehen. Widersteht dem Impuls, die Hand auszustrecken und ein Haar von Vega von seinem Arm zu wischen, wo es gelandet ist, als sie sich gegenübergestanden und sich angeschrien haben.

»So«, flüstert Britt-Marie.

Er gibt keine Antwort. Starrt nur auf den Boden. Also fragt sie mit der dünnen Stimme, die noch in ihrem Hals übrig ist:

»Haben Sie jemals etwas so sehr geliebt, wie es diese Kinder hier tun, Fredrik?«

Sein Kopf erhebt sich, sein Blick bohrt sich in sie.

»Haben Sie eigene Kinder, Britt-Marie?«

Sie schluckt und schüttelt den Kopf. Er sieht wieder zu Boden.
»Dann fragen Sie mich nicht, ob ich etwas so liebe.«

So sitzt jeder auf seinem Stuhl, ohne noch ein Wort zu verlieren, bis Bens Mutter wieder herauskommt. Britt-Marie steht auf, aber Max' Vater bleibt sitzen, als ob er sich nicht mehr aufraffen kann, wieder aufzustehen. Bens Mutter legt ihm die Hand auf die Schulter und sagt tröstend:

»Max will, dass ich Ihnen sage, dass er aller Wahrscheinlichkeit nach in einem halben Jahr wieder Eishockey spielen kann. Das Bein wird wieder komplett heilen. Seine Karriere scheint überhaupt nicht in Gefahr zu sein.«

Max' Vater bewegt sich nicht. Presst das Kinn fest gegen den Hals. Bens Mutter nickt Britt-Marie zu. Britt-Marie beißt sich in die Wangen. Bens Mutter geht wieder zur Tür, als Max' Vater letztendlich mit zwei hastigen Bewegungen die Handflächen vor die Augen hält, wo die Tropfen zwischen den Fingern hindurchfallen und in den Bartstoppeln landen. Er hat kein Handtuch. Das gibt Flecken auf dem Boden.

»Und Fußball? Wann wird er wieder Fußball spielen können?«

Ab einem gewissen Alter drehen sich beinahe alle Fragen, die einen Menschen beschäftigen, eigentlich nur um die eine: Wie lebt man ein Leben?

33

Britt-Marie sitzt allein auf einer Bank, die am Fußweg vor der Notaufnahme steht. Sie hat Tulpen in der Hand. Spürt den Wind im Haar. Denkt an Paris. Es ist erstaunlich, welche Macht ein Ort über einen haben kann, obwohl man niemals dort gewesen ist. Wenn sie die Augen schließt, kann sie trotzdem das Straßenpflaster unter ihren Füßen spüren. Vielleicht deutlicher als je zuvor. Als ob sie da, als Ben sein Tor geschossen hat, vom Boden abgehoben und bei der Landung ein anderer Mensch geworden sei. Einer, der springt.

»Ist hier noch frei?«, fragt eine Stimme.

Sie hört das Lächeln in den Worten. Sie lächelt auch, noch bevor sie die Augen aufgeschlagen hat. Nickt langsam.

»Sicher«, flüstert sie.

»Du glühst«, sagt Sven lächelnd.

Sie nickt. »Grippe.«

Er muss schallend lachen. Es lacht auch in ihr. Er setzt sich hin und hält ihr eine Keramikvase vor die Nase.

»Die, na ja, die habe ich für dich gemacht. Ich habe einen Kurs belegt. Ich dachte, na ja, ich dachte, vielleicht kannst du die Tulpen hineinstellen.«

Sie hält die Vase ganz fest. Die Oberfläche ist rau auf ihrer Haut, wie die Pfoten eines Kuscheltieres, das man als Kind vor der Waschmaschine gerettet hat.

»Es war phantastisch. Das muss ich zugeben. Es war wirklich märchenhaft«, bringt sie heraus.

»Das ist ein märchenhafter Sport«, antwortet Sven.

Als wäre das Leben so einfach.

»Es war herrlich, wieder einmal enthusiastisch sein zu dürfen«, flüstert sie.

Er lächelt und wendet sich ihr zu, sieht aus, als setze er an, ihr etwas zu sagen, doch dann hält sie ihn davon ab, indem sie all ihre Vernunft zusammennimmt und in einem einzigen Atemzug, der alles andere erstickt, sagt:

»Wenn es nicht zu viele Umstände macht, wäre ich dir sehr dankbar, wenn du Zeit hättest, die Kinder nach Hause zu fahren.«

Sie sieht, wie er dasitzt und Sekunde für Sekunde immer weniger wird. Ihr Herz windet sich. Seines auch.

»Dann darf ich annehmen, dass das zu bedeuten hat, dass, ja. Ich darf annehmen, dass dich dann Kent nach Hause bringen wird«, fragt er leise.

»Ja«, flüstert sie.

Sven sitzt ganz still da, die Hände an die Kante der Bank geklammert. Britt-Marie ebenso, denn sie mag das Gefühl, etwas zu halten, was er auch hält. Sie schielt zu ihm hinüber und will sagen, dass es nicht seine Schuld ist. Dass sie einfach zu alt ist, um sich neu zu verlieben. Sie will ihm sagen, dass er etwas Besseres bekommen kann. Dass er es verdient hat. Dass er etwas Perfektes verdient hat. Aber sie sagt nichts, weil sie Angst hat, dass er antworten würde, dass sie das sei.

Sie hält die Vase immer noch krampfhaft fest, als die Stadt und die Straße schon draußen vor dem Fenster des BMWs vorbeirauschen. Die Brust schmerzend vor unterdrückten Wünschen. Kent redet natürlich die ganze Fahrt über. Anfangs noch über Fußball und die Kinder, aber bald geht er dazu über, von seinen Geschäften und den Deutschen und seinen Plänen zu erzählen. Er will mit ihr in Urlaub fahren, sagt er, nur sie beide. Sie könnten ins Theater gehen. Ans Meer fahren. Es wird nur noch ein bisschen dauern. Nur ein paar Dinge müssen vorher klappen. Als sie nach Borg hineinfahren, reißt er einen Witz über diese Ortschaft, die so winzig sei, dass zwei Menschen an den Willkommensschildern an beiden Enden stehen und miteinander reden könnten, ohne die Stimme heben zu müssen.

»Wenn man sich hier lang macht, liegen die Füße schon im nächsten Dorf!«, witzelt er, und als sie nicht gleich lacht, sagt er dasselbe noch mal.

Als ob das das Problem wäre.

»Okay, dann steig aus und hol deine Sachen, und dann geht es los!«, sagt er unbekümmert, als er mit dem BMW vor Banks Haus hält.

»Jetzt?«, fragt Britt-Marie zögernd. Es pocht ihr im Hals bei dem Wort.

»Ja, natürlich, ich habe morgen ein Meeting. Wenn wir jetzt fahren, ist kein Verkehr!«, klärt Kent sie auf und trommelt mit den Fingerkuppen auf die Instrumentenanzeige, als wolle er sie antreiben.

»Wir können doch nicht mitten in der Nacht aufbrechen«, protestiert Britt-Marie kaum hörbar.

»Warum nicht?«, fragt er.

»In der Nacht sind doch nur Kriminelle unterwegs«, flüstert Britt-Marie mit bestimmtem Tonfall.

»Aber mein Gott, Liebling, jetzt reiß dich bitte zusammen«, stöhnt er.

Ihre Fingernägel bohren sich in die Vase.

»Ich habe noch nicht einmal gekündigt. Ich kann doch nicht einfach fortgehen, ohne zu kündigen. Ich muss auch noch die Schlüssel zurückgeben, weißt du.«

Er lacht und hebt die Hände unters Dach.

»Mein Liebling, um so viel ›Arbeit‹ geht es doch wohl nicht?«

Britt-Marie beißt sich in die Wangen.

»Für mich ist es eine Arbeit«, flüstert sie.

»Ja, ja, ja, so hab ich das doch nicht gemeint, Schatz. Jetzt nicht gleich sauer werden. Du kannst doch von unterwegs anrufen. So wichtig ist das doch nicht. Ich habe morgen ein Meeting!«, sagt Kent, als wäre er es, der sich anpasst.

Sie antwortet nicht.

Er streicht sich übers Kinn und meint die nächste Frage sicherlich witzig:

»Bekommst du eigentlich einen Lohn für diese ›Arbeit‹?«

Britt-Maries Fingernägel durchfährt ein Schmerz, als sie sie in das Keramikgefäß auf ihrem Schoß krallt.

»Ich bin nicht kriminell. Ich fahre nicht mitten in der Nacht Auto. Das tue ich einfach nicht, Kent«, flüstert sie.

Kent seufzt entmutigt.

»Nein, gut, okay, dann morgen früh, wenn es eben so wichtig ist. Es ist wirklich unglaublich, wie dir dieses Dorf ans Herz gewachsen ist, Schatz. Eigentlich kannst du Fußball doch gar nicht ausstehen!«

Britt-Maries Fingernägel befreien sich langsam aus der Keramikoberfläche. Ihr Daumen fährt über die Kante der Vase. Zupft die Tulpen darin zurecht.

»Ich habe dieser Tage ein Kreuzworträtsel bekommen, Kent. Darin gab es eine Frage über die Maslow'sche Bedürfnispyramide.«

Kent hat mittlerweile sein Handy in der Hand und drückt darauf herum, deshalb wird sie etwas deutlicher, als sie weiterspricht:

»Die Bedürfnispyramide ist in Kreuzworträtseln wirklich sehr beliebt. Deshalb habe ich einen Zeitungsartikel darüber gelesen. Es geht um die Bedürfnisse der Menschen. Auf der untersten Stufe sind die Grundbedürfnisse angesiedelt. Essen und Trinken.«

»Hm«, sagt Kent und sieht aus, als würde er gerade eine SMS beantworten.

»Und Sauerstoff, nehme ich an«, fügt Britt-Marie sehr leise hinzu, weil sie sich selbst nicht ganz sicher ist.

Die zweite Stufe bezeichnet »Sicherheit«, die dritte »Gemeinschaft« und die vierte »Individuelle Bedürfnisse«. Sie kann sich gut daran erinnern, denn diese Maslow'sche Pyramide kommt wirklich ausgesprochen oft in Kreuzworträtseln vor. Sogar die Spaßvögel scheinen daran Gefallen gefunden zu haben.

»Die höchste Stufe der Pyramide ist ›Selbstverwirklichung‹. Und genauso hat es sich für mich angefühlt, Kent. Das war eine Art Selbstverwirklichung für mich.«

Sie beißt sich auf die Lippe.

»Du findest das natürlich albern, nicht wahr?«

Er sieht von seinem Handy auf. Schaut sie an und atmet tief und geräuschvoll, so wie er es immer dann tut, wenn er schläft und gleich anfängt zu schnarchen.

»Nein, nein! Ich verstehe dich, Liebling! Ich verstehe dich. Das ist doch voll gut, wirklich richtig gut! Verwirklichung. Voll gut!«

»Ich finde es auch voll gut«, flüstert sie und greift nach seiner Hand.

Er nickt und grinst.

»Jetzt hast du deine Erfahrungen hier gemacht. Und morgen geht's nach Hause!«

Sie beißt sich auf die Lippe und lässt seine Hand los. Hält die Vase wieder ganz fest und steigt aus dem Wagen.

»Verdammt, Liebling! Jetzt sei doch nicht sauer! Wie lange dauert denn dieser Job? Für wie lange bist du angestellt?«, fragt er.

»Für drei Wochen«, presst sie heraus.

»Und dann? Wenn die drei Wochen vorbei sind und du keine Arbeit mehr hast? Willst du dann als Arbeitslose in Borg bleiben?«, ruft er ihr hinterher.

Als sie keine Antwort gibt, seufzt er und steigt aus.

»Du begreifst doch wohl, dass das nicht dein Zuhause ist, Schatz?«

Sie weiß, dass er recht hat.

Er läuft ihr hinterher. Sie hält inne und beißt sich in die Wangen. Er nimmt ihr das Gefäß mit den Tulpen aus der Hand und trägt es ins Haus, sie kommt langsam nach. Er lässt seinen großen Kopf hängen.

»Entschuldige, Liebling«, sagt er, die Hände zärtlich um ihr Kinn, als sie im Flur stehen.

Sie schließt die Augen. Er küsst sie auf die Augenlider. Das hat er am Anfang immer getan, damals, als ihre Mutter gerade gestorben war. Als sie der einsamste Mensch auf der Welt war, bis er eines Tages dort im Treppenhaus in ihrem Mietshaus stand, und dann war sie das nicht mehr. Denn er brauchte sie, und man ist nicht einsam, wenn man gebraucht wird. Deswegen liebt sie es, wenn er sie auf die Augenlider küsst.

»Ich stehe einfach unter Stress. Das liegt an dem Meeting morgen. Aber alles wird gut werden. Ich versprech's«, sagt er.

Sie will ihm gern glauben.

Er grinst und küsst sie auf die Wange und sagt ihr, sie solle sich keine Sorgen machen. Dass er sie morgen um sechs Uhr abholt, damit sie nicht im Berufsverkehr landen. Dann witzelt er: »Man kann ja nie wissen, ob womöglich alle drei Autos in Borg gleichzeitig unterwegs sind! Dann wird es eng!«

Sie lächelt, als wäre das lustig. Bleibt noch im Flur stehen, hinter verschlossener Tür, bis er weg ist.

Dann geht sie die Treppe hinauf und macht ihr Bett. Stellt ihre Koffer zurecht. Faltet alle Handtücher. Steigt die Treppe wieder hinunter, läuft durch die Tür hinaus und macht einen Spaziergang durch Borg. Es ist still und dunkel, als ob hier niemand wohnte, als ob das Turnier niemals stattgefunden hätte. Aber in der Pizzeria ist noch Licht, sie hört Bank und Jemand da drinnen lachen. Auch andere Stimmen. Das Klirren von Gläsern. Lieder über Fußball und andere Gesänge, die aus Banks Mund kommen, mit Texten, die Britt-Marie ganz sicher nicht wiederholen möchte.

Sie schließt das Jugendzentrum auf und knipst das Licht in der Küche an. Setzt sich auf einen Hocker und hofft, dass die Ratte auftaucht. Das tut sie nicht. Also hockt sie lange Zeit da, das Handy in ihren hohlen Handflächen, als wäre es flüssig, bevor sie sich überwinden kann. Die junge Frau vom Arbeitsamt nimmt beim dritten Klingeln ab.

»Frau Wieslander?«, bringt sie hervor, gerade aus dem Schlaf gerissen.

»Darf ich Sie um die Kündigung bitten«, flüstert Britt-Marie.

Es hört sich an, als würde die junge Frau durchs Zimmer stolpern und etwas umstoßen. Vielleicht eine Lampe.

»Nein, nein, Mama spricht nur am Telefon, kleine Maus, schlaf weiter, mein Schatz«, hört Britt-Marie sie sagen.

»Was meinen Sie damit?«, fragt Britt-Marie.

»Entschuldigung. Ich habe mit meiner Tochter gesprochen. Wir sind auf dem Sofa eingeschlafen«, entschuldigt sich die Frau am anderen Ende der Leitung.

»Ich wusste nicht, dass Sie eine Tochter haben«, zischt Britt-Marie.

»Ich habe sogar zwei«, antwortet die junge Frau, und nun klingt es, als ob sie in die Küche geht, eine Lampe anschaltet und Kaffeewasser aufsetzt.

»Wie spät ist es?«, fragt sie.

»Es ist auf jeden Fall keine Zeit zum Kaffeetrinken«, antwortet Britt-Marie, schiebt aber schnell hinterher: »Aber machen Sie, was Sie wollen. Bitte.«

Die junge Frau am anderen Ende atmet ziemlich methodisch ein und aus. Man kann hören, dass sie trotzdem Kaffee kocht.

»Wie kann ich Ihnen helfen, Frau Wieslander?«

»Ich möchte um die Kündigung bitten. Ich möchte wieder nach Hause«, flüstert Britt-Marie.

Die junge Frau ist lange still.

»Wie ist denn das Turnier gelaufen?«, fragt sie dann.

An dieser Frage ist etwas, das Britt-Marie bewegt. Vielleicht ist es wirklich so, dass sie, nachdem Ben das Tor geschossen hat, als anderer Mensch wieder gelandet ist. Sie weiß es auch nicht. Aber sie atmet ein und wieder aus, und dann erzählt sie die ganze Geschichte.

Von Dörfern, die an Durchgangsstraßen liegen, und Ratten und Leuten, die im Haus ihre Kappe auflassen. Von Jungs, die ihr erstes Date haben, und Trikots an der Wand der Pizzeria. Es sprudelt nur so aus ihr heraus. Von Faxin und Bambusrollos, Bierflaschen in Zellophanfolie und Ikea-Möbeln. Pistolen und Kreuzworträtseln. Polizisten und Unternehmern. Von der Idioten-Übung im Licht der Lastwagenscheinwerfer. Von blauen Türen und alten Fußballspielen. Lila Tulpen und Whisky und Zigaretten und verunglückten Müttern. Grippe. Dosenlimonade. 1:0 gegen die Mannschaft aus der Stadt. Einem Mädchen, das einen Schuss mit dem Gesicht abwehrt. Vom Weltall.

»Das klingt wahrscheinlich albern. Sicherlich finden Sie das albern«, flüstert sie.

Die Frau am anderen Ende der Leitung kann nicht mit fester Stimme sprechen, als sie antwortet:

»Habe ich Ihnen erzählt, warum ich diesen Job mache, Frau Wieslander? Ich weiß nicht, ob Sie das wissen, aber wenn man beim Arbeitsamt arbeitet, kriegt man von den Leuten wirklich unglaublich viel Scheiße ab. Die Menschen können wirklich wahnsinnig fies sein. Und wenn ich sage ›Scheiße‹, Frau Wieslander, dann kann ich Ihnen sagen, dass ich das wörtlich meine. Einmal hat eine Person mir Kacke im Umschlag geschickt.«

»Guter Gott!«, entfährt es Britt-Marie so schnell, dass sie anfängt zu husten.

»Als ob es meine Schuld wäre, dass wir in einer Finanzkrise stecken!«, sagt die junge Frau.

Daraufhin schweigt Britt-Marie eine ganze Weile, tief versunken in Gedanken.

»Frau Wieslander?«, fragt die junge Frau schließlich, um zu kontrollieren, ob Britt-Marie noch dran ist.

Britt-Marie hustet.

»Darf man fragen, wie um Himmels willen dieser Mensch sie in den Umschlag gekriegt hat?«

»Die Kacke?«, fragt die junge Frau.

Britt-Marie nickt entschlossen. »So. So. Sie finden natürlich, dass das eine dumme Frage ist, das tun Sie sicher. Aber ich kann mir vorstellen, dass es sehr schwierig ist, so genau zu zielen.«

Die junge Frau bricht in minutenlanges schallendes Lachen aus. Britt-Marie ist froh, dass sie keine Stimme mehr hat, denn sie denkt sich, dass die junge Frau deshalb vielleicht nicht hören kann, dass sie selbst auch lacht. Vielleicht ist es nicht gerade das Weltall, das vielleicht nicht, aber immerhin hebt sie dieses Gefühl ein kleines bisschen von dem Hocker, auf dem sie sitzt.

»Wissen Sie, Frau Wieslander, warum ich diesen Job mache?«, fragt die junge Frau noch einmal.

»Nein«, antwortet Britt-Marie.

»Meine Mutter hat ihr Leben lang im Sozialamt gearbeitet. Sie hat immer gesagt, dass mitten in diesem ganzen Mist, mitten im Allerschlimmsten plötzlich eine Sonnenscheingeschichte auftaucht. Und das macht alles andere wett.«

Die junge Frau ist sehr, sehr, sehr lange still. Doch dann lächeln ihre Worte durch das Telefon:

»Sie sind meine Sonnenscheingeschichte, Frau Wieslander.«

Britt-Marie schluckt.

»Es ist wirklich nicht angebracht, mitten in der Nacht zu telefonieren. Ich würde mich gern morgen wieder melden.«

»Schlafen Sie gut, Frau Wieslander«, flüstert die junge Frau.

»Sie auch«, flüstert Britt-Marie.

Dann legen sie auf.

Britt-Marie sitzt auf ihrem Hocker mit dem Handy in der hohlen Hand. Sie ertappt sich selbst dabei, dass sie sich inständig wünscht, die Ratte würde noch einmal auftauchen. Deshalb denkt sie zuerst, sie sei es, als es an der Tür klopft. Doch dann besinnt sie sich und macht sich klar, dass Ratten nicht an Türen klopfen können, weil sie keine Fingerknöchel haben. Oder zumindest denkt sie sich das, dass sie keine haben.

»Jemand zu Hause?«, fragt Sami, der in der Tür steht.

Britt-Marie fliegt von ihrem Hocker.

»Ist etwas passiert? Hat jemand einen Unfall gehabt?«

Er steht ganz ruhig da, lehnt sich an den Türrahmen.

»Nein. Warum fragst du danach?«

»Es ist immerhin mitten in der Nacht, Sami. Man taucht doch wohl normalerweise nicht mitten in der Nacht bei den Leuten zu Hause auf, so unangemeldet wie ein Staubsaugervertreter oder sonst wer, wenn nichts passiert ist!«

»Wohnst du hier?«, fragt Sami grinsend.

»Du weißt genau, was ich meine«, flüstert sie.

Er schüttelt den Kopf.

»Chill mal, Britt-Marie. Ich bin grad vorbeigefahren und hab noch Licht gesehen. Wollte mal nachschauen, ob du Bock auf eine Zigarette hast. Oder noch einen Drink willst.«

Er lacht auf ihre Kosten. Das gefällt ihr überhaupt nicht.

»Ganz bestimmt nicht«, zischt sie.

»Okay. Cool«, grinst er.

Sie zupft ihren Rock zurecht.

»Aber wenn ich stattdessen mit einem Snickers dienen kann, dann komm doch herein.«

Sie sitzen jeder auf einem Hocker am Küchenfenster. Schauen hinaus zu den Sternen, durch die saubersten Fenster weit und breit in Borg, und essen Snickers von Tellern.

»Der Tag war echt nice«, sagt Sami.

»Ja. Er war … nice«, stimmt Britt-Marie zu.

Sie will ihm eigentlich sagen, dass sie sich morgen von Borg verabschieden und nach Hause fahren muss, aber sie wird nie erfahren, ob er ihr das ansieht, denn bevor sie dazu kommt, den Mund zu öffnen, sagt er:

»Ich muss in die Stadt. Ein Freund braucht Hilfe.«

»Was für ein Freund? Es ist mitten in der Nacht«, zischt Britt-Marie.

»Magnus. Es gibt da Probleme mit ein paar Jungs. Er schuldet denen noch Geld, weißt du. Ich muss ihm helfen«, sagt Sami.

Britt-Marie starrt ihn an. Er nickt. Lächelt selbstironisch.

»Ich weiß, was du denkst. Aber wir sind hier in Borg. Wir vergeben einander. Wir haben keine Wahl. Wenn wir es nicht täten, wären bald keine Freunde mehr übrig, über die man sich ärgern kann.«

Sie steht auf. Nimmt vorsichtig seinen Teller. Zögert lange, aber legt ihm doch letztendlich die bandagierte Hand auf die Wange.

»Du musst nicht immer zu denen gehören, die dazwischengehen, Sami«, flüstert sie.

»Doch«, flüstert er.

Sie wäscht ab. Er stellt sich neben sie und trocknet die Teller ab. Sie putzen jeder eine Hälfte der Spüle.

»Falls mir etwas zustößt, kannst du mir versprechen, dass du dich darum kümmerst, dass es Omar und Vega gut haben? Kannst du mir versprechen, dass du gute Menschen findest, die sich um die beiden kümmern?«, fragt er.

Ihr sackt das Blut aus dem Gesicht.

»Warum sollte dir etwas zustoßen?«, ruft sie erschrocken aus.

Er streicht ihr mit der Hand beruhigend über die Schultern.

»Ach was, mir passiert nichts, ich bin fucking Superman. Aber du weißt doch. Falls was ist. Sorgst du dafür, dass die zwei bei guten Menschen aufwachsen?«

Sie trocknet sich ausgiebig die Hände am Küchentuch ab, damit man nicht sehen kann, wie sie zittern.

»Warum fragst du mich das? Warum nicht Sven oder Bank oder …«

»Weil du nicht zu denen gehörst, die abhauen, Britt-Marie«, sagt er.

»Du auch nicht!«, widerspricht sie ihm.

Er stellt sich in die Tür und zündet sich eine Zigarette an. Sie steht schräg hinter ihm und atmet den Rauch ein, als wäre sie wieder die Bedienung. Die Sonne ist noch nicht aufgegangen. Sie zupft ein Haar vom Ärmel seiner Jacke. Legt es in ein Taschentuch und faltet es zusammen.

»Für welche Fußballmannschaft war eure Mutter?«, flüstert sie.

Sami grinst und antwortet mit größter Selbstverständlichkeit, was alle Söhne von Müttern auf diese Frage antworten würden:

»Für unsere.«

Er bringt sie zu Banks Haus. Küsst sie fest aufs Haar. Sie sitzt auf dem Balkon neben ihren gepackten Taschen und sieht, wie er losfährt in Richtung Stadt. Er hat ihr das Versprechen abgenommen, nicht die ganze Nacht wach sitzen zu bleiben und darauf zu warten, dass sie sein Auto nach Borg zurückkommen sieht.

Sie tut es trotzdem.

34

»Darf ich dich darüber informieren, dass ich gekündigt habe. Ich muss nach Hause, weißt du.«

Britt-Marie gestikuliert mitsamt der Bandage um den Ringfinger.

»Ich kann es wirklich verstehen, wenn du das nicht verstehst. Aber ich gehöre nach Hause zu Kent. Ein Mensch braucht doch ein Zuhause.«

Sie nickt zu ihrer Entschuldigung.

»Ich meine damit selbstverständlich nicht, dass Ratten kein Zuhause brauchen. Da will ich mich nicht einmischen. Ich bin mir sicher, dass dein Zuhause sehr schön ist.«

Die Ratte hockt vor ihr auf dem Boden und betrachtet den Teller, der vor ihr steht, als ob der Teller ihr auf den Schwanz getreten wäre und sie Tollpatsch genannt hätte.

»Die Snickers waren leider alle«, entschuldigt sich Britt-Marie.

Die Ratte guckt auf die Gläser, die auf dem Teller stehen.

»Das ist Erdnussbutter. Und das ist etwas, das ›Nutella‹ heißt«, sagt Britt-Marie stolz, bevor sie sich räuspert: »Im Lebensmittelgeschäft gab es keine Snickers mehr, aber man hat mir gesagt, dass das hier im Prinzip genauso schmeckt.«

Es ist noch immer mitten in der Nacht. Jemand war nicht gerade erfreut, von Britt-Marie geweckt zu werden, aber Britt-Marie konnte nicht länger allein mit gepackten Koffern auf Banks Balkon sitzen. Hat es nicht ausgehalten. Also ist sie zurückgekommen, um Abschied zu nehmen. Von der Ratte und dem kleinen Ort.

Ordentlich serviert sie auf dem Teller aus jedem Glas einen Klecks. Dekoriert sie an der Seite mit einem Zweig Dill. Faltet eine Serviette und legt sie neben den Teller.

»Du musst den Dill nicht essen, wenn du nicht magst. Der ist nur zur Dekoration«, erklärt Britt-Marie.

Die Ratte frisst von der Erdnussbutter. Und von der Nutella. Britt-Marie steht am Fenster. Bald wird der Morgen kommen. Jemand hat das Licht in der Pizzeria ausgeknipst und sich wieder ins Bett gelegt, in der Hoffnung, dass Britt-Marie nicht noch einmal an ihre Tür klopfen wird, weil sie Erdnussschokolade braucht. Die Party ist schon lange zu Ende. Die Straße liegt öde und leer da. Britt-Marie knetet ihren Ehering mit einer Kartoffel, auf die sie Natron geträufelt hat, denn das ist die beste Methode, um Eheringe zu putzen. Sie macht das auch mit Kents Ehering, wenn er ihn auf dem Nachttisch vergisst, bevor er ein Meeting mit den Deutschen hat. Er ist dann oft so durcheinander, wenn er die Deutschen trifft. Britt-Marie putzt den Ring immer, bis er blitzblank ist, so dass er ihn am nächsten Morgen, wenn er aus dem Bett steigt, keinesfalls übersehen kann.

Jetzt ist es das erste Mal, dass sie ihren eigenen putzt. Das erste Mal, dass sie ihn nicht trägt. Sie sieht die Ratte nicht an, als sie flüstert:

»Kent braucht mich. Ein Mensch muss sich gebraucht fühlen, weißt du.«

Sie weiß nicht, ob es Ratten gibt, die nachts wach in der Küche sitzen und darüber nachdenken, wie sie ihr Leben führen. Oder mit wem.

»Sami hat mir gesagt, dass ich nicht zu denen gehöre, die abhauen, weißt du, aber genau das tue ich doch. Wohin ich mich auch bewege, vor irgendwem haue ich immer ab. Also kann das einzig Richtige doch nur sein, dort zu bleiben, wo man hingehört. In seinem alten Leben.«

Britt-Marie bemüht sich, selbstsicher zu klingen. Die Ratte leckt sich die Pfoten. Hat einen Halbkreis auf der Serviette gedreht. Dann saust sie durch die Tür hinaus.

Britt-Marie hat keine Ahnung, ob die Ratte findet, dass sie zu viel redet. Weiß nicht, warum sie trotzdem immer wieder herkommt. Natürlich wird es am Snickers liegen, das schon, aber sie hofft, dass es auch noch einen anderen Grund hat. Sie nimmt den Teller und deckt die Reste von Erdnussbutter und Nutella mit Plastikfolie ab, stellt aus Gewohnheit alles in den Kühlschrank, weil sie nicht zu den Menschen gehört, die Essen wegwerfen. Trocknet den Ehering sorgfältig ab und wickelt ihn in ein Stück Haushaltspapier, bevor sie ihn in der Tasche ihres Blazers verstaut. Es wird ein schönes Gefühl sein, wenn sie den Verband abnimmt und den Ring wieder auf den Finger schiebt. Das wird sich anfühlen, wie wenn man nach einer langen Reise endlich wieder in sein eigenes Bett krabbeln darf.

Ein ganz normales Leben, nie hat sie etwas anderes gewollt als ein ganz normales Leben. Sie hätte sich für etwas anderes entscheiden können, sagt sie sich, doch sie hat sich für Kent entschieden. Ein Mensch kann sich seine Lebensumstände nicht aussuchen, aber sein Handeln, stellt sie leise fest. Sami hatte recht. Sie gehört nicht zu denen, die abhauen. Deshalb muss sie auch nach Hause fahren, dorthin, wo sie hingehört.

Sie sitzt auf dem Hocker in der Küche, sieht hinunter auf die Straße und wartet auf ein schwarzes Auto. Es kommt keins. Sie fragt sich, ob Sami darüber nachdenkt, wie man ein Leben lebt, ob er sich diesen Luxus jemals leisten konnte. Ein Mensch kann sich sein Handeln aussuchen, sicher, aber in Samis Leben gab es bisher mehr Umstände als Handlungsspielraum. Sie fragt sich, ob es die freie Wahl oder die Umstände sind, die uns zu den Menschen machen, die wir werden. Und was Sami zu einem gemacht hat, der dazwischengeht. Sie fragt sich, was einem Menschen mehr abverlangt: einer zu sein, der springt, oder einer, der es lässt.

Sie fragt sich, wie viel Spielraum für Veränderungen ein Mensch noch in sich hat, wenn er erst einmal alt geworden ist. Wie viele Menschen ihm dann noch begegnen werden, was sie in ihm sehen und was sie in ihm noch auslösen können.

Sami ist in die Stadt gefahren, um jemanden zu beschützen, der es nicht verdient hat. Britt-Marie ist auf dem Weg nach Hause, aus genau dem gleichen Grund. Denn wenn wir den Menschen, die wir lieben, nicht verzeihen, wer bleibt dann noch? Was ist Liebe, wenn sie nicht bedeutet, unsere geliebten Menschen zu lieben, gerade wenn sie es nicht verdienen?

Alle Fragen, die Britt-Marie in den Sinn kommen, drehen sich darum, wie man ein Leben lebt. Für wen. Und wessen Leben das ist.

Die Scheinwerfer draußen auf der Straße blinken auf, strecken sich langsam durch die Dunkelheit wie Arme, die sich aus dem Wasser recken. Fahren am *Willkommen in Borg*-Schild vorbei. Werden an der Bushaltestelle langsamer. Biegen ab auf den Schotter. Britt-Marie steht bereits in der Tür.

In der nachträglichen Beschreibung, wenn man darüber spricht, was in der Stadt geschehen ist, wird man berichten, dass ein paar junge Männer Magnus früh am Morgen in einer Bar aufgesucht haben. Einer von ihnen hatte ein Messer. Ein anderer junger Mann ging dazwischen. So einer, der immer dazwischenging.

Das Auto hält sacht auf dem Schotter. Seufzt schwer, bevor der Motor ausgeht. Als die Scheinwerfer ausgehen, geht das Licht in der Pizzeria an. In manchen Orten weiß man immer genau, was es zu bedeuten hat, wenn Autos noch vor der Morgendämmerung draußen halten. Man weiß einfach, dass das nichts Gutes zu bedeuten hat. Jemand kommt die Rampe heruntergerollt, und ihr Rollstuhl hält augenblicklich an, als sie die Polizeiuniform erkennt.

Sven steht da mit der Mütze in beiden Händen und einer Unterlippe, der man ansieht, dass seine Zähne versucht haben, alles zurückzudrängen. Die Fassungslosigkeit, die in roten Schlieren seine Wangen heruntergetropft ist, erzählt, dass es nichts genützt hat.

Britt-Marie schreit sofort los. Fällt zu Boden. Landet unter dem Gewicht eines Menschen, den es nicht mehr gibt.

35

Diese Trauer ist nicht langsam. Sie wächst nicht der Reihe nach aus Verleugnung, Wut, Verhandlung, Depression und Akzeptanz. Sie flammt unmittelbar auf, ein alles vernichtender Brand in ihr, ein Feuer, das allen Sauerstoff verschlingt, bis Britt-Marie am Boden liegt und strampelt und in den Schotter schlägt und um Luft ringt. Ihr Körper versucht, sich in sich selbst zu verkriechen, als ob er kein Rückgrat mehr hätte, als ob er verzweifelt versuchte, die Flammen in sich zu ersticken.

Der Tod ist die äußerste Machtlosigkeit. Machtlosigkeit ist die äußerste Verzweiflung.

Britt-Marie weiß nicht, wie sie wieder auf die Füße kommt. Wie Sven sie ins Auto holt. Wahrscheinlich trägt er sie. Sie finden Vega auf halber Strecke zwischen Jugendzentrum und der Wohnung, sie liegt auf dem Schotter. Die Haare an der Haut festgeklebt. Sie keucht die Worte aus sich heraus wie ein Gurgeln, als ob ihre Lungen mit Tränen gefüllt wären. Als würde das Mädchen von innen ertrinken.

»Omar. Wir müssen Omar finden. Er wird ihn umbringen.«

Britt-Marie weiß nicht, ob sie Vega auf dem Rücksitz so fest in den Arm nimmt oder ob es umgekehrt ist.

Um sie herum weckt die Morgendämmerung den Ort Borg, wie man den Atemzug der Geliebten am Ohr spürt. Mit Sonne und Versprechungen. Wie kitzelndes Licht auf den warmen Decken, wie der Duft von frisch gebrühtem Kaffee und getoastetem Brot. Das sollte sie nicht tun. Es ist der falsche Tag, um schön zu sein, doch der Morgendämmerung ist das egal. Der Streifenwagen quält sich durch die erste Morgenstunde, noch ganz allein auf der Straße. Svens Finger greifen so fest um das Lenkrad, pulsierend vom zurückschießenden Blut, dass es weh tun muss. Als ob er den Schmerz irgendwo bündeln muss. Ihn organisieren. Er fährt schneller, als er das andere Auto sieht. Das einzige Auto, das um diese Uhrzeit etwas außerhalb von Borg zu erledigen hat. Der einzige Bruder, den Vega jetzt noch retten kann.

Jeder Tod ist ungerecht. Jeder Trauernde sucht einen Schuldigen. Auf unsere Wut folgt fast immer die unbarmherzige Einsicht, dass keiner die Schuld am Tod trägt. Aber wenn sie nun doch jemand trägt? Wenn du wüsstest, wer dir den Menschen, den du liebst, genommen hat? Was würdest du tun? In welchem Auto würdest du sitzen? Was hieltest du in den Händen?

Der Streifenwagen rast dröhnend vorbei und schert vor dem anderen Wagen ein. Svens Füße berühren den Asphalt, noch bevor einer von ihnen angehalten hat. Ewigkeiten lang steht er dort allein auf der Straße, das Gesicht von roten Schlieren übersät und die Lippe verbeult von Bissspuren. Schließlich geht eine Wagentür auf, und Omar steigt aus. Die Augen eines Mannes im Körper eines Jungen. Das Ende einer Kindheit. So eine Nacht im Leben eines Menschen, die man nicht mehr ungeschehen machen kann.

»Was denn, Sven? Was willst du mir sagen? Dass ich zu viel zu verlieren hab? Was hab ich noch zu verlieren, fuck?«

Sven hält die Hände vor den Körper, mit den Handflächen nach oben. Sein Blick fällt auf das, was Omar in der Hand hält. Seine Stimme trägt ihn kaum.

»Sag mir, wann Schluss ist, Omar. Wenn du sie getötet hast und sie dich getötet haben. Sag mir, wann Schluss ist.«

Omar steht da, wo er steht. Als ob auch er den Schmerz irgendwo fokussieren muss. Zwei junge Männer im Auto hinter ihm öffnen die Türen, aber steigen nicht aus, sie sitzen einfach da und warten darauf, dass Omar eine Entscheidung trifft.

Britt-Marie erkennt sie. Sie haben mit Sami und Magnus im Scheinwerferlicht von Samis schwarzem Wagen Fußball gespielt vor … wann war das wohl? Vor Tagen? Wochen? Ein ganzes Leben ist es her. Sie sind fast noch Kinder, auch sie.

Der Tod ist Machtlosigkeit. Machtlosigkeit ist Verzweiflung. Verzweifelte Menschen tun verzweifelte Dinge. Britt-Maries Haar bewegt sich im Luftzug, als die Tür des Streifenwagens aufgeht und Vega aussteigt. Sie sieht ihrem Bruder ins Gesicht. Er ist in die Knie gegangen. Sie drückt seinen Kopf an ihren Hals und flüstert:

»Wo hätte Sami gestanden?«

Als er nicht sofort antwortet, wiederholt sie es:

»Wo. Hätte. Sami. Gestanden?«

»Zwischen uns«, keucht er.

Die zwei jungen Männer werfen einen letzten Blick auf Sven. Früher hätte man sie vielleicht aufhalten können. Eines Tages kann man sie vielleicht auch wieder aufhalten. Aber heute Nacht fahren sie los.

Das Auto lässt Britt-Marie, Sven und zwei Kinder am Straßenrand zurück. Der Morgen bricht über ihnen allen an.

Er weiß es ja nicht besser.

Der Polizeiwagen rollt langsam durch Borg, fährt auf der anderen Seite wieder hinaus, biegt dann auf einen Kiesweg ab. Fährt für immer, bis Britt-Marie nicht mehr weiß, ob sie eingeschlafen oder nur ein bisschen weggedämmert ist. Sie halten an einem See. Britt-Marie wickelt die Pistole in alle Taschentücher, die sie in ihrer Handtasche finden kann, warum, weiß sie selbst nicht, aber vielleicht, weil sie nicht will, dass das Mädchen sich dreckig macht. Vega besteht darauf, dass sie es tun darf. Sie steigt aus und wirft das Bündel mit aller Kraft hinaus aufs Wasser.

Britt-Marie weiß nicht, wie die Stunden zu Tagen werden oder wie viele es sind. Nachts schläft sie zwischen den Kindern in Samis Bett. Ihre Hände auf ihrem Herzschlag. Sie bleibt ein paar Tage bei ihnen. Das ist nichts, was sie sich überlegt, nicht entscheidet, sie bleibt einfach. Morgengrauen und Abenddämmerung fließen ineinander. In Nachhinein erinnert sie sich verschwommen daran, dass sie mit Kent telefoniert hat, aber weiß nicht mehr, was er gesagt hat. Sie hat ihn vielleicht gebeten, die organisatorischen Dinge zu erledigen, Anrufe zu tätigen, so etwas kann er gut. Alle sagen, dass Kent so etwas gut kann.

Sven taucht an einem Nachmittag in der Wohnung auf, an welchem, weiß sie nicht mehr. Er wird von einer jungen Frau vom Jugendamt begleitet. Sie ist warmherzig und freundlich. Svens Rücken sieht so aus, als könne er die Sorgen nicht länger tragen. Die junge Frau setzt sich mit ihnen allen an den Küchentisch und spricht langsam und sanft, aber keiner kann sich konzentrieren. Britt-Maries Blick geht aus dem Fenster, ein Kind schaut an die Decke, ein anderes hinunter auf den Boden.

In der darauffolgenden Nacht wacht Britt-Marie von Geklapper auf, das nicht von der Wohnung kommt. Sie steht auf, tastet nach Lichtschaltern. Der Wind bläst durch die offene Balkontür ins Zimmer. Manisch bewegt sich Vega in der Küche vor und zurück. Vor und zurück. Vor und zurück. Putzt. Säubert alles, was ihr in die Finger kommt. Die Hände reiben fanatisch über Spüle und Bratpfannen. Immer und immer wieder. Als seien sie Märchenlampen, die ihr alles zurückbringen könnten.

Britt-Maries Hände zögern noch in der Luft hinter ihren zitternden Schultern. Die Finger biegen sich, doch berühren sie nicht.

»Es tut mir so leid. Ich verstehe, wie du dich fühlen …«, flüstert sie.

»Ich habe keine Zeit für Gefühle. Ich muss mich um Omar kümmern«, unterbricht das Mädchen sie mit leerem Blick.

Britt-Marie will sie streicheln, doch das Mädchen entzieht

sich, also holt Britt-Marie ihren Koffer. Nimmt das Natron heraus. Das Mädchen sieht sie an, die Trauer kann nichts mehr sagen. Worte können nicht helfen. Also putzen sie gemeinsam, bis der Morgen kommt. Obwohl da nicht einmal Natron hilft.

An einem Sonntag im Januar, während Tausende Kilometer entfernt Liverpool auswärts gegen Stoke City spielt, wird Sami neben seiner Mutter begraben und schläft sanft unter einer Decke aus roten Blumen. Betrauert von zwei Geschwistern, vermisst von einem ganzen Ort. Omar lässt einen Schal auf dem Friedhof zurück. Britt-Marie serviert in der Pizzeria Kaffee, achtet darauf, dass jeder einen Untersetzer hat. Alle Bewohner von Borg sind da. Am Rande des Schotterparkplatzes stehen überall brennende Kerzen, weiße Trikots mit Zahlen auf dem Rücken hängen schweigend ordentlich aufgereiht am Bretterzaun daneben. Einige sind neu, einige alt und so verwaschen, dass sie schon grau sind. Aber alle erinnern an Sami.

Vega steht mit frisch gebügeltem Kleid und gekämmten Haaren in der Tür. Nimmt die Beileidsbekundungen der Leute entgegen, als hätten sie das größte Recht zu trauern. Sie schüttelt ihre Hände mechanisch. Der Blick apathisch, als hätte jemand in ihr den Strom ausgeknipst. Etwas donnert draußen auf dem Parkplatz, doch keiner nimmt Notiz davon. Britt-Marie versucht, Vega zum Essen zu bewegen, doch Vega reagiert nicht einmal, wenn man sie anspricht. Sie lässt sich zum Tisch führen, lässt sich auf einen Stuhl setzen, aber ihr Körper reagiert nicht, als würde er schlafen. Dreht und windet sich immer wieder in Richtung Wand. Weicht jedem Körperkontakt aus. Das Donnern draußen auf dem Parkplatz nimmt zu. Britt-Maries Verzweiflung wächst. Menschen erleben Machtlosigkeit und Verzweiflung auf unterschiedliche Art und Weise, aber für Britt-Marie ist es nie deutlicher spürbar, als wenn es ihr nicht gelingt, jemanden zum Essen zu bewegen.

Das Gemurmel der Leute in der Pizzeria wächst in ihren

Ohren zu Orkanen, ihre Hände tasten verloren nach Vegas Schulter, als würden sie sich über einen Abgrund beugen. Aber die Schulter weicht aus. Bewegt sich zur Wand hin. Die Augen fliehen nach innen. Der Teller bleibt unberührt.

Als das Donnern draußen auf dem Parkplatz immer stärker wird, als wolle es etwas beweisen, dreht sich Britt-Marie ärgerlich in Richtung Tür, die Fäuste so hart geballt, dass sich der Verband von ihren Fingern löst, und will gerade losbrüllen und kundtun, dass es jetzt wirklich reiche mit diesem Lärm, als sie spürt, wie sich der Körper des Mädchens an ihrem vorbeischiebt, vorbei durch die Menschenmenge.

Draußen steht Max, die Krücken unter den Achseln. Er hängt mit seinem ganzen Gewicht auf den Krücken, balanciert mit dem Körper in einer wiegenden Bewegung durch die Luft und schwingt sein gesundes Bein zum Fußball, dass der in steilem Winkel zuerst gegen die Wand des Jugendzentrums, dann gegen den Bretterzaun mit den weißen Trikots und dann zurück zu ihm fliegt. Bu-bumm-bumm, klingt das. Bu-bumm-bumm. Bu-bumm-bumm. Bu-bumm-bumm.

Wie ein Herzschlag.

Als Vega näher kommt, lässt er den Ball vorbei, ohne sich umzudrehen. Der Ball rollt auf sie zu und legt sich vor ihren Füßen zurecht. Ihre Zehen berühren ihn durch die Schuhe. Sie beugt sich nach vorn und fährt mit ihren Fingerkuppen über die Nähte im Leder.

Dann weint sie hemmungslos.

Tausende Kilometer entfernt gewinnt Liverpool 5:3.

36

Omar und Dino sind die Ersten, die sich ins Spiel mit Vega stürzen. Zuerst nur abwartend, als entstehe jede Bewegung aus der Trauer, doch bald spielen sie, als sei es ein ganz normaler Abend. Spielen mit ausgeschalteter Erinnerung, denn eine andere Art zu spielen kennen sie nicht. Noch mehr Kinder tauchen auf, erst Kröte und Ben, doch bald sind es mehr. Britt-Marie erkennt sie gar nicht alle, aber sie tragen Hosen, die an den Oberschenkeln zerrissen sind. Sie spielen, als würden sie in Borg wohnen.

»Britt-Marie?«, fragt Sven in einem ganz förmlichen Tonfall, den sie gar nicht gewohnt ist.

Er steht mit einem auffällig großen Mann neben ihr. Wirklich unglaublich groß. Britt-Marie kann sich nicht vorstellen, wie man mit ihm im Haus das Licht optimal installieren kann.

»So?«, sagt sie.

Sven stellt ihr Dinos Onkel vor, auf Englisch. Svens Englisch strotzt nur so vor dem Buchstaben »j«, aber Britt-Marie korrigiert ihn nicht. Sie gehört nicht zu denen, die andere korrigieren.

»Hello«, sagt Britt-Marie, damit ist ihr Teil der Kommunikation erledigt.

Es ist nicht so, dass Britt-Marie kein Englisch kann. Aber sie weiß nicht, wie man es spricht, ohne sich wie ein Blödmann zu fühlen. Sie weiß nicht einmal, was »Blödmann« auf Englisch heißt. Und das bestärkt sie in ihrer Meinung.

Der sehr große Mann, der wirklich unglaublich groß ist, obwohl Britt-Marie ja keine Vorurteile hat, zeigt auf Dino und erklärt, dass sie in drei Ländern und sieben Städten gewohnt haben, bevor sie nach Borg gekommen sind.

Sven übersetzt das freundlicherweise für Britt-Marie. Britt-Marie versteht mehr als genug Englisch, aber sie lässt ihn machen, weil sie Angst hat, er könne sonst erwarten, dass sie etwas sagt. Die Mundwinkel des großen Mannes fallen wehmütig nach unten, als er erzählt, dass sich kleine Kinder nicht erinnern, was ein Segen sei. Doch Dino sei alt genug gewesen, um alles zu sehen und zu hören und sich daran zu erinnern. Er könne sich an alles erinnern, vor dem sie geflohen sind.

»Er sagt, dass er nach wie vor kaum spricht. Nur mit ihnen …«, erklärt Sven und zeigt aus dem Fenster.

Britt-Marie legt ihre eine Hand in die andere. Der große Mann tut es ihr nach.

»Sami«, sagt er, und seine Stimme singt dabei, als sei er sich jedes Buchstabens bewusst. Seine Wimpern drücken sie nieder.

»Er erzählt, dass Sami gesehen hat, wie ein Junge einsam die Straße entlanglief. Vega und die anderen riefen ihm zu und fragten, ob er mitspielen wolle, doch er verstand sie nicht. Dann hat Sami ihm den Ball zugespielt, und Dino hat ihn geschossen«, sagt Sven.

Britt-Marie sieht den großen Mann an, und ihre Vernunft hält sie davon ab, zu erzählen, dass sie einmal, als Kent und sie in einem Hotel übernachtet haben und jemand eine ausländische Zeitung liegen gelassen hat, fast ein ganzes Kreuzworträtsel auf Englisch selbst gelöst hat.

»Thank you«, sagt der große Mann.

»Er will sich dafür bedanken, dass du die Mannschaft gecoacht hast. Es hat ihm viel bedeu…«

Britt-Marie fällt ihm ins Wort, weil sie alles versteht:

»Ich bin es, die zu danken hat.«

Sven fängt an, dem großen Mann ihre Worte zu übersetzen,

aber er stockt, weil auch der es schon verstanden hat. Der Mann drückt Britt-Maries Hand. Geht zurück in die Pizzeria und hilft Jemand, die Teller und Gläser von den Tischen abzuräumen.

»Er arbeitet im Krankenhaus Nachtschicht. Dino durfte immer bei Vega und Omar abendessen, weil Sami nicht wollte, dass der Junge allein essen muss«, erzählt Sven.

Dann presst er die Lippen fest aufeinander.

»Es war eine schöne Beerdigung«, sagt er, denn das sagt man schließlich so.

»Sehr schön«, sagt Britt-Marie, weil sich das gehört.

Er holt etwas aus der Tasche und überreicht es ihr. Es sind die Schlüssel für ihr Auto. Sein Blick flackert. Durch das Fenster sehen sie Kents BMW, wie er am Rande des Fußballplatzes auftaucht.

»Ich nehme an, dass du und Kent jetzt nach Hause fahrt«, sagt Sven, den Blick weit in die Ferne gerichtet.

»Das wird das Beste sein«, antwortet Britt-Marie und beißt sich in die Wangen, aber die Worte sprudeln trotzdem aus ihr heraus: »Wenn ich nicht mehr gebraucht werde. Wenn ich nicht mehr bei … Vega und Omar … gebraucht werde.«

Sven sieht auf und sinkt in der kurzen Zeit zwischen der ersten Frage und der Einsicht, dass sie den Kindern gilt, nicht ihm, wieder in sich zusammen.

»Ich, ich, selbstverständlich, selbstverständlich habe ich Kontakt zu den Behörden vor Ort aufgenommen. Sie haben eine junge Frau nach Borg geschickt«, erklärt er verkniffen, als ob er schon vergessen hätte, dass er die junge Frau doch vor ein paar Tagen schon zu den Kindern gebracht hat.

»Selbstverständlich«, antwortet sie.

»Sie ist … du wirst sie mögen. Ich habe schon einige Male mit ihr zu tun gehabt. Sie ist ein guter Mensch. Sie will, dass es ihnen gutgeht, nicht wie … nicht wie solche Behördenmenschen manchmal so sind«, sagt Sven.

Britt-Marie trocknet sich mit einem Taschentuch den Schweiß

von der Stirn, damit er nicht merkt, dass sie sich eigentlich die Augen trocknet.

»Ich habe Sami versprochen, dass sie es gut haben werden. Ich habe versprochen ... ich will ... sie müssen die Chance bekommen, dass ... in ihrem Leben muss es auch eine Sonnenscheingeschichte geben, Sven. Irgendwann«, bringt sie hervor.

»Wir werden unser Bestes geben. Alle werden alles tun, was möglich ist«, antwortet er.

»Selbstverständlich. Selbstverständlich«, sagt Britt-Marie hinunter zu ihren Schuhen.

Sven fingert an der Uniformmütze in seinen Händen.

»Die junge Frau vom Jugendamt, sie wird jetzt ein paar Tage bei den Kindern wohnen. Bis alle Dinge geklärt sind. Sie ist ausgesprochen fürsorglich, du musst dir gar keine Sorgen machen. Ich, ja, ich wurde gebeten, die Kinder heute Abend nach Hause zu bringen.«

Es dauert einige Sekunden, bis die Bedeutung seiner Worte bei Britt-Marie ankommt. Bevor die Erkenntnis, dass sie nicht mehr gebraucht wird, sie trifft.

»Selbstverständlich. Selbstverständlich. Das wird das Beste sein, selbstverständlich«, sagt sie leise.

Draußen auf dem Fußballplatz ist Kent aus seinem BMW gestiegen. Er sieht Britt-Marie und Sven durchs Fenster, steckt verlegen die Hände in die Hosentaschen und sieht aus, als würde er an einer Straßenecke stehen und nicht zugeben wollen, dass er sich verlaufen hat. Er war nie gut darin, über den Tod zu reden, Britt-Marie weiß das. Er gehört zu denen, die die organisatorischen Dinge in die Hand nehmen, er erledigt Anrufe, küsst einen auf die Augenlider. Aber im Mitfühlen war er nie so besonders gut.

Seinem Blick nach scheint er zu überlegen, ob er in die Pizzeria hineingehen soll, aber seine Füße steuern in die entgegengesetzte Richtung. Mit den ersten Bewegungen scheint er auf dem Weg zurück zu seinem Wagen zu sein, doch dann kommt ein Ball angerollt und liegt plötzlich vor seinen Füßen. Omar steht nur ein paar Meter entfernt. Kent legt die Fußsohle an den Ball und sieht den Jungen an. Schießt den Ball zu ihm. Omar trifft ihn seitlich mit dem Fuß, so dass er zu Kent zurückspringt.

Dreißig Sekunden später befindet sich Kent in einem Haufen von Kindern, das Oberhemd knittrig und zu drei viertel über dem Gürtel hängend. Die Haare zerzaust und glücklich für den Moment. Als der Ball auf Kniehöhe angeflogen kommt, nimmt er Anlauf und schießt mit aller Kraft, doch er verpasst den Ball, und stattdessen segelt sein einer Schuh übers Dach des Jugendzentrums.

»Guter Gott«, murmelt Britt-Marie, die durchs Fenster zuschaut.

Die Kinder sehen dem Schuh hinterher. Drehen sich zu Kent um. Er schaut sie an und muss lachen. Sie lachen auch. Den Rest des Spiels bestreitet er mit einem Schuh. Als er ein Tor schießt, rennt er mit Omar auf dem Rücken um den Platz, wobei Britt-Marie klar und deutlich sehen kann, dass er wirklich ein riesengroßes Loch im Strumpf hat, so dass die Leute glauben müssen, es gäbe in seinem Leben niemanden, der ihm sagt, wann es angebracht wäre, die Socken zu wechseln.

Sven hat sich vom Fenster abgewandt, als er murmelt:

»Verurteile mich bitte nicht, Britt-Marie, dass ich das Jugendamt nicht schon früher verständigt habe. Ich wollte Sami die Chance geben, alles zu regeln. Ich dachte, dass … ich wollte ihm einfach die Chance geben. Verurteile mich nicht dafür.«

Ihre Finger streifen die Luft zwischen ihnen beiden, so nah wie möglich, ohne ihn zu berühren.

»Im Gegenteil, Sven. Im Gegenteil.«

Er sieht aus, als wolle er noch etwas sagen, also fährt sie eilig dazwischen mit ihren Worten:

»Da draußen spielen jetzt mehr Kinder als sonst. Wo kommen die alle her?«

Sven setzt sich die Polizeimütze auf. Ziemlich schief.

»Nach dem Turnier sind sie jeden Abend hergekommen. Jeden Abend wurden es mehr. Wenn es so weitergeht, wird Borg bald nicht nur eine Mannschaft sein, sondern ein ganzer Club.«

Britt-Marie weiß nicht, was das zu bedeuten hat, aber es klingt schön. Sie glaubt, dass es Sami gefallen hätte.

»Sie sehen so glücklich aus. Mitten in alldem können sie so glücklich aussehen, wenn sie spielen«, stellt sie neiderfüllt fest.

Sven streicht sich mit dem Handrücken über die Bartstoppeln. Er wirkt müde. Sie hat ihn vorher noch nie müde gesehen. Aber schließlich bewegen sich seine Mundwinkel ein wenig, die Augen funkeln, als er sie ansieht und sagt:

»Der Fußball zwingt das Leben, weiterzugehen. Es gibt immer ein neues Spiel. Es gibt immer die nächste Saison. Es gibt immer den Traum, dass alles gut werden kann. Es ist ein traumhaftes Spiel.«

Britt-Marie streicht eine Falte in seinem Oberhemd glatt, mit schmetterlingzarten Fingerkuppen, ohne dabei seinen Körper unter dem Stoff zu berühren.

»Wenn es nicht allzu unpassend ist, würde ich dir gern eine ganz persönliche Frage stellen, Sven«, entschuldigt sie sich.

»Natürlich«, nickt er schwermütig.

»Für welche Fußballmannschaft bist du?«

Sein Gesicht lässt vor Überraschung die harten Züge locker.

»Ich bin nie für eine bestimmte Mannschaft gewesen. Ich glaube, dafür liebe ich den Fußball viel zu sehr. Manchmal kann die Leidenschaft für eine Mannschaft der Liebe zum Spiel in die Quere kommen.«

Sie denkt, dass es zu einem Mann wie Sven passt, mehr an die Liebe als an die Leidenschaft zu glauben. Ein Polizist, der mehr an die Gerechtigkeit glaubt als an das Gesetz. Sie findet, dass ihm das gut steht. Aber sie sagt es ihm nicht.

»Poetisch«, antwortet sie nur.

»Kurs«, sagt er lächelnd zu ihr.

Sie will noch so viel mehr sagen. Er vielleicht auch. Aber alles, was er am Ende herausbringt, ist:

»Ich will, dass du weißt, Britt-Marie, dass ich jedes Mal, wenn es an meiner Wohnungstür klopft, hoffe, dass du es bist.«

Er will vielleicht auch noch etwas Größeres sagen, aber er lässt es sein. Sie will ihm hinterherrufen, aber es ist zu spät.

Die Tür schließt sich mit einem fröhlichen Pling hinter ihm, denn Türen kapieren wirklich nicht, wann es unangebracht ist.

Britt-Marie tupft sich mit dem Taschentuch über die Wangen, damit es nicht so aussieht, als ob sie sich die Augen wischt. Dann geht sie zielstrebig durch die Pizzeria, bis sie Jemand findet. Noch immer sind drinnen viele Leute. Bens Mutter und Dinos Onkel und die Eltern von Kröte, aber auch eine Menge anderer Menschen, die Britt-Marie nur noch ganz flüchtig von der Tribüne in der Sporthalle in Erinnerung hat. Sie putzen und stellen Stühle zusammen. Und nur mit knapper Not widersteht sie dem Impuls, sie zurechtzuweisen.

»Es war, wie sagt man? Schöne Beerdigung, oder?«, sagt Jemand mit benebelter Stimme.

»Ja«, antwortet Britt-Marie zustimmend, holt ihr Portemonnaie heraus und fährt gleich fort:

»Darf ich dich fragen, was ich für die Reparatur meiner Wagentür schuldig bin.«

Jemand trommelt auf die Kante des Rollstuhls.

»Ja. Weißt du, ich habe über Auto nachgedacht, Britt-Marie. Bin kein guter Automechaniker, ja? Vielleicht was falsch gemacht, weißt du? Deshalb kontrollierst du Arbeit erst, ja? Dann kommst du wieder. Und bezahlst.«

»Ich verstehe nicht«, sagt Britt-Marie irritiert.

Jemand kratzt sich an der Wange, damit keiner sehen kann, dass sie sich die Augen trocknet.

»Britt-Marie ist sehr ehrliche Person, ja? Britt-Marie klaut nicht. Deshalb weiß ich, dass Britt-Marie zurückkommt nach Borg, ja. Zum Bezahlen.«

Britt-Marie packt ihr Portemonnaie wieder ein. Holt ein Taschentuch heraus. Wendet sich ab.

»Selbstverständlich. Selbstverständlich.«

Sie will sich gern mit Putzen ablenken, aber stellt unbarmherzigerweise fest, dass all die fremden Menschen, die überall durch die Pizzeria laufen, das schon komplett erledigt haben. Jemand hat alle Aufgaben verteilt. Es gibt nichts mehr zu tun.

Britt-Marie wird hier nicht länger gebraucht.

Sie steht allein in der Tür, bis die Kinder aufgehört haben zu spielen. Dann verschwinden sie nach Hause, eins nach dem anderen. Etwas weiter entfernt wartet Sven geduldig auf Vega und Omar. Lässt den Kindern die Zeit, die sie brauchen. Vega steigt sofort hinten ins Polizeiauto ein und schließt die Tür, während Omar allein am Bretterzaun entlangschlendert und mit den Fingerspitzen über die weißen Trikots fährt. Er beugt sich über die Kerzen auf dem Boden, nimmt vorsichtig eine, die schon erloschen ist, und zündet sie an einer anderen wieder an, bevor er sie zurückstellt. Als er sich aufrichtet, sieht er Britt-Marie in der Tür stehen. Seine Hand bewegt sich fast unmerklich von der Hüfte nach oben zu einem angedeuteten Winken. Viel mehr das Winken eines jungen Mannes als das eines Kindes. Sie winkt zurück, sosehr sie kann, ohne dass er sehen kann, dass sie weint.

Sie verlässt den Parkplatz in dem Moment, in dem der Streifenwagen auf die Straße abbiegt und in Richtung der Wohnung der Kinder verschwindet. Kent wartet schon auf sie. Er ist verschwitzt, sein Oberhemd ist zerknittert und hängt aus der Hose. Sein Haar steht an einer Seite von seinem großen Kopf ab, und er trägt noch immer nur einen Schuh. Er sieht verboten aus. Das erinnert sie daran, wie er aussah, als sie noch Kinder waren. Nie hat er sich über das Kopfschütteln der anderen Gedanken gemacht, nie hatte er Angst, sich zu blamieren. Er brauchte nie die Bestätigung der anderen, von ihr abgesehen.

Er nimmt ihre Hand, und sie drückt ihre Augenlider an seine Lippen. Haucht:

»Vega hat Angst, obwohl sie meist wütend scheint. Omar ist wütend, obwohl er meist ängstlich wirkt.«

»Alles wird gut werden«, flüstert Kent ihr ins Haar hinein.

»Ich habe Sami versprochen, dass sie es gut haben werden«, schluchzt Britt-Marie.

»Sie werden es gut haben. Du musst die Sache nun dem Jugendamt hier überlassen«, beruhigt Kent sie.

»Ich weiß. Natürlich weiß ich das«, flüstert sie.

»Es sind nicht deine Kinder, Schatz«, sagt Kent.

Sie gibt keine Antwort. Denn sie weiß es. Natürlich weiß sie es. Deshalb streckt sie ihren Rücken durch und wischt sich mit einem Taschentuch die Augen ab, streicht eine Falte in ihrem Rock glatt und mehrere in Kents Oberhemd. Fasst sich und faltet die Hände auf Hüfthöhe und bittet ihn:

»Ich würde gern eine letzte Sache erledigen. Morgen. In der Stadt. Wenn es nicht zu viele Umstände macht.«

»Ich komme mit«, sagt er.

»Du musst nicht immer neben mir stehen, Kent«, teilt sie ihm mit.

»Doch«, sagt er.

Dann lächelt er. Sie versucht es.

Aber als er sich zu seinem BMW aufmachen will, steht sie da, die Fersen fest im Schotter, so wie man es tut, wenn man meint, dass es wirklich irgendwo eine Grenze für alles geben müsse:

»Nein, Kent, wirklich! Jetzt reißt du dich am Riemen! Ich fahre bestimmt nicht mit dir in die Stadt, wenn du nicht vorher deinen Schuh anziehst!«

37

Es ist eine Besonderheit von Orten, die an Durchgangsstraßen liegen, dass man ebenso viele Gründe finden kann, sie zu verlassen, wie Entschuldigungen, dort zu bleiben. Einige Menschen können nicht anders, als fortwährend das eine oder das andere zu tun.

Nach der Beerdigung wird noch fast eine weitere ganze Woche vergehen, bis Britt-Marie sich wirklich in ihr weißes Auto mit blauer Tür setzt und auf die Straße fährt, auf der man Borg in zwei Richtungen verlassen kann. Es muss aber ausdrücklich betont werden, dass das nicht nur an den Angestellten der Stadtverwaltung liegt. Sie versuchen vielleicht nur, ihre Arbeit zu machen. Es ist nicht ihre Schuld, dass sie mit der Gründlichkeit, mit der Britt-Marie die Punkte auf ihrer Liste abhakt, nicht ganz einverstanden sind.

Am ersten Tag also, einem Montag, sieht der junge Mann, der an der Information der Stadtverwaltung gerade ein Praktikum absolviert, aus, als würde Britt-Marie Witze machen. Die Information ist ab 8.00 Uhr geöffnet, also kommen Britt-Marie und Kent um 8.02 Uhr, weil Britt-Marie nicht kleinkariert erscheinen will.

»Borg?«, fragt der Praktikant an der Information mit einem Tonfall, den man benutzt, wenn man Namen von Märchenfiguren ausspricht.

»Mein Freund, Sie können doch nun wirklich nicht hier in der

Stadtverwaltung arbeiten und nicht wissen, dass Borg zu Ihrem Bezirk gehört!«, weist Britt-Marie ihn zurecht.

»Ich bin nicht von hier. Ich mache hier nur ein Praktikum«, informiert sie der junge Mann.

»So. Und Sie betrachten dies als Entschuldigung, überhaupt nichts wissen zu müssen«, antwortet Britt-Marie nickend.

Doch Kent knufft sie aufmunternd in die Seite und flüstert, sie solle versuchen, etwas diplomatischer zu sein, also fasst sie sich wieder, mit noch verkniffenerem Gesicht, lächelt den jungen Mann fürsorglich an und sagt: »Es ist sehr mutig von Ihnen, diese Krawatte zu tragen. Sie sieht ja eher albern aus.«

Darauf folgt ein längerer Schlagabtausch, der möglicherweise nicht gerade als »diplomatisch« bezeichnet werden kann. Aber Kent gelingt es am Ende doch, die beiden Streithähne so weit zu beruhigen, dass der junge Mann einwilligt, doch nicht den Sicherheitsdienst zu rufen, und Britt-Marie einwilligt, nicht noch mal mit der Handtasche nach ihm zu schlagen.

Eine Besonderheit an Ortschaften, die an Durchgangsstraßen liegen, ist, dass man sich dort nicht besonders lange aufhalten muss, um es als tiefe persönliche Kränkung zu nehmen, wenn es jungen Männern völlig egal ist, ob sie wissen, dass es diese Orte gibt oder nicht. Dass sie da sind.

»Ich bin hierhergekommen, um einen Antrag zu stellen, dass in Borg ein Fußballplatz gebaut wird, wissen Sie«, erklärt Britt-Marie mit wirklicher Engelsgeduld.

Sie zeigt auf ihre Liste. Der junge Mann blättert in einem Ordner. Wendet sich demonstrativ an Kent und erwähnt etwas von einem »Ausschuss«, der allerdings gerade tage.

»Und wie lange?«, möchte Britt-Marie wissen.

Der junge Mann blättert in seinen Unterlagen.

»Das ist eine Frühstückssitzung. Also etwa bis zehn.«

»Z-e-h-n! Heißt das, die sitzen bis zehn Uhr da und frühstücken? Dann ist es ja wirklich kein Wunder, dass Sie hier nichts erledigt kriegen«, informiert ihn Britt-Marie wohlwollend.

Woraufhin Kent und sie die Stadtverwaltung verlassen müssen, weil der junge Mann sein Versprechen bricht, den Sicherheitsdienst nicht zu rufen.

Um zehn Uhr kommen sie zurück. Erfahren, dass der Ausschuss bis nach dem Mittagessen weitertagt. Sie kommen nach dem Mittagessen zurück und erfahren, dass der Ausschuss für den Rest des Tages tagen wird. Britt-Marie erklärt dem Mann an der Information ihr Anliegen in Sachen Fußballplatz genauer, weil sie findet, dass so ein Antrag nicht einen ganzen Tag in Anspruch nehmen kann. Der Mann vom Sicherheitspersonal, der gerufen wird, empfindet die Deutlichkeit, mit der sie dem Ausdruck verleiht, als etwas übertrieben. Er sagt zu Kent, dass er, für den Fall, dass Britt-Marie das noch einmal tut, ihr die Handtasche abnehmen muss. Kent grinst und sagt, dass der Sicherheitsbeauftragte dann wesentlich mehr Mut hätte als er selbst. Britt-Marie weiß nicht, ob sie sich aufregen oder darauf stolz sein soll.

»Wir kommen morgen wieder, Liebling, mach dir keine Gedanken«, beruhigt Kent sie, als sie wieder gehen.

Britt-Marie wirft resigniert die Hände in die Luft.

»Du hast deine Meetings, Kent. Wir müssen nach Hause, ich verstehe das, natürlich verstehe ich das. Ich wünschte nur, dass …« Sie holt einmal so tief Luft, dass es aussieht, als komme der Sauerstoff vom Boden ihrer Handtasche. »Dass es Vega nicht weh tut, wenn sie Fußball spielt.«

»Was denn?«, fragt Kent.

»Alles«, sagt Britt-Marie.

Kents großer Kopf sinkt nachdenklich nach unten.

»Keine Sorge, Schatz. Wir kommen morgen wieder.«

Britt-Marie zupft den Verband an ihrer Hand zurecht.

»Es ist mir bewusst, dass mich diese Kinder nicht brauchen. Natürlich ist mir das bewusst, Kent. Ich wünschte nur, ich könnte ihnen irgendetwas geben. Wenigstens einen Platz.«

»Wir kommen morgen zurück«, wiederholt Kent und öffnet ihr die Wagentür.

»Nein, nein, du hast deine Meetings, ich weiß ja, dass du deine Meetings hast, wir müssen nach Hause«, seufzt sie.

Kent kratzt sich zerstreut am Kopf. Hustet leicht. Heftet seinen Blick an die Gummileiste zwischen der Glasscheibe und dem Blech an der Tür und antwortet:

»Tatsache ist, Schatz, dass ich nur ein einziges Meeting habe. Mit dem Autohändler.«

»So. Ich wusste nicht, dass du ein neues Auto kaufen willst«, sagt sie.

»Ich werde keins kaufen. Ich werde dieses verkaufen«, sagt Kent und nickt zum BMW herunter, in dem sie soeben Platz genommen hat.

Sein Gesichtsausdruck ist deprimiert, als wüsste er, dass das von ihm erwartet wird. Aber als Kent mit den Schultern zuckt, macht er das wie ein kleiner Junge, als seien sie leicht und beweglich und gerade von einer schweren Last befreit worden:

»Das Unternehmen hat Konkurs angemeldet, Schatz. Ich habe versucht, es zu retten, solange es ging, aber … na ja. Du weißt ja. Die Finanzkrise.«

Britt-Marie bleibt der Mund offen stehen.

»Was hast du vor?«

Er lächelt, völlig sorgenfrei und jung.

»Neu anfangen. Das macht man so, oder? Es gab eine Zeit, da hatte ich gar nichts, weißt du noch?«

Sie weiß es noch. Ihre Finger suchen seine. Sie sind alt, doch er sagt lachend:

»Ich habe ein ganzes Leben aufgebaut. Das kann ich noch mal tun.«

Er hält ihre beiden Hände in seinen und sieht ihr in die Augen, als er verspricht:

»Ich kann wieder dieser Mann sein, Schatz.«

Sie sind auf halbem Wege zwischen der Stadt und Borg, als

Britt-Marie sich zu ihm dreht und fragt, wie es eigentlich für Manchester United gelaufen ist. Da muss er laut lachen. Das ist wunderschön.

»Ach, den Bach runter. Sie haben ihre schlechteste Saison seit zwanzig Jahren gespielt. Der Trainer kann jeden Tag gefeuert werden.«

»Wie kann so etwas passieren?«, fragt Britt-Marie.

»Sie haben vergessen, womit sie erfolgreich geworden sind«, antwortet er.

»Und wie findet man das wieder?«, fragt sie.

»Man fängt neu an«, sagt er.

Für die Nacht bekommen sie ein Zimmer bei Krötes Eltern. Britt-Marie fragt Kent nicht, ob er lieber bei Bank im Haus übernachten würde, denn Kent gibt zu, dass ihm »die blinde Frau doch ein bisschen unheimlich ist«.

Am nächsten Tag gehen sie wieder zur Stadtverwaltung. Und am darauffolgenden auch. Es gibt sicher Angestellte bei der Stadt, die glauben, dass die beiden früher oder später aufgeben werden, aber diese Menschen sind ganz einfach nicht mit dem Gewicht von in Tinte geschriebenen Listen vertraut.

Am vierten Tag können Britt-Marie und Kent um die Mittagszeit mit einem Mann sprechen, der in einem Ausschuss sitzt. Er hat noch einen Kollegen und eine Kollegin dazugerufen, beide im Anzug. Ob sie aufgrund ihrer Kompetenz im betreffenden Fachgebiet anwesend sind oder ganz einfach, weil der erste Anzugmann seine Chancen erhöhen will, nicht von Britt-Marie getroffen zu werden, sollte sie wieder ihre Handtasche zücken, erfahren sie nicht.

»Ich habe über Borg schon viel Gutes gehört. Der Ort soll ganz reizend sein«, sagt die Frau aufmunternd, als ob die Ortschaft, die zwanzig Kilometer von ihrem Büro entfernt liegt, eine exotische Insel wäre, die man nur mit Zaubersprüchen erreichen könne.

»Ich habe ein Anliegen, es betrifft einen Fußballplatz«, erklärt Britt-Marie.

»Aha«, sagt die Anzugfrau.

»Dafür haben wir kein Budget«, teilt der zweite Anzugmann mit.

»Wie ich schon sagte«, betont der erste Anzugmann.

»Dann darf ich mir erlauben, einen Antrag zu stellen, dass der Haushaltsplan geändert wird«, informiert sie Britt-Marie.

»Aber das geht nicht! Wie sollte das aussehen? Dann müssten wir ja alle anderen Budgets auch ändern!«, sagt der zweite Anzugmann erschrocken.

Die Anzugfrau lächelt und bietet Britt-Marie einen Kaffee an. Britt-Marie lehnt dankend ab. Das Lächeln der Anzugfrau wird breiter.

»Wir haben es so verstanden, dass Borg bereits einen Fußballplatz hat.«

Der zweite Anzugmann bringt ein unzufriedenes Surren zwischen den Zähnen hervor und schreit fast heraus:

»Nein! Das Grundstück, auf dem der Fußballplatz war, ist doch verkauft worden, damit es für den Bau neuer Wohnungen ausgeschrieben wird. So steht es doch im Haushaltsplan!«

»Dann möchte ich Sie bitten, das Grundstück zurückzukaufen«, sagt Britt-Marie.

Das Surren zwischen den Zähnen des zweiten Anzugmannes wird von einer kleinen Fontäne aus Spucke begleitet.

»Wie soll das gehen? Dann wollen doch ALLE ihre Grundstücke zurückkaufen! Wir können schließlich nicht überall Fußballplätze bauen! Wir würden ja überschwemmt werden von Fußballplätzen!«

»Genau«, sagt der erste Anzugmann und sieht gelangweilt auf seine Uhr.

In dem Moment muss Kent Britt-Maries Handtasche sehr festhalten. Die Anzugfrau beugt sich entwaffnend vor und gießt Kaffee ein, obwohl niemand Kaffee haben wollte.

»Wir wissen, dass Sie im Jugendzentrum in Borg angestellt waren«, sagt sie und lächelt mild.

»Ja. Ja, das stimmt, aber ... ich habe gekündigt«, sagt Britt-Marie und beißt sich in die Wangen.

Die Frau lächelt noch milder und schiebt die Kaffeetasse dichter zu Britt-Marie.

»Frau Wieslander, es war gar nicht beabsichtigt, dort eine Stelle auszuschreiben. Das Jugendzentrum sollte eigentlich noch vor Weihnachten stillgelegt werden. Die Ausschreibung war ein Versehen.«

Der zweite Anzugmann surrt wie ein Bootsmotor.

»Die Anstellung war im Budget gar nicht vorgesehen. Wie sollte das aussehen?«

Der erste Anzugmann springt auf.

»Jetzt müssen Sie uns entschuldigen. Wir haben noch eine wichtige Besprechung.«

Und so verlässt Britt-Marie die Stadtverwaltung erneut. Mit der Einsicht, dass ihr Aufenthalt in Borg nur ein Versehen war. Sie haben recht. Selbstverständlich haben sie recht.

»Morgen, Liebling. Morgen kommen wir wieder her«, versucht Kent sie zu beruhigen, als sie im BMW sitzen, aber sie beugt nur still und leise den Kopf gegen die Scheibe und hält sich ein Taschentuch unters Kinn. In Kents Gesichtsausdruck formiert sich etwas Entschlossenes, als er sie so sieht, etwas wie Rachelust, aber das merkt sie in diesem Moment nicht.

Der fünfte Tag, an dem sie die Stadtverwaltung aufsuchen, ist ein Freitag. Es regnet wieder. Kent muss Britt-Marie regelrecht zwingen mitzukommen. Als sie meint, es sei sowieso alles aussichtslos, sieht er sich schließlich gezwungen, sie damit zu bedrängen, dass er absichtlich völlig belanglose Dinge auf ihre Liste schreibt. Mit Tinte. Da reißt sie die Liste an sich, als ob es ein Blumentopf wäre, den er droht, vom Balkon zu werfen, und dann steigt sie widerwillig in den BMW ein und brummt, Kent sei ein »Hooligan«.

Als sie in der Stadtverwaltung ankommen, werden sie von einer Frau erwartet. Britt-Marie erkennt sie, es ist die Frau vom Fußballverband.

»So. Jetzt sind Sie auch noch da, um uns zu stoppen?«, fragt Britt-Marie.

Die Frau sieht Kent verwundert an. Reibt nervös ihre Hände aneinander.

»Nein. Ihr Mann hat mich gestern angerufen. Ich bin hier, um Ihnen zu helfen.«

Kent streicht Britt-Marie über die Schulter.

»Ich hab ein paar Leute angerufen. Ich habe mir einfach die Freiheit genommen, ein paar Dinge zu tun, die ich ganz gut kann.«

Als Britt-Marie das Büro der Anzugleute betritt, sind dort noch mehr Anzugpersonen anwesend. Der Fußballplatz in Borg ist umständehalber offenbar eine Angelegenheit geworden, mit der sich nun mehr Ausschüsse befassen und nicht nur die ersten drei Anzugleute.

»Wir sind darüber in Kenntnis gesetzt worden, dass es ein großes Interesse gibt, die Initiative für mehr Fußballplätze im Bezirk zu unterstützen«, sagt ein neuer Anzug und nickt der Frau vom Fußballverband zu.

»Wir sind weiterhin darüber in Kenntnis gesetzt worden, dass die lokale Wirtschaft bereit ist, einen gewissen … Druck auszuüben«, lässt ein anderer Anzug verlauten.

»Recht unangenehmen Druck, im Übrigen!«, fügt ein dritter Anzug hinzu und legt eine Klarsichthülle voller Papiere auf den Tisch vor Britt-Marie.

»Wir sind außerdem per E-Mail und in verschiedenen Anrufen darauf hingewiesen worden, dass dieses Jahr Wahlen sind«, sagt der vorherige Anzug.

»Wir sind auf eine ziemlich schroffe und hartnäckige Art und Weise darauf hingewiesen worden!«, ergänzt der andere Anzug.

Britt-Marie beugt sich vor. Auf dem Papier steht als Absender die *»Organisation der offiziellen Arbeitsgruppen der selbständigen Gewerbetreibenden in Borg«*. Aus den Unterlagen geht eindeutig hervor, dass die Besitzer von Borgs Pizzeria, Borgs Lebensmittelladen, Borgs Postamt und Borgs Autowerkstatt sich versammelt und eine gemeinsame Forderung nach einem Fußballplatz unterzeichnet haben. Sicherheitshalber haben auch die Eigentümer der neu gegründeten Unternehmen »Rechtsanwaltskanzlei Sohn & Sohn«, »Friseur Haar und mehr« und »Borgs Guter Weinimport GmbH« das Papier unterschrieben. Zufälligerweise in der gleichen Handschrift. Die einzige Unterschrift, die anders aussieht, stammt von einem Mann namens Karl, der gemäß der Unterlage soeben ein Blumengeschäft eröffnet hat.

Alles andere ist in Kents Handschrift geschrieben. Er steht hinter Britt-Marie, die Hände in den Hosentaschen, als wolle er nicht Platz nehmen. Sie würde ihn zu gern ins Weltall heben.

Die Frau im Anzug serviert Kaffee und nickt begeistert:

»Ich hatte wirklich keine Ahnung, dass in Borg so ein blühendes Geschäftsleben existiert! Wie reizend!«

Britt-Maries Vernunft muss sich jetzt wirklich sehr anstrengen, damit Britt-Marie nicht wie ein Flugzeug mit ausgestreckten Armen durchs Zimmer rennt, denn sie ist sich fast vollkommen sicher, dass das nicht angebracht wäre.

Der erste Mann im Anzug räuspert sich und ergreift aufs Neue das Wort. Sagt:

»Die Sache ist nun die, dass wir sogar vom Arbeitsamt an Ihrem Wohnort kontaktiert worden sind.«

»Einundzwanzig Mal. E-i-n-u-n-d-z-w-a-n-z-i-g Mal sind wir kontaktiert worden«, betont ein anderer Anzug.

Britt-Marie dreht sich zu Kent um und sieht ihn fragend an, aber auch er steht mit offenem Mund da und sieht nun genauso perplex aus wie sie. Ein offensichtlich zufällig ausgewählter Anzug zeigt auf eine andere Unterlage.

»Wir sind in Kenntnis gesetzt worden, dass Sie eine Anstellung im Jugendzentrum in Borg hatten.«

»Da ist ein Fehler passiert!«, lächelt die Frau mit Anzug mild.

Der zufällige Anzug fährt unverdrossen fort:

»Das Arbeitsamt an Ihrem Wohnort hat uns auf gewisse politische Maßnahmen deswegen hingewiesen. Wir sind außerdem darauf hingewiesen worden, dass eine gewisse Flexibilität im Haushalt der Kommune, was zukünftige Stellenausschreibungen betrifft, jetzt durchaus bestände … ja … jetzt, da in diesem Jahr Wahlen anstehen.«

»Einundzwanzig Mal. Einundzwanzig Mal hat man uns darauf aufmerksam gemacht!«, fügt ein anderer Anzug verärgert hinzu.

Britt-Marie tastet irgendwo zwischen ihren Zähnen nach ihrer Zunge. Die Worte lassen sie im Stich. Sie stottert und räuspert sich und bringt am Ende hervor:

»Darf ich fragen, was das tatsächlich zu bedeuten hat?«

Sämtliche Anzüge, die im Raum anwesend sind, stöhnen widerwillig, als ob das doch wirklich auf der Hand läge. Die Ärmel der Anzugsakkos werden kollektiv nach oben geschoben, damit alle sich vergewissern können, ob es nicht doch schon Mittagszeit ist. Das ist es. Unruhe entsteht. Einer der Anzüge übernimmt schließlich die Verantwortung, ihr alles zu erklären, und sieht Britt-Marie dabei müde an:

»Das bedeutet, dass die Kommune entweder das Budget für einen neuen Fußballplatz beschließen kann oder für die Erhaltung Ihrer Arbeitsstelle. Wir können uns nicht beides leisten.«

Einen Menschen vor diese Wahl zu stellen ist nicht fair.

Es ist eine Besonderheit von Orten, die an Durchgangsstraßen liegen, dass man ebenso viele Gründe finden kann, sie zu verlassen, wie Entschuldigungen, dort zu bleiben.

38

»Bitte sieh ein, dass es nicht fair ist, einen Menschen vor diese Wahl zu stellen«, sagt Britt-Marie.

Als sie darauf keine Antwort erhält, erklärt sie:

»Das ist einfach nicht fair, das musst du doch verstehen. Bitte versuch, das nicht gegen mich auszulegen.«

Sie bekommt natürlich noch immer keine Antwort, also beißt sie sich in die Wangen und streicht ihren Rock glatt.

»Es ist hier sehr sauber und ordentlich. Ich weiß natürlich nicht, ob das für dich jetzt noch eine Rolle spielt, aber ich hoffe, das tut es. Der Friedhof ist wirklich ausgesprochen sauber und ordentlich.«

Sami antwortet nicht, aber sie hofft, dass er sie trotzdem hört, als sie sagt:

»Ich möchte, dass du weißt, mein geliebter Junge, dass ich es niemals bereuen werde, dass ich nach Borg gekommen bin.«

Es ist Samstagnachmittag. Der Tag, nachdem sie die Stadtverwaltung vor eine unfaire Wahl gestellt hat, und der Tag, an dem Liverpool Tausende Kilometer von Borg entfernt auf Aston Villa trifft. Schon früh am Morgen ist Britt-Marie zum Jugendzentrum gegangen. Am Montag würden draußen auf dem Schotter Bagger stehen, haben die Anzüge in der Stadtverwaltung versprochen. Kent hat sie gezwungen, es zu versprechen, denn sonst würde Britt-Marie sie nicht zum Mittagessen gehen lassen, hat er gesagt. Also haben sie hoch und heilig versprochen, dass sie dort Rasen anlegen und zwei richtige Tore mit Netzen aufstellen werden. Richtige weiße Linien mit Kreide an den Längsseiten ziehen.

Es war nicht fair, einen Menschen vor diese Wahl zu stellen, aber Britt-Marie erinnert sich daran, wie es war, eine Schwester zu verlieren. Sie weiß, wie verloren man sich fühlt. Deshalb denkt sie sich, dass es das Beste ist, was man jemandem geben kann, der sich genauso verloren fühlt. Einen Platz.

Durch die geöffnete Tür der Pizzeria hat sie am Morgen Stimmen gehört, doch sie ging nicht hinein. Sie dachte, das sei besser so. Das Jugendzentrum war leer, aber die Kühlschranktür stand ein wenig offen. Die Spuren von Rattenzähnen, die sich durch die Gummileiste an der Tür genagt hatten, verrieten, was geschehen war. Die Plastikfolie über dem Teller war weggefressen, die Erdnussbutter und das Nutella bis auf den letzten Klecks aufgeschleckt. Auf dem Weg hinaus war die Ratte über Britt-Maries Backpulverdose gestolpert und hatte sie dabei über die Spüle gekippt. Im weißen Staub waren Fährten zu sehen. Zwei Paar. Die Ratte hatte hier offensichtlich ein Date gehabt.

Britt-Marie saß lange Zeit auf einem der Hocker, mit einem Handtuch auf dem Schoß. Dann trocknete sie sich das Gesicht ab und putzte die Küche. Wusch ab und desinfizierte alles und achtete darauf, dass es frisch und ordentlich war. Strich über die steinschlaggeschädigte Kaffeemaschine, fuhr mit der Handfläche über ein Bild mit einem roten Punkt, das in genau der richtigen Höhe an der Wand aufgehängt war und einem sagte, wo man sich befand. Das Klopfen überraschte sie, komischerweise. Die junge Frau vom Jugendamt, die in der Tür stand, schien genau am richtigen Ort zu sein. Als gehöre sie hierher.

»Hallo, Frau Wieslander, ich habe das Licht gesehen, ich hoffe, ich störe Sie nicht«, sagte die junge Frau.

»Natürlich nicht. Ich bin nur gekommen, um die Schlüssel abzugeben«, teilte Britt-Marie ihr leise mit und fühlte sich wie ein Gast im Haus eines anderen.

Sie hielt ihr die Schlüssel zum Jugendzentrum hin, doch die junge Frau ergriff sie nicht. Lächelte nur herzlich in den Raum hinein.

»Es ist hier sehr schön. Ich habe gemerkt, dass es Vega und Omar sehr viel bedeutet, deshalb wollte ich es mir anschauen, um sie besser verstehen zu können.«

»Ich habe das Gröbste beseitigt, so gut es ging«, beteuerte Britt-Marie.

»Ich kann Ihnen versichern, dass ich alles tun werde, was in meiner Macht steht, damit es den Kindern gutgeht«, versprach die junge Frau.

Britt-Marie fingerte an ihrem Schlüsselbund herum. Unterdrückte alles, was in ihr hochkam. Kontrollierte mehrmals, ob sie auch wirklich all ihre Sachen in ihre Handtasche gesteckt und die Lampen in der Toilette und in der Küche ausgeknipst hatte. War kurz davor zu sagen, was sie schon mehrmals sagen wollte, obwohl sich ihre Vernunft mit Händen und Füßen dagegen wehrte: ›Würde es einen Unterschied machen, wenn jemand anbieten würde, sich um die Kinder zu kümmern?‹, wollte sie fragen. Selbstverständlich wusste sie, dass das absurd war. Selbstverständlich wusste sie das. Dennoch überwand sie sich, den Mund zu öffnen und zu fragen:

»Wäre es, erlauben Sie mir die Frage, inwieweit, natürlich ist das absurd, wirklich, aber ich wüsste einfach gern, inwieweit es gegebenenfalls einen Unterschied machte, wenn jemand ...«

Da erblickte sie die Gesichter von Krötes Eltern, noch bevor sie mit ihrem Satz zu Ende kam. Sie standen in der Tür. Die Mutter mit der Hand auf ihrem Schwangerenbauch und der Vater mit der Mütze in der Hand.

»Hallo«, sagte die Mutter.

»Sind Sie die Frau, die die Kinder abholen soll?«, wollte Karl wissen.

Die Mutter knuffte ihn sanft in die Seite und sprach die junge Frau vom Jugendamt mit aufrichtigen Worten an:

»Ich heiße Sonja. Das ist Karl. Wir sind die Eltern von Krister, der in derselben Fußballmannschaft wie Vega und Omar spielt«, erklärte sie.

Es ist durchaus möglich, dass die junge Frau vom Jugendamt darauf etwas antworten wollte, doch Karl gab ihr keine Chance:

»Wir würden die Kinder gern bei uns aufnehmen! Wir möchten, dass sie bei uns einziehen! Sie dürfen sie nicht aus Borg wegholen!«

Sonja sah Britt-Marie an. Sah ihre Hände. Vielleicht ging sie deshalb durch den Raum und nahm sie ganz ungebeten in den Arm. Britt-Marie murmelte etwas davon, dass sie Spülmittel an den Fingern habe, Sonja ließ sie trotzdem nicht los. Etwas schepperte an der Tür. Die junge Frau vom Jugendamt lachte ein bisschen, als ob das ein natürlicher Impuls bei ihr war, sobald sie den Mund öffnete.

»Tatsache ist, dass mir dieselbe Frage schon von Bens Mutter und dem Onkel von … ›Dino‹ … so nennen Sie ihn doch, gestellt wurde.«

Das Scheppern an der Tür wurde lauter, ergänzt von einem demonstrativen Räuspern.

»Diese Kinder! Sie können bei mir bleiben, ja? Sie sind, wie sagt man? Wie Kinder für mich, ja?«

Jemand sah aus, als sei sie bereit, sich mit jedem im Raum darum zu prügeln. Sie fuchtelte mit den Armen und zeigte hinaus zum Fußballplatz, wo noch immer die weißen Trikots am Bretterzaun hingen und die Kerzen am Morgen liebevoll wieder angezündet worden waren.

»Es heißt doch, wie sagt man? Man braucht ganzes Dorf, um Kind aufzuziehen, oder? Wir haben doch Dorf!«

Bank stand mit dem Hund hinter ihr. Als die junge Frau vom Jugendamt sie ansah, merkte Bank es offenbar gleich, denn sie fing sofort an, mit ihrem Stock herumzufuchteln, und schüttelte barsch den Kopf:

»Ich bin nicht gekommen, um irgendwelche Bälger zu adoptieren. Ich will nur meine Pizza.«

Sonja ließ Britt-Marie los, widerwillig, so wie man es bei einem Luftballon ungern tut, weil man weiß, dass er wegfliegen wird. Karl umklammerte seine Kappe und zeigte gleichzeitig auffordernd und wütend auf die junge Frau vom Jugendamt:

»Sie können die Kinder nicht aus Borg wegholen, dann könnten sie ja bei irgendwem landen! Sie könnten sogar bei jemandem landen, der für Chelsea ist!«

Da hatte Britt-Marie bereits die Schlüssel zum Jugendzentrum auf die Küchenarbeitsplatte gelegt und sich hinter den anderen hinausgeschlichen. Wenn sie es gemerkt hatten, und das war vielleicht der Fall, dann ließen sie sie in Frieden gehen, denn sie lag ihnen wirklich am Herzen.

In Borg wird der Nachmittag zum Abend, schnell und unerbittlich, als ob die Dämmerung ein Pflaster mit Tageslicht abzieht. Britt-Marie kniet, den Kopf an Samis Grabstein gelehnt.

»Mein geliebter Junge. Niemals werde ich es bereuen, dass ich hier war.«

Es ist Samstag, und Liverpool spielt Tausende Kilometer entfernt. Am Montag kommen die Bagger nach Borg. Britt-Marie hat keine Ahnung, ob sie religiös ist oder nicht, aber sie denkt sich, dass es wirklich gut ist zu wissen, dass Gott einen Platz in Borg hat. Einen Platz für Borg.

Sie hat Grasflecken an der Stumpfhose, als sie an der Straße entlang allein durch die Ortschaft wandert. Die weißen Trikots hängen noch immer am Bretterzaun, unter ihnen sind neue Kerzen aufgestellt. Aus dem Jugendzentrum dringt jetzt das Licht eines Fernsehbildschirms, sie sieht die Schatten von den Köpfen der Kinder im Haus. Mehr Kinder als je zuvor. Eher ein Club als eine Mannschaft. Sie würde gern hineingehen, aber ihr ist klar, dass das unpassend wäre. Begreift, dass es so am besten ist.

Auf dem Schotter zwischen dem Jugendzentrum und der Pizzeria stehen zwei riesige alte Lastwagen, ihre Scheinwerfer sind an. In ihrem Lichtstrahl bewegen sich ein paar erwachsene Männer mit Bart und Kappe. Stöhnen und ächzen, schubsen und drängeln. Es dauert eine ganze Weile, bis Britt-Marie begreift, dass sie Fußball spielen.

Dass sie *spielen*.

Sie läuft weiter die Straße entlang. Bleibt einige Herzschläge lang in der Dunkelheit vor einem unansehnlichen kleinen Haus in einem unansehnlichen kleinen Garten stehen. Wenn man nicht weiß, dass es sich genau dort befindet, könnte man sehr leicht daran vorbeigehen, ohne überhaupt zu bemerken, dass da etwas ist. In der Hinsicht hat das Haus sehr viel mit seinem Eigentümer gemeinsam. Der Streifenwagen parkt nicht vor dem Haus, in den Fenstern ist kein Licht. Als sie ganz sicher ist, dass Sven nicht zu Hause ist, schleicht Britt-Marie leise zu seiner Tür und klopft. Denn einmal in ihrem Leben will sie das tun.

Dann macht sie sich davon, im Schutze der Schatten, und läuft das letzte Stück zurück zu Bank. Das Blumenbeet vor dem Haus stinkt nicht mehr. Das *Zu verkaufen*-Schild auf dem Rasen ist fort. Es riecht nach Spiegelei, als Britt-Marie den Flur betritt. Der Hund liegt auf dem Boden und schläft, Bank sitzt in ihrem Sessel im Wohnzimmer, das Gesicht so dicht vor dem Fernseher, dass Britt-Marie sie fast warnen will, wie schlecht das für die Augen ist, bevor sie sich besinnt.

»Darf man fragen, wer da spielt?«, fragt sie stattdessen.

»Aston Villa gegen Liverpool! Aston Villa führt mit 2:0!«, antwortet Bank aufgebracht.

»So. Dann darf ich davon ausgehen, dass du auch für Liverpool bist, so wie offenbar alle Kinder?«

»Bist du verrückt? Ich bin für Aston Villa!«, schnaubt Bank.

»Darf ich fragen, warum?«, fragt Britt-Marie. Wenn sie recht überlegt, kann sie sich nicht erinnern, jemals gesehen zu haben, dass Bank sich für ein Fußballspiel im Fernsehen interessiert.

Bank sieht aus, als sei das eine idiotische Frage. Denkt eine Weile nach. Antwortet mürrisch:

»Weil alle anderen nicht für Aston Villa sind.«

Dann fügt sie hinzu:

»Und weil sie schöne Trikots haben.«

Das zweite Argument erscheint Britt-Marie auf jeden Fall ein wenig rationaler als das erste. Bank hebt den Kopf, macht den Fernseher leiser. Nimmt einen Schluck Bier und räuspert sich.

»In der Küche ist Essen. Falls du Hunger hast.«

Britt-Marie schüttelt den Kopf, hält ihre Handtasche verkrampft fest.

»Kent kommt gleich. Wir fahren nach Hause. Er fährt in seinem Wagen und ich in meinem, aber er fährt natürlich vor. Ich fahre nicht gern bei Dunkelheit. Es ist am besten, wenn er vorfährt.«

Bank hebt und senkt die Augenbrauen. Kommt mit einem mühevollen Fluchen über den Sessel auf die Füße, als sei es seine Schuld, dass der Mensch altert.

»Es ist ja nicht meine Sache, mich einzumischen, Britt-Marie. Aber ich finde, du solltest es lernen, bei Dunkelheit zu fahren.«

»Das hast du schön gesagt«, antwortet Britt-Marie hinunter in ihre Handtasche.

Bank und der Hund helfen ihr mit den Koffern und den Blumenkästen aus dem ersten Stock. Britt-Marie wäscht ab und putzt die Küche. Sortiert das Besteck. Krault den Hund hinter den Ohren. Im Fernsehen brüllt jemand laut. Bank verschwindet im Wohnzimmer und sieht wütend aus, als sie wiederkommt.

»Liverpool hat ein Tor geschossen. 2:1 jetzt für Aston Villa«, brummt sie.

Britt-Marie dreht eine letzte Runde durchs Haus. Zupft Teppiche und Gardinen gerade. Als sie wieder herunter in die Küche kommt, sagt sie:

»Ich gehöre ja nicht zu den Menschen, die sich einmischen,

Bank, aber ich konnte nicht umhin zu bemerken, dass das *Zu verkaufen*-Schild auf dem Rasen verschwunden ist. Dann darf ich wohl gratulieren, dass du das Haus verkaufen konntest?«

Bank lacht bitter.

»Machst du Witze? Wer sollte ein Haus in Borg kaufen?«

Britt-Marie zieht ihren Rock gerade.

»So. Darf ich trotzdem darauf hinweisen, dass meine Schlussfolgerung, warum du das Schild entfernt hast, keineswegs unsinnig war!«

Bank dreht sich zur Spüle um und versucht sich damit zu beschäftigen, Geschirr wegzuräumen, das längst nicht mehr dasteht.

»Ach, ich habe mir einfach gedacht, ich bleibe noch eine Weile in Borg. Ich habe vor, mit Vater zu reden. Das ist jetzt vielleicht leichter, wo er tot ist, dann kann er mir nicht die ganze Zeit ins Wort fallen.«

Britt-Marie würde ihr gern über die Schulter streicheln, aber überlegt sich, dass es wohl besser ist, es sein zu lassen. Schon deswegen, weil Bank ihren Stock in Reichweite hat.

Es klopft an der Tür. Bank geht über den Flur ins Wohnzimmer, ohne zu öffnen, denn sie weiß, wer das ist. Britt-Marie sieht sich ein letztes Mal in der Küche um. Lässt die Finger an den Wänden entlanggleiten. So nah, dass sie sie spürt, doch nicht so nah, dass sie sie wirklich berührt. Sie sind trotz allem ganz schön dreckig. Sie hat es nicht mehr geschafft, sich um die Wände zu kümmern. Dafür hätte sie mehr Zeit in Borg gebraucht.

Kent lächelt erleichtert, als sie aufmacht.

»Bist du fertig, können wir los?«, fragt er gestresst, als ob er immer noch die Befürchtung hege, sie könnte ihre Meinung geändert haben.

Sie nickt und greift nach ihrer Tasche, als der Mensch im Fernsehen mit einem Mal losbrüllt wie besessen. Es klingt, als wäre er geschlagen worden.

»Was um Himmels willen …?«, ruft Britt-Marie aus.

»Jetzt fahren wir los! Es kann voll werden!«, sagt Kent schnell, doch es ist schon zu spät.

Britt-Marie läuft ins Wohnzimmer. Bank flucht und faucht einen jungen Mann an, der mit rotem Trikot herumrast und brüllt, bis er ganz lila im Gesicht ist.

»2:2, Liverpool hat das 2:2 geschossen«, schimpft sie und tritt gegen den Sessel, als sei der schuld.

Britt-Marie ist schon auf halbem Wege zur Tür hinaus.

Kents BMW steht an der Straße, er kommt gerade angelaufen, will ihre Hand greifen, doch sie reißt sich los. Das gehört sich ja nun wirklich nicht, eine erwachsene Frau, die wegläuft, als wäre sie eine Kriminelle auf der Flucht vor den Ordnungshütern. An der Bordsteinkante hält sie keuchend inne, der Atem brennt ihr im Hals, sie dreht sich um und sieht Kent an, und die Tränen strömen nur so aus ihr heraus.

»Was ist mit dir los, Liebling? Wir müssen jetzt fahren«, sagt er, aber seine Stimme bricht, weil er ihr vermutlich ganz genau ansieht, was mit ihr los ist.

Ihr Rock ist faltig, aber sie streicht ihn nicht glatt. Ihr Haar ist nahezu zerzaust, so zerzaust jedenfalls, wie Britt-Maries Haar jemals sein kann. Ihre Vernunft kapituliert am Ende komplett und erlaubt ihr, die Stimme zu heben:

»Liverpool hat das 2:2 gemacht! Jetzt werden sie bestimmt noch gewinnen!«

Kents großer Kopf lässt das Kinn auf den Brustkorb sinken. Er schrumpft.

»Du kannst nicht ihre Mutter sein, Schatz. Und wenn du es kannst, was wird dann passieren? Wenn sie dich nicht mehr brauchen? Was wird dann sein?«

Sie schüttelt den Kopf. Aber trotzig und aufmüpfig, nicht resigniert und traurig. Als ob sie vorhätte, von etwas abzuspringen, und wenn es die Bordsteinkante ist.

»Ich weiß nicht, Kent. Ich weiß nicht, was dann passiert.«

Er schließt die Augen, sieht wieder aus wie der Junge im Treppenhaus und bittet sie leise:

»Ich kann nur noch bis morgen früh warten, Britt-Marie. Ich wohne bei den Eltern von Kröte. Wenn du morgen früh nicht an ihrer Tür klopfst, dann fahre ich allein nach Hause.«

Das versucht er selbstbewusst zu sagen. Aber er weiß bereits jetzt, dass sie verloren ist.

Sie ist schon auf halbem Weg zum Jugendzentrum.

Omar und Vega sehen sie, bevor sie die beiden sieht. Sie ist gerade an ihnen vorbeigerannt, als sie hört, wie sie ihr irritiert hinterherrufen.

»Was um Himmels will… Liverpool hat … ja, ich weiß wirklich nicht genau, was sie gemacht haben, aber ich habe das Gefühl, dass sie gegen diese … wie hießen sie noch … Villa irgendwas … gewinnen werden!«, keucht Britt-Marie mit einem so atemlosen Flimmern vor den Augen, dass sie gezwungen ist, sich mit den Händen auf den Knien abzustützen, und das mitten auf der Straße, so dass die Nachbarn denken müssen, sie habe angefangen, Narkotika zu konsumieren.

»Wissen wir!«, stimmt Omar eifrig zu.

»So«, schnauft Britt-Marie.

»Es steht 2:2, wir werden gewinnen! Man hat es in den Augen von Gerrard gesehen, als er das Tor geschossen hat, dass wir gewinnen werden!«, ruft Omar ekstatisch.

Britt-Marie hebt den Blick und atmet so schwer, dass sie Migräne bekommt.

»Darf ich fragen, was um alles in der Welt ihr hier mitten auf der Straße macht?«

Vega steht vor ihr, die Hände in den Hosentaschen, und schüttelt den Kopf, als sei sie der Meinung, dass Britt-Marie in dieser Situation wirklich mehr als schwer von Begriff ist.

»Wenn wir es drehen, dann wollen wir das mit dir sehen.«

Liverpool dreht das Spiel nicht mehr. Es endet mit 2:2. Und das ist unwichtig und wichtig zugleich.

Sie essen in Banks Küche Eier und Speck. Vega und Omar und Britt-Marie und Bank und der Hund. Als Omar die Ellenbogen auf den Tisch legt, fordert Vega ihn auf, das zu lassen. Sie sehen sich kurz an, und dann nimmt er sie ohne ein Widerwort vom Tisch.

Britt-Marie steht im Flur, als sie ihre Jacken anziehen. Sie krallt die Zehen in den Schuhen zusammen und bürstet über die Ärmel der Kinder, dass sie ihre Hände festhalten müssen, damit sie damit aufhört.

Die junge Frau vom Jugendamt steht auf dem Rasen und wartet auf sie.

»Sie ist okay, sie mag zwar Fußball nicht, aber sie ist okay«, sagt Vega zu Britt-Marie.

»Wir werden es ihr beibringen«, bestätigt Omar.

Britt-Marie beißt sich in die Wangen und nickt.

»Ich … die Sache ist die, dass ich … ich möchte nur sagen, dass … dass ihr … dass ich niemals …«, stammelt sie.

»Wissen wir«, murmelt Vega tief in den Stoff von Britt-Maries Blazer hinein.

»Kein Problem«, verspricht Omar an ihrem Hals.

Die Kinder sind schon auf der Straße, als der Junge sich umdreht. Britt-Marie hat sich nicht vom Fleck bewegt, als wolle sie das Bild bis zum letzten Moment auf ihrer Netzhaut einbrennen. Da fragt er:

»Was machst du morgen?«

Britt-Marie faltet die Hände auf Hüfthöhe. Atmet so lange ein, wie es geht.

»Kent wartet darauf, dass ich an seine Tür klopfe.«

Vega schiebt die Hände in die Hosentaschen. Hebt die Augenbrauen.

»Und Sven?«

Britt-Marie atmet ein. Atmet aus. Lässt Borg an ihren Lungen abprallen.

»Er hat mir gesagt, dass er jedes Mal, wenn jemand an seiner Tür klopft, hofft, dass ich es bin.«

Die Kinder sehen ganz klein aus im Schein der Straßenlaternen. Aber Vega richtet sich auf, macht den Rücken gerade und sagt:

»Tu mir einen Gefallen, Britt-Marie.«

»Jeden, den du willst«, flüstert die Frau.

»Klopf morgen an keine Tür. Fahr einfach!«

Britt-Marie steht noch lange allein da in der Dunkelheit, nachdem sie verschwunden sind. Sie sagt nichts, verspricht keinem etwas. Weiß, dass es ein Versprechen wäre, das sie nicht halten kann.

Sie steht auf dem Balkon in Banks Haus und spürt, wie Borg ihr zärtlich durch die Haare weht. Nicht so stark, dass es ihre Frisur zerstört, nur so viel, dass sie den Wind spüren kann. Der Zeitungsbote fährt vorbei, während es noch dunkel ist. Die Frauen mit den Rollatoren schieben sich aus ihrem Haus und bewegen sich auf ihren Briefkasten zu. Eine von ihnen winkt zu Britt-Marie herüber, Britt-Marie winkt zurück. Natürlich nicht mit dem ganzen Arm, sondern ganz beherrscht nur mit der Hand, diskret etwa auf Hüfthöhe. So, wie ein vernünftiger, erwachsener Mensch eben winkt. Sie wartet, bis die Frauen wieder zurück ins Haus gegangen sind. Dann schleicht sie leise die Treppe hinunter und trägt ihre Koffer zu dem weißen Auto mit der blauen Tür.

Noch bevor der Morgen graut, steht sie vor einer Tür und klopft.

39

Wenn ein Mensch die Augen fest genug und lange genug schließt, dann kann er sich an die Situationen im Leben erinnern, in denen er eine Entscheidung nur in seinem eigenen Sinne getroffen hat. Feststellen, dass das vielleicht nie geschehen ist. Wenn Britt-Marie in einem weißen Auto mit blauer Tür langsam durch einen Ort tuckert, der an einer Durchgangsstraße liegt, während es noch dunkel ist, die Scheiben runterkurbelt und tief durchatmet, dann kann sie sich an alle Männer erinnern, in die sie sich verliebt hat.

Alf. Kent. Sven. Einer, der sie betrogen und verlassen hat. Ein anderer, der sie betrogen hat und von ihr verlassen wurde. Ein Dritter, der vieles ist, was sie niemals hatte, doch vielleicht nichts von dem, wonach sie sich sehnt. Sie kann ganz, ganz, ganz langsam den Verband abmachen, den sie um ihre Hand gewickelt hat, und den weißen Fleck am Ringfinger betrachten. Von erster Liebe und zweiten Chancen träumen, Vergeben gegen Verlieben abwägen. Herzschläge zählen.

Wenn ein Mensch die Augen schließt, kann er sich an all seine Entscheidungen im Leben erinnern. Und feststellen, dass es sich dabei immer um jemand anders gedreht hat.

Es ist früh am Morgen, doch die Morgendämmerung scheint in Borg noch abzuwarten. Als ob sie Britt-Marie Zeit geben will, die Hand zu heben. Sich zu entscheiden.

Zu springen.

Sie klopft an der Tür. Es wird geöffnet. Sie will alles sagen, was sie in sich spürt, doch bekommt nie die Chance. Sie will ganz genau erzählen, warum sie hier ist und nicht anderswo, aber man fällt ihr ins Wort. Sie ist ein bisschen enttäuscht, als ihr klar wird, dass man sie erwartet hat. Dass sie so berechenbar ist. Sie will etwas sagen, wie sich das anfühlt, den Brustkorb weit machen und all das zum ersten Mal hinaussprudeln lassen, aber sie bekommt nicht die Gelegenheit dazu.

Stattdessen wird sie mit fester Hand zurück auf die Straße geschoben. Der Gehweg ist voller Plastikkanister, kreuz und quer. Als seien sie von einem Laster gefallen.

»Wir haben Geld von allen aus der Mannschaft gesammelt. Und wir haben ausgerechnet, wie weit es ist«, sagt der Junge.

»Ja, die von uns, die rechnen können, haben gerechnet«, fügt das Mädchen hinzu.

»Ich kann rechnen!«, protestiert der Junge wütend.

»Ungefähr so gut, wie du einen Ball triffst, also ungefähr bis drei!«, grinst das Mädchen.

Britt-Marie beugt sich vor und berührt die Plastikkanister. Sie stinken. Etwas streift ihre Arme, und es dauert eine ganze Weile, bis sie merkt, dass es die Kinder sind, die sie an der Hand halten.

»Das ist Benzin. Wir haben es ausgerechnet. Es reicht für die ganze Strecke bis nach Paris«, flüstert Omar.

»Und zurück«, flüstert Vega.

Sie stehen da und winken, als Britt-Marie auf dem Fahrersitz Platz nimmt. Winken mit dem ganzen Körper, so wie Erwachsene es nie tun würden. Über Borg bricht der Morgen an mit einer Sonne, die sich noch beherrscht und respektvoll am Horizont wartet, als wolle sie Britt-Marie genügend Zeit geben, sich ein letztes Mal zu entscheiden und zum ersten Mal in ihrem eigenen Sinne. Als sich das Sonnenlicht schließlich über die Dächer reckt, rollt ein weißes Auto mit blauer Tür langsam davon.

Vielleicht hält sie noch einmal an. Vielleicht klopft sie an eine weitere Tür. Vielleicht fährt sie auch einfach.

Britt-Marie hat weiß Gott genug Benzin dabei.

Es ist Januar an einem Ort, der eher einer von Millionen als einer unter Millionen ist. Ein Ort wie alle anderen und ein Ort wie kein anderer. In ein paar Monaten wird Liverpool Tausende Kilometer entfernt beinahe englischer Meister. In einer der letzten Runden führen sie mit 3:0 gegen Crystal Palace, aber in acht unglaublichen Minuten lassen sie drei Bälle ins Tor und verpassen den Meistertitel. Keiner in der Mannschaft von Liverpool wird etwas über Borg wissen, sie werden nicht einmal wissen, dass dieser Ort existiert, aber niemandem, der an diesem Tag mit heruntergekurbelten Scheiben dort hindurchfährt, wird entgehen, was gerade geschieht.

Manchester United gibt seinem Trainer den Laufpass und fängt neu an. Tottenham verspricht, in der nächsten Saison besser zu spielen. Irgendwo da draußen gibt es noch immer Menschen, die für Aston Villa sind.

Jetzt ist Januar, aber irgendwann wird ein Frühling in Borg Einzug halten. Ein junger Mann wird neben seiner Mutter auf dem Friedhof unter einer Decke aus Schals ruhen, zwei Kinder werden sich gegenseitig ins Wort fallen, um von unfähigen Schiedsrichtern und schaurigen Grätschattacken zu erzählen. Ein Ball wird rollen, ein Fuß wird ihn schießen, denn dies ist ein Ort, an dem keiner weiß, wie man es lässt. Es wird ein Sommer kommen, in dem Liverpool alles verliert, und dann ein Herbst und eine neue Saison, in der sie aufs Neue alles gewinnen können. In dieser Hinsicht ist Fußball ein mächtiges Spiel, weil es das Leben zwingt, weiterzugehen.

Borg liegt da, wo es liegt. Wo es schon immer gelegen hat. Eine Gemeinde, von der das Netteste, was man sagen kann, ist, dass sie sich an einer Durchgangsstraße befindet, die in zwei Richtungen wieder hinausführt. Eine Richtung, die nach Hause führt, eine andere nach Paris.

Wenn man durch einen Ort wie Borg einfach nur hindurchfährt, kann es sein, dass einem nur das auffällt, was stillgelegt wurde. Man muss schon etwas langsamer fahren, um zu sehen, was noch da ist. Es gibt Menschen in Borg. Es gibt Ratten und Rollatoren und Gewächshäuser. Bretterzäune und weiße Trikots und brennende Kerzen. Frisch verlegten Rasen und Sonnenscheingeschichten. Es gibt ein Blumengeschäft, in dem man nur rote Blumen kaufen kann. Es gibt einen Lebensmittelladen und eine Autowerkstatt und ein Postamt und eine Pizzeria, in der immer der Fernseher läuft, wenn ein Fußballspiel ist, und wo es niemandem peinlich sein muss, anschreiben zu lassen. Es gibt kein Jugendzentrum mehr, aber es gibt Kinder, die mit ihrem neuen Coach und seinem Hund in einem Haus mit Balkon Speck und Eier essen, in einem Wohnzimmer, in dem jetzt neue Fotos an den Wänden hängen. Es gibt ein oder zwei *Zu verkaufen*-Schilder weniger an der Straße als gestern. Es gibt erwachsene Männer mit Bart und Kappe, die im Scheinwerferlicht von alten Lastwagen Fußball spielen.

Es gibt einen Fußballplatz. Es gibt einen Fußballclub.

Und was auch geschieht.

Wo immer sie auch ist.

Alle werden wissen: Britt-Marie war hier.

Dank des Autors

Neda. Der größte Segen im Leben ist, es mit jemandem teilen zu dürfen, der viel pfiffiger ist als man selbst. Es tut mir leid, dass du das nie erleben wirst, denn das ist wirklich total grausam. Asheghetam. Sightseeing.

Jonas Axelsson. Mein Verleger und Agent, der nie vergisst, dass ich noch zu den Anfängern gehöre und dass seine wichtigste Aufgabe ist, mir beizubringen, wie ich im Schreiben besser werde. *Niklas Natt och Dag*, der mich mit all seinen Texten und mit all dem Respekt vor seinem Handwerk täglich daran erinnert, dass das hier ein Privileg ist. *Céline Hamilton* und *Agnes Cavallin* von Partners in Stories, die die Kompetenz eines großen Hauses in den Wänden eines kleinen unterbringen und dieses Projekt mit gleichen Teilen Herz und Verstand in der Spur gehalten haben. Ohne euch hätte es nicht geklappt. *Karin Wahlén* von Kult PR, die die Sache am Tag eins schon verstanden hat. *Vanja Vinter*, grammatische Elitesoldatin und kompromisslose, unschätzbare Korrekturleserin, Lektorin und Kritikerin, obwohl ihre Besteckschublade eine wahre Enttäuschung ist. *Nils Olsson*, der mit Geduld, einem offenen Ohr und großer Hingabe drei wirklich phantastische Umschläge entworfen hat. *Andrea Fehlauer*, die als Lektorin mit Erfahrung und Genauigkeit an den Schlüsselstellen des Buches eingestiegen ist und sie ohne Zweifel verbessert hat.

Den Lesern meines Blogs. Die von Anfang an dabei waren. Das heißt, das alles ist vor allem eure Schuld.

Torsten Wahlund, Anna Maria Käll und *Martin Wallström*, die meine Geschichten als Hörbücher eingelesen und meinen Charakteren auf eine Art und Weise Stimmen gegeben haben, wie ich es nicht für möglich gehalten hätte. Jetzt sind sie mehr eure als meine. *Julie Lærke Løvgren*, die die Kontrolle über meine Bücher im Ausland behalten hat. *Judith Toth*, die mich dorthin gebracht hat. *Siri Lindgren* von Partners in Stories, die aufpasst, dass das Boot nicht kippt, wenn Jonas sich weigert einzusteigen. *Johan Zillén*. Als Erster rein, als Letzter raus.

Allen, die an meinen Büchern beim Forum Verlag, bei Månpocket, Bonnier Audio und Bonnier Rights früher oder heute beteiligt waren. Im Besonderen: *John Häggblom*, ohne dessen Hilfe ich niemals hier wäre. *Liselott Wennborg Ramberg*, die ›Dinge, die mein Sohn über die Welt wissen muss‹ lektoriert hat. *Adam Dahlin*, der das Potential erkannte. *Sara Lindegren* und *Stephanie Tärnqvist*, die immer mehr Geduld für mich aufbrachten, als ich verdient habe.

Dem Verlag Natur och Kultur, der uns unter die Arme gegriffen hat, im Besonderen *Hannah Nilsson* und *John Augustsson*.

Dem Pocketförlaget und A Nice Noise, die daran glaubten.

Allen, die über meine früheren Bücher geschrieben, gebloggt, getwittert, gefacebookt, instagramt oder Rezensionen verfasst haben. Besonders die, die sie nicht wirklich mochten, sich aber trotzdem die Zeit genommen haben, sachlich und methodisch darzulegen, warum. Ich kann nicht versprechen, dass ich daraus gelernt habe, besser zu schreiben, aber ihr habt mich zum Nachdenken gebracht. Ich glaube nicht, dass das verkehrt sein kann.

Lennart Nilsson in Gantofta. Der beste Fußballtrainer, den ich je hatte.

Aber den größten Dank

dir, meinem Leser. Danke für deine Zeit.

Fredrik Backman

Ein Mann namens Ove

Roman

Band 19780

Haben Sie auch einen Nachbarn wie Ove? Jeden Morgen macht er seine Kontrollrunde und schreibt Falschparker auf. Aber hinter seinem Gegrummel verbergen sich ein großes Herz und eine berührende Geschichte. Seit Oves geliebte Frau Sonja gestorben ist und man ihn vorzeitig in Rente geschickt hat, sieht er keinen Sinn mehr im Leben und trifft praktische Vorbereitungen zum Sterben. Doch dann zieht im Reihenhaus nebenan eine junge Familie ein, die als Erstes mal Oves Briefkasten umnietet …

»Wer dieses Buch nicht liebt,
braucht eigentlich gar nicht mehr zu lesen.«
Hamburger Morgenpost

fi 19780 / 1

Fredrik Backman

Oma lässt grüßen und sagt, es tut ihr leid

Roman

Band 19781

Oma ist 77, Ärztin, Chaotin und treibt die Nachbarn in den Wahnsinn. Elsa ist 7, liebt Wikipedia und Superhelden und hat nur einen einzigen Freund: nämlich Oma. In Omas Märchen erlebt Elsa die aufregendsten Abenteuer. Bis Oma sie eines Tages auf die größte Suche ihres Lebens schickt – und zwar in der wirklichen Welt.

»Dieses einfühlsame Buch über die Kraft der Phantasie wird von einfach allen verschlungen und geliebt.«
Dagens Nyheter

Das gesamte Programm gibt es unter
www.fischerverlage.de

fi 19781 / 1